W0403905

»Und so sag ich vom Palladio:
er ist ein recht innerlich und von innen heraus
großer Mensch gewesen.«

Johann Wolfgang von Goethe

ERSTER TEIL

VICENZA, MAI 1526

Erstes Kapitel

Mariangela stand auf dem Fensterbrett, die Arme seitwärts ausgebreitet. Sie wollte der Mutter folgen, die sich wie eine Schwalbe in das weite Blau erhob, sich immer weiter von ihr entfernte, kaum noch zu unterscheiden von den anderen, die dort flogen, kaum noch einzuholen. Sie musste doch wissen, dass Mariangela ihr nicht folgen konnte, musste zu ihr zurückkehren. Schon war ihre Mutter nur noch ein Punkt in der Ferne, der im nächsten Augenblick für immer verschwinden würde. Nur eines blieb Mariangela: Sie musste springen, dass auch ihre Arme zu Flügeln würden.

»Ich will weg, hier stinkt's!«

Die Worte rissen Mariangela aus ihrem Traum. Sie fand sich auf dem Bett wieder, einen Arm um den Körper der Mutter geschlungen, die sich nicht bewegt hatte, noch immer nicht.

»Sei still, Fabio! Wir müssen nachsehen, sonst gibt es Ärger.«

Gedämpft drang die Mädchenstimme durch die Kleidungsstücke und Decken, unter denen Mariangela auf dem Bett begraben lag. Fremde in ihrer Wohnung. Wenn die Mutter doch nur aufwachte! Mariangela hielt den Atem an, ein Hämmern in ihrer Brust, das den ganzen Körper erfasste. Sie wollte Luft holen, endlich Luft holen. Doch nur solange sie die Erstarrung der Mutter teilte, konnte sie an ihrer Seite bleiben.

»Ist da jemand?«, hörte sie die unsichere Stimme des Mädchens. Von der anderen Stimme, die Mariangela geweckt hatte, war ein Schluchzen zu vernehmen.

»Lass mein Kleid los, Fabio! Du musst keine Angst haben, nur weil es dunkel ist. Ich glaube, hier ist niemand. Komm, gib mir die Hand. Wir machen jetzt die Läden auf und das Fenster auch, damit der faule Geruch abziehen kann.«

Das Mädchen plapperte vor sich hin, klapperte mit den Fensterläden, viel lauter als nötig. Mariangela hätte ihm gern gesagt, dass es sich nicht fürchten sollte, weil niemand hier war außer ihr und der Mutter. Doch sie durfte nicht sprechen, um den Traum nicht zu verlieren. Ihre Mutter rief nach ihr, Vogelgesang aus weiter Ferne.

Der Arm, auf dem sie lag, war eingeschlafen und kribbelte fast unerträglich. Mariangela drehte sich ein wenig, ohne die Mutter loszulassen.

Der kleine Junge kreischte: »Legra, da, auf dem Bett! Da hat sich was bewegt!«

»Vielleicht eine Maus, die an den Lumpen knabbert. Oder Ratten.«

Scharf sog Mariangela die Luft ein. Lumpen. So eine Gemeinheit! Und Ratten gab es auch nicht im Bett, auch keine Mäuse, das hätte sie bemerkt. Oder war dieses Kitzeln an ihrem Fuß vielleicht …? Angeekelt quietschte sie auf und trat zu.

»Keine Ratten, Fabio.« Die Stimme des Mädchens war jetzt ganz nah. Sie klang belustigt. »Sieht eher aus wie ein Eichhörnchen.«

Etwas packte Mariangelas Haare, sie schrie, dann wurden die Decken weggezogen. Geblendet von der plötzlichen Helligkeit, schlug sie um sich, bis sie freikam. Das fremde Mädchen wich ihren Schlägen rückwärts aus, stolperte über den Kleinen, der sich brüllend an ihre Beine klammerte, und fiel zu Boden.

Plötzlich war es still. Das fremde Mädchen rappelte sich auf.

»Du stinkst!«, schrie der Junge und fing sich dafür einen Klaps auf den Hinterkopf ein.

»Das ist mein Bruder Fabio«, sagte das Mädchen. Es war wunderschön mit seinen glänzenden schwarzen Locken und dem hellgrünen Kleid. »Ich heiße Allegradonna. Mein Vater schickt uns, Marcantonio, der Tischler.« Das Mädchen warf einen Blick auf das Spinnrad und den Stapel milchweißer Wollvliesbänder neben dem Fenster. »Wo ist deine Mutter? Sie hätte das restliche Geld für das Spinnrad bringen sollen, vor zwei Tagen schon.«

»Mama ist krank«, antwortete Mariangela heiser. Sie hatte schrecklichen Durst. Der Wasserkrug stand auf dem Tisch, doch sie wagte nicht, vom Bett aufzustehen. »Warum hast du Eichhörnchen zu mir gesagt?«

Allegradonna lächelte. »Dein Haar war alles, was ich von dir sehen konnte, ein dicker rotblonder Eichhörnchenschwanz.«

Mariangela mochte Eichhörnchen. Wenn sie sich in ein Tier verwandeln könnte, dann wollte sie ein Vogel sein oder ein Schmetterling. Doch wie ein Eichhörnchen von Ast zu Ast zu springen, die Stämme auf und ab zu huschen wäre auch nicht schlecht.

»Aber Eichhörnchen stinken nicht so eklig«, murmelte Fabio, duckte sich, um dem nächsten Klaps zu entkommen, und floh zur Tür. Mariangela konnte ihn nicht leiden.

»Hör nicht auf ihn, er ist erst fünf. Allerdings riecht es hier wirklich nicht gut.« Sie sah sich um. »Verdorbenes Fleisch vielleicht oder Fisch?«

»Das kommt von der Krankheit«, erklärte Mariangela. »Darf ich dich Allegra nennen? Wie alt bist du?«

»Elf. Alle nennen mich Allegra. Aber du hast mir deinen Namen noch nicht verraten.«

»Mariangela.«

»Ein Engel also, kein Eichhörnchen. Sagst du mir jetzt, Mariangela, wo ich deine Mutter finden kann? Ist sie im Hospital? Und wo ist dein Vater?«

Mariangela kaute auf ihrer Unterlippe, versuchte, sich an den rätselhaften Satz zu erinnern, mit dem die Mutter immer auf diese Frage geantwortet hatte. »Im Kampf für den geflügelten Löwen hingefallen.«

»Hingefallen?«, fragte Allegra.

Mariangela hob die Schultern. »Und nie mehr aufgestanden.«

Sie schwiegen. Schließlich folgte Allegra zögernd ihrem Bruder, der bei der Tür stehen geblieben war.

»Ich werde meinem Vater also sagen, dass deine Mutter krank ist.«

Das Brennen in Mariangelas Kehle nahm zu. Gleich würde sie wieder allein sein. Tränen sammelten sich in ihren Augen, ließen Allegras Kleid zu einer hellen Wasserfläche und ihr Gesicht zu dem der Mutter verschwimmen.

»Geh nicht weg!«, schluchzte Mariangela.

Mit stockenden Schritten kam Allegra auf sie zu. Mit gerunzelter Stirn blieb sie vor dem Lager stehen.

Mariangela beeilte sich zu erklären: »Meine Mama ist hier. Hier bei mir im Bett. Sie hat Fieber gehabt und gestern, als ich vom Wasser holen zurückkam, war sie auf einmal ganz kalt und hat nicht mehr mit mir geredet.« Sie wischte sich mit dem Ärmel über das Gesicht. »Ich hab sie zugedeckt mit allem, was wir haben, und mich zu ihr gelegt, damit ihr wieder warm wird. Aber sie bewegt sich nicht.«

Nun, da sie es ausgesprochen hatte, würde sie nicht mehr zurückkehren können in ihren Traum. Tränen brannten salzig auf ihren aufgesprungenen Lippen. Mariangela schrie auf, schrie wie ein Vogel, bis die Nachbarn herbeiliefen und das Haus und die ganze Welt über ihr zusammenstürzten und sie nichts mehr spürte als Allegras Arme, die sie fest umschlungen hielten.

Zweites Kapitel

Ein Jubelschrei stieg in ihm auf, kribbelte in seiner Kehle, nur mit Mühe zu bezwingen. Andrea wartete, bis Maestro Giovanni und der Bauherr sich abwandten und angeregt plaudernd auf die Leiter zuschritten, die hinab ins Erdgeschoss führte. Erst als der kahle Kopf des Auftraggebers außer Sichtweite war, erlaubte er sich ein triumphierendes Lächeln und ballte die Rechte zur Faust.

Eben noch hatte es ihm fast den Magen umgedreht vor Aufregung, und jetzt war es geschafft: Sein Vorschlag, das mittlere Fenster des Saales zu vergrößern und an der Fassade mit Halbsäulen zu flankieren, war auf Zustimmung gestoßen. Mehr noch: der Maestro hatte die Urheberschaft der Idee nicht für sich reklamiert, sondern ausdrücklich ihn, Andrea, gelobt und als den fähigsten Gesellen bezeichnet, den er je ausgebildet hatte. Es sei ein guter Gedanke, die ohnehin schon vertikale Orientierung des schmalen Stadthauses auf diese Weise noch stärker zu akzentuieren.

Der Bauherr hatte ihm beigepflichtet: »Warum auf Grandezza verzichten, nur weil der Raum begrenzt ist?«, hatte er schmunzelnd gesagt und Andrea seine üppig beringte Hand auf die Schulter gelegt.

Die Anerkennung erfüllte Andrea mit Stolz, stärkte ihn wie der kräftig gewürzte Bohneneintopf der Meisterin, auf den er sich nach dem langen Arbeitstag freute. Hoffentlich gab es auch eine ordentliche Scheibe Speck dazu.

Mit einem Sprung stand Andrea auf der Fensterbrüstung und stieg hinaus auf das Gerüst. Die flachen Strahlen der Frühlingssonne ließen die Ziegeldächer orangefarben aufleuchten. Versunken betrachtete er das Spiel der Schatten auf der gegenüberliegenden Fassade. Ihm war, als würden Stein und Putz im sanften Licht lebendig. Wenn er nur könnte, würde er mit Licht bauen, es einfangen und modellieren und mit dem Schatten zu Gebäuden schichten, die seinen Ruhm in der gesamten terraferma erstrahlen ließen. Ach was, warum sich auf das venezianische Hinterland beschränken, in der gesamten christlichen Welt sollte man ihn rühmen.

Er bedachte sich selbst mit einer tiefen Verbeugung, presste die Hände aufs Herz und deklamierte mit himmelwärts gerichtetem Blick: »Teurer Andrea, wie armselig wäre die Welt ohne deine hochfliegenden Pläne!«

Hastig sah er sich um – es war niemand zu sehen – und dankte Gott. Sosehr er selbst auch auf seine glänzende Zukunft vertraute, so sicher war, dass jeder Zeuge ihn ob seiner Albernheiten ausgelacht hätte. Lächelnd wandte er sich der Sonne zu, die nun leuchtend orange den First eines Daches zu berühren schien. Er hob die hohle Hand, legte sie an den Saum der glühenden Kugel und bewegte den Kopf, so dass es für ihn aussah, als rolle er die Sonne am Grat entlang. Eigenartig, dachte er, dass die Farbe des Lichts gegen Abend wärmer, die Luft jedoch kälter wurde. Wieder einer dieser Gegensätze, die ihn in letzter Zeit beschäftigten – Licht und Schatten; Gefühl und Verstand; ewige Werke aus Stein, von vergänglichen Menschen geformt.

Der Gedanke an die Vergänglichkeit ließ ihn an seine Eltern denken. Heimweh blies ihm das Lächeln aus dem Gesicht und die Wärme aus den Gliedern. Mutters Bein war schlechter geworden, das hatte der Vater ihm geschrieben, vor Tagen schon, und er war noch nicht dazu gekommen, Maestro Giovanni um ein paar freie Tage zum bevorstehenden Pfingstfest zu bitten. So sehr hatte er sich gefangen nehmen lassen von der Zeichenfeder und den Formen, die ihre zarten Striche im Stein zu wecken vermochten, dass er die eigenen Eltern vergessen hatte. Eine Schande. Noch heute beim Nachtmahl würde er um den Urlaub bitten.

Er gürtete seine Jacke enger, stieg zurück in das Gebäude und die Leiter hinab und trat durch das Tor auf die Straße, die schon im Dämmerlicht lag. Fröstelnd eilte er an Santa Maria dei Servi vorbei und stieß an der nächsten Ecke beinahe mit einem hünenhaften Mann zusammen, der ein Mädchen in den Armen trug.

»Hast du keine Augen im Kopf, Bursche!« Die Stimme des Mannes rumpelte wie Schotter aus seinem gewaltigen Brustkorb.

»Verzeiht, Maestro Marcantonio, ich bin es, Andrea, der Geselle von …«

»Ach, der Steinmetz, jetzt erkenne ich dich. Und nun lass mich weiter.« Der Tischler drängte sich an ihm vorbei.

»Kann ich Euch helfen? Ist Eure Tochter krank?«

Marcantonio hielt inne. »Meine Tochter zum Glück nicht.«

Mit einer Kopfbewegung deutete er in die Richtung, aus der er gekommen war. In einiger Entfernung zerrte ein Mädchen unter kräftigem Geschimpfe ein greinendes Kleinkind hinter sich her. Der Tischler wies mit dem Kinn auf das rotblonde Mädchen in seinen Armen.

»Die hier ist ein Waisenmädchen. Armes Ding. Die Tochter der verwitweten Venezianerin, die für den alten Rosario gesponnen hat. Ihre Mutter ist am Fieber gestorben, und nun ...«

Er bewegte die Arme, schüttelte seine Last zurecht. Das Mädchen öffnete die verschwollenen Lider und blickte Andrea aus rotgeränderten Augen an. Noch bevor ein Lächeln auf seine Lippen gefunden hatte, wandte es den Kopf ab und barg ihn an der Schulter ihres Retters. Der drückte sie seufzend an sich.

»Du könntest mir schon helfen, Steinmetz. Allegra kann den Kleinen nicht den ganzen Weg tragen, du siehst ja.«

Inzwischen war das Mädchen bis auf wenige Schritte herangekommen. Andrea registrierte ihre üppigen Locken, die in Stein zu meißeln eine Herausforderung wäre, zu der ihm vermutlich die Geduld fehlte. Er beugte sich zu dem Kleinen hinunter, der mit vorgeschobener Unterlippe hinter den Röcken des Mädchens hervorlugte.

»Komm her, kleiner Ritter, ich setze dich auf meine Schultern, und wir reiten deiner Schwester davon.«

Er hob das Kind hinauf und war mit drei Galoppsprüngen neben dem Tischler, der ihm zunickte und seinen Weg wieder aufnahm.

»Danke, Junge.«

»Bringt Ihr die Kleine ins Waisenhaus, Maestro Marcantonio?«

»Nicht gleich. Wir nehmen sie mit nach Hause. Allegra will es so haben.« Er schnaubte. »Sie ist stur wie ein Maulesel.« Sein liebevolles Lächeln ließ seine Worte als Kompliment erscheinen.

»Ihr seid ein guter Mensch, Maestro Marcantonio.«

Der warf ihm einen Seitenblick zu, den Andrea nicht recht zu deuten vermochte.

»Man hört so allerlei über dich, Junge. Giovanni Pedemuro singt dein Loblied, gefragt und ungefragt. Und nun höre ich, dass du auch Menschenseelen wiegen kannst. Leg doch ein gutes Wort für mich ein, wenn du das nächste Mal mit den Heiligen speist!«

Andrea biss sich auf die Unterlippe. »Verzeiht die Respektlosigkeit, ich wollte nur ...«

Der Tischler rempelte ihn mit dem Oberarm, dass Andrea Mühe hatte, sich mit seiner Last auf den Beinen zu halten, und lachte. »So hell, dass du einen guten Spaß erkennen kannst, bist du auch wieder nicht, was?«

Andrea schwieg. Zu gern hätte er sich nach Allegra umgesehen, die knapp hinter ihnen ging, doch er befürchtete, dass Marcantonio in dieser Hinsicht wenig Spaß verstand. Also sprang er ein wenig herum, gebärdete sich wie ein bockendes Pferd, um die Aufmerksamkeit des Kleinen auf seinen Schultern zu gewinnen, und rief nach oben: »Stolzer Ritter, darf ich nach Eurem Namen fragen?«

»Fabio. Und du?«

»Ich bin Andrea della Gondola aus Padua, edler Ritter Fabio.«

»Was ist Padua?«

»Eine große und prächtige Stadt, eine Tagesreise von Vicenza entfernt. Mein Vater ist dort Müller und Schiffer.«

Der Kleine kicherte. »Dein Vater ist ein Pferd. Pferde können keine Müller sein.«

Marcantonio lachte dröhnend, und auch Andrea musste grinsen. Humor schien in der Familie zu liegen. Nur Allegra schenkte ihren Späßen keine Beachtung. Sie hatte aufgeholt, ging jetzt auf der anderen Seite ihres Vaters, betrachtete besorgt das Mädchen in seinen Armen und griff nach dessen schlaff schlenkernder Hand.

»Sie ist ganz kalt, Vater. Sie wird doch nicht …?«

»Keine Sorge, sie ist nicht tot. Meine Schulter ist ganz nass von ihren Tränen.«

Darauf gab es nichts zu sagen. Beklommen legten sie die letzten Meter zurück. Am Tor der Tischlerei hob Andrea den Jungen von den Schultern und verabschiedete sich eilig. Er wollte nur noch heim, wollte essen und sich in seine Kammer unter dem Dach zurückziehen, wo er dem Herrn auf Knien für sein Schicksal danken würde. Was für ein Glückskind er doch war: siebzehn Jahre alt, und seine Eltern lebten noch, liebten ihn. Er durfte ein Gewerbe ausüben, zu dem es ihn von Kindheit an hingezogen hatte, und bei einem Maestro leben, der ihn wie einen Sohn behandelte. Hatte er je hungrig ins Bett gehen müssen? Er konnte sich nicht daran erinnern.

Sehr lebhaft hingegen erinnerte er sich an die Schläge, die ihm sein erster Maestro in Padua verabreicht hatte. Noch heute fühlte er die Erniedrigung und den Hass auf Cavazza, der ihn nicht nur für Fehler, sondern noch lieber für Vorschläge und eigene Ideen verprügelt hatte.

Nun, er war entkommen. Sein Vater und sein lieber Pate hatten ihm zur Flucht verholfen, hatten ihn, als alle Verhandlungen nicht fruchten wollten, freigekauft. Ihrem Einsatz verdankte er, dass er heute in der Werkstatt von Pedemuro leben und arbeiten durfte, wo er schon jetzt mehr gelernt hatte als der Rattensohn Cavazza in seinem ganzen Leben.

Um wie viel elender würde das Leben dieses kleinen

Mädchens verlaufen, das vielleicht halb so alt war wie er und schon elternlos. Die Züchtigungen, das karge Essen und die schwere Arbeit im Waisenhaus wären immer noch besser als alles, was danach kommen konnte. Ohne Mitgift hatte es kaum eine Chance auf einen ehrbaren Ehemann. Als Magd würde sie enden, wenn sie Glück hatte, als Hure im anderen Fall.

Aber vielleicht, dachte Andrea, hatte ja der Tischlermeister Mitleid, behielt sie selbst als Magd. Seine Geschäfte liefen gut, das war bekannt. Kurz kämpfte Andrea mit dem Impuls, zurückzulaufen und Marcantonio diese Lösung vorzuschlagen, bis er sich eingestand, dass die Angelegenheit ihn rein gar nichts anging. Einen Vorschlag hatte er heute schon gewagt und Glück damit gehabt. Ein zweites Mal an diesem Tag einem Älteren gute Ratschläge zu erteilen würde möglicherweise als Respektlosigkeit aufgefasst, die ihm eine verdiente Ohrfeige eintrüge.

Ob sie Träume für ihre Zukunft gehabt hatte, die Kleine, wie er? Oder träumten Frauen immer nur für andere? Wie seine Mutter, die dem Vater beistand in allem, was er tat, deren einzige Sehnsucht auf den Erfolg und das Glück ihres Sohnes gerichtet war.

Er trabte durch die nächtlichen, nur vom Sternenglanz und einer schmalen Mondsichel erleuchteten Straßen. In Begleitung des gewaltigen Tischlers hatte er kein Unheil gefürchtet, doch nun meinte er in jedem Schatten einen Räuber zu sehen. Er legte die Hand auf das Messer, das an seinem Gürtel hing. Wie dumm, dass er nicht daran gedacht hatte, den Tischler um eine Fackel zu bitten. Er konnte nur beten, dass ihn kein Nachtwächter aufgriff.

Wenn doch die Straßen gleichmäßig erleuchtet wären, dachte er, an jedem Haus eine Fackel oder Laterne.

Andererseits, wie hoch wäre dann die Brandgefahr? Besser wäre es, die Sterne sänken herab, um selbst dunkelste Winkel auszuleuchten, hingen glitzernden Bändern gleich über allen Gassen. Wie zauberhaft das von oben aussehen müsste, wenn man etwa vom Monte Berico auf die Stadt herabsähe. Eine große Aufgabe für Andrea, den Baumeister des Lichts. Über jedem Platz sollte ein Mond schweben, auf der Piazza dei Signori gleich eine ganze Reihe von ihnen. Marmorne Säulen würden im Mondlicht unter schwarzem Himmel schimmern, im Wettstreit mit der blassen Haut der Mädchen. Ungefährdet könnten sie sich zu nächtlichen Tanzveranstaltungen auf die Plätze wagen, sich vor seinen Augen drehen. Schaut, würden sie rufen, dort steht Andrea, dem wir unser Glück verdanken, sieht er her, meint er mich?

Er lächelte den imaginären Jungfrauen zu und schwenkte elegant seine Kappe. Die Straßenräuber, so nicht auch sie nur in seiner Einbildung existierten, erschraken vor seinen kunstvoll gesprungenen Tanzschritten, wichen zurück in die finstersten Schatten, vertrieben schon durch die Vorstellung künftigen Lichts.

Drittes Kapitel

Mariangela zwang sich, still im Finsteren zu liegen, mit offenen Augen, und die ruhigen Atemzüge des Mädchens zu zählen, das neben ihr unter der Decke schlief. Nur nicht daran denken, dass es nicht die Mutter war, die da lag. Selbst nicht schlafen, nicht sprechen, nicht fühlen. Nur das Atmen konnte sie nicht lassen, sie hatte es versucht. Noch hing sie fest an einem dünnen Faden, der ihre Seele an den Körper band. Das hatte der Priester gesagt, den sie geholt hatten am zweiten Tag, weil sie weder sprechen noch essen wollte.

Immerhin – sie konnte ihren Körper verlassen, konnte sich selbst beobachten, etwa wenn sie mit der fremden Familie beim Essen saß. So sah sie also zu, wie ihr Löffel mit Gerstenbrei oder Suppe in den Mund geschoben wurden, sah sich sitzen, schlaff wie ein Lumpenpüppchen und ebenso leer.

Sie hörte, dass es so nicht weiterging, dass das Waisenhaus nicht weit und Besuch dort erlaubt wäre und welche Schande es sei, dass kein Verwandter sich um das Mädchen kümmern mochte. Das waren Worte, die Allegras Mutter sprach. Lisbet nannte der Tischler sie. Ein Name, so fremd, dass er Mariangela sicher zum Lachen gebracht hätte, früher.

Allegra redete viel, vor allem abends, wenn sie gemeinsam unter der Decke lagen. Dann erzählte sie von der Familie und ihren Freundinnen und davon, wie ihr Leben aussehen würde, wenn sie endlich einen eigenen Haushalt führte. Sie redete und redete, überschüttete Mariangela mit Wörtern, als hoffte sie, diese würden sie irgendwann füllen und müssten dann über Mariangelas Lippen wieder herausrinnen. Doch Wort um Wort rieselte sandkorngleich in die große Leere, und es würde viele Tage dauern, hunderte, tausende, bis sie überquollen.

Mariangela sah zu, wie sich Allegras Miene verfinsterte, lange bevor sie die Beherrschung verlor und ihrer Mutter widersprach. Dass sie das Haus mit ihrem Schützling verlassen würde, schrie sie, dass die Heilige Jungfrau selbst sie zu Mariangela geführt und ihr befohlen hätte, diese dem Tod zu entreißen. Mariangela hörte ihre Beschützerin aufheulen, als Lisbet ihr einen Schlag auf den Hinterkopf versetzte, weil es eine gotteslästerliche Sünde sei, die Heilige Jungfrau für ihren Starrsinn verantwortlich zu machen.

Der kleine Fabio schnitt seiner Schwester Grimassen, von den Eltern unbemerkt. Mariangela sah Allegra die Zähne zusammenbeißen, sah sie den Löffel in die erkaltete Suppe tauchen und ihn ihr mit flehendem Blick an die blassen Lippen heben. Mariangela spürte nichts, öffnete dennoch den Mund und schluckte, wieder und wieder.

Einige Tage werde man noch abwarten, grummelte der Vater gutmütig, doch spätestens zu Pfingsten müsse eine Entscheidung fallen.

»Einige Tage«, wiederholte Lisbet und verdrehte die Augen. Fabio streckte Mariangela hinter dem Rücken des Vaters die Zunge heraus.

An einem wolkigen Tag, als Allegra mit der Mutter außer Haus war, um Besorgungen zu machen, schlich sich Mariangela in den Hof und nach hinten in die Werkstatt des Tischlers. Es war der Duft des frischen Sägemehls, der sie lockte. Sie kauerte sich in ein Eck, schloss die Augen und atmete den Geruch ein, der so frisch war und warm und der sie an nichts erinnerte, was sie kannte.

Der Lehrbub verspottete sie, als er bemerkte, wie sie an den Sägespänen schnüffelte. »Matta«, sagte er. »Pazza«, Verrückte. Er bewarf sie mit einer Handvoll Späne, die in ihrem Haar hängenblieben.

Der Tischler, der eben mit einem der Gesellen einen Kasten zusammenfügte, schwenkte drohend die Hand und rief den Burschen zu sich. Seine Stimme klang, als käme sie aus den Tiefen der Erde.

Mariangela zählte stumm bis tausend und wischte mit den Fingerspitzen Spuren in das Sägemehl, das den Boden bedeckte. Sie konnte nicht schreiben, doch zählen konnte sie, besser als viele Erwachsene. Weil es sie immer schon beruhigt hatte, große Zahlen auf ihrer Seite zu wissen. Zwei Brote waren besser als eines, und wer zehn Münzen hatte, musste sich nicht entscheiden zwischen Bohnen und Speck. Wenn von den tausend Blättern eines Baumes drei fielen, wurden sie nicht vermisst. Nur die letzten, die sich im Herbst an ihre Zweige klammerten, wurden bemerkt, betrauert vielleicht.

Tischler, Geselle und Lehrbub hatten den Kasten auf den Karren geladen und brachten ihn fort. Auch der zweite Geselle verließ die Werkstatt, ohne von Mariangela Notiz zu nehmen.

Mariangela erhob sich vorsichtig, als könnte sie bei jeder Bewegung zerbrechen, und durchstreifte die Werkstatt, betastete hier und da ein Stück Holz, legte schließlich einen Finger an die Zähne der großen Säge. Drückte fester, bis ein Tropfen Blut hervorquoll, prall und rund wie eine Perle. Sie schob den Finger in den Mund, dass der Tropfen nicht zu Boden fiel, saugte, bis nichts mehr kam. Schweren Schrittes schleppte sie sich hinaus, über den Hof in die Küche und zurück in Allegras Kammer. Sie ließ sich auf das gemeinsame Bett fallen und wartete.

Am nächsten Tag lebte sie noch immer. Lisbet drückte ihr eine Spindel in die Hand, weil sie spinnen können musste, das konnte jedes Mädchen, und dieses erst recht, wo doch die Mutter damit ihr Geld verdient hatte. Mariangela hielt die Spindel in der Hand, bis sie es nicht mehr ertrug und sie fallen ließ. Nie wieder würde sie eine anrühren, gerade wegen der Mutter.

»Schon wieder Tränen«, sagte Lisbet ärgerlich. Dabei meine man es doch nur gut. Sie schlug mit der Hand auf den Tisch, schüttelte den Kopf, dass sich eine blonde Strähne aus ihrer Flechtfrisur löste. Ihre lange Nase war an der Spitze ganz weiß.

Allegra kam, legte die Arme um Mariangela, die weinend am Tisch saß, flüsterte tröstende Worte in ihr Ohr. Dann nahm sie ihre Arbeit wieder auf, knetete Nudelteig. Als Fabio den Honigtopf umwarf und Lisbet ihn anschrie, stand Mariangela auf und ging hinüber in die Werkstatt.

Irgendwann ging der Tischler neben ihr in die Knie, hielt ihr einen Gegenstand unter die Augen. »Schau«, sagte er, »das habe ich für dich gemacht.« Es war ein Pferd aus Holz, so klein, dass sie die Hand darüber schließen konnte, glatt und warm. Sie hielt es fest.

Ob er ihr zeigen sollte, wie er es gemacht hatte?

Sie vermochte nicht zu antworten, nicht einmal zu nicken, aber ansehen konnte sie ihn und zusehen, wie er ein weiteres Holzstück aus der Kitteltasche zog und es mit dem Schnitzmesser bearbeitete. Man müsse spüren, welches Tier im Holz schlief, sagte er, und es befreien. Es sei ganz einfach und doch den wenigsten möglich. Er fand eine schlafende Katze, schälte sie behutsam aus ihrem Gehäuse und stellte sie auf ein Wandbord, um sie später zu polieren.

Auf dem Boden vor Mariangela lag nun das Schnitzmesser, daneben einige Holzreste. Niemand hätte in diesen verborgene Formen entdecken können, ob sie ihr Glück versuchen wolle, fragte der Tischler und erhob sich ächzend. Achtsam müsse sie sein, rief er ihr noch zu, die Klinge sei scharf, zärtlich zum Holz, nicht zum Fleisch.

Bis die Vesperglocken läuteten, tastete Mariangela

nach den eingeschlossenen Gestalten, zunächst nur mit den Augen, später nahm sie die Finger zu Hilfe. Sie fand einen Käfer, eine Ratte, beließ sie in Gefangenschaft.

In dieser Nacht träumte sie, lief an der Spitze einer Schar hölzerner Tiere durch Straßen und Felder.

Gleich nach dem Frühstück ging sie in die Werkstatt. Zaghaft begann sie mit dem Messer die Fesseln des Wesens zu lösen, das niemand außer ihr entdecken konnte.

»Lass sie allein«, hörte sie den Tischler flüstern, als Allegra kam, um nach ihr zu sehen.

Mariangela arbeitete den ganzen Tag. Es war schwieriger, als sie erwartet hatte. Winzige Späne schabte sie ab, um das Tierchen nur ja nicht zu verstümmeln. Als Lisbet zum Abendessen rief, hielt Mariangela ihr Werk umklammert, die Hand in der Tasche des Kittels verborgen. Nach dem Tischgebet ließ sie es Allegra in den Schoß fallen.

Allegra schrie auf, hielt das Geschenk in die Höhe und strahlte, dass man hätte meinen können, es bestünde aus purem Gold. Sie umarmte Mariangela, küsste sie auf Wangen und Stirn.

»Ein Eichhörnchen«, rief sie, »es ist ein Eichhörnchen!«

Der Tischler lächelte und nickte, und dann langte er mit seiner Pranke über den breiten Tisch, dass Mariangela fürchtete, er wolle sie schlagen, und den Kopf zwischen die Schultern zog. Doch er strich ihr nur übers Haar. Fabio schaute eifersüchtig drein. Lisbet verzog die Lippen zu einem freudlosen Lächeln und tauchte ihren Löffel in die Linsen.

»Es ist«, sagte der Tischler, »nun wohl die Zeit der Entscheidung gekommen.«

Mariangelas Herz blieb stehen.

»Lisbet?«, sagte der Tischler und sah seine Frau an, die mit gesenktem Blick gemächlich kaute und schluckte. Es war so still im Raum, dass man ihre Zähne mahlen hörte. Nur Allegra rutschte auf der Bank umher und bewegte die Lippen in lautlosem Gebet, die Augenlider fest zusammengepresst.

Schließlich hob Lisbet den Kopf, fixierte die erstarrte Mariangela und sprach zum ersten Mal ihren Namen aus.

»Meinetwegen kannst du bleiben, Mariangela.« Sie wandte sich wieder ihrer Mahlzeit zu.

Allegra lachte und zischte Mariangela zu, sie sei jetzt ihre kleine Schwester, dann packte sie ihre Schultern mit beiden Händen und schüttelte sie in ihrer Freude so heftig, dass Mariangela nach Luft schnappte. Schließlich griff sie nach ihrem Löffel.

VICENZA, FEBRUAR 1530

Viertes Kapitel

Inmitten der anderen Mädchen trat Mariangela aus dem Tor der Klosterschule auf die Straße. Die Mittagssonne blendete sie, ein kühler Wind blies und wirbelte den Lernstoff der vergangenen Stunden in ihrem Kopf durcheinander. Zu beiden Seiten des Tores warteten Knechte, Ammen und ältere Brüder, um ihre Schützlinge in Empfang zu nehmen. Mariangela umarmte Virginia, winkte der kleinen Gianna Maria und blieb bei den anderen Mädchen stehen, die wie sie ihren Heimweg allein antraten.

Auf einem Apfelschimmel trabte ein junger nobile heran, die Wangen vom Wind gerötet. Als er die Blicke der Mädchen bemerkte, schwenkte er den Hut zum Gruß und lächelte ihnen zu. Schmutz spritzte auf Mariangelas Rock, als er sein Pferd antrieb und vorbeipreschte, als ritte er in die Schlacht.

»Das war Giorgio Capra«, verkündete Giulia. Die Tochter des Goldschmieds galt unter den Mädchen als Expertin in Gesellschaftsfragen. »Ob er mit seinem Vater nach Bologna zur Kaiserkrönung reist? Ich würde mir das an seiner Stelle nicht entgehen lassen. Alle wichtigen Männer des Reichs werden dort sein! Erst letzte Woche hat mein Vater mit seiner Mutter gesprochen, als er ihr die bestellten ...«

Mariangela wandte sich ab. Mehr als die neuesten Ketten oder Kelche der Edelfrau Capra interessierte sie, warum alle so begeistert von dieser Krönung sprachen. Die halbe Stadt schien im Aufbruch. Fürsten von jenseits der Alpen hatten sich auf der Durchreise in Klöstern und Herbergen einquartiert. Man erkannte sie gleich an ihren seltsamen Gewändern mit den vielen Schlitzen, aus denen die Unterhemden quollen. Sie ritten durch die Straßen oder standen vor den brechend vollen Tavernen und prosteten einander in kehligen Dialekten zu.

Gestern hatte Mariangela nach dem Unterricht die Lehrerin, Schwester Candida, gefragt, warum die Fremden, die noch kurz zuvor das Land verwüstet hatten, jetzt wie Freunde willkommen geheißen würden. War es denn nicht derselbe Kaiser Karl, der den Sacco di Roma vor drei Jahren zu verantworten hatte? Dessen Söldner die Frauen Roms geschändet und Papst Clemens VII. verhöhnt und erniedrigt hatten? Und der sollte jetzt von ebendiesem Papst zum römischen Kaiser gekrönt werden? Eine seltsame Strafe für Raub und Mord.

Der Kaiser hätte die Plünderung der heiligen Stadt ja nicht angeordnet, es wären die Landsknechte gewesen, die außer Kontrolle gerieten, hatte Mutter Candida geantwortet und dabei zum Kruzifix geblickt. Und als hätte der Herr Jesus ihr tatsächlich Rat gespendet, hatte sie leise hinzugefügt: »Die hohen Herren kann eine Frau nicht verstehen, Mariangela. Sie schlagen sich, sie vertragen sich, und die Gnade des Vergessens wird ihnen, so nur genug Gold fließt, schneller zuteil als uns Frauen. Es ist besser für unser Seelenheil, wenn wir nicht zu viel grübeln, wenn wir in Demut verharren, da wir ohnehin nichts ändern können.«

Ja, dachte Mariangela, der Herr weiß die Antwort auf jede Frage, und meistens lautet sie: »Sei still!«

Sie presste sich die Hand gegen den Mund, um das Kichern zu ersticken. Übermut und schlechtes Gewissen hielten sich die Waage, wie beim Grimassenschneiden hinter dem Rücken von Mutter Lisbet. Doch anders als sie sah der Herr alles. Schnell schlug Mariangela ein Kreuz. Die unerforschlichen Wege Gottes auch nur ein einziges Mal in Zweifel zu ziehen konnte ihr Monate, wenn nicht gar Jahre im Fegefeuer einbringen.

Ohne auf den Weg zu achten, war sie hinter Rosalba und Caterina hergetrottet und auf dem Corso gelandet. Ein Stück weiter vorn stand auf der gegenüberliegenden Straßenseite das schönste Haus der Stadt, wie sie fand, der Palazzo Braschi-Brunello. Sie konnte nicht daran vorbeigehen, ohne hinaufzusehen und die zierlichen Balkone zu beiden Seiten der Loggia zu bewundern, die ihrerseits wie ein gerahmtes Bild in der rot verputzten Fläche saß.

Mariangela überhörte die Abschiedsworte der anderen Mädchen. Wieder einmal stellte sie sich vor, mit Allegra auf einem der beiden Balkone zu stehen und das Treiben auf der Straße zu kommentieren. In den Schatten hinter den Spitzbögen der Loggia meinte sie helle Kleider wallen zu sehen, hörte Mädchenstimmen zwitschern, als wäre ein Teil von ihr den Tagträumen vorausgeeilt. Doch dann streckte sich tatsächlich eine Mädchenhand zwischen den zierlichen Säulen ins Licht, wies auf sie, gefolgt von leisem Kichern. Erschrocken fuhr sie zusammen, eilte weiter. Es gab sie also, die Mädchen, die an ihrer statt in ihrem Lieblingshaus wohnten. Einfach herumstehen und in fremde Häuser starren, wenn das Mutter Lisbet wüsste.

Seit Allegra nicht mehr mit ihr in den Unterricht kam, geschah es allerdings häufiger, dass Mariangela auf dem Heimweg trödelte und träumte. An allen Ecken wurde gebaut, wurden hölzerne Häuser durch solche aus Stein ersetzt und Straßen frisch gepflastert. In den Arkaden und bei den Straßenhändlern gab es eine solche Vielfalt an Waren zu bestaunen, dass Mariangela ganze Tage dort hätte verbringen können. Doch Mutter Lisbet wartete nicht gern.

Wenn sie Mariangela doch gestatten würde, ihre kleinen Holztiere mit Hilfe eines Bauchladens zu verkaufen. Ganze Brigaden hatte sie inzwischen geschnitzt. Doch bisher wurden sie nur verschenkt. Lisbet brachte sie den Nachbarinnen mit, Marcantonio verteilte sie an seine Auftraggeber, Fabio nahm sie sich einfach und ließ sie dann irgendwo liegen.

»Na, Mädchen, Schal gefällt dir?«

So gut gefiel ihr der, dass sie gar nicht auf den Händler mit der ledrigen Haut und der rauen Stimme geachtet hatte, der sich nun über den Tisch beugte und ihr das Tuch um die Schultern schlang.

»Wo ist Vater, Mutter? Kaufen Schal für Principessa.«

Mariangela wand sich, doch der Fremde hielt sie im Schal gefangen. Er zwinkerte ihr zu, lachte.

»Du kommst mit mir, dann ich schenke dir.«

Sie duckte sich nach unten, entkam der Schlinge und lief schimpfend weiter, verfolgt vom Gelächter des Händlers und einiger Passanten. Ihr Herz pochte wild. Sie senkte den Kopf, dass niemand die Röte in ihrem Gesicht entdeckte, und flüchtete um die nächste Ecke.

Früher, als sie noch mit ihrer Mutter gelebt hatte – sie blickte zum Himmel, bekreuzigte sich –, hatte sie nicht so aufregende Dinge erlebt. Damals war sie überhaupt kaum je aus der Nachbarschaft herausgekommen. Die paar Schritte bis zum Markt, eilige Besorgungen an der Hand der Mutter, Spiele mit den Nachbarskindern, immer in Rufweite.

Sie meinte, die sanften Finger der Mutter zu fühlen, die sich um ihre weiche Kinderhand schlossen, sie leiteten. »Schau nur dort vorn, mein Schatz, dort steht schon die alte Maria, siehst du sie? Und ihre Marillen leuchten wie Abendsonnen!«

Mit geballten Fäusten blieb Mariangela stehen, schloss die Augen und schluckte die Tränen. Sie blickte in den blauen Himmel, sah zwei Mauersegler mit dem Wind spielen und ging weiter.

Ein paar Jahre war das alles erst her, und schon entglitt ihr das alte Leben. Oft reichten selbst Tränen nicht aus, ihr das Gesicht der Mutter in Erinnerung zu spülen. Sie hatte versucht, sie zu zeichnen, auf der Rückseite einer alten Rechnung, doch das Porträt war Papier geblieben. Bei dem Versuch, ein Bildnis zu schnitzen, hatte sie sich fast den Daumen abgehackt. Der Tischler hatte ihr verboten weiterzumachen. Er hatte ihr einen Handspiegel geschenkt.

»Dadrinnen siehst du sie«, hatte er gesagt, »dort wird sie für immer sein.«

Doch er irrte sich. Es gab Tage, an denen fand sie dort nichts.

In ihrem neuen Leben durfte sie fast jeden Tag zum Unterricht ins Nonnenkloster, durfte schreiben, rechnen und zeichnen lernen und Geschichten über Heilige und Helden hören. Fast das Beste daran war der Weg quer durch die Stadt. Ein oder zwei Jahre würde es wohl noch gehen. Dann hätte sie genug gelernt, würde wie alle anderen jungen Mädchen nur noch in Begleitung ausgehen dürfen. *Ehrbar* hieß das. Weil man sonst nicht geheiratet wurde.

Aber vielleicht wollte sie gar nicht heiraten, wollte lieber mit einem fahrenden Händler ziehen, nach Venedig reisen, der Stadt, in der sie geboren war, die sie mit der Mutter verlassen hatte, als man sie nach dem Tod des Vaters aus dem Haus geworfen hatte. Manchmal meinte sie, sich zu erinnern. An Wäsche, die über schmalen Kanälen im Wind wehte, an Gerüche. Doch nicht an die Pracht, von der alle sprachen. Ja, nach Venedig wollte sie, sich dort auf einem Schiff verstecken, aufwachen in einem fernen Land, in dem die Menschen auf den Händen gingen, mit Tierstimmen sprachen und schwarze, grüne oder gelbe Haut hatten. Ob farbige Abdrücke blieben, wenn man von ihnen berührt wurde? Ob die Frauen dort Hosen trugen, da Röcke doch ihre Beine freigeben mussten, wenn sie auf Händen gingen?

Doch ohne Allegra würde sie niemals fortgehen, und die wollte nicht weg. Seit sie nicht mehr zur Schule ging, führte sie Rechnungsbücher für den Vater, stritt mit der Mutter um die Haushaltsführung, bis es krachte. Sie traf sich mit ihren Freundinnen aus der Nachbarschaft, von denen zwei schon verlobt waren. Mariangela hätte

Allegra gern öfter für sich gehabt. Es kam ihr albern vor, wie die Schwester mit den anderen Mädchen kicherte und über die Haare und Schultern und Nasen und Zähne der jungen Männer redete, als wären das entweder Süßigkeiten oder eklige Käfer. Sie hatte das Gefühl, als summe Allegra innerlich wie ein Bienenstock.

Vor einigen Tagen, vor dem Einschlafen, hatte sie Mariangela fest umarmt, regelrecht erdrückt und ihr mit vor Aufregung zitternder Stimme anvertraut, dass sie auf einen Antrag wartete. Von Sali, Salvatore, dem Weberssohn, der Mariangela manchmal kurze Briefe für Allegra zusteckte, über deren Unbeholfenheit die Mädchen dann abends im Bett kicherten.

Heimlich trafen sie den Jungen am Brunnen oder auf dem Weg zum Markt. Mariangela blieb dann ein wenig zurück, tat, als interessiere sie sich für den Schmutz zwischen den Pflastersteinen oder ein ausladendes Gesims.

Hübsch war Sali, zweifellos, und freundlich, aber als Mann doch zu jung zum Heiraten mit seinen achtzehn Jahren. Es brauchte Geld, um einen Hausstand zu gründen. Und dass Allegra mit ihrer Mitgift in das Elternhaus des Jungen zog, würde Mutter Lisbet bestimmt nicht erlauben, zumal der alte Weber für seine Liebe zum Würfelspiel bekannt war.

Allerdings begannen die Eltern bereits, auf den üblichen Wegen nach einem geeigneten Kandidaten zu forschen, befragten Verwandte, Freunde, Nachbarn, obwohl Allegra erst in drei Monaten ihr fünfzehntes Lebensjahr vollenden würde. Ein junger Handwerksmeister wäre wohl willkommen, einer, den man in einer mehrjährigen Verlobungszeit gründlich auf seine Tauglichkeit prüfen könnte. Mariangela hoffte, dass sie nicht so bald fündig würden. Wenn sie schon sein musste, die Heiraterei, dann wollte sie gemeinsam mit Allegra

Hochzeit feiern. Brüder sollten es sein, die Haus an Haus wohnten.

Wieder blieb sie stehen, strich mit der Hand über einen Ziegelstapel, der aufgeschichtet in einer Baulücke lag, schnupperte Baustellenstaub, der so frisch roch, viel besser als der Straßenstaub. Aus diesen Ziegeln könnte ihr Haus entstehen. Es hätte einen Balkon an der einen Seite, von dem sie Allegra im Nachbarhaus die Hand reichen könnte, ohne die Straße zu betreten, und einen Balkon auf der anderen Seite, des Gleichgewichts wegen. Sie lächelte.

»Eh, Püppchen«, rief ihr ein Handwerksbursche zu, »du bist süß! Hast du eine ältere Schwester? Die würde ich gern kennenlernen!«

Er vollführte eine Geste, von der Mariangela nur wusste, dass sie unanständig war, und lachte. Was heute nur los war, dass man sie nicht in Ruhe ließ. Finster sah sie den Burschen an, der sich jetzt die Lippen leckte und hechelte wie ein Hund. Er war vielleicht zwei, drei Jahre älter als sie. Wenn ihr nicht bald eine Antwort einfiel, irgendetwas, was ihn kindisch und dumm dastehen ließ, würde ihr nichts übrigbleiben, als wegzulaufen.

»Was glaubst du, Sandro? Dass die ältere Schwester einen Hofhund sucht? Ist dir die Arbeit als Maurer zu beschwerlich?«

Die Worte kamen von einem jungen Mann, sehr schlank und höchstens mittelgroß, mit hoher Stirn und dunklen Locken, der mit einem halbaufgerollten Plan in der Hand hinter der Bauhütte hervortrat. Mariangela hatte ihn schon einmal gesehen. Das Mitleid in seinem Gesicht hatte ihr die gerade versiegten Tränen zurück in die Augen getrieben, damals, als der Tischler sie in sein Haus getragen hatte.

Der junge Mann stieß einen schrillen Pfiff aus und

deutete mit dem Zeigefinger auf eine kniehohe Mauer. Der Lehrling warf Mariangela eine Kusshand zu, rollte die Augäpfel gen Himmel und ging an die Arbeit.

»Du solltest besser nicht allein durch die Stadt laufen, meine Schöne, sonst bleibt überall die Arbeit liegen.«

Schon wieder spürte Mariangela die Röte über ihre Wangen ziehen. Dabei war sie gar nicht sicher, ob sie gerade ein Kompliment bekommen hatte oder eine Rüge. Weil auch sie ihre Pflichten vernachlässigte.

»Ich bin auf dem Heimweg von der Klosterschule«, verteidigte sie sich.

»Und wo wohnst du? Wer ist dein Vater?«

Mariangela zögerte. Eigentlich wollte sie ihn nicht an ihre erste Begegnung erinnern.

»Ich wohne bei Marcantonio, dem Tischler.«

Er sah sie an, die Augen mit einem Mal traurig, als wüsste er alles über sie. Dann lächelte er schwach, nickte.

»Die kleine Venezianerin. Soll ich dich nach Hause bringen? Oder«, er zwinkerte ihr zu, »darf ich dich der Obhut meines wohlerzogenen jungen Kollegen anvertrauen?«

Mariangela verdrehte die Augen. All das anzügliche Gezwinker heute, erst der Händler, dann der hier. »Nein, vielen Dank, ich finde den Weg. Auf Wiedersehen!«

Davoneilend spürte sie seinen Blick im Rücken, nicht stechend, wie den von Mutter Lisbet, eher ein Prickeln zwischen den Schulterblättern. Sie richtete sich auf, setzte die Füße elegant in einer Linie. Nun aber wirklich heimwärts.

Fünftes Kapitel

Die Straßen hatten sich in der einsetzenden Dämmerung bereits deutlich geleert. Handwerker klopften sich den Staub aus den Kleidern, bevor sie ihre Häuser betraten, manche mürrisch nach einem harten Tag, andere lächelnd im Gedanken an Frau und Kinder und ein gutes Essen. Aus den Tavernen drang der freundliche Lärm der frühen Abendstunden, in den sich wenig später die ersten betrunkenen Streitereien mischen würden.

Andrea liebte diese Zeit nachlassender Betriebsamkeit. Sein Magen rumorte, und die Vorfreude auf das Nachtmahl mit seinem Freund Elio wuchs. Lächelnd nickte er drei älteren Männern zu, die auf der Bank vor einem baufällig wirkenden Haus die letzten Sonnenstrahlen genossen, und bog um die nächste Ecke.

Immer wieder blickte er auf die halbfertige Skizze in seiner Hand. Den Weg durch die vertrauten Straßen fanden seine Füße allein. Er brauchte bis zum nächsten Tag eine Lösung für dieses Eckdetail, dessen Unbeholfenheit ihm bisher zu seiner Schande entgangen war. So, wie er es jetzt skizziert hatte, würde es immerhin gehen, wenn ihm nicht noch etwas Besseres einfiele.

Ausgerechnet der verstockte Lümmel Sandro hatte ihn auf den Fehler stoßen müssen. »Ist doch egal«, hatte der gesagt, »das wird auch so halten.«

Als ob es der einzige Zweck eines Gebäudes wäre, nicht einzustürzen. Andrea kratzte sich mit der Linken hinter dem Ohr und erhielt einen unvermittelten Schlag gegen den Ellbogen. Erschrocken sah er auf und bekam im gleichen Moment einen Stoß von der anderen Seite.

»Was fällt dir ein, mich anzurempeln?«, knurrte einer der drei Burschen, die seinen Weg blockierten.

»Bildest dir wohl ein, die Straße gehört dir«, fügte ein anderer hinzu.

»Vielleicht weil du so schön zeichnen kannst«, höhnte wieder der erste und riss Andrea die Skizze aus der Hand.

Andrea kannte ihn, wenn auch nicht mit Namen. Ein Hufschmiedgeselle aus dem Viertel Pedemuro, nicht größer, aber fast doppelt so breit wie er selbst. Größer waren dafür die beiden anderen, die er noch nie gesehen hatte.

Nun, er würde sich nicht provozieren lassen. Schließlich war es nicht das erste Mal, dass ihm Derartiges widerfuhr. Ob es an seiner wenig furchteinflößenden Statur lag oder andere Ursachen hatte, bereits in seiner Kindheit war er ein beliebtes Opfer der Dummen und Starken gewesen. Er atmete tief durch und lächelte, als hielte er den Angriff für einen gelungenen Scherz, dann streckte er die Hand aus.

»Schön, dass dir die Skizze gefällt. Kann ich sie jetzt bitte wiederhaben?« Er hoffte inständig, dass das Zittern seiner Stimme nur für ihn hörbar war.

»Bitte, bitte, bitte!«, höhnte der Hufschmied mit Kinderstimme. Er grinste böse und gab das Papier an seinen Kumpan weiter.

»Spring doch, wenn du sie wiederhaben willst!«, rief der und schwenkte die Zeichnung über seinem Kopf. »Ist wohl ein Geschenk für deine Mamma?«

Andrea hielt die Luft an und fühlte seine Knie weich werden. Sein Magen verkrampfte sich.

»Gut, dann behaltet sie eben«, stieß er hervor.

Er versuchte sich zwischen den Burschen hindurchzudrängen, doch die Lücke schloss sich, und die drei tänzelten nun im Kreis um ihn. Einer riss ihm die Kappe vom Kopf.

»Und die, können wir die auch behalten?«

Andrea schluckte. Er sah sich nach Hilfe um, doch gerade jetzt war die schmale Gasse leer. Er dachte daran, zu schreien. Vielleicht würde sich dann ein Fenster öffnen, und jemand käme ihm zu Hilfe. Doch er war kein Kind mehr, das auf das Einschreiten Fremder zählen konnte, wenn es in Schwierigkeiten geriet. Wer würde sich ihm zuliebe mit drei kräftigen Burschen anlegen? Wieder traf ihn ein Stoß, ließ ihn taumeln.

»Was ist, Hosenscheißer? Vielleicht gebe ich dir die Kappe, wenn du noch einmal ganz brav bitte sagst. Wird deine Mamma böse, wenn du ohne dein feines Käppchen heimkommst?«

»Ach was, Rocco, die Hure macht dann ein paarmal die Beine breit, und schon kann sie ihrem kleinen Schätzchen was Neues kaufen, nicht wahr, Liebling?«

Ein kräftiger Rempler ließ Andrea gegen den Hufschmied prallen, der ihn zu Boden stieß. Er stützte sich auf Hände und Knie, wagte nicht, gleich aufzustehen, aus Angst vor dem nächsten Schlag. Was wollten die Dreckskerle von ihm? Wenn er nur wüsste, was sie so wütend machte. Den Kopf zwischen die Schultern gezogen, rappelte er sich auf, hob die Handflächen.

»Leute, bitte! Ich habe euch doch nichts getan. Ich will nur meinen Frieden. Wenn es euch Spaß macht, euch zu prügeln, dann tut das doch untereinander.«

Für einen Moment hielten die drei tatsächlich inne. Andrea meinte, es in ihren Köpfen rattern zu hören. Dachten sie ernsthaft über seine Worte nach? Einer der Rüpel, der, den sie Rocco genannt hatten, kratzte sich am Kopf.

»Du meinst wohl, wir schlagen keine kleinen Mädchen. Du bist doch ein Mädchen, nicht?«

Affektiert winkelte er die Hand ab und schwenkte x-beinig die Hüften. Begleitet vom hämischen Gelächter des Hufschmieds, steckte sich unterdessen der größte der Wegelagerer die Kappe vorn in die Hose und rief: »Ich mag deine Kappe! Die wärmt mir so schön die Eier!«

Andrea fühlte, wie der Zorn begann, ihm den Verstand zu vernebeln, ihn bald seine Ohnmacht vergessen und das Messer ziehen lassen würde, wenn sie ihn nicht endlich zufriedenließen. Er biss die Zähne zusammen, richtete sich auf und zischte, fast gegen seinen Willen: »Das freut mich! Ich habe noch schönere, du kannst mir die abkaufen.«

Ein Fausthieb traf ihn über dem Auge, ließ ihn zurücktaumeln und die Haut aufplatzen.

»He, ihr da unten!«, keifte eine Frau aus einem Fenster. »Macht euch davon, sonst gieß ich euch meine Pisse über die Schädel! Vorstadtpack, elendiges!«

Alle vier sahen auf zu der grauhaarigen Frau, die tatsächlich ein Nachtgeschirr in der Hand hielt. Gerade in dem Moment kam ein Reiter die Gasse herunter. Er zögerte kurz, legte dann die Hand an sein Schwert und trieb sein Tier energisch vorwärts, zwang sie, den Weg freizumachen. Andrea sah seine Peiniger nach rechts ausweichen und drückte sich links an die Hauswand, quetschte sich an dem Pferd vorbei und rannte, bog um die nächste Ecke und rannte weiter, zweigte erneut ab und fand sich endlich auf einem belebten Platz, gerade vor der Taverne, die er ursprünglich angesteuert hatte. Er beugte sich vor, stützte die Hände auf den Knien ab und versuchte, wieder zu Atem zu kommen.

Eines Tages, dachte er, eines Tages … Doch was wollte er tun? Die Kerle hinterrücks töten? Ihre Frauen und Töchter schänden? Nein, dachte er, eines Tages werde ich der Reiter sein, den niemand anzugreifen wagt. Und ich werde ein Schwert tragen oder einen eisenbeschlagenen Knüppel, der euch die Dummheit aus den Schädeln schlägt.

Er klopfte sich den Straßenschmutz von der Hose, strich sich das verschwitzte Haar aus der Stirn und betrat die Taverne.

Sechstes Kapitel

Sie hatten ihre schönsten Kleider angezogen und Bänder in die Haare geflochten. Arm in Arm schritten sie über die Piazza, die edelste aller Prinzessinnen und ihre treue Vertraute Mariangela. Hoheitsvoll grüßten sie Bekannte und kicherten über dieses Kleid und jenen allzu affigen Bart. Die Köpfe in den Nacken gelegt, verfolgten sie die Kunststücke eines Seiltänzers, der zwischen zwei Häusern in der Luft hin- und herspazierte. Wie eine Spinne, dachte Mariangela und schlug sich keuchend eine Hand vor den Mund, als der Mann ausglitt und mit dem Hinterteil auf dem Seil landete, um zurückfedernd gleich wieder auf den Beinen zu stehen. Hoch über den applaudierenden Zuschauern verbeugte er sich, warf Kusshände in die Menge.

Fabio jammerte und drängelte, und so spazierten sie weiter, obwohl Mariangela gern noch länger zugesehen hätte. Vor einem Tanzbären, der sich zu schiefer Flötenmusik lustlos auf der Piazza drehte, blieb Fabio stehen, beide Hände um Marcantonios Arm geklammert.

»Der tanzt besser als du«, sagte Lisbet zu Marcantonio, der sie daraufhin einige Male im Kreis herumwirbelte, den kreischenden Jungen mit sich reißend.

Mariangela bemühte sich, neben der hochgewachsenen Allegra nicht allzu unscheinbar zu wirken. Immerhin leuchtete ihr rotblondes Haar in der Abendsonne, fing die Blicke ein, die an Allegra abwärts glitten. Mariangela streckte sich noch ein wenig, schwebte dahin auf Zehenspitzen. Doch so fiel noch mehr auf, dass ihr Kleid zu kurz war. Allegra warf ihr einen belustigten Blick zu und küsste ihre Stirn.

Hinter ihnen gingen Lisbet und Marcantonio, den Kleinen zwischen sich, damit er in der Menge nicht verlorenging. Die Mädchen fühlten den Tischler in ihrem Rücken wie einen lebenden Wachturm. Immer wieder sahen sie die Mienen entgegenkommender Burschen mitten im Lächeln gefrieren. Offenbar bestrich der Vater ihre Route mit Blicken, die wirkungsvolle Drohungen enthielten. Als sich wieder einmal ein Junge abwandte, als hätte er eine Ohrfeige kassiert, bohrte Allegra der Gefährtin den Ellbogen in die Rippen.

»Der hatte es auf dich abgesehen, mein Eichhörnchen, hat bei deinem Anblick an Dinge gedacht, von denen du noch gar nichts wissen darfst.« Sie kicherte.

Mariangela fühlte sich geschmeichelt und gleichzeitig ausgeschlossen. Doch das aufregende Gedränge, das rund um sie herrschte, ließ sie den kurzen Stich gleich wieder vergessen. Fast vergessen war auch die Kopfnuss von Mutter Lisbet. Nur wegen der Tücher, die sie in ihren Ausschnitt gestopft und die Lisbet ihr mit verkniffenen Lippen wortlos wieder herausgerissen hatte. Dabei war das Allegras Idee gewesen.

Vor ihnen geriet die Menge ins Stocken. Ein Spielmann griff nach seiner Laute. Er war fast so groß wie Marcantonio, doch schlank und weizenblond und mit einem Lächeln, das alle Frauen auf sich bezogen. Selbst Mutter Lisbet flatterte mit den Wimpern, lächelte sogar. Silberblond glänzte ihr Haar, wie das des Lautenspielers. Zum ersten Mal fiel Mariangela auf, dass sie früher hübsch gewesen sein musste. Wenn man von der langen Nase absah.

»Gern wär ich Gero aus Gent, doch meine Wiege stand in Antwerpen, weshalb man mich Anselm nennt«, stimmte der Spielmann an, scherzte mit den Umstehenden, verteilte Komplimente.

Sein Italienisch war einwandfrei, auch wenn es sich in Mariangelas Ohren anhörte, als wäre sein Mund so mit Wörtern angefüllt, dass jedes einzelne etwas verbogen herauskam. Doch seine tiefe Stimme klang anziehend, so dass sich Trauben von Mensch um ihn bildeten.

»Den ganzen weiten Weg zu Fuß?«, rief ein Mann aus der Menge.

»Zu Land, zu Wasser, durch die Luft, ganz wie es sich ergab. Der Wind, der dort im Norden bläst, weht ganze Häuser oft davon, lässt sich zum Reisen trefflich nutzen.«

Er spreizte seinen Mantel mit den Armen und sirrte und pfiff, dass Mariangela beinahe meinte, sie stünde mitten im Sturm. Anderen schien es ebenso zu gehen. Rote Wangen rundherum, ausgelassenes Pfeifen und Johlen der jungen Männer.

Allegra rangelte mit ihrem Bruder, der sich von ihrer Hand losgerissen hatte. Der Spielmann rief den Kleinen zu sich, drückte ihm seine Kappe in die Hände und deutete auf die Umstehenden.

»Ich bitt um eine Münze euch, teilt euren Schatz mit mir! So wie ich meinen teil mit euch. Wie zahl ich sonst mein Bier?«

Scheinbar aus dem Stegreif reimte er vor sich hin, während Fabio mit wichtiger Miene die Runde machte. Schließlich warf Anselm einen Blick in die Kappe, nickte zufrieden und steckte seinem kleinen Gehilfen eine Münze zu. Mit vor Stolz federnden Schritten lief Fabio auf seine Schwester zu.

Von Sultan Süleyman, den man den Prächtigen nannte, sang Anselm. Dass der von Osten her Venedig bedrängte, davon hatte Mariangela gehört, doch nicht, dass sein Reich dem des Kaisers ebenbürtig war. Wie kann das sein, dachte sie, wo Gott doch mit den Gläubigen ist? Schon lieferte Anselm die Erklärung: Groß wie ein Federbett wäre der Turban, den der Sultan auf dem Kopf trug. Was als Teufelshörner konnte sich darunter verbergen?

Rundherum Gemurmel, hastig wurde das Kreuz geschlagen.

Anselm ließ nun Süleyman gen Wien ziehen, mit hundertzwanzigtausend Mann. Fingerspitzen klopften im Takt der Pferdehufe auf das Holz der Laute. Kamele zogen durch das sommerliche Serbien, durchquerten im Dauerregen Ungarn, und Mariangela wanderte in Gedanken mit ihnen.

Sie zog die Schuhe aus dem Schlamm, jeder Schritt beschwerlich, bis endlich in der Ferne die Stadt auftauchte, größer als Vicenza noch. Fast bis zum Himmel reichte die Turmspitze des Doms, der in ihrer Mitte stand. Und rund um Wien die Felder voller Zelte. Nur einige tausend Verteidiger standen schaudernd auf den Mauern, bis der Beschuss begann. Die Kirchenglocken schwiegen.

Teuflische Grausamkeiten der Ungläubigen beklagte der Spielmann. Die Zuhörer schrien auf bei den Beschreibungen von Kleinkindern am Spieß, von Schwangeren mit aufgeschlitzten Bäuchen und Bauernblut, das Erde in Morast verwandelte. Die fremden Verluste riefen die eigenen wach, die Kriege der letzten Jahrzehnte.

Unter dem dauernden Beschuss der Kanonen drangen die Belagerer weiter vor. Wie Maulwürfe wühlten sie unterirdische Gänge, unbemerkt, bis ein christlicher Überläufer den Plan in der Stadt verriet. Wasserbottiche wurden rundum auf die Stadtmauer gestellt. Der Wellenschlag sollte anzeigen, wo unterirdische Erschütterungen stattfanden.

Mariangela mochte den Mann kennenlernen, dem diese Idee gekommen war. Sicher war es in Wirklichkeit eine Frau gewesen, dachte sie. Was wussten Männer schon von Waschzubern?

Die Verteidiger gruben nun eigene Gänge, trachteten die Ungläubigen abzufangen, bevor sie von unten Löcher in die Stadtmauer sprengten. Kämpfe von Mann zu Mann, Schwert auf Fleisch und Schreckensschreie in grabesgleicher Finsternis. Von Zeit zu Zeit feuerte ein Leichtsinniger seinen Vorderlader ab und traf ein Fass mit Schießpulver, »und näher«, tönte Anselm, »kann man der Hölle auf Erden nicht kommen«.

Achtzehn Tage währte die Belagerung, prüfte der Herr die Gläubigen, um ihnen schließlich beizustehen. Auf den vom Regen aufgeweichten Straßen geriet der Nachschub der Türken ins Stocken. Jeder Hof, jedes Dorf war geplündert, die Tiere hingeschlachtet. Schließlich musste Süleyman zum Rückzug blasen. Und endlich läuteten wieder die Glocken von Sankt Stephan. Der Herr hatte die Seinen gerettet, mit Strömen von Wasser das Höllenfeuer gelöscht, wenn auch nicht ohne Hilfe der Landsknechte.

Wie viele von ihnen, dachte Mariangela, mochten beim Kampf um Wien die Sünden abgebüßt haben, die sie bei der Plünderung Roms zweieinhalb Jahre zuvor begangen hatten?

»Huren und Söldner«, sang Anselm, »wer wollt auf sie verzichten, bevor sein Leben sie vernichten.«

Gelächter, ein Tumult, eine betrunkene Stimme rief Unfreundliches in fremdem Dialekt.

»Was sagt er?«, fragte Allegra. Mariangela zuckte mit den Schultern.

»Er sagt, ich solle auf meine Worte achten, wenn ich nicht mit einem Schlitz in der Kehle erwachen will«, antwortete der Spielmann mit einer galanten Verbeugung. »Ich danke also dem hochgeschätzten Herrn Landsknecht für seine nimmermüden Bemühungen zur selbstlosen Verteidigung der Christenheit, die in wenigen Tagen mit der Krönung des allerchristlichsten Herrschers in Bologna ihren Höhepunkt finden werden. Halleluja!«

Der besoffene Söldner grinste, hob seinen Krug und trank ihn in einem Zug leer. Rülpsend wischte er sich mit dem Ärmel über den Mund, drehte sich um und wankte auf die Taverne zu. Auch Anselm packte zusammen, hängte sich die Laute auf den Rücken, drechselte Reime über klamme Finger.

Als hätten erst seine Worte die Februarkälte wieder geweckt, fröstelte auch Mariangela. Sie zog das Wolltuch enger um die Schultern, klemmte das Unterkleid zwischen die Beine, um die Kälte abzuhalten, die unter ihre Röcke zog. Allegra stieß sie an, schüttelte missbilligend den Kopf.

Die Eltern standen jetzt bei dem Lautenspieler. Marcantonio lachte, dass sein massiger Körper bebte, während Lisbet mit leicht geöffneten Lippen jedes Wort des Fremden aufzufangen schien.

»So habe ich sie noch nie gesehen«, flüsterte Mariangela.

»Er kommt aus der Heimat ihres Vaters«, antwortete Allegra. »Wann sonst hat sie Gelegenheit, diesen barbarischen Dialekt zu üben?« Grimassierend stieß sie einige flandrisch klingende Phantasiewörter aus.

Natürlich kannte Mariangela die Geschichte von Lisbets Vater, den es einst als wandernden Helmschmiedgesellen über die Alpen nach Vicenza verschlagen hatte. Die Liebe zur Tochter seines Maestros, die Übernahme der Werkstatt. Bis zu seinem Tod im letzten Jahr war er in Vicenza geblieben, hatte sechs Töchter gezeugt und keinen einzigen Sohn.

»Macht mir den Krieg nicht schlecht!«, hatte Mariangela den alten Mann sagen hören. »In Friedenszeiten hätte ich jede zweite Tochter nach der Geburt ersäufen müssen, was immer noch besser ist, als sie auf die Straße zu schicken. Mitgift für sechs, das treibt den besten Schmied in den Ruin.«

Ein Scherz, sicherlich.

Marcantonios Arm lag jetzt auf den Schultern des Spielmanns, als wäre der ein alter Freund. Die Kinder näherten sich. Fabio hängte sich an die Hand seiner Mutter, hüpfte auf und ab.

»Mir ist kalt, ich bin müde!«

»Wir sehen uns also wieder, in wenigen Wochen«, sagte Marcantonio. »Ihr seid herzlich willkommen in meinem Haus!«

Anselm bedankte sich, verbeugte sich vor Lisbet, lächelte den Mädchen zu, tätschelte Fabios Kopf. »Ich bringe euch Geschichten mit, für jede warme Mahlzeit eine«, sagte er. Dann rieb er sich die Hände, blies hinein und rieb sie wieder. »Wenn ihr mich jetzt entschuldigt. Warmer Wein tut not, sonst frier ich mich noch tot.«

Allegra stieß Mariangela an, verdrehte die Augen. Anselms Charme schien ihren Geschmack nicht zu treffen.

»Er wird bei uns wohnen?«, fragte Fabio und boxte seine Schwester gegen den Oberschenkel.

»Fabio!« Der Tischler packte seinen Sohn am Nacken, dirigierte ihn weg von den Mädchen. »Ja, er will bei uns wohnen auf dem Rückweg von Bologna. Er kommt aus der Heimat von Großvater Hans, kennt sogar dessen Bruder, den Onkel eurer Mutter.«

»Ich werde auch Spielmann«, schrie Fabio und zupfte wild eine unsichtbare Laute. »Dann zieh ich in den Krieg gegen die Türken!«

Mariangela nahm kichernd Allegras Arm und sah zu ihr auf. Wie dumm der Kleine war.

Ihr Atem bildete Wölkchen in der kühlen Abendluft. Einen samtenen Mantel mit Pelzfutter wollte sie haben, so wie die Kaufmannsfrau, die ihnen jetzt entgegenkam. Marcantonio grüßte sie mit freundlichem Nicken. Doch nein, sein Gruß galt gar nicht ihr, sondern den drei jungen Männern, die hinter ihr kamen.

Mariangela hielt den Atem an. Einer von ihnen war der Steinmetzgeselle, mit dem sie vor wenigen Tagen erst auf dem Heimweg gesprochen hatte. Andrea. Sein linkes Auge war zugeschwollen, die Braue darüber blutverkrustet. Ob er sich geschlagen hatte? Womöglich um ein Mädchen? Hoffentlich schwieg er, verriet nichts von ihrem Streifzug nach der Schule. Doch nein, er grüßte nur höflich zurück, ging weiter, und erst im letzten Moment streifte er wie zufällig ihren Arm und zwinkerte ihr zu.

VICENZA, APRIL 1530

Siebentes Kapitel

Eingehüllt in eine Decke, saß Mariangela auf den Stufen, lauschte den gedämpften Stimmen aus der Küche. Nicht eine der Geschichten wollte sie versäumen, die der Spielmann zu erzählen hatte. Auch wenn die nicht für Kinderohren gedacht waren.

Wenn Anselm am Tisch saß, sparte er sich zumeist die Dichtung, nahm auch nur selten sein Instrument zur Hand. Doch sein Vorrat an Geschichten schien endlos. Manchmal saß er nur da, ganz in sich selbst versunken, und murmelte neue Reime vor sich hin, drehte und wendete sie, bis sie sich fügten. Den sechsten Tag teilte er nun schon ihr Heim, würzte jede Mahlzeit mit Anekdoten, Märchen oder Selbsterlebtem. Untertags, wenn er aus seiner Heimat erzählte, ließ Mutter Lisbet sogar die Arbeit liegen. Oft wiederholte sie Namen, ganze Sätze, Beschreibungen von Orten, als müsste sie sich die für späteren Gebrauch einprägen. Als könnte sie je so weit reisen.

Fabio wich dem Spielmann nicht von der Seite, und der erteilte ihm Unterricht. Anfangs hatte der Kleine wie ein Krieger auf die Laute eingehackt. Doch mit Geduld und vielen süßen Worten hatte Anselm ihn gezähmt. So jedenfalls schien es Mariangela, die gar nicht fassen konnte, wie viel Sanftheit in dem sonst so groben Bengel steckte.

Auch sie selbst hatte sich einige Griffe zeigen lassen und dafür finstere Blicke von Allegra geerntet. Die konnte Anselm nicht ausstehen, sagte nicht, weshalb. Damit machte sie es Mariangela unmöglich, zuzugeben, wie aufregend sie selbst ihn fand. Und es waren nicht nur die Geschichten. Er sprach jede Sprache der christlichen Welt, hatte ihr beigebracht, wie man das R trocken in der Kehle krächzte wie im Deutschen oder wie in England mit gerollter Zunge formte, so dass es klang, als jaule ein Hund. Sogar ein englisches Lied hatte er sie gelehrt, mit dem sie Fabio nun jeden Abend in den Schlaf sang. Doch wenn sie es anstimmte, verließ Allegra den Raum.

»Wie ein Hündchen läuft er der keuschen Anna nach, sagt man, überhäuft sie mit Geschenken und kommt doch nie zum Stoß.«

Mariangela hörte Mutter Lisbet lachen. Schon beim Abendessen war vom englischen König Enrico die Rede gewesen, der vom Papst den Segen für die Trennung von seiner Frau Katharina begehrte. Einen gotteslästerlichen Barbaren hatte Marcantonio ihn genannt, juwelenbehängt oder nicht, das Sakrament der Ehe gelte auch für Fürsten. Und die Kinder gehörten auf der Stelle ins Bett.

Kaum war der widerstrebende Fabio in seine Kammer gebracht und das Schlaflied gesungen, hatte Mariangela unter Allegras Protest auch schon ihre Decke an sich gerafft und ihren allabendlichen Lauschposten eingenommen.

Von Maria und Anna Bolina war die Rede, zwei Schwestern am englischen Hof. Die eine hatte das Bett des Königs geteilt, die andere die gleiche Gunst verweigert, und nun erniedrigte sich der König vor ihr und der ganzen Welt. Seit Jahren schon verfolgte er sie mit seiner Liebe und wollte sie sogar zur Königin machen.

Mariangela wurde ganz schwindelig bei dem Gedanken, dass eine Frau den König eines Landes nach ihrem Willen lenken konnte. Indem sie nahm, was ihr gegeben wurde, und Unmögliches forderte, ohne selbst etwas zu geben. Ob das ein Beweis für die Überlegenheit der Keuschheit war, die Schwester Candida so gern betonte?

Ein Leben in Keuschheit. Schon sah sich Mariangela majestätisch zur Sonntagsmesse schreiten, gefolgt von einer Schar ihr verfallener Männer, denen sie, und das war das Beste, in keiner Weise entgegenkommen musste. Mit etwas Glück, dachte sie, konnte eine Frau so gleich reihenweise Männer zur Keuschheit verführen. Sie musste Allegra wecken, fragen, was die von diesem Plan hielt.

»Das Volk allerdings nennt Anna trotz ihres keuschen Gehabes eine Hure«, sagte der Spielmann jetzt. »Weil sie am französischen Königshof aufgewachsen ist. Wie liederlich es dort zugeht, weiß jeder. Manche behaupten auch, nur durch die Kunst der Hexerei könne es ihr gelungen sein, den König auf diesen ketzerischen Irrweg zu locken. Eine über zwanzig Jahre dauernde Ehe, der immerhin ein Kind entsprungen ist, für ungültig zu erklären. Wer hätte so etwas schon gehört?« Anselm lachte auf. »Andererseits, wer weiß, wie viele Leben sich auf diese Weise retten ließen? Keine Frau müsste mehr den Mann vergiften, kein Gatte sein Weib mit dem Kissen ersticken.«

Schweigen. Mariangela bekämpfte den Drang, sich zu räuspern und die herabrutschende Decke zu richten. Jedes noch so leise Rascheln würde sie verraten. Endlich nahm der Spielmann seine Laute, schlug einige Akkorde an.

»Der Huren Keuschheit, das gäbe einen Titel für eine Ballade.«

»Für heute ist's genug«, brummte Marcantonio, stellte seinen Becher geräuschvoll ab und schob die Bank zurück. »Sonst verderben mir deine gottlosen Geschichten noch den Schlaf.«

Eilig stand Mariangela auf, wobei sie auf ihre Decke trat und sich vor Schreck auf die Zunge biss. Sie stützte sich an der Wand ab, verhinderte gerade noch den Sturz.

»Ich komme bald nach«, hörte sie Lisbet sagen. »Muss noch Gerste und Rosinen einweichen für den Frühstücksbrei. Und die Becher auswaschen.«

Blieb Mutter Lisbet allein mit Anselm in der Küche, wo der sein Lager neben dem Herd aufgeschlagen hatte? Der Tischler murmelte etwas, das Mariangela nicht verstand, dann hörte sie seine Schritte nahen und verzog sich schleunigst.

PADUA, APRIL 1530

Achtes Kapitel

Mit Daumen und Zeigefinger angelte sich Andrea eine Gräte aus dem Mund und ließ sie zu Boden fallen. Nachdem er die restliche Suppe mit einem Stück Brot aus der Schale gewischt hatte, lehnte er sich zurück.

»Du könntest an jedem Fürstenhof kochen, Mutter. Keine würzt den Fischeintopf so gut wie du!«

»Ach, Junge, du tust ja gerade so, als gingst du bei den nobili ein und aus. Drei Sorten Fisch aus dem Fluss, mit Zwiebel und Knoblauch in Öl angeschmort, Mehl darauf und dann mit Petersilie und Spinat in Wein gesotten, das ist das ganze Geheimnis. Salz und Wasser nicht zu vergessen. Wenn heute nicht Gründonnerstag wäre, dann hätte ich dir ein richtiges Festmahl bereitet.«

Sie zog ihn zärtlich am Ohr und tätschelte seine Wange.

»Wie dicht dein Bart geworden ist! Du siehst schon wie ein richtiger Mann aus.«

»Ich bin ein Mann, Mutter!«

Ärgerlich, dass er gerade diese Worte mit so hoher Stimme ausgestoßen hatte, dass man ihn tatsächlich für einen Halbwüchsigen halten könnte. Er räusperte sich. »Ich bin bald zweiundzwanzig, da könntest du dich langsam daran gewöhnen, dass ich kein Wickelkind mehr bin.«

»Wie denn, wenn ich dich nur alle Jahre einmal zu sehen bekomme? Und du warst so ein süßes Kind! Etwas unruhig allerdings. Immer wenn …«

»Jetzt hör doch auf, ihn in Verlegenheit zu bringen, Marta!«, unterbrach sie der Vater mit vollem Mund, bekam einen Hustenanfall und spie Fischfasern und Zwiebelstücke über den Tisch. Er schluckte, rülpste und wischte sich mit der Hand über den Mund. »Deine Mutter will dich nur daran erinnern, dass wir teilhaben an deinem Erfolg, Junge. Wir sind stolz auf dich! Maestro Giovannis rechte Hand! Und wie freundlich er über dich spricht.«

»Ich gebe mein Bestes.«

Kaum war er angekommen, sein Hintern noch wund von dem ungewohnten Ritt auf dem Mietgaul, schon sehnte er sich zurück in die Werkstatt, auf die Baustelle, nach Vicenza. Sosehr er seine Eltern liebte, sie gehörten zu seiner Vergangenheit, nach Padua, der Stätte seiner Kindheit. Sein Leben wartete in Vicenza auf ihn. Vielmehr wartete es nicht, sondern lief einfach weiter. Ohne ihn.

Er lächelte dem Vater zu, der seit seinem letzten Besuch alt geworden war, die Falten wie mit dem Meißel eingekerbt. Sein Haarwuchs war zwar noch dicht, jedoch zunehmend grau unter dem Schleier des Mehlstaubes, der den ganzen Mann bedeckte, jede Pore verschloss und selbst nach einem Bad nie ganz verschwand, wie Andrea sich erinnerte. Der Staub eint uns, dachte er. Steinstaub oder Mehlstaub, mineralisch oder pflanzlich, fein zermahlen, ist alles eins. Wobei er selbst immer seltener den Meißel zur Hand nahm. Weniger Staub also, dafür Tintenflecken an den Fingern.

Der Vater hustete noch immer. Die Mutter stützte die Hände auf den Tisch, stemmte sich hoch und stellte die leeren Teller zusammen. Wie mühsam sie ihr Bein nachzog. Früher hatte sie sich voller Schwung bewegt, fröhlich und leichtfüßig, trotz des steifen Knies. Und immer hatte sie gelacht, ihre Lippen so voll, der schönste Mund in ganz Padua. Die hinkende Marta mit dem schönen Mund, hatten die Leute gesagt.

Andrea stand auf, nahm Becher, Löffel und Messer, trug sie zur Waschschüssel. Von hinten legte er die Arme um die Mutter und drückte ihr einen Kuss auf die Wange, verschob dabei ihre Haube und versuchte sie wieder zurechtzuziehen. Sie schnippte ihm ein paar Tropfen ins Gesicht und brachte ihre Kopfbedeckung selbst in Ordnung.

»Erinnerst du dich noch an die kleine Maresa von nebenan, die mit der Stupsnase und den dicken Zöpfen?«

Er nickte.

»Die hat vor zwei Monaten an Giuliana deinen Freund Berto geheiratet, und schon wölbt sich ihr Bauch, dass es sich nicht mehr verbergen lässt. Wo doch die heilige Giuliana die Entbindungen schützt.«

Andrea lächelte.

»Habt ihr nicht viel Spaß gehabt, Berto und du? Besuch die beiden doch! Er arbeitet im Laden seines Vaters.«

Ja, wie viel Spaß Berto mit ihm gehabt hatte. Der Sohn des Posamentenhändlers hatte die zwei Jahre Altersunterschied mit Vorliebe dazu genutzt, Andrea von hinten in den Straßenkot zu stoßen.

»Vielleicht mach ich das.«

»Und die Mädchen in Vicenza, sind die so hübsch wie hier?«

Er lachte. »Das hast du ja geschickt eingefädelt, Mutter, aber ich muss dich enttäuschen. Viele Mädchen bekomme ich nicht zu Gesicht auf den Baustellen, wie du dir denken kannst.«

Die kleine Streunerin fiel ihm ein, die Pflegetochter von Maestro Marcantonio. Doch die war noch längst keine Frau.

»Was ist mit deinem Maestro, hat der keine Töchter?«

»Längst verheiratet.«

Er überlegte, wie er das Thema beenden könnte, wollte sagen, dass es ihn nicht allzu sehr hinzog zu den Mädchen, die stets anspruchsvoll waren und umworben werden wollten, dass er mit seiner Arbeit vollauf genug hatte. Dass sie ihm auch nicht gerade auf der Straße hinterherliefen, weil er weder reich noch sonderlich hübsch oder groß war. Nicht sagen wollte er, dass die drängendsten Bedürfnisse von den Mägden im Badehaus gegen ein Trinkgeld befriedigt wurden.

»Er ist doch noch jung, Marta«, sagte sein Vater. »Muss sich erst was auf die Seite legen, um einen Hausstand zu gründen.«

»Aber umsehen kann man sich doch.«

Hier kam nur eine Antwort in Frage, sonst würde seine Mutter ihre Bemühungen verstärken. Und ein Mädchen aus Padua, ohne sein Zutun ausgesucht – daran wollte er nicht einmal denken.

»Umsehen werde ich mich, Mutter, versprochen.«

Es dämmerte bereits, als er aus dem Haus trat. Er wählte nicht den Weg am Kanal entlang, sondern schritt zügig über die Brücke und wandte sich in Richtung Piazza Duomo. Die Spuren der Zerstörung aus den Kriegen in seiner Kindheit, als sich die venezianischen Truppen mit jenen des Kaisers und des französischen Königs um die Stadt gebalgt hatten wie Straßenhunde um ein Stück Fleisch, waren kaum noch auszumachen. Allerorts wurde gebaut und oft Holz durch Stein und Ziegel ersetzt, ganz wie in Vicenza.

Er hatte keine Erinnerung an die Kämpfe und bekam doch Atemnot, wenn er daran dachte. Vielleicht hatte er nur die Geschichte zu oft gehört, wie seine Mutter unter einem herabgestürzten Balken des in Splitter geschossenen Hauses begraben und ihr Knie zertrümmert worden war. Knapp außer Reichweite das Kind, er selbst, ein fest gewickeltes Bündel, sein Kopf vom Brüllen dunkelrot, dass die Mutter schon fürchtete, er könne ersticken an seinem Geschrei. Ihre Angst um ihn so groß, dass sie das gebrochene Bein erst spürte, als endlich der Vater kam, sie zu befreien. Vor Sorge furchtlos, hatte er feindliche Soldaten um Hilfe angefleht. Venezianische Söldner, die gekommen waren, um zu plündern, betteten nun die hilflose Marta auf Decken und wiegten das weinende Kind.

Der Vorfall hatte Pietro in der ganzen Stadt bekannt gemacht, weil damals jeder nach Erlebnissen dürstete, die der allgegenwärtigen Grausamkeit des Krieges ein wenig Hoffnung entgegensetzten. Wer konnte, kam, um die Geschichte des Müllers von ihm persönlich zu hören. Ein guter Grund für die Bauern, das spärliche, vor den Truppen verborgene Korn in seine Mühle zu bringen. Und Pietro hatte die Gunst der Stunde genutzt und die Auslieferung des Mehls bis weit ins Umland selbst übernommen, anstatt täglich Zeit mit der Abfertigung der Karren und Boote seiner Auftraggeber zu verlieren. Mit seinem Bruder Niccolò, der seit langem als Schiffer arbeitete, zog er ein Transportunternehmen auf. Schon nach kurzer Zeit beförderten die Brüder nicht nur Korn und Mehl, sondern auch die Erzeugnisse benachbarter Handwerksbetriebe und Kaufleute.

Andrea konnte sich vorstellen, welch willkommene Abwechslung zur staubigen Arbeit in der Mühle die Fahrten auf dem Fluss gewesen sein mussten, auch wenn er selbst für Wasser nicht viel übrighatte. Damals hatte sein Vater auch den Beinamen della Gondola erhalten.

Auf seinem kurzen Weg durch die Stadt hatte Andrea nur ein bekanntes Gesicht gesehen, ohne seinerseits erkannt zu werden. Nun, über den Domplatz schlendernd, musste er feststellen, dass der Bart, den er neuerdings trug, ihn offenbar wie eine Maske vor allen Bekannten verbarg. Selbst die Bäckersfrau, Mutter eines ehemals guten Freundes, die auf der Bank vor ihrem Haus saß, erwiderte seinen Gruß nur zögernd und sah hilfesuchend die neben ihr sitzende Nachbarin an.

Es schien, als fehle er Padua noch weniger, als Padua ihm fehlte. Immerhin brauchte er sich so nicht wegen einer Begegnung mit dem widerlichen Cavazza, seinem ersten Maestro, zu sorgen, der gleich ums Eck an der Ponte dei Tardi seine Werkstatt hatte. Fast wünschte er sich, der Alte möge ihm entgegenkommen, breit und wichtigtuerisch wie immer oder, besser noch, inzwischen körperlich verfallen, von Krankheit gezeichnet, blind und lahm und impotent. Nicht verarmt, so viel war klar, denn seine Werkstatt galt noch immer als eine der größten der Stadt.

Andreas Blick wanderte über den Platz und blieb an einer Gruppe Halbwüchsiger hängen, die eine derbe Version der Auferstehung nachspielten. Von den Toten zurückgekehrt, erschien Christus der Maria Magdalena und bedrängte sie mit allerlei Wünschen, von denen in der Kirche nicht gepredigt wurde. Andrea lachte, als die von einem hübschen blonden Jungen dargestellte Frau dem Erlöser ein Kreuz entgegenhielt, um ihn in Schach zu halten, und dieser davor zurückwich. Solche Possen hätte er früher nicht öffentlich aufzuführen gewagt, schon allein um dem zu entgehen, was nun folgte. Denn ein Teil der Schaulustigen empörte sich über die Gottlosigkeit der Darbietung. Ein Zuschauer schwang seinen Stock und drosch ihn dem Jesus auf den Rücken, der in die Knie ging, sich dann doch aufrappelte und fluchend und lachend mit seinem Kameraden davonrannte.

Der Dom der Santa Maria Assunta stand bröckelnd da, eingerüstet wie immer. Lange würde sich eine gründliche Restaurierung nicht mehr aufschieben lassen. Die sinnvollste Lösung überhaupt wäre ein Neubau, dachte Andrea. Das wäre ein Auftrag, der ihn nach Padua zurücklocken könnte. Tag und Nacht arbeiten, um vor Cavazzas Augen, praktisch in seinem Hinterhof, eine Basilika aufzustellen.

Kurz darauf hatte er sein Ziel erreicht und schlug den Türklopfer am Haus seines Paten. Maria, ein Hausmädchen aus dem Osten, das seit ihrem dreizehnten Lebensjahr im Haus der Familie Grandi lebte, öffnete das knarrende Tor. Sie war wie eine Tante für ihn gewesen, damals, als er fast jeden Tag im Haus des Paten verbracht und ihm bei der Arbeit zugesehen hatte. Hin und her gerissen zwischen der Liebe zum Stein und zu Marias Backkünsten, war er zwischen der Werkstatt, die nur zwei Häuser weiter lag, und der Küche des Wohnhauses gependelt. »Maria von weit weg« hatte er sie genannt.

Maria hob die Laterne. Leicht modrige Luft, typisch für die Häuser am Fluss, schlug Andrea entgegen.

»Erkennst du mich auch nicht, Maria? Denk dir den Bart einfach weg. Oder soll ich ihn gleich hier für dich abrasieren?«

Er sah Maria die Arme öffnen, eine zaghafte Andeutung nur, dass sie ihn am liebsten umarmen würde. Doch er war kein kleiner Junge mehr, den ein Hausmädchen ungefragt berühren durfte. Er drückte sie an sich, und sie protestierte lachend.

»Der kleine Andrea! Beim ersten Wort hab ich dich erkannt! Oder muss ich jetzt *Euch* sagen und *junger Herr*?«

Sie blinzelte ihn mit feuchten Augen an. Ihre Stimme hatte noch immer den kehligen Akzent, der ihn von fernen Ländern phantasieren ließ, obwohl ihm Maria nie etwas über ihre Heimat erzählt hatte.

»Lieber nicht. Lassen wir alles beim Alten. Wo sind die Süßigkeiten, die du mir immer zugesteckt hast? Jede Nacht träume ich in Vicenza von deinem Mandelkuchen.«

Sie nahm ihn beim Ärmel und zog ihn hinein, durch die Eingangshalle und in den kleinen Hof, schob ihn auf die gewundene Treppe zu, die in die Wohnräume im ersten Stock führte.

»Er sitzt vor dem Feuer in seinem Zimmer. Seit Wochen schon macht ihm sein Kreuz zu schaffen. Wärme ist das Einzige, das die Schmerzen ein wenig lindert.« Sie drückte seinen Arm und flüsterte ihm ins Ohr: »Was wird nur aus mir, wenn er nicht mehr ist?«

Er sah die Tränen in ihren Augen, die feinen Fältchen rundherum. Noch nie hatte er darüber nachgedacht. Maria, deren wahren Namen niemand kannte, die ihren christlichen Namen wie alles andere von ihrem Herrn erhalten hatte, liebte seinen Padrino und war für diesen womöglich dennoch nicht mehr als ein Posten im Inventar.

»An Rückenschmerzen stirbt man doch nicht gleich, Maria. Außerdem tut er sein Bestes für alle, die ihm nahestehen. Sieh mich an! Nie hätte ich ohne die Vermittlung von Vincenzo Grandi aus dem Vertrag mit Cavazza aussteigen und in der besten Werkstatt Vicenzas Arbeit finden können.«

Maria seufzte und öffnete eine Tür, die vom Bogengang in einen Vorraum führte. Sie klopfte an den Eingang zur Linken. Selten war Andrea in den Privaträumen seines Paten gewesen, der sich, Bildhauer aus Berufung, fast immer in seiner Werkstatt aufhielt.

»Schaut nur, wer zu Besuch kommt, Messer Grandi!«, rief Maria und ließ Andrea den Vortritt.

Obwohl der Schlafraum drei Fensterachsen breit und sehr geräumig war, wurde er von dem gewaltigen Bett aus dunklem Holz beherrscht. Daneben gab es einen Schreibtisch, einen kleinen Esstisch, mehrere Truhen und einen großen Schrank, allesamt mit üppigen Schnitzereien versehen und teilweise silberbeschlagen. Orientalische Teppiche bedeckten den Boden und einen Teil der Wände, an denen auch einige Ölbilder und natürlich ein Kruzifix hingen. Andrea hatte noch nicht oft Gelegenheit gehabt, üppig ausgestattete Räume wie diesen in Augenschein zu nehmen. Die Geschäfte liefen offenbar gut.

»Padrino Vincenzo!«

Der Bildhauer saß im Hemd auf einem Hocker, den Rücken dem Feuer zugewandt, das heiß loderte, als hätten nicht längst schon Mimosen und Mandeln geblüht. Andrea ließ sich neben ihm auf den Teppich nieder und küsste seine Hand.

»Wie schön, dich zu sehen, mein Junge! Maria, bring ihm doch einen Stuhl, dass unser Andrea hier nicht wie ein Kind auf dem Boden hocken muss!«

»Nein, lasst nur, es gefällt mir so. Ich gewöhne mich langsam daran, dass dieser Besuch in Padua wie eine Reise in meine Kindheit ist.«

Maria schleppte einen Stuhl vor den Kamin und zog sich in den Schatten neben der Tür zurück.

»Du musst meinen Aufzug entschuldigen, Andrea. Jeder Schritt bereitet mir Schmerzen. Eine falsche Bewegung nur, beim Heben eines Marmorblocks, und seit Wochen bin ich steif wie ein Greis. Ich nutze die Feiertage, um mich von außen zu wärmen, in der Hoffnung, dass das Feuer im Inneren wieder auflodert und, so Gott will, die Erstarrung aus den Knochen vertreibt. Ich erwäge sogar eine Reise zu den Thermen von Abano. Das Schwefelwasser soll Wunder wirken. Kann mich nur noch nicht recht entschließen, die Werkstatt so lange meinem Bruder und den Gesellen allein aufzubürden.«

Andrea wusste nicht, was er sagen sollte. Es behagte ihm gar nicht, dass sein Erwachsenwerden unentrinnbar auch den Verfall der vorhergehenden Generation bedeutete. Vincenzo Grandi war für ihn das Sinnbild eines starken Mannes. Als Kind hatte er gedacht, die jahrelange Arbeit am Stein würde unweigerlich zu einem kräftigen Körperbau und massigen Muskeln wie bei seinem Paten führen. Dann allerdings war dieser Effekt bei ihm selber ausgeblieben.

»Habt Ihr es schon mit Marias Mandelkuchen versucht, Padrino? Bei mir hat der immer jedes Übel vertrieben, und ganz sicher hilft er gegen Schwermut.«

Er hörte Marias mit der Hand ersticktes Lachen. Vincenzo zwickte ihn in die Wange und zog an seinem Bart.

»Der Bart scheint echt zu sein, aber darunter steckt doch immer noch ein Kind. Maria, ist noch etwas da von dem Mandelkuchen?«

»Nein, Herr, leider! Honigkuchen mit Äpfeln gibt es. Die Äpfel waren schon so verschrumpelt …«

»Dann her damit! Und bring dir selbst auch ein Stück

mit, dann kannst du dich zu uns setzen und hören, was Andrea aus Vicenza zu berichten hat.«

Maria verließ das Zimmer, und der Bildhauer sah Andrea in die Augen.

»Ich hoffe, es stört dich nicht, wenn sie uns Gesellschaft leistet? Um die Wahrheit zu sagen: Ich würde ihr ohnehin alles erzählen. Es ist verrückt, aber sie ist das einzige Weib, das ich je ertragen habe.«

Andrea dachte über verschiedene Antworten nach, verwarf jedoch alle, noch bevor er sie aussprach.

»Ich wollte Euch immer schon fragen: Kennt Ihr ihren richtigen Namen? Als Kind habe ich sie oft danach gefragt. Die Antwort war immer Schweigen.«

»Ich kenne ihn.«

Grandi mahlte mit den Kiefern und schien seine Stirn über die Augen zu senken. *Das Dach* hatte Andrea diese Miene früher genannt und sich meist schleunigst verzogen, wenn es seinen Schatten warf.

»Als sie zu meiner Familie kam, hat sie fast ein Jahr lang geschwiegen. Irgendeinen Namen mussten wir ihr geben.« Er schluckte. »Vor wenigen Jahren erst hat sie mir von ihrem früheren Leben erzählt. Mit elf Jahren von den Eltern fortgegeben, um Schulden zu tilgen, die diese bei einem venezianischen Kaufmann hatten. Und was dieses Schwein ihr angetan hat ... Du kannst es dir vorstellen.« Er hustete, spuckte den Schleim ins Feuer und seufzte. »Zu denken, dass ich kaum besser war ...« Er rieb sich die Augenwinkel.

»Ich werde immer sentimentaler, Andrea. Bei vielen scheint das Herz mit dem Alter zu verhärten, doch bei mir ist es gerade umgekehrt.« Er seufzte wieder. »Versprich mir, dass alles, was ich heute sage, unter uns bleibt.«

Andrea nickte und legte seine Wange kurz an die Hand seines Paten.

»Sie denkt, sie sei eine Sklavin, arbeite lebenslang die Schulden ihrer Eltern ab. Wie hätte sie den Vertrag auch verstehen sollen – als Kind, das unserer Sprache nicht mächtig war. Doch der Kaufpreis hat sie nur auf zehn Jahre zum Dienst verpfichtet. Acht Jahre ist das her, acht Jahre, während deren ich ihren Lohn zurücklege, und bis heute hab ich es ihr nicht gesagt.«

Andrea sprang auf, stürmte durch den Raum, schlug gegen die Wand und kam vor den Kamin zurück, lachend.

»Aber dann ist sie abgesichert, frei! Verfügt sogar über eine Mitgift und alles aus eigener Kraft.«

»Scht! Ich kann es ihr nicht sagen. Sie würde mich verlassen. Wer würde bleiben, wenn sich die Kerkertüren öffnen?«

»Aber Ihr dürft sie nicht in dem Glauben lassen ...«

»Ach, die Jugend mit ihrem Sinn für Gerechtigkeit. Ich könnte es nicht ertragen, wenn sie mich verließe, gar einen anderen heiratete! Und ich selbst kann wohl kaum eine famula aus dem heidnischen Osten zur Frau nehmen. Was würde die Familie sagen? Hör zu, ich habe mir alles überlegt. Spätestens auf meinem Totenbett werde ich es ihr erzählen und den Priester bitten, uns zu trauen. Man kann mir das dann nicht mehr abschlagen. Bis dahin ...«

Die Tür öffnete sich, und Maria trat ein. Sie trug ein Tablett, schwer beladen mit Kuchen und einer Weinkaraffe.

Vincenzo räusperte sich. »Ich habe Andrea eben gefragt, ob er sich noch an den Tag erinnert, als er aus der Gondel seines Vaters gefallen und beinahe ertrunken wäre. Wie alt warst du da, Junge?«

Andrea würgte an der Antwort. Es war ihm kaum möglich, die nötigen Wörter von all den anderen zu unterscheiden, die sich herausdrängen wollten, um Maria zu retten, ihr die Angst zu nehmen. Ihr die Freiheit zu schenken. Die Freiheit zu bleiben, da war er ganz sicher. Doch er hatte es versprochen.

»Das war im Sommer vor meinem sechsten Geburtstag.«

Er schloss die Augen, fühlte wieder die Panik, als er die Luft nicht länger anhalten konnte und das Wasser in seine Lungen drang. Er schnappte nach Luft.

»Noch heute kostet es mich Überwindung, ein Boot zu betreten. Erzählt es nicht weiter, aber ich gehe nicht einmal am Fluss entlang, wenn ich es vermeiden kann. Schon der Anblick des Wassers lässt mich nach Atem ringen. All die Blasen um mich und nicht mehr zu wissen, wo oben und unten war, ließ mich glauben, dass ich schon tot und im Fegefeuer sei ...«

Er schüttelte sich. Was für ein Tag! So viel Gefühl, so wenig Gleichmut. Er dachte an die Ruhe und Festigkeit, die Stein und Ziegel ausstrahlten, und holte tief Luft. Maria drückte ihm einen Kelch mit warmem Wein in die Hand. Während sie den Kuchenteller auf einem Schemel abstellte, strich sie ihm sanft übers Haar.

»Nimm ein Stück Kuchen«, sagte sie. »Der vertreibt jedes Übel, und ganz sicher hilft er gegen Schwermut.«

VICENZA, APRIL 1530

Neuntes Kapitel

»Er ist weg. Einfach fortgegangen, ohne ein Wort. Er hat doch nichts gesagt, gestern Abend?«

Mariangela ging neben dem gemauerten Herd in die

Knie, als wären Anselms verschwundene Habseligkeiten dort noch zu ertasten oder Nachrichten über seinen Verbleib in die blankgeputzten Steinplatten gekratzt.

»Wie soll ich das wissen?«, sagte Allegra. »Du warst es doch, die jeden Abend heimlich seinen, ach, so goldenen Worten lauschte.« Sie nahm einen großen Korb von einem Wandregal. »Komm jetzt, hilf mir beim Packen!«

»Dein geliebter Sali wartet wohl schon, schnitzt Herzen in die Bäume.«

Allegra bedachte sie mit einem giftigen Blick. »Eifersüchtig?«, fragte sie.

Das war Mariangela tatsächlich. Vor einigen Wochen hatte Mutter Lisbet das Liebespaar hinter der Scheune des alten Mario erwischt, händchenhaltend. Das anschließende Donnerwetter war heftig, wenn auch von kurzer Dauer gewesen. Sali hatte es durch seinen artig vorgebrachten, von einem Ballen feinstem Leinen begleiteten Antrag zum Schweigen gebracht. Verhandlungen wurden anberaumt. Salvatore war der älteste Sohn des Webers Giacomo und würde den Betrieb nach seinem Vater übernehmen. Sein Auskommen war gesichert, er war ein netter Bursche und hübsch dazu. Nichts sprach gegen eine Verbindung, viel dafür, befand Marcantonio, der es noch nie übers Herz gebracht hatte, seiner Tochter einen Wunsch abzuschlagen. Eine zweijährige Verlobungszeit war bereits vereinbart und eine Mitgift von 250 Lire ausgehandelt.

Ja, Mariangela war eifersüchtig. Doch es war sinnlos, den sonnigen Ostertag mit einem Streit zu verderben, und so plapperte sie munter drauflos, um die Missstimmung zu vertreiben.

»Vielleicht ist Anselm ja auch schon draußen vor der Stadt. Wir haben so lange geschlafen. Die meisten sind sicher schon aufgebrochen, sitzen auf ihren Matten in der Wiese, winden Blumenkränze, essen bunte Eier, und er singt dazu und erzählt Geschichten über die Auferstehung des Herrn. Ist da nicht jeder doppelt großzügig?«

»Ist mir gleich. Hauptsache, er hat die Ostertorte dagelassen. Von mir aus soll er sich dorthin verziehen, wo der Pfeffer wächst.«

Vorsichtig hob Allegra die mit Spinat und Ricotta gefüllte torta pasqualina in den Korb und stellte sie auf den Holzbrettern ab, von denen sie essen würden. Mariangela ging, um die gefärbten Eier aus der Speisekammer zu holen.

»Wir sollten die Eltern wecken und Fabi«, rief Allegra. »Wie die bei dem herrlichen Sonnenschein überhaupt so lange schlafen können.«

»Mein Ei ist weg! Das zweifarbige, das ich gestern beim Eierrollen gewonnen habe. Bestimmt hat Fabio …«

»Ach was, doch nicht Fabi. Dein göttlicher Spielmann wird es genommen haben.« Allegra war Mariangela gefolgt, schaute ihr über die Schulter. »Da fehlt einiges. Sicher die Hälfte der Eier, Brot.« Sie sah nach oben, wo ein paar Würste hingen. »Und der Schinken! Den Osterschinken hat er auch geklaut, dieses Mistgesicht.«

Unglücklich stand Mariangela da, knetete den Rock ihres Festtagskleides. »Du hattest recht«, flüsterte sie, während Allegra sich an ihr vorbeidrängte und einige Ostereier so entschlossen packte, als wären es Steine, die sie Anselm hinterherwerfen könnte. Mariangela nahm die restlichen Eier, folgte der Freundin in die Küche.

»Lisbet!«, polterte es von oben. »Lisbet, warum hast du mich nicht geweckt? Hellster Sonnenschein, und mein Schädel brummt, als hätte ich einen Kübel Wein gesoffen!«

Der Tischler stapfte die Holztreppe herab, barfuß,

nur mit der Hose bekleidet und dem dichten Pelz auf seinem Oberkörper.

»Wo ist sie? Beim Brunnen?«

»Wir dachten, sie schläft noch.«

Marcantonio fuhr sich mit den Fingern durch die Haare und sah sich um. Er gab nicht zu erkennen, ob ihm Anselms Abwesenheit auffiel. Dennoch war Mari- angela, als zöge eine Wolke durch das Zimmer.

»Alles schon eingepackt für den Osterspaziergang?«

»Alles bis auf den Schinken«, sagte Allegra. »Der ist weg.«

Marcantonio runzelte die Stirn. »Ich gehe Fabio ho- len, damit wir aus dem Haus kommen. Mariangela, sieh in der Werkstatt und im Hof nach der Mutter.«

In der Werkstatt nachsehen, dachte Mariangela, wo Lisbet doch immer so nieste vom Sägemehl. Sie musste wohl im Hof sein. Wenn nicht beim Brunnen, dann saß sie vielleicht auf der Bank. Die konnte man vom Fenster aus nicht sehen. Ob Anselm sich von ihr verabschiedet hatte?

Eben wollte sie hinausgehen, als von oben ein an- schwellendes Grollen ertönte, ein Knurren, das ihr die Haare im Nacken aufstellte. Sie wandte sich um, suchte Halt bei Allegra, die erstarrt dastand, die Augen auf- gerissen. Von oben kam noch immer das Brüllen und Knurren.

Stehenbleiben oder weglaufen? Mariangela klammer- te sich an Allegra, die zögernd auf die Stufen zuging. Endlich endete das Gebrüll in einem Schrei, der fast menschlich klang. Dann krachte es. Möbelstücke flogen gegen Wände, polterten auf den Boden. Marcantonio fluchte und schrie. Das ganze Haus zitterte, wehrte sich gegen das Ungeheuer. Die Küche drehte sich um Mari- angela, die sich fallen lassen wollte und nichts mehr spüren von alldem, doch Allegra zog sie mit sich, rüttelte sie, dass sie wach blieb.

»Komm«, flüsterte sie. »Wir müssen nachsehen.«

Sie nahm ein langes Messer aus dem Block. Betäubt folgte ihr Mariangela über die Treppe nach oben, die unter ihren Füßen zu schwanken schien.

Und plötzlich herrschte Stille. Dann war ein schwerer Fall zu hören, ein Körper, zu Boden geworfen. Für einen ist es aus, dachte Mariangela, und betete: »Bitte, bitte, lass ihn leben.«

Sie wollte das Wimmern nicht hören, das jetzt aus der offenen Tür des Elternschlafzimmers drang, das sich nicht anhörte, als stamme es von einem Tier, und doch auch nicht von ihm sein konnte, von Marcantonio, dessen Bass sonst so unerschütterlich dröhnte.

Auch die Tür zu Fabios Zimmer stand halb offen. Unmöglich, dass er den Lärm verschlafen hatte. Allegra, die ebenfalls unschlüssig am Kopf der Treppe stand, folgte Mariangelas Blick und flüsterte ihr zu, sie solle nachsehen, wollte selbst, wie sie mit dem Finger deutete, dem Gewimmer nach.

»Vielleicht ist er verletzt«, las Mariangela von ihren Lippen.

Gleich hinter der Tür des Jungenzimmers stolperte Mariangela über ein Hindernis, schlug sich das Schienbein an einer eisenbeschlagenen Kante auf. Es war Fabios Kleidertruhe, anscheinend durch den Raum geworfen, die Schnitzereien der Vorderseite abgesplittert, ein Scharnier kaputt. Nur wenige Kleidungsstücke lagen über den Boden verstreut, allesamt längst zu klein.

Mariangela hörte, wie sich Allegras tröstende Stimme über das Wimmern im Elternzimmer legte, und atmete auf. Vielleicht würde doch noch alles gut.

»Fabi? Fabio?«

Die Kammer sah verlassen aus, auch wenn außer den Kleidern nichts zu fehlen schien. Holztiere und andere Spielsachen lagen über den Boden verstreut wie immer. Das Bett stand verschoben, dahinter lagen dicke Staubwürmer. Mariangela dachte an den Tag zurück, als Allegra und Fabio sie, unter Decken vergraben, auf dem Bett gefunden hatten, meinte, noch einmal die Kälte der Mutter neben sich zu spüren, und biss die Zähne zusammen.

In diesem Bett hier lag jedenfalls niemand verborgen. Die Decke fehlte. Während Mariangela die blanke Strohmatratze anstarrte, dämmerte ihr, was geschehen sein musste. Fabio war weg. Und er hatte das Pferd und den Hund, die sie ihm geschnitzt hatte, zurückgelassen. Sie lagen auf dem Boden, schauten sie vorwurfsvoll an. Sie bückte sich, hob das Pferd auf. Mit den Fingern fuhr sie seine Konturen nach und dachte an den kleinen Bruder, der laut wiehernd mit ihm durchs Haus gerannt war und das Pferdemaul in seinen Frühstücksbrei getunkt hatte. Tränen sammelten sich in ihren Augenwinkeln. Vorsichtig wischte sie sie mit dem Ärmel weg. Dann verließ sie das Zimmer und schloss die Tür.

Allegra saß auf dem Bett und streichelte unbeholfen Marcantonio, der zu ihren Füßen auf dem Boden kauerte. Das Küchenmesser lag neben ihr auf dem zerwühlten Bett. Auch in ihren Augen glitzerten Tränen. Das Zimmer war verwüstet, der Schrank umgestürzt, die Truhen offen. Frauenkleider sah Mariangela nicht.

Den massigen Rücken an das dunkle Holz gelehnt, hockte der Tischler da. Wie die Hügel in der Ferne, dachte Mariangela, die in Wahrheit schlafende Riesen waren, wie Anselm erzählt hatte. Nur dass dieser Hügel bebte. Er schwankte und zitterte mit dem gleichmäßig an- und abschwellenden Ton, der aus seinem Innersten drang, und es war nicht klar, ob dieser Ton die Quelle der Bewegung oder deren Folge war.

Allegras Hände glitten über Kopf und Schultern des Vaters, viel zu klein, um die Gewalt des Kummers in Schach zu halten. Gleich würde der Hügel bersten, das Ungeheuer wieder hervorbrechen. Mariangela eilte der Schwester zu Hilfe, ließ sich neben Marcantonio auf die Knie fallen und drückte sich an ihn.

Hatte ihr der Herr nun am Tag seiner Auferstehung die zweite Mutter genommen, um sie zu prüfen? Doch es war nicht so schlimm wie beim ersten Mal, lange nicht so schlimm, die zweite Mutter kein Ersatz für die erste, die richtige. Wenn er wirklich allwissend war und ihr alles abverlangen wollte, dann hätte er sie härter treffen können. Dann hätte er ihr Allegra genommen.

VICENZA, NOVEMBER 1530

Zehntes Kapitel

Allegras Gesicht leuchtete vor Anstrengung, Wut und Scham, als sie sich keuchend in die Küche schob. Mit beiden Händen umklammerte sie die Hand ihres Vaters, dessen linker Arm um ihre Schultern lag. Auf der rechten Seite hielt Carlo den Tischler gepackt, der sich kaum auf den Beinen hielt und vor sich hin knurrte.

Kurz nach Sonnenuntergang hatte der Geselle an das Tor geklopft, seine Kappe verlegen in der Hand gedreht und den Mädchen verkündet, dass Marcantonio schon wieder sturzbetrunken in der Taverne säße. Vielmehr müsse man sagen, noch säße er, finge aber schon wieder an, die Gäste zu beleidigen, und lange könnte es nicht mehr dauern, bis er vor die Tür gesetzt würde. Er selbst habe ihn nicht überreden können zu gehen, aber wenn er nun womöglich auf der Straße läge bei der Hundskälte.

»Mach lieber die Suppe heiß, anstatt zu heulen«, hatte Allegra Mariangela angeschnauzt und mit vorgeschobenem Unterkiefer die Zähne zusammengebissen, während sie sich die Stiefel anzog und ein dickes Wolltuch um die Schultern legte. Und Mariangela hatte ein paar Scheite aufgelegt und die Glut angefacht, bis die Hitze ihre Tränen verdampft hatte.

»Wollen wir ihn hier auf der Bank absetzen?«, fragte Carlo.

Allegra deutete mit dem Kopf auf die Treppe. »Hilf mir, ihn ins Bett zu schleppen. Ohne dich schaffen wir das nicht.«

»Und die Suppe?« Mariangela tauchte den Kochlöffel ein, kostete. »Sie ist heiß, und ich habe auch eine Kanne Kräutertee aufgebrüht.«

»Nimm den Kessel vom Feuer. Er wird jetzt nichts bei sich behalten können.«

Mit Carlos Hilfe zerrte Allegra den Vater treppauf. Auf halber Höhe wandte sie sich um, ein müdes Lächeln auf den Lippen.

»Ich hätte gern einen Kräutertee, mein Eichhörnchen. Mit etwas Honig.«

Mariangela stellte drei Becher auf den Tisch, bereitete Tee mit Honig und ließ sich auf die Bank fallen. Den Kopf in die Hände gestützt, verfluchte sie Anselm lautlos zum wer weiß wie vielten Mal an diesem Tag wie an jedem anderen. Verfluchte auch Lisbet, die alle im Stich gelassen hatte, und wünschte beiden die Pest an den Hals. Nur Fabio sollte nicht sterben. Er musste zurückkehren. Wenn er nur seinen Sohn wiederhätte, vielleicht würde der Tischler wieder zur Vernunft kommen.

Die Stufen knarrten, und gleich darauf saß Allegra neben ihr, legte den Arm um sie und küsste ihren Scheitel. Sie klopfte mit der flachen Hand auf den Tisch und wies auf den dritten Teebecher.

»Setz dich doch, Carlo, trink einen Schluck zum Aufwärmen!«

»Nein, lieber nicht. Ich muss heim zu Rosa und den Kindern.«

Doch er ging nicht. Er trat von einem Bein auf das andere, knetete die Kappe in der Hand, öffnete den Mund und schloss ihn wieder.

»Es geht deiner Familie doch gut, Carlo?«

»Ja, schon. Der Kleine hat Schnupfen, aber nichts Ernstes.«

»Bestell ihm gute Besserung von uns.«

Mariangela blickte zu Allegra, sah, dass auch sie beunruhigt war, dass auch sie nicht hören wollte, was Carlo so offensichtlich loswerden musste. Der trat jetzt einen Schritt vor, holte tief Luft.

»Es ist nur so – der Winter.« Er schluckte. »Und der Lohn schon den zweiten Monat ausständig. Es geht einfach nicht mehr.«

»Bitte nicht, Carlo!«

»Es tut mir so leid, Allegradonna!« Mariangela bemerkte, wie der Geselle mit den Tränen kämpfte. »Wo ich dich doch schon kenne, seit du so groß warst.« Vage hielt er seine Hand in Oberschenkelhöhe. »Aber ich muss für meine Familie sorgen. Und Maestro Matteo hat Arbeit für mich.«

Allegra sprang auf, stieß gegen den Tisch, dass der Tee aus den Tassen schwappte.

»Maestro Matteo! Maestro Matteo, der selbst bei

meinem Vater gelernt hat! Und nun schnappt er ihm einen Auftrag nach dem anderen weg!«

»Aber doch nur, weil dein Vater nichts mehr zustande bringt. Entschuldige, aber ich muss es so sagen.«

Auch Carlo wurde nun lauter, und am liebsten hätte Mariangela sich die Finger in die Ohren gesteckt.

»Ich schaffe es nicht allein, Mädchen! Seit Tomaso und Lino uns verlassen haben, bleibt alle Arbeit an mir hängen, und über kurz oder lang vergrault der Maestro auch noch den letzten Kunden.«

Tomaso, der jüngere Geselle, und der Lehrbub Lino hatten bereits zwei Monate zuvor ihre Verträge aufgelöst, und Marcantonio hatte sie gehen lassen, hatte sie schließlich regelrecht hinausgeworfen und Lino sogar einen Tritt verpasst. Danach war er in der Küche zusammengebrochen, hatte das Essen verweigert und getrunken, bis ihm die Augen zufielen.

Carlo sprach weiter: »Im Palazzo Thiene hat er letzte Woche die alte Contessa beschimpft, als die sich über die klemmenden Türen des neuen Schranks beschwerte. Die Diener haben uns gewaltsam aus dem Haus gedrängt. Wie kann er da auf Bezahlung hoffen?« Er hielt inne, ließ Schultern und Kopf sinken, schwieg.

Warum sagte Allegra ihm nicht, dass sie mit dem Vater reden wollte, dass er sich fangen würde und dass sie Carlos Hilfe brauchten? Doch sie stand nur mit geballten Fäusten, brachte den Mund nicht auf.

Mariangela flüsterte: »Was soll denn aus uns werden, ganz allein mit dem Haus und der Werkstatt?«

Carlo legte den Kopf in den Nacken, presste die Lippen aufeinander, faltete die Hände und schloss die Augen. Allegra hob in einer eckigen Bewegung die Hand, ohne sich Mariangela zuzuwenden. Ein Schweigegebot.

»Etwas Geld ist noch da«, sagte sie mit rauer Stimme.

»Ich habe es für die Miete der nächsten Monate beiseitegelegt. Wenn ich dir das gebe ...«

Carlo winkte ab. »Vergiss das. Ihr müsst selbst sehen, dass ihr über die Wintermonate kommt. Es ist auch nicht nur das Geld, Allegradonna, es ist die Schande. Man redet über uns, wendet sich ab, wenn wir kommen. Alte Freunde, die versuchen, mit ihm zu reden, werden beleidigt. Meine Rosa macht mir seit Wochen die Hölle heiß.«

Allegra ließ sich auf die Bank sinken. Sie legte beide Hände um ihren Becher und betrachtete die Flüssigkeit, als läge in ihren Tiefen die Lösung aller Probleme verborgen.

»Also, ich muss jetzt los«, sagte Carlo, drehte sich um und strebte zur Tür, wo er dann doch noch einmal stehenblieb und sich ihnen zuwandte. »Wenn ihr etwas braucht ... Ich werde euch nicht vergessen, Allegradonna. Ein warmes Essen könnt ihr in meinem Haus immer bekommen.«

Ein warmes Essen. Mariangela krümmte sich unter dem Schlag, den ihr diese Worte versetzten. Stand es wirklich so schlimm? Oder war das nur eine Floskel, die Carlo erlaubte, sich besser zu fühlen? Ein Verräter war er, nichts weiter. Sie warf ihm einen hasserfüllten Blick nach, der ihn nicht mehr erreichte, da er nun endlich doch die Tür hinter sich schloss.

Eng beieinander saßen sie auf der Bank an dem langen Tisch, um den sich noch vor einem Jahr an jedem Arbeitstag acht Menschen zum Mittagsmahl versammelt hatten. Acht weniger Mutter Lisbet, weniger Fabio, weniger Tomaso, weniger Lino, weniger Carlo, rechnete Mariangela. Noch immer hasste sie kleine Zahlen. Ein Fluch, dachte sie. Ein Fluch musste auf ihr liegen, der ihr immer von neuem alles nahm, an dem ihr Herz hing. Müde tastete sie nach Allegras Hand, die schlaff auf dem Tisch neben dem Becher lag. Als Allegra nicht reagierte, blickte Mariangela auf, sah Tränenströme unter ihren geschlossenen Lidern hervorquellen.

»Lass uns morgen auf den Monte Berico pilgern«, sagte Mariangela, »und uns vor dem Bildnis der Madonna auf den Boden werfen. Dort, wo sie einst der Bäuerin das Ende der Pest verkündet hat, wird sie vielleicht auch uns Trost spenden.«

»Trost.« Allegra schnaubte und schüttelte den Kopf. »Sie soll uns ein paar Scudi zustecken, damit wäre uns mehr geholfen.«

Trotz allem musste Mariangela kichern. Die Erleichterung, Allegra an ihrer Seite zu wissen, die immer an das Nächstliegende dachte, wog schwerer als ihre Sorgen um die Zukunft. Auch mit der Mutter hatte es schwere Zeiten gegeben, und doch war ihr nie etwas zugestoßen, solange sie bei ihr war.

Um auch Allegra aufzuheitern, mimte Mariangela die Madonna, die mit feierlichem Gesichtsausdruck die rechte Hand segnend über die armen Sünder hält, während sie mit der linken Münzen verteilt. »Stell dir nur vor, welchen Zulauf ihr das bescheren würde!«

Allegra lächelte mit bitter herabgezogenen Mundwinkeln, wie Lisbet es oft getan hatte. »Sicher, die Menschen aus der gesamten christlichen Welt würden nach Vicenza kommen. Wir könnten einen Stand vor der Kirche aufstellen, Suppe verkaufen.«

Mariangela prustete los, setzte zu einer Antwort an, musste aber aller Verzweiflung zum Trotz weiterlachen. Allegra hob die Brauen und setzte ihren strengen Blick auf.

»Was ist daran so lustig?«

»Ich hab mir nur gerade vorgestellt«, Mariangela atmete tief durch, versuchte, ihre vollkommen unerklärliche Heiterkeit zu kontrollieren, »wie die Leute aus der Kirche kommen, die Taschen voller Geld. Dann sehen sie unseren Stand und laufen wieder zurück, um die Madonna um eine Extra-Lira für einen Teller Suppe anzubetteln.« Sie lachte wieder los, hielt sich den Bauch.

»So witzig ist das wirklich nicht.«

»Doch, ist es wohl!«

»Nein, es ist nur vernünftig. Ich würde es genauso machen.«

»Jede Wette!«

Allegra versetzte ihr einen Klaps und rüttelte sie an der Schulter, doch die Berührung wirkte offenbar ansteckend, und sie platzte selber los. Unter Tränen lachend, fielen sie sich in die Arme, schüttelten die Hoffnungslosigkeit aus ihren Leibern. Schon bald kam Allegra wieder zur Ruhe.

»Wir schaffen das, mein Eichhörnchen!«

»Kein noch so schweres Schicksal wird uns beugen, solange wir zusammenhalten«, pflichtete Mariangela bei.

»Jawohl, geschissen auf das Schicksal!«

Erschöpft hielten sie inne. Würgende Geräusche drangen aus der elterlichen Schlafkammer.

Allegra seufzte. »Und drauf gekotzt.«

VICENZA, JUNI 1531

Elftes Kapitel

Noch zwei Stufen, dann hatte sie es geschafft. Höchste Zeit, wo sie doch unbedingt mit Allegra auf den Markt wollte. Mariangela richtete sich auf den Knien auf und wischte sich mit dem Unterarm den Schweiß von der Stirn, ohne die Scheuerbürste aus der Hand zu legen. Eigentlich sollte sie das Wasser im Bottich wechseln, das schon kaum mehr als solches zu erkennen war, so braun und dickflüssig, dass es sie bei jeder Berührung damit ekelte. Sie hätte es wie immer erneuern sollen, schon nach der Hälfte der Stiege, und jetzt wusste sie, warum. Kaum vorstellbar, dass diese Dreckbrühe noch zur Reinigung taugte.

Nun, nass werden mussten die Stufen jedenfalls. Mariangela sah sich um. Niemand in der Nähe. Die Herrin schlief noch, alle anderen waren wohl in der Küche. Mariangela tauchte die Bürste in die Schlammlauge, ließ Tropfen über die restlichen Stufen regnen und bürstete ein wenig hin und her, um alles zu verteilen. Von Schrubben keine Rede, aber in der nächsten Woche würde sie doppelt gründlich sein und ganz sicher das Wasser wechseln.

Sie stand auf, hob den Rock, rieb sich Knie und Schienbeine. Dann schleppte sie den Eimer in den Garten und entleerte ihn unter dem Kirschbaum. Auf Zehenspitzen reckte sie sich hinauf, pflückte einige der leuchtenden Früchte und stopfte sie sich in den Mund. Die Kerne spuckte sie in die Hand und vergrub sie.

Allegra war noch nicht aufgetaucht. Genug Zeit also, um sich am Brunnen Hände und Gesicht zu waschen.

Die Küchentür stand offen, ließ Vogelgezwitscher und Morgenkühle hinein. Drinnen saß Allegra mit der Köchin am Tisch, die ihr die Einkaufsliste diktierte. Ein neuer Brauch, eingeführt erst nach der Aufnahme der Mädchen in das Haus der noblen Witwe Angela Poiana. Die Köchin selbst konnte nicht schreiben und würde es auch nicht mehr lernen, wie sie sagte.

Vor jedem Einkauf wurden nun die notwendigen Besorgungen in das Haushaltsbuch eingetragen und danach die Preise daneben ergänzt. So hatte Allegra es in der Tischlerei gemacht. Ihr Vorschlag, im Haushalt ebenso zu verfahren, hatte der Witwe gefallen. Möglicherweise war er sogar der Grund, weshalb sie zugestimmt hatte, gleich beide Mädchen als Mägde aufzunehmen, obwohl sie nur eine suchte.

Seit zehn Wochen lebten sie nun im Palazzo, teilten sich eine Kammer unter dem Dach. Dass sie nach einem Winter voller Entbehrungen und Krankheiten hier untergekommen waren, verdankten sie Carlo, Marcantonios ehemaligem Gesellen. Auch ohne dass sie an seine Tür geklopft und um warme Mahlzeiten gebettelt hatten, war er seinem Versprechen treu geblieben, hatte sie nicht vergessen. Eines Abends, Anfang Januar, hatte er vor der Tür gestanden, einen großen Topf Linsensuppe mit Karotten und reichlich Fleisch sowie einen Rosinenkuchen in den Händen. Da hatte Mariangela aufgehört, in ihm einen Verräter zu sehen, und gleich zwanzig Rosenkränze für sein Seelenheil gebetet. Von da an war er jede Woche einmal erschienen, mit Feuerholz oder Essen, obwohl Allegra ihn wie Luft behandelte, außerstande, ihren verletzten Stolz zu vergessen. Schließlich schlug er vor, sie sollte bei der Witwe als Hausmagd vorstellig werden. Die Mutter seiner Frau Rosa war die Schwester der Köchin.

Allegra war nun in der Küche und den Wirtschaftsräumen beschäftigt. Mariangela arbeitete im Haus, putzte unter Anleitung der Zofe Paola Silber, schrubbte Böden und achtete darauf, dass immer frische Kerzen in den Haltern steckten. Auch bei der wöchentlichen Wäsche half sie wie alle anderen Frauen der Dienerschaft.

Trotz der bis auf die Knochen aufgeweichten Finger waren ihr die Waschtage nach den Sonntagen die liebsten. Paola und die Köchin sangen oder erzählten Märchen und alte Geschichten und Tratsch aus der Nachbarschaft, Dinge, die man nicht in den Büchern der kleinen Bibliothek lesen konnte, die Angela Poianas verstorbener Mann im piano nobile eingerichtet hatte. Mariangela hielt sich dort oft lange auf, pickte die Staubkörner einzeln von den Seiten. Das jedenfalls behauptete Paola. Doch für Mariangela waren die Augenblicke in der Bibliothek nun, da sie nicht mehr zur Schule gehen konnte, die einzige Möglichkeit zu lesen, sah man von gelegentlichen Flugblättern und Anschlägen auf der Straße ab.

Mariangela ließ sich auf einen Schemel sinken und streckte die Beine aus. Der alte Knecht Masso, der im Schatten am Ende des Tisches saß, so dass sie ihn zunächst gar nicht gesehen hatte, schob ihr ein Stück Brot und ein gekochtes Ei zu.

Eigentlich mochte sie keine Eier mehr. Sie erinnerten sie an Ostern, was wohl auf ewig mit dieser letzten Verwerfung in ihrem Leben verbunden bleiben würde, die sie schon die zweite Familie gekostet hatte. Aber weil sie hungrig war vom Stiegenscheuern und nicht unhöflich sein mochte, rollte sie das Ei über den Tisch, dass die Schale splitterte, schälte es, streute etwas Salz darauf, und es schmeckte.

»Gleich bin ich fertig«, sagte Allegra. »Wir nehmen heute den großen Korb und …«

»Scht«, fuhr die Köchin dazwischen und runzelte die Stirn. »Jetzt fällt es mir ein! Den alten Milchtopf, den bringt ihr mir zum Kesselflicker.«

Mariangela sah Allegras Augen aufleuchten. Diese Aufgabe würde sie nachher an der Werkstatt des Webers Giacomo vorbeiführen. Seit sie im Haus der Witwe lebte, hatte Allegra ihren Verlobten Salvatore kaum zu Gesicht bekommen. Es hieß, seine Eltern erfänden immer gerade dann wichtige Aufgaben für ihn, wenn er sich mit ihr treffen wollte.

Den Korb mit den zwei Henkeln zwischen sich, in dem ein ganzes Spanferkel Platz fände, traten die Mädchen auf die Straße, reihten sich ein zwischen Fuhrwerken, Hausbediensteten und Handwerkern, denen um diese Stunde die Stadt zu gehören schien. Mariangela sagte es nicht laut, doch sie schätzte die Freiheiten, die ihnen ihr niedriger Stand gewährte. So ungehindert wie nie zuvor konnten sie sich in der Stadt bewegen. Man hätte fast meinen können, dass die Ehrbarkeit von Mägden außer Zweifel stünde und die jungen Frauen umso verdorbener würden, je höher ihr Stand war, bis hin zu den Mädchen der Noblen, die ihre Palazzi fast nur noch zum Kirchgang verlassen durften.

Der Kesselflicker stank aus dem faulzahnigen Mund, dass Mariangela übel wurde und sie sich zum Fenster drehte, während Allegra den Preis für die Reparatur verhandelte.

In dem einen Jahr, seit Mutter Lisbet sie verlassen hatte, war sie zu einer Meisterin der Feilscherei geworden. Doch selbst diese Fertigkeit hatte nicht verhindert, dass man ihnen das Haus schließlich genommen hatte. Nur die Werkstatt war dem Tischler geblieben. Im Eck neben der Werkbank hatte er sein Bett aufgeschlagen. Seine Mahlzeiten nahm er in der Taverne ein. Sie waren, wie man hörte, hauptsächlich flüssiger Natur. Er hielt sich mit Reparaturen über Wasser und verrichtete Dienste für den jungen Händler, der mit seiner Familie jetzt im Vorderhaus zur Miete wohnte. Noch immer war Marcantonio stark, doch von einem Besuch zum nächsten schien er Mariangela zu schrumpfen, ein erbärmlicher Koloss, immer ähnlicher den räudigen Tanzbären, die an Festtagen in Ketten auf der Piazza schwankten.

Allegra schenkte dem Kesselflicker ein strahlendes Lächeln und erhielt einen Preisnachlass, von dem sie wie üblich die Hälfte einstreichen würde. Wieder auf der Straße, schüttelte sie sich und verzog das Gesicht.

»Hast du das gehört? Was ich am Sonntag vorhabe, fragt mich der Kerl. Kaum dreißig und nichts als braune Zähne im Mund.«

»Was hast du geantwortet?«

»Du hast wohl wieder einmal geträumt, mein Eichhörnchen? Dass mir die Witwe am Sonntag außer für die Kirche keinen Ausgang gestattet, habe ich gesagt. Weil sie sehr streng ist.«

Schon von weitem sahen sie Salvatore vor der Weberwerkstatt stehen. Er wies zwei Männer und einen Jungen an, die schwarze und violette Stoffballen auf einen Wagen luden. Allegra winkte, vergeblich. Erst als sich die Mädchen an dem Wagen vorbeizwängten und direkt vor ihm stehenblieben, bemerkte er sie. Es musste Überraschung sein, die seine Augen groß werden ließ, leicht zu verwechseln mit Erschrecken, dachte Mariangela. Immerhin lächelte er jetzt doch noch, ein wenig verlegen vielleicht.

»Allegra, so eine Überraschung! Mariangela«, er nickte ihr zu, ohne sie anzuschauen. »Was führt euch hierher?«

Die Arbeiter hatten ihre Ladung auf dem Karren verstaut, machten jedoch keine Anstalten, sich vom Fleck zu bewegen.

»Was ist?«, fuhr Salvatore sie an. »Drinnen liegt noch ein ganzer Stapel!«

Er nahm Allegra am Arm. Die ließ den Korb ohne

Vorwarnung los. Gerade noch gelang es Mariangela, den zweiten Henkel zu ergreifen, bevor die Tücher in den Straßenschmutz fielen, in die sie ihre Einkäufe verpacken wollten.

Salvatore zog Allegra in den Bogengang auf der anderen Straßenseite. Mariangela sah ihre Schultern sinken, ihr verliebtes Lächeln langsam ersterben. Sie sah den jungen Mann auf die Gefährtin einreden, die Stirn in Falten gelegt, die Knie aneinandergepresst, als drücke ihn die Notdurft. Er wies auf die Werkstatt, knetete seine Hände, führte sie, wie zum Gebet, an die Lippen. Die Gesellen hatten sich wieder beim Wagen eingefunden, duckten sich halb dahinter und beobachteten wie Mariangela das Paar. Plötzlich richtete sich Allegra mit finsterem Blick auf. Die Hände in die Hüften gestemmt, fauchte sie Beleidigungen, die bis über die Straße drangen, angefeuert aus dem Versteck der Webergesellen. Dann fuhr ihr Kopf in einer peitschenden Bewegung nach vorn, und schon stürzte sie auf Mariangela zu, die gerade noch sah, wie Salvatore sich die Spucke aus dem Gesicht wischte, bevor sie von Allegra fortgerissen wurde.

Sie hasteten die Straße hinunter und um das nächste Eck.

»Was ist denn, um Himmels willen?«

Allegra blieb abrupt stehen. »Er hat …«, keuchte sie. Dann versagte ihre Stimme. Mariangela nahm ihr den Henkel aus der Hand und stellte den Korb ab. Sie wollte nach den Händen der Freundin greifen, doch die verschränkte die Arme vor der Brust, wandte sich ab.

»Warum hast du ihn angespuckt?«

»Diese Ratte! Er sagt, dass wir uns nicht mehr sehen können.« Allegras Gesicht war gerötet, ihre Augen glänzten. »Weil meine Mitgift nicht gesichert ist, jetzt, wo Vater …« Sie brach ab, drückte sich die Fäuste in die Augen, zischte: »Erst Liebe, die alle Zeiten überdauern wird, jetzt Mitgift. Als wäre ich ein Stück Vieh, für dessen Gnadenbrot bezahlt werden muss.« Sie schluckte.

Auch Mariangela schluckte. Sie hatte es gewusst, die längste Zeit schon. So liefen diese Dinge. Jeder wusste das.

»Es ist sicher nicht seine Schuld«, versuchte sie die Freundin zu beruhigen. »Es wird sein Vater sein, der auf dem Vertrag besteht.«

»Vertrag, Vertrag! Auf welcher Seite stehst du eigentlich? Findest du womöglich, dass auch du für meine Gesellschaft bezahlt werden solltest?«

Mariangelas Augen füllten sich mit Tränen. »Du weißt, dass ich bis ans Ende der Welt für dich gehen würde!«

»Komisch, genau das hat er auch gesagt, ist noch keine zwei Monate her.«

Schweigend standen sie da. Ein weißhaariger Mann warf ihnen anzügliche Blicke zu.

»So müßig? Soll ich euch helfen, die Zeit zu vertreiben? Bei einem Krug Wein könnten wir uns sicher amüsieren! Frisches Gemüse passt gut zu abgehangenem Fleisch.« Er grinste und fasste sich in den Schritt. »Es fließt noch viel Saft in meinem alten Sack!«

»Scher dich weg, du Hurenbock!«, schrie Allegra und bückte sich nach dem Korb. Verfolgt vom keckernden Gelächter des Alten, ergriffen sie die Flucht.

VICENZA, AUGUST 1533

Zwölftes Kapitel

Die sperrige Ledermappe mit den Zeichnungen unter den Arm geklemmt, trat Andrea aus der Werkstatt am Fuß der Stadtmauer. Schon wieder ein Fehler auf der Baustelle, die der junge Sandro leitete. Warum Maestro Giovanni seinen Zorn allerdings an ihm ausgelassen hatte? Sollte er den Angeber doch selbst zur Rechenschaft ziehen! Patensohn eines Auftraggebers zu sein war eben doch keine ausreichende Qualifikation für den Baumeisterberuf. Mit den Aufgaben wachsen, lächerlich! Wer nach sechs Jahren Lehrzeit noch keine Pläne lesen konnte, den durfte man eben nicht zum Gesellen erheben. Andrea schob die Mappe unter den anderen Arm und wischte sich die verschwitzte Hand an der Hose trocken.

»Es ist deine Aufgabe, ihn anzuleiten, Andrea«, hatte der Maestro ihn angeblafft. »Seine Fehler sind deine Fehler! Nicht nur die Lorbeeren, hast du verstanden?«

Ein vorbeifahrendes Fuhrwerk streifte ihn beinahe, wirbelte ihm trockenen Straßenschmutz in Augen, Mund und Nase. Fluchend spuckte er den Dreck aus, um Haaresbreite neben die Holzschuhe einer Magd, die ihm entgegenkam. Ohne hinzusehen, murmelte er eine Entschuldigung und drängte sich vorbei.

»Andrea?«

Es war nicht mehr als ein Wispern, doch er wusste sofort, zu wem die Stimme gehörte. Andrea verdrehte die Augen. Dauernd lief sie ihm in letzter Zeit über den Weg.

»Principessa Mariangela di Venezia, welch eine nette Überraschung! Leider habe ich es sehr eilig.«

»Wir könnten gemeinsam gehen. Ich wollte mich gerade auf den Heimweg machen.«

War sie ihm nicht eben noch entgegengekommen? Missmutig sah er sie an, doch wie immer rührte ihn ihr glattes, weiches Gesicht mit den schattenbraunen Augen. Ihre Wangen waren gerötet, und ihre aufgesteckten Locken glänzten so hübsch in der Sonne, dass es kein Schaden sein konnte, sie noch eine Weile im Blick zu behalten. Vielleicht war es gar nicht so schlecht, wenn sein Ärger ein wenig abkühlte, bevor er sich mit Sandro anlegte. Er deutete eine Verbeugung an.

»Ich kann mir kein größeres Vergnügen vorstellen!« Belustigt sah er, wie die Röte sich von ihren Wangen über das ganze Gesicht ausbreitete. »Welch geheimnisvoller Auftrag hat Euch denn zu uns nach Pedemuro geführt?«

Hastig deutete sie auf das Körbchen mit halbvertrocknetem Grünzeug, das an ihrem Arm baumelte. »Kräuter. Ich habe Kräuter gesammelt. In den sonnigen Ritzen der Mauer wachsen sie besonders gut.«

Er warf ihr einen zweifelnden Blick zu. Das mochte ja vielleicht für den Frühling gelten, in der Augusthitze allerdings ... »Verstehe. Und was habt Ihr damit vor? Wollt Ihr einen Liebestrank brauen?«

Er zwinkerte ihr zu, doch sie senkte nur den Kopf und wich ein wenig zur Seite.

»Entschuldige, Schwesterchen, das war taktlos. Natürlich wollte ich damit nicht sagen, dass du es nötig hättest ...« Zu vertraulich, viel zu vertraulich! »Ich habe vielmehr an Eure fette Köchin gedacht, die sich vielleicht einen Liebhaber zulegen will. Ihr müsst zugeben, da könnte so ein Trank nicht schaden.«

Sie hielt sich die Hand vor den Mund und warf ihm aus den Augenwinkeln einen Blick zu, der bis in sein Innerstes prickelte. Sich vorzustellen, sie wäre nicht im

Haus der Poiana, sondern als Magd im Badehaus gelandet, schrubbte ihm den Rücken, schlüge ihn sanft mit Reisig …

»Maledetto!«

Unwillkürlich klammerte er sich an Mariangelas Schulter, um das Gleichgewicht zu halten, während er die schmerzende Fußspitze an der Wade des anderen Beins rieb. Recht geschah ihm! Über einen losen Pflasterstein zu stolpern war eine gerechte Strafe für lüsterne Gedanken an ein Mädchen, das er seit ihrer ersten Begegnung eher als schutzbedürftige kleine Schwester gesehen hatte. Besser als Fegefeuer allemal. Dem Herrn Lob und Dank!

Vorsichtig setzte er den Fuß auf den Boden, blies erleichtert die Luft aus. Noch immer lag seine Hand auf der Schulter der Kleinen. Er beugte sich hinab und küsste sie auf die Stirn.

»Danke, Schwesterchen, für Eure Stütze. Ohne Euch wäre ich im Staub gelandet. Überhaupt seid Ihr meine Rettung an diesem Unglückstag.«

Er hatte erwartet, dass sie ob dieser Charmeattacke wieder erröten würde, doch davon keine Rede. Mit erhobenem Kopf lächelte sie ihn gütig an, als wäre er ein Tollpatsch, der nun doch noch die richtigen Worte gefunden hatte. Um seine Verwirrung zu bemänteln, kontrollierte er die Bänder, die seine Mappe an drei Seiten verschlossen.

»Worin besteht denn Euer großes Unglück?« Mariangelas Stimme zitterte kaum hörbar.

»Ach, Ihr kennt doch Sandro. Sicher kennt Ihr ihn, er schmachtet Euch ja immer an. Er hat schon wieder Mist gebaut, hat neben den Halbsäulen, die die Fenster flankieren, keine Schattenfugen gelassen, sondern den Anschluss zur Wand einfach mit Putz zugeschmiert, so dass es nun aussieht wie ... wie ... Na, eben einfach falsch! Aber was erzähl ich dir? Sandro kennen heißt zu wissen, dass er ein Esel ist.«

»Ein gutaussehender Esel.«

Andrea beschleunigte seinen Schritt und beobachtete befriedigt, wie Mariangela mit gerafftem Rock neben ihm hertrippeln musste.

»Er sieht gut aus, er hat gute Beziehungen, aber er ...«

»... kann Euch natürlich nicht das Wasser reichen.«

Andrea sah sich gezwungen, sein Tempo zu drosseln, schon um Mariangela ins Gesicht sehen zu können. Er meinte, keine Ironie zu erkennen, nur arglose Bewunderung, wahrscheinlich.

»Warum muss ich mich dann für seine Fehler tadeln lassen?«

»Weil Ihr auch das Lob für ein gelungenes Werk einstreicht?«

Andrea presste die Lippen zusammen. Was fragte er auch nach der Weisheit einer Fünfzehnjährigen?

»Ein Fall, der dank Sandro niemals eintreten wird.«

Ein Stück weiter hantierte der Schlosser Alberto an einem Haustor. Auf seine dummen Bemerkungen konnte Andrea verzichten. Er versuchte, Mariangela aus den schattigen Arkaden auf die Straße zu dirigieren, indem er sich eng an ihre Seite drängte, sie damit wortlos zum Ausweichen zwang, wie er hoffte. Doch sie ging unbeirrt weiter.

Er legte ihr nun doch, gänzlich ungehörig in der Öffentlichkeit, schlimmer noch als dieser brüderliche Kuss vorhin, zu dem ihn wer weiß was – die Dankbarkeit vielleicht? – getrieben hatte, seine Hand auf den Rücken, um seinem Wunsch Nachdruck zu verleihen, kennzeichnete sie damit eindeutig als zu ihm gehörig, in einem Moment, der schlechter gewählt nicht sein konnte.

Alberto sah auf. Andreas Arm zuckte. Er wollte seine Hand fallen lassen, sie an der Hose abwischen, sich die Kappe richten, irgendetwas. Doch die Fingerspitzen schienen festgewachsen am rotbraunen Leinen des Mieders, und nun verloren sie endlich ihre Klettenhaftigkeit, glitten hinab über die Falten des Rockes und fuhren aufwärts, um an seiner Kappe zu zupfen, als habe er ihnen nichts mehr zu befehlen.

Wenn der Hohlkopf Alberto sich doch dieses Pferdegrinsen sparen könnte! Die Mundwinkel an den Ohren festgezurrt, hörte er nicht auf zu nicken, formte nun auch noch mit Daumen und Zeigefinger einen Kreis und schickte sich an, seinen Zeigefinger dort einzuführen. Andrea wagte nicht, Mariangela anzusehen, und bedachte Alberto im Vorbeigehen mit einem knappen Gruß, würdevoll und beiläufig, wie er hoffte. Ja, würdevoll und weit über solchen Albernheiten stehend.

Mariangela kicherte, ganz kurz nur.

Er hielt jetzt einen halben Schritt Abstand zu ihr, beobachtete sie aus den Augenwinkeln und ärgerte sich darüber, dass sie tat, als sei nichts gewesen. Dass sie anmutig neben ihm herschwebte, gelassen, als rechne sie stets mit derartigen Vorfällen. Er hustete.

»Sagt, seht Ihr Euch manchmal die Häuser an?«

Sie hob die Augenbrauen, nickte lächelnd.

»Und welche zieht Ihr vor? Die alten mit ihren Spitzbögen, dem kleinteiligen Maßwerk, den bunten Farben oder unsere neuen, die die edle Strenge und Klarheit der Antike verkörpern?«

Das war gelungen! Ein Satz, wie abgelesen aus einem Buch, zumindest von einer Magd nicht von einem solchen zu unterscheiden. Die legte jetzt den Kopf schief, spitzte die Lippen, als gäbe es da etwas zu überlegen. Ihm blieb heute nichts erspart.

Mittagsläuten. Mariangela fuhr auf, als habe sie eine Ohrfeige erhalten.

»Um Himmels willen, so spät! Ich muss gehen. Wir reden ein anderes Mal darüber.«

Den letzten Satz schon über die Schulter, mit einem Blick, als müsse er sich darauf freuen, mit ihr die Vorzüge unterschiedlicher Baustile zu diskutieren. Was er tat. Irgendwie. Aufseufzend blieb er stehen, rieb sich den juckenden Bart, wischte sich mit dem Hemdsärmel den Schweiß von der Stirn und kratzte sich endlich ausgiebig im Schritt. Frauen.

Immerhin hatte er sich den ganzen Weg nicht über Sandro geärgert, verspürte auch jetzt keine Lust dazu. Wenn seine Zeichnungen nicht für den größten Esel verständlich waren, dann musste er sie eben so weit verbessern, dass jeder einfache Arbeiter sie lesen konnte. Wo Schatten sein sollten, wollte er in Zukunft Schatten einzeichnen, sie mit dünner Feder schraffieren, dass der letzte Hohlkopf … Ja, so würde es gehen!

Dreizehntes Kapitel

Schützend hielt sich Mariangela die Hände über den Kopf, duckte sich unter den halbherzigen Schlägen der Zofe und konnte sich das Lachen doch kaum verkneifen.

»Lass mich, Paola! Ich sag doch, dass ich nichts dafür kann. Ein Wagen, umgestürzt, alle Waren auf der Straße, da ist Hilfe doch Christenpflicht.«

Paola ließ die erhobenen Hände sinken, stemmte sie in die Hüften und fixierte Mariangela mit säuerlichem Lächeln.

»Und was sollen das für Waren gewesen sein?«

»Felle, Häute, Lederriemen.«

»Und die Kräuter, die du sammeln wolltest? Wo sind die geblieben?«

Mariangela warf einen Blick in ihren Korb und schlug sich die Hand vor den Mund. »Schande! Die müssen herausgefallen sein. Nur noch ein paar trockene Zweige übrig. Es tut mir so leid!«

Paola schürzte die Lippen. »Ich weiß nicht, Mädel, irgendwie ... Verschwinde jetzt in die Küche. Nach dem Essen polierst du die silbernen Kerzenleuchter in der sala, und wenn ich auch nur einen Fleck darauf entdecke! Warte, nicht so schnell, eines wollt ich dir noch mitgeben auf den Weg!«

Die Kopfnuss traf Mariangela unvermutet, und sie heulte auf.

»Nur zur Sicherheit. Falls du es diesmal nicht verdient hast, dann nimm es für einen anderen Tag, an dem ich dich nicht erwischt hab!«

Dazu fiel Mariangela einiges ein. Sie senkte den Kopf und huschte in die Küche, gefolgt von der Zofe, deren Lächeln sie nicht sehen konnte.

Während Paola nach dem Abendmahl mit der Köchin am Küchentisch sitzenblieb, um sich vom Knecht in die Finessen eines neuen Würfelspiels einweihen zu lassen, drängte Mariangela Allegra ins Freie. Untergehakt schlenderten sie in den hinteren Teil des Gartens, der noch in der Abendsonne lag, und sanken auf die steinerne Bank. Hierher zog sich die Witwe Angela zu dieser Zeit oft zurück, um in ihrem Stundenbuch zu lesen. Heute war die Herrin ausgegangen. Haus und Garten gehörten der Dienerschaft.

Mariangela machte es der Freundin nach und schürzte den Rock bis über die Knie hinauf, ließ die Beine von den letzten Sonnenstrahlen streicheln. Den ganzen Nachmittag hatte Paola sie herumgescheucht, sie dabei kaum aus den Augen gelassen und jede Gelegenheit genutzt, ihr für den Fall neuer Verfehlungen mit weiteren Schlägen, dem Zorn der Herrin und den Qualen des Fegefeuers zu drohen. Nur zu ihrem Besten natürlich, weil junge Mädchen eine strenge Hand brauchten. Weil ihr Gerüchte zu Ohren gekommen seien, auf die sie aus Schamhaftigkeit nicht näher eingehen wolle, von einem Benehmen, sie sage es nun doch: einem Herumstreichen in der Stadt, Unterhaltungen mit Männern, auf Baustellen gar. Einem Benehmen, das vielleicht in anderen Häusern geduldet würde, nicht aber in dem der edlen Witwe Angela derer von Poiana. Weil sie, Paola, nicht die mindeste Lust hätte, sich Schelte zuzuziehen für ungehöriges Verhalten einer, die ihr unterstellt war.

»Neidisch«, nuschelte Mariangela, den Mund voll saftiger Pflaumen, »weil sie nie einen Mann abgekriegt hat.«

»Wohingegen du …?« Allegra hob die Brauen.

Mariangela schluckte das Fruchtfleisch und sprudelte ihren Bericht über das morgendliche Abenteuer heraus. Allegra senkte die Brauen, runzelte die Stirn.

»Du hast ihm aufgelauert?«

»Aufgelauert, wie sich das anhört! Er hat mich geküsst, hast du nicht gehört? Auf die Stirn zwar, aber geküsst! Und seine Hand auf meinem Rücken, ich spüre noch die Gänsehaut!«

Allegra sagte nichts, teilte mit den Fingern eine Pflaume, löste den Stein heraus und drückte ihn in die Erde.

»Kannst du dich nicht ein bisschen für mich freuen?«

Allegra steckte sich eine Hälfte der Frucht in den Mund und reichte Mariangela die andere. Sie legte ihr den Arm um die Schultern.

»Und du denkst, er hat etwas Ernsthaftes im Sinn, mein Eichhörnchen?«

»Irgendetwas wird er sich wohl dabei gedacht haben.«

Allegra verdrehte die Augen. »Irgendetwas, sicher.«

»So einer ist er nicht!« Mariangela schüttelte den Arm der Freundin ab. »Da war etwas zwischen uns, wie Magie, verstehst du? Das spürt eine Frau.«

»Aber du bist noch so jung.«

»Ich bin kein Kind mehr! Was war denn mit dir und Salvatore? Warst du da vielleicht älter? Langsam glaube ich, du bist ebenso eifersüchtig wie die alte Paola.«

Mariangela wandte sich ab, schluckte Tränen der Enttäuschung, stopfte sich die Pflaumenhälfte in den Mund und wollte nun gar nichts mehr sagen. Musste sie eben ohne den Rat derjenigen auskommen, von der sie sich alles erwartet hatte, nur diese Missgunst nicht.

»Und du sagst, ihr seid gesehen worden?«

Mariangela schwieg.

»Sei doch nicht gleich beleidigt! Ich mache mir nur Sorgen um dich.«

»Ich kann selbst auf mich aufpassen.« Sie hörte die Unsicherheit der eigenen Stimme, die viel entschlossener, mindestens trotzig hätte klingen sollen. Allegras zweifelnder Blick klebte in ihrem Nacken, sie musste nicht hinsehen, um das zu wissen. Schweigen wäre gut, war aber nicht zu machen.

»Du tust so, als wären alle Männer schlecht. Wenn du ihn kennen würdest …«

Sie hörte ein Seufzen hinter sich, dann fühlte sie Hände, die in ihren Haaren nestelten, eine herabhängende Strähne feststeckten, ihren Rücken hinabstrichen, ihre Taille umfassten. Allegras Kinn auf ihrer Schulter, ein Wispern in ihrem Ohr, das sie schaudern und die Augen schließen ließ.

»Hat es sich so angefühlt, mein Eichhörnchen? Und so und so und so?«

Allegra ließ ihre Hände wandern, und dann kitzelte sie und zwickte sie schließlich, dass Stillsitzen nicht mehr möglich war und Mariangela sich winden musste und lachen, bis beide um ein Haar von der Bank stürzten und plötzlich Frieden war. Allegra fasste ihre Hände, sah ihr feierlich in die Augen.

»Du weißt, was passiert, wenn er dir weh tut?«

»Du schneidest ihm die Eier ab?«

Allegra schien den Gedanken zu erwägen, schüttelte dann den Kopf. »Das wäre zu gefährlich. Er könnte reden. Nein, mein Eichhörnchen, ich werde ihn töten.« Ihre Stimme war ruhig, fast als meinte sie es ernst.

Mariangela nickte ebenso ernst. »Einverstanden!«

Sie fröstelte und ließ den Rock über die Beine gleiten. Die Bank lag jetzt im Schatten.

»Ich will ihn mir ansehen, deinen Steinmetzen. Dann werden wir ja sehen.«

»Du wirst ihn lieben«, flüsterte Mariangela.

»Wie du befiehlst.«

VICENZA, SEPTEMBER 1533

Vierzehntes Kapitel

Schwer atmend erwachte Andrea. Ob sie jemals tun würde, wovon er eben geträumt hatte? Zitternd tasteten seine Finger nach der warmen Feuchtigkeit, die auf seinem Bauch statt in dem ihren gelandet war. Die nun zu trocknen begann, die krausen Haare verklebte, die bald auf ihrer zarten Haut, von der er noch nichts wusste, die er nur ahnen konnte …

Er sprang auf, war mit zwei Schritten beim Fenster, ließ Nachtluft herein, die wenigstens etwas Erfrischung brachte, etwas Beruhigung. Sich am Fensterrahmen haltend, beugte er sich hinaus, sah in die sternenglitzernde Schwärze.

Überall sah er sie vor sich, seit Tagen schon. Er hörte ihre raue Stimme, die über ihn strich wie die Fingernägel der Huren über seinen Rücken. Nein. Sie in solcher Gesellschaft auch nur zu denken war schon ein Sakrileg. Eine antike Göttin war sie. Auch das ein Sakrileg, doch wer sie sah, der musste erkennen, dass Göttlichkeit nicht nur männlich war. Die Eleganz ihrer schlanken Glieder, die Ausgewogenheit der Proportion, die Locken, schlangengleich auf ihren Schultern. Auf eine marmorweiße Säule sollte man sie stellen, ihr Menschenopfer bringen, wie er eines war.

Er sah hinab auf die leere Straße, kniete sich auf das Fensterbrett, zielte mit seinem Strahl auf eine Ratte, die dort schnüffelte, und verfehlte sie. Das Plätschern klang überraschend laut. Er stieg zurück ins Zimmer und warf sich auf das Bett.

Natürlich war sie schön und andersartig und das schon Grund genug, sie besitzen zu wollen. Doch was ihn mehr als alles andere reizte, war ihr Blick. Der Blick einer Göttin eben, nicht der einer Magd, anmaßend, streng, gefährlich vielleicht, wenn man sich ihr widersetzte.

Er schluckte. Was seine Eltern wohl sagen würden. Viel Mitgift war hier nicht zu erwarten. Andererseits hatten sie seine Entscheidungen immer respektiert, und der Sog dieser Leidenschaft schien ähnlich unentrinnbar wie sein Drang zu bauen. Beides wurde gespeist von seiner Lust an der Schönheit, die ihn beim Anblick der Geliebten ebenso ehrfürchtig schaudern ließ wie bei der Betrachtung eines perfekt proportionierten Gebäudes.

Am liebsten hätte er auf der Stelle mit den Eltern gesprochen, sie um Rat gefragt. Niemand wusste besser als seine Mutter, wie eine Werbung auszusehen hatte. Schließlich galt es zunächst, seine zukünftige Frau über seine Absichten zu unterrichten. Angemessen wäre wohl, wenn seine Eltern mit den ihren ein Übereinkommen träfen. Doch über das Leben einer Göttin ließ sich nicht über deren Kopf hinweg verhandeln.

Er sah sich an das Tor des Palazzo Poiana schlagen und nach ihr verlangen. Auf die Knie würde er sinken und um Gnade bitten, ihre schlanken Hände küssen und um das Privileg flehen, sein Leben in ihren Dienst stellen zu dürfen. Ritterlich. Sollte sie ihn abweisen, würde er sich an Ort und Stelle den Meißel in die Brust rammen und sein Herz herausreißen, es ihr blutig vor die Füße werfen. Oder am nächsten Tag wiederkommen und am darauffolgenden, so lange, bis sie ja sagte.

VICENZA, NOVEMBER 1533

Fünfzehntes Kapitel

Der Verrat hatte Mariangela sprachlos gemacht. Es waren nicht nur die Worte, die zu Allegra gesagt werden konnten, gesagt werden mussten vielleicht, nein, gar nichts mehr brachte sie heraus seit jenem Abend, der wie ein Abgrund schien, in den alles gefallen war. Dem Abend, an dem sie die Tür geöffnet und eine fremde Frau Allegradonna zu sprechen verlangt hatte. Sie sei die Meisterin vom Steinmetzen Andrea, genannt della Gondola, sagte die Frau, nachdem Allegra erschienen war, und übernehme eine Aufgabe, die dessen Mutter nicht wahrnehmen könne, weil sie krank und obendrein weit weg in Padua wäre, wo die Ärzte vielleicht besser seien, das Klima aber, Gott sei's geklagt, zweifellos feuchter und der Gesundheit abträglich sei. Vielleicht könne man die Angelegenheit in der Küche bei einem Becher warmem Wein besprechen, denn auch ihre Glieder seien nicht mehr die jüngsten, seit Wochen schon spüre sie ein Reißen. In Vertretung der verhinderten Eltern des jungen Mannes müsse nun wohl zuallererst gesagt werden, dass er ein herausragender Handwerker und ein liebenswerter Mensch sei. Letzteres werde die junge Frau wohl selbst festgestellt haben – an dieser Stelle hatte sie Allegra wohlwollend von Kopf bis Fuß gemustert –, und er habe sich – sie selbst verstünde nun auch warum, denn diese Augen, diese Locken … –, er habe sich in den Kopf gesetzt, keine andere als Allegra um ihre Hand zu bitten. Sie selbst hege, wie sie ehrlich sagen müsse, Zweifel an der Tragfähigkeit dieses plötzlichen Entschlusses, denn so eine Entscheidung müsse reifen, da man doch bis zum Tod daran gebunden sei, und die junge Frau möge sich ihre Antwort gut überlegen, doch sie selbst könne nun nicht anders, als Andreas Bitte zu entsprechen, weil seine Zielstrebigkeit bisher noch nie ins Leere gelaufen sei, und sie kenne ihn nun schon seit seinem dreizehnten oder vierzehnten Lebensjahr.

»Ein Missverständnis«, hatte Mariangela gesagt und sich aus Allegras Schatten in den Vordergrund geschoben. »Er meint doch sicher mich!«

Sie hatte Allegra angesehen, die ihren Unterkiefer vorgeschoben und ihre Hände geknetet hatte.

»Du hast doch erst ein Mal mit ihm geredet!«

Es war eine Bitte gewesen, die zur Frage wurde, als Allegra ihren Blick nicht erwidern wollte, als sie hauchte: »Dreimal, mein Eichhörnchen. Drei- oder viermal nur.«

Schon da hatte Mariangela die passenden Worte nicht mehr finden können. Stattdessen keuchte sie auf, wand sich unter den mitleidigen Blicken Allegras und der fremden Matrone und schämte sich, als stünde sie nackt auf der Piazza.

Ohne ein Wort war sie in ihre Kammer unter dem Dach gerannt, hatte sich gleich aus dem Fenster stürzen wollen und war dann doch nur an der zugeschlagenen Tür zu Boden gesunken. Den Kopf auf den Knien hatte sie dagesessen, alle Rufe ignoriert und erst lange nach Einbruch der Dunkelheit die Kraft gefunden, sich auf ihr Lager zu schleppen.

Alles hatte an diesem Abend eine andere Farbe bekommen. Die gemeinsam ersonnene, nur scheinbar zufällige Begegnung mit Andrea, gedacht, um Allegras Segen für ihre Liebe einzuholen, nicht mehr rosa, sondern schmutzig violett. Während Mariangela munter vor sich hin geplappert, Andrea mit rosigen Wangen ihre sorgfältig durchdachte Meinung über die erhabene Eleganz der spitzen Bögen kundgetan und auf seinen Widerspruch gewartet hatte, war sein Herz von Allegras grünen Augen gefangen genommen worden.

Verlobt. Fünf Monate noch bis zur Hochzeit.

Mariangela weinte in Marcantonios offenes Grab und suchte nach Worten. Haar und Mantel klamm vom Nebel, kniete sie auf feuchtem Laub und betete. Sie konnte Allegra hinter sich fühlen, obwohl diese seit Wochen nicht mehr wagte, sie zu berühren. Sie ahnte Andreas Hand auf der Schulter der Schwester, der Freundin, der schlimmsten Feindin. Alle Worte falsch.

Der Duft von frischem Holz erzeugte einen Wirbel in Mariangelas Kopf, der sie zurücktrug in die Werkstatt, in Momente glücklicher Versunkenheit. Sie saß an einem kleinen Tisch, befreite Tier um Tier aus hölzerner Haft.

Doch jetzt waren es die feingehobelten Planken des Sarges, die sie roch, das darauf genagelte Kreuz. Dass der Tischler darunter lag, nur ein Beweis von vielen, dass man an verschmähter Liebe qualvoll sterben konnte. Auch die Romanzen in der Bibliothek der Witwe erzählten davon. In ihnen trugen die Ritter ihre gebrochenen Herzen wie Orden vor sich her, suchten den Heldentod, um dem Schmerz ein Ende zu machen.

Doch wie stellte man es als Mädchen an, heldenhaft zu sterben? Sollte sie sich verkleiden und in den Krieg ziehen wie die Jungfrau Giovanna aus Frankreich? Dazu war sie viel zu müde. So müde, dass sie sich am liebsten zu Marcantonio legen würde. Sie lauschte, ob seine Seele nach ihr rief, die über ihnen schwebte, vielleicht die Tränen zählte, die um ihn geweint wurden. Um ihn sollte sie weinen, nicht um sich selbst.

Sie zog ihr Abschiedsgeschenk aus der Tasche, küsste es und warf es in die Grube. Wie ein Hammerschlag krachte es auf den Sarg, riss die Trauernden aus ihrer Versonnenheit. Einige traten vor, spähten hinunter. Der handtellergroße geschnitzte Bär war auf den Hinterbeinen gelandet, tanzte, an den Querbalken des Kreuzes gelehnt. Tanzt, trotz allem, dachte Mariangela.

Als sie aufstand und sich umdrehte, waren alle Blicke auf sie gerichtet. Allegra berührte ihren Arm, und sie zuckte nicht zurück. In Andreas Mitleidsgrimasse hingegen hätte sie gern hineingeschlagen, seine weichen Lippen auf den Zähnen zum Platzen gebracht. Sie raffte den Mantel eng um sich und stellte sich weiter hinten neben Paola, die einen Arm um ihre Schultern legte.

In der Küche des Palazzo Poiana war ein Totenschmaus angerichtet. Die Witwe hatte ihn gestiftet, »deo gratias«, wie sie mit himmelwärts gedrehtem Blick erklärt hatte.

Paola und die Köchin hatten leise bezweifelt, dass man Gott Dank schulde für den Tod eines nahen Angehörigen. Mariangela hingegen schien es klug, dem Herrn vorab für seine Gnade zu danken. So würde er vielleicht genau hinsehen, den Tischler nicht nach seinen letzten, in Suff und Untätigkeit verbrachten Monaten richten, sondern sein gutes Herz in die Waagschale werfen. Sein freundliches und hilfsbereites Gemüt, das immerhin ihr Leben gerettet hatte.

Jeden Tag dreißigmal flehte sie zur Jungfrau Maria, den Herrn an diese gute Tat zu erinnern. Einen Wochenlohn hatte Mariangela in Kerzen angelegt, die in allen Kirchen der Stadt für Marcantonios unsterbliche Seele brannten.

Das Nichtredenkönnen war dem Nichtredenwollen gewichen. Stark gewürzte Brotsuppe gab es und Risotto, dazu mit Speck geschmorte Pilze, getrocknete Feigen, Nüsse und Kastanienkuchen. So lange hatte Mariangela vor Kummer kaum essen können, dass ihr jetzt jeder Bissen wie ein Beweis göttlicher Gnade schien.

Als die Gäste gegangen waren, ging sie in den Garten, setzte sich auf das steinerne Bänkchen. Die kalte Luft musste den Schwindel vertreiben, so viel Wein mitten am Tag.

Es war Zeit, den Kamin im Zimmer der Witwe zu heizen. Mariangela stand auf, sah zu spät, dass Allegra auf sie zukam. Ob sie nun wieder mit ihr in der Kammer schlafen dürfe, fragte sie. Das Lager in der Küche, das sie in den letzten Wochen bezogen hatte, um nicht ständig Mariangelas stummer Anklage ausgesetzt zu sein, sei so unbequem. Die Trauer um den Vater allein nicht zu ertragen. Ob ihr Mariangela, nur ihm zuliebe, nicht verzeihen könne? Sie wolle ihr Vertrauen auch ganz sicher nie wieder enttäuschen, ihr von nun an jeden Wunsch erfüllen.

»Bitte, mein Eichhörnchen!«, flüsterte sie, die Augen in Tränen schwimmend.

Mariangela sah sie nicht an, zuckte mit den Schultern, ging ins Haus.

VICENZA, APRIL 1534

Sechzehntes Kapitel

Andrea lauschte auf die leise pfeifenden Atemzüge seiner Ehefrau. In den sechs Nächten, die seit ihrer Hochzeit vergangen waren, hatte er kaum Schlaf gefunden. Ihr warmer Körper neben ihm, die vielen kleinen Geräusche. Anders als sie war er es gewohnt, allein zu schlafen. Seufzend drehte er sich auf die Seite.

Wenn wenigstens überbordende Leidenschaft die Schuld an seiner Müdigkeit trüge. Doch in dieser Hinsicht war Allegra weit weniger forsch, als ihr energisches Wesen ihn hatte vermuten lassen. Doch sie war ein kluges Mädchen, sie würde lernen. Wenn es ihm mit Freundlichkeit und Geduld gelang, selbst den dumpfsten Arbeitern Freude an ihrer Aufgabe zu vermitteln, würde er auch hier Erfolg haben.

Er stützte den Kopf in die Hand und betrachtete ihr

Gesicht in der Morgendämmerung. Der Schlaf ließ ihre fast ein wenig scharfen Züge weich erscheinen. Ein sanftes Leuchten wie von sonnenbeschienenem Marmor überzog ihre Wangen. Die geschwungenen Lippen, ausdrucksvoll wie die seiner Mutter, waren leicht geöffnet. Zwiebeln und Fisch vom letzten Abend schwangen in ihrem Atem.

Kochen konnte sie immerhin ohne Anleitung, das hatte auch seine Mutter anerkannt. So ärgerlich sie anfangs gewesen war, dass er sich ein Mädchen mit derart lächerlicher Mitgift ausgesucht hatte, so freundlich war sie Allegra vom ersten Moment an begegnet.

»In teure Kleider gehüllt, könnte man sie für eine Contessa halten«, hatte sie gesagt. »Sie hat diese gewisse Haltung. Und vom Haushalt versteht sie mehr als die meisten. Sie wird die entgangene Mitgift schnell wettmachen.«

Als hätte sie seine Gedanken gelesen. Nachdem Allegras Vater gestorben war, hatte Andrea fast schon begonnen, an der Klugheit seines übereilten Antrages zu zweifeln. Zumal der Tischler nichts als Schulden hinterlassen hatte. Kurze Zeit hatte es so ausgesehen, als müsse Andrea seine Braut gänzlich ohne Aussteuer vor den Altar führen, als bliebe selbst die Anschaffung des Brautschleiers ihm überlassen. Zu stolz und zu verliebt, um sein Versprechen zurückzuziehen, hatte er schon seine Mutter nach deren Hochzeitsgewand fragen wollen, als sein Pate sich einschaltete.

Vincenzo Grandi hatte auf einer seiner Reisen nach Abano im Auftrag der Eltern bei der Witwe vorgesprochen. Neben einer bescheidenen Mitgift für Allegradonna hatte er auch einen Auftrag für eine zwei Ellen hohe Statue der heiligen Veronica herausschlagen können, die im Zimmer der Witwe stehen und ihr dereinst einen guten Tod bescheren sollte. Die Erinnerung an das listige Lächeln auf dem zerfurchten Gesicht des Paten brachte nun auch Andrea zum Schmunzeln.

Leider hatte sich nach der Abreise seines padrino herausgestellt, dass die Witwe den Vertrag über die Mitgift ohne Rücksprache um eine Klausel ergänzt hatte, die nichts anderes als eine Beleidigung seiner Männlichkeit darstellte. Sollte Allegra sterben, ohne Nachkommen zu hinterlassen, müsste er den halben Gegenwert des Betrags zurückerstatten.

Doch so schwer konnte es nicht sein, ein Kind zu zeugen. Das Pech seiner Eltern, die Gott trotz aller Fürbitten nur mit einem Kind beschenkt hatte – einem Sohn immerhin –, würde sich kaum auf ihn übertragen.

Überhaupt schien das Hauptaugenmerk der Witwe auf der Fortpflanzung zu liegen. Warum sonst hätte sie Allegra gerade dieses wirklich stabile und schöne Bett überlassen sollen? Er strich über das glatte Holz der gewundenen Säule neben seinem Kopf, einer von vieren, die das Gesims des Betthimmels trugen. Dann ließ er sich auf den Rücken fallen, warf sich hin und her im vergeblichen Versuch, die feste Rosshaarmatratze zum Schwanken zu bringen und Allegra so vielleicht aus dem Schlaf zu rütteln. Doch sie rührte sich nicht.

In Gedanken ging er noch einmal die Aussteuerliste durch: Ein Bett, fast neu, mit einem Überzug aus gewebtem Leintuch, Gewicht 53 Pfund in einem Wert von 26,10 Lire. Eine neue blaue Decke mit grünem Futter im Wert von neun Lire. Ein Paar neue Laken, jedes von drei Schritt Länge, im Wert von 15 Lire. Dazu einige getragene Kleidungsstücke, mehrere Ellen neue und gebrauchte Stoffe und ein neuer Schleier aus gewirktem Stoff. Alles in allem betrug der Wert der Mitgift nur 177 Lire. Und doch hatte Allegra in den abgelegten

Kleidern der Witwe und dem bestickten Schleier wie eine Königin ausgesehen.

Andrea wandte sich seiner Frau zu und küsste sie auf den Mund. Sie murmelte leise und rollte sich unter der Decke zusammen. Er drückte sich an sie und flüsterte: »Zeit zum Aufstehen, meine Alabastergöttin.«

Ihr Atem ging ruhig und gleichmäßig. Sanft rüttelte er ihre Schulter, blies ihr ins Ohr. Sie zog sich die Decke über den Kopf. Er wollte schon aufgeben und allein aufstehen, da drehte sie sich endlich doch auf den Rücken und öffnete die Augen. Die Arme über dem Kopf ausgestreckt, rekelte sie sich, ihre Hände tasteten dabei über das geschnitzte Betthaupt. Ihr Blick flackerte von Andreas Gesicht zum Fenster und wanderte dann durch den Raum, als erinnerte sie sich erst langsam, wo sie sich befand.

»Unsere eigene Wohnung!«, sagte sie andächtig, die Stimme noch rau vom Schlaf. »Weißt du, ich habe mich noch nicht daran gewöhnt. So viel Platz, dieser große Raum und die Küche, nur für uns.«

»In ein paar Jahren baue ich uns ein ganzes Haus, ach was, einen Palazzo.«

Er grinste und legte seine Hand auf ihre linke Brust, die ganz darunter verschwand. Sie wand sich unter seiner Liebkosung und setzte sich auf.

»Sie sind zu klein, oder?«

»Wer?«

»Die, die du gerade so prüfend betastet hast.« Sie deutete mit dem Kinn abwärts.

»Ich mag sie genau so.«

»Denkst du nicht manchmal an Mariangela?«

»Was hat das damit zu tun?«

»Na, ihr Busen ist so voll und rund. Ihre Haut ist auch viel schöner. Und ihr Haar ...«

Bis eben hatte Andrea nicht an Mariangela gedacht, schon gar nicht an ihren Busen, der wirklich, das ließ sich nicht abstreiten, von einer prallen Vollkommenheit war, die jeden Blick auf sich zog. Er legte die Arme um Allegra.

»Dass du anders bist – genau das gefällt mir an dir. Wenn deine Locken nicht wären, könnte man dich beinahe für einen wunderschönen Knaben halten. Und die wahren Entdeckungen«, er strich über ihren Körper, versuchte eine Hand in den Spalt zwischen ihren Beinen zu versenken und flüsterte, »die lauern im Verborgenen.«

Sie schüttelte ihn ab, warf ihm einen koketten Blick über die Schulter zu und stand auf.

»Es ist dir also egal, dass Mariangela auf unserer Hochzeit deinem Kollegen schöne Augen gemacht hat?«

»Ist mir gar nicht aufgefallen. Welchem Kollegen?«

Allegra zog sich das Unterkleid über den Kopf.

»Sandro natürlich!«

»Sandro? Diesem Mistkerl? Das ist mir allerdings nicht egal!«

»Wieso? Was gibt es an dem auszusetzen? Er sieht wirklich gut aus, findest du nicht? Ich bin ganz froh, dass sie sich endlich für einen anderen Mann interessiert als den meinen. Vielleicht hört sie dann auf, mich immer so vorwurfsvoll anzusehen, und wir kommen einander wieder näher.«

Andrea setzte sich auf. »Immerhin ist sie zur Hochzeit erschienen, hat uns gratuliert.«

»Ja, mit zusammengebissenen Zähnen. Und sie spricht wieder mit mir.«

Allegra öffnete ihre Kleidertruhe und zog ein Überkleid aus blassgrüner Wolle heraus. Grün war ihre Lieblingsfarbe, wie sie Andrea erklärt hatte, weil eine alte

Nachbarin ihr vor Jahren geraten hatte, die beruhigende Wirkung der Farben des Wassers als Ausgleich für ihr hitziges Temperament zu nutzen. Dass ihre Augen dadurch hervorgehoben würden, sei auch kein Schaden.

»Hilf mir, das Mieder zu schnüren!«

Er würde ihr ein blaues Kleid schenken, dachte er, während er die Schnüre ihres Mieders entwirrte. Dieses hier war an den Rändern schon ganz abgestoßen und so verblichen, dass es an keiner anderen Frau gut ausgesehen hätte. Ja, eine schwere gamurra sollte sie bekommen, aus leuchtend blauer Seide, sobald er seinen ersten großen Auftrag hatte. Als habe sie seine Gedanken gelesen, legte Allegra die Arme um seinen Hals und küsste ihn auf den Mund.

»Wir wollen sie einladen, Andrea, damit sie sich besser kennenlernen. Ich würde mich so sehr freuen, wenn Mariangela auch ihr Glück in der Ehe finden könnte wie ich!«

Andrea seufzte. »Aber Sandro ...«

»Bitte!« Sie schlang ihm die Arme um den Hals. »Wir haben uns immer gewünscht, später mit unseren Männern Haus an Haus zu wohnen. Wenn nun jede von uns einen Baumeister heiraten würde ...«

Andrea schnaubte. Er wollte sagen, dass Sandro – der Sohn des Schusters Alessandro, eines wohlhabenden Mannes, der Damenschuhe aus seiner erst kürzlich vergrößerten Werkstatt bis nach Venedig lieferte –, dass dieser Mann so wenig eine Magd heiraten würde, wie jemals ein anständiger Baumeister aus ihm würde. Dass ein Leben an seiner Seite für eine Frau alles andere als angenehm wäre, Hurenbock, der er war. Dass er, Andrea, überdies den Mistkerl nicht auch noch nach der Arbeit in seiner Nähe haben und schon gar nicht in seine Wohnung zum Essen einladen wollte. Doch sie pickte ihm jedes Widerwort mit kleinen Küssen von den Lippen, noch bevor er es aussprechen konnte. Als sie schließlich den Oberkörper zurückbog und ihn siegesgewiss anlächelte, hatte er längst aufgegeben.

»Ich weiß, du magst Sandro nicht«, sagte sie. »Aber er ist noch jung und kann sich ändern. Man sagt doch: Willst du einem Mann einen Kopf geben, gib ihm eine Frau!«

»Das hat meine Mutter auch immer behauptet. Unter Männern hört man den Spruch allerdings selten.«

Allegra lachte. »Und«, sagte sie, »wie ist es? Vertraust du der Weisheit der Frauen?«

VICENZA, JULI 1534

Siebzehntes Kapitel

Umringt von drei Arbeitern und einem milchgesichtigen Lehrbuben, musterte Andrea den Sandhaufen, bohrte seine Schuhspitze hinein, um das Material aufzulockern, und schöpfte ein wenig davon in die hohle Hand. Er hielt die Hand ins Sonnenlicht und schüttelte sie, dass der Sand durch seine Finger rann wie durch ein Sieb. Dann wischte er sich die Hand an der Hose ab.

»Du hast recht«, wandte er sich an den bärtigen Mann, der ihm am nächsten stand. »Der taugt nichts, zumindest nicht für die Außenwände. Gut, dass du mich geholt hast.« Er schüttelte den Kopf. »Das ist nun schon das zweite Mal, dass der Kerl uns alten Sand andreht. Ob es Absicht ist oder er nur bei der Lagerung geschlampt hat, ich werde mit ihm reden müssen.«

Während er überlegte, was mit dem minderwertigen Material anzufangen war, sah er aus dem Augenwinkel, wie der Lehrling sich reckte, um dem bärtigen alten Maurer etwas ins Ohr zu flüstern.

»Was gibt's, Mario?«

Der Junge lief rot an, seine abstehenden Ohren begannen zu glühen. Andrea lächelte ihm aufmunternd zu.

»Es ist nur ...« Mario holte tief Luft, wandte dann den Blick verlegen zur Seite, bevor es aus ihm heraussprudelte: »Sand ist doch immer alt! Der liegt doch seit Ewigkeiten in der Grube oder am Meer, bevor wir ihn verwenden.«

»Komm her!«

Mario zögerte, doch der Bärtige versetzte ihm einen Schubs und brummte: »Keine Angst.«

»Das ist ein guter Gedanke, und nicht jeder hat genug Verstand, Fragen zu stellen«, sagte Andrea. Es kostete ihn einige Mühe, Mario ernst anzusehen, sich das Lachen über die leuchtenden Ohren unter dem blonden Schopf zu verkneifen.

»Du hast vielleicht schon gehört, dass wir auf dem Bau drei Sorten von Sand verwenden: Sand aus Gruben in den Bergen, der von unterirdischen Feuern gebrannt wurde und die beste Qualität liefert, trocken und belastbar. Daneben Flusssande und Sand aus dem Meer. Der Meeressand ist der schlechteste von allen, weil er viel Salz enthält, das die Feuchtigkeit anzieht. Er trocknet schnell, ist jedoch wenig belastbar, und der mit ihm angerührte Mörtel neigt zu Rissen. Dieser hier«, er schöpfte wieder Sand in seine Hand und bedeutete dem Jungen, dasselbe zu tun, »ist zwar Grubensand, doch wenn du ihn durch die Finger rieseln lässt, bleibt brauner Schmutz zurück. Das ist ein Zeichen dafür, dass er nach der Förderung zu lange dem Wetter ausgesetzt war. Der Wind hat ihn mit Erde und Feuchtigkeit gemischt, die ihn weniger tragfähig machen. Zudem enthält er Samenkörner, die sich bei eindringender Feuchtigkeit zu Pflanzen entwickeln und Mörtel und Putz sprengen können. Du hast sicher schon gesehen, wie manchmal sogar Feigenbäume aus Mauern wachsen. Warst du dabei, als Barbo den Sand geprüft hat?«

Der Junge schüttelte den Kopf.

»Zeig es ihm, Barbo.«

Der Bärtige ging, um einen Kübel mit Wasser zu holen. Er warf eine Schaufel Sand hinein und rührte um. Der Sand sank langsam zu Boden, doch das Wasser blieb braun.

»Siehst du die Erde?«

Mario nickte.

»Stell Fragen, wann immer du welche hast. Jeder Mann auf jeder Baustelle soll wissen, was er tut. Nur gemeinsam können wir die erhabensten Gebäude errichten.«

Er sah in die beifällig nickenden Gesichter seiner Leute und legte dem Jungen die Hand auf die Schulter.

»Wir werden diesen Sand für den Grobverputz der Innenwände verwerten müssen, wo keine Feuchtigkeit eindringen kann, und ich bestelle noch heute geeigneteres Material. Beginnt am besten hinten in den Wirtschaftsräumen.«

»Maestro?«

Der Junge zupfte ihn am Ärmel und deutete in Richtung der Straße. Da stand Allegra, einen Korb am Arm, und lächelte ihn an, als wäre er der begehrenswerteste aller Männer. Ihre Hände deuteten lautlosen Applaus an. Er hatte das Gefühl, mindestens eine Handbreit zu wachsen, als er auf sie zuging.

»Das war großartig, Andrea!«, flüsterte sie ihm ins Ohr. »Sie lieben dich.«

Er küsste sie auf die Wangen.

»Nicht so sehr wie ich dich! Aber was machst du hier?«

Sie hob den Korb.

»Ich bringe dir dein Mittagessen. Kaltes Fleisch von gestern und Brot. Wenn du mitten unter der Woche teures Fleisch nach Hause bringst, wäre es doch schade, wenn du es nicht isst, bevor es bei der Hitze verdirbt.«

»Du solltest nicht allein durch die Straßen wandern.«

»Aber es ist so langweilig den ganzen Tag allein zu Hause, kein Austausch mit anderen, bis auf einen Tratsch vor der Haustür ab und zu. Als ich noch bei der Witwe gearbeitet habe, bin ich doch auch …«

»Du bist jetzt keine Magd mehr, Allegra. Du musst auf deinen Ruf achten und auf den meinen.«

Sie legte die Stirn in Falten, dass ihre kräftigen Augenbrauen in der Mitte zusammenzuwachsen schienen.

»Du tust ja geradeso, als wärst du ein gentiluomo und nicht ein Handwerker.«

Sie unterstrich ihre Worte mit einer affektierten Geste, und Andrea fühlte sich unangenehm daran erinnert, dass seine Mutter bei einem seiner letzten Besuche Ähnliches behauptet hatte. Schnell wandte er sich um. Zu seiner Erleichterung kehrten ihm die Arbeiter gerade den Rücken, machten sich langsam und scheinbar ins Gespräch vertieft auf den Weg in den hinteren Teil des Hauses.

»Hör zu, Allegra, noch habe ich vielleicht nicht viel Umgang mit hochgestellten Personen. Aber ich wünsche mir, dass sich das ändert, und wenn ich mich nicht angemessen verhalte, wird das nicht passieren. Blamier mich also bitte nicht.«

Das waren die falschen Worte, dachte Andrea, auch der Ton viel zu streng. Fieberhaft suchte er nach neuen, während Allegra sich aufrichtete, die geballten Fäuste in die Hüften stemmte und tief Luft holte. Hastig trat Andrea näher und legte ihr die Hände auf die Schultern.

»Jetzt hast du dich extra auf den Weg gemacht, um mir eine Freude zu machen, und ich benehme mich wie ein Grobian. Verzeih mir!« Die Spannung ließ nach. Jetzt nur nichts Falsches mehr sagen. »Es geht um unser beider Leben, mein Engel, meine Göttin, das verstehst du doch?«

Er strahlte sie an, doch sie lächelte nicht.

»Um unser Leben, das wir mit vereinten Kräften bauen. Wir sind die Materie, aus dem es entstehen soll, sind Stein und Holz und Sand und Kalk. Doch nun kommt es darauf an, das Beste daraus zu machen, es zu richtigen Teilen zu mischen mit alldem, was noch nötig ist, um den schönsten aller Palazzi zu errichten. Ich setze mein Talent ein und meinen Eifer, das weißt du. Doch ohne deine natürliche Eleganz und deine aristokratische Haltung wird das vielleicht zu wenig sein.«

Er konnte sehen, dass Allegra seinen schmeichelnden Worten misstraute, dass sie nach einem Ansatzpunkt für Widerspruch suchte. Schnell hob er den Korb vom Boden auf und zog sie sanft mit sich.

»Begleite mich zu meiner nächsten Baustelle. Die liegt ganz in der Nähe unserer Wohnung. Ich bring dich danach heim.«

Die Mittagsglocken begannen zu läuten. Andrea legte den Arm um die Schultern seiner Frau, wollte sie an sich drücken, doch sie fügte sich nicht, blieb steif und kühl. Immerhin sträubte sie sich nicht, als er sie jetzt über die Straße und zu dem Brunnen schob, neben dem eine Linde stand und darunter eine Bank, auf die er sie sanft niederdrückte.

»Meine Liebste, ich sage dir jetzt etwas, was niemand sonst wissen soll.«

Allegra hob zweifelnd die Augenbrauen.

»Es ist nicht mein Urteil, dem du dich beugen sollst. Mir ist es gleichgültig, was ein Mensch ist, ob Bettler oder König, Hure oder Fürstin. Von mir aus sollen sich alle Mädchen und Frauen frei bewegen können, sollen meinetwegen in den Krieg ziehen oder sich zum Papst wählen lassen. Doch die Welt ist nicht so. Mein ganzer Wille und meine Sehnsucht – jetzt, da ich dich schon gefunden habe – gelten dem Ziel, der beste, der wichtigste Architekt dieser Stadt zu werden. Alles, was ich tue, tue ich, um dieses Ziel zu erreichen, und ich muss diese Welt nehmen, wie sie ist, muss mit ihren Regeln arbeiten und nicht gegen sie. Das geht nicht ohne deine Unterstützung.«

Atemlos hielt er inne, mitgerissen von der eigenen Rede, die zum Glück auch Allegra ein Lächeln entlockt hatte. Er drückte ihre Hand an seine Lippen.

»Da wir schon einmal hier sitzen, solltest du mindestens kosten, was ich dir gebracht habe«, sagte sie nach einem Moment der Stille.

Sie reichte Andrea das Brett mit dem kalten Fleisch. Er nahm sein Messer vom Gürtel, schnitt dünne Scheiben herunter. Allegra goss Wein aus einem Schlauch in zwei Zinnbecher, brach das Brot und reichte ihm eine Hälfte.

»Wie du siehst, habe ich gehofft, dass du ein wenig Zeit hättest, um mit mir Mittagspause zu machen.«

Lächelnd senkte sie die Lider und verschränkte die Hände um den Becher. Andrea hob ihr Kinn mit dem Zeigefinger an und sah Tränen zwischen ihren Wimpern.

»Um Himmels willen, was ist denn?«

Allegra hob den Becher und blickte ihn feierlich an. »Stoß mit mir an! Auf unser erstgeborenes Kind!«

»Auf unser ...? Aber wir haben doch gar kein ...«

Allegra verdrehte die Augen. »Ich bin schwanger, du Wolkenkopf!«

Andrea stürzte den Wein in einem Schluck hinunter. Er kam sich verstockt wie ein Ochse vor, doch es war ganz unmöglich, sich vorzustellen ...

»Ein Kind? Ein richtiges Kind? Dadrin?«

Er wies auf ihren flachen Bauch, den sie nun mit ihrer langen, schmalen Hand streichelte. Sie lachte.

»Das will ich doch hoffen, dass es ein richtiges Kind ist und nicht etwa ein Kätzchen oder eine Strohpuppe. Zweimal ist die Blutung ausgeblieben, mein Busen schmerzt und wächst – das hättest du immerhin bemerken können. Ich habe mit Carla von nebenan geredet, und sie meint auch, dass es sicher ist. Man sieht es in meinen Augen, sagt sie. Schau her!«

Doch statt in ihren Augen nach Zeichen zu forschen, sprang Andrea auf, marschierte vor der Bank hin und her, reckte die Arme zum Himmel und ließ sie wieder sinken. Er fiel vor Allegra aufs Knie und ergriff ihre Hände.

»Siehst du, was wir gemeinsam bewirken? Wir können neues Leben schaffen!«

»Nun ist es aber genug, du gotteslästerlicher Flegel!« Andrea hatte den alten Mönch nicht bemerkt, der neben dem Brunnen stand, die noch tropfende Kelle drohend erhoben. »Danke Gott, dem Allmächtigen, und der Heiligen Jungfrau, und bete zwanzig Rosenkränze, bevor du dich das nächste Mal zur Beichte wagst.«

Andrea schnitt eine Grimasse und schlug ein Kreuz.

»Verzeiht mir, Vater, der Überschwang der guten

Nachricht. Betet für mich! Habt Ihr gehört, ich werde Vater!«

»Das soll ja schon anderen vor dir gelungen sein.«

Der Alte befestigte die Wasserkelle an seinem Gürtel und schlurfte davon. Andrea küsste beide Handflächen seiner Frau und erhob sich wieder.

»Von solchen Freuden versteht der eben nichts, dieser Bräutigam Gottes.«

Allegra versetzte ihm einen Klaps auf den Arm. »Jetzt hör schon auf mit dem ketzerischen Gerede! Schließlich soll unser Sohn gesund zur Welt kommen.«

»Ein Sohn?«

»Sagt Carla.« Allegra beugte sich vor und flüsterte: »Sie hat es in meinen Handlinien gelesen.«

Er warf ihr eine Kusshand zu und schmunzelte. »Zwanzig Rosenkränze, mein Engel, für diesen gotteslästerlichen Unsinn!«

Glücklich seufzte er und steckte sich ein Stück Fleisch in den Mund. Was für ein Wunderwerk der Mensch doch war. Er aß und trank und schöpfte daraus die Kraft, zu arbeiten und neues Leben zu schaffen. Undenkbar natürlich ohne göttlichen Funken. Die zwanzig Rosenkränze konnten demnach nicht schaden als Investition in die Zukunft. Vielleicht auch ein paar mehr, um die aktuellen Bauprojekte zu unterstützen. Für die es übrigens höchste Zeit war. Hastig stopfte er sich Brot und Fleisch in den Mund.

»Wir müssen uns beeilen, mein Herz. Die Baustelle ... Oh, entschuldige!«

Allegra rümpfte die Nase, klaubte sich die feuchten Brotkrümel aus dem Gesicht und wischte sie an Andreas Hose ab.

»Wenn dir so sehr an noblen Umgangsformen gelegen ist, mein edler Gemahl, solltest du vielleicht schlucken, bevor du sprichst. Die Witwe Angela und ihre Gäste haben sich nie mit Essen bespuckt.«

Andrea schob den Tadel mit einer Handbewegung beiseite. »Von Tischsitten kannst du mir am Abend erzählen. Ich muss jetzt wirklich weiter. Auf der Baustelle hinter der Chiesa di San Lorenzo wird heute das Fundament gelegt, und da Sandro dort die Leitung hat, empfiehlt es sich, nachzusehen, ob der Grund sorgfältig eingeebnet ist.«

Er trank aus, schlang das letzte Fleischstück hinunter und half Allegra, die Reste in den Korb zu packen. Den Korb am linken, bot er ihr den rechten Arm.

Es gab so viel, woran jetzt zu denken war. Er würde seinem Sohn ein Vorbild sein und ihn alles lehren, was er wusste, ihm Fleisch und Fisch zu essen geben an jedem Tag seines Lebens. Cesare sollte er heißen, sollte groß und aristokratisch sein wie Allegra und stark wie ein Löwe. Vielleicht doch Leo oder besser noch Leonida, König der Spartaner, über den er kürzlich einen Spielmann hatte singen hören. So viel zu bedenken!

»Soll ich hier stehenbleiben? In die Grube werde ich ja wohl nicht hinunterklettern.«

Andrea hatte Allegras Anwesenheit ganz vergessen. Er drückte ihr den Korb in die Hand, warf ihr eine Kusshand zu und trat auf die Leiter, die zur Fundamentebene hinabführte.

»Willst du hier warten?«

»Das muss ich wohl. Aber ich sehe dir gern bei der Arbeit zu. Wie ein Feldherr wirkst du da, der seine Truppen kommandiert.«

Andrea lachte und schämte sich fast, so erfüllt war er mit Glück und Stolz. Torheit und Stolz wachsen auf einem Holz, sagte man. Er senkte den Blick und kletterte so vorsichtig hinab, als trüge er seinen Sohn schon auf dem Arm.

Achtzehntes Kapitel

Mariangela lag auf dem Rücken, unter sich den frischen Ziegelboden. Sandkörner pressten sich in die Haut an der Unterseite ihrer Beine, und sie konnte das Verlegemuster fühlen, weil die Platten kälter waren als der Fugenmörtel. Es roch nach Kalk und dem Holz der Deckenbalken. Ein Kissen unter dem Kopf, dachte sie, das sollte man sich wünschen dürfen. Immer wieder berührte ihr Scheitel die Wand, getrieben von den Stößen des Mannes, der zwischen ihren Beinen auf den hochgeschobenen Röcken lag und sich stöhnend in ihre Eingeweide bohrte. Sie hob die Hände über den Kopf, stützte sie gegen die kühle Mauer und wandte den Blick ab. Weg von Sandros schönem, triumphierendem Gesicht, hin zu ihrem Fuß, den nackten Zehen neben ihrem abgestreiften Holzschuh. Kurz waren sie, gerade und regelmäßig abgestuft wie Orgelpfeifen.

Es tat nicht mehr weh, und es dauerte meist nicht lang. Manchmal konnte sie sich sogar vorstellen, es wäre schön, und alles in allem, dachte sie, war es die Sache wert. Schließlich liebte er sie dafür. Er, der praktisch jedes Mädchen haben konnte, doch nur sie wollte, wie er sagte. Weil sie nicht so schamhaft war, so zimperlich wie andere.

Da das Stoßen nun heftiger wurde und ein baldiges Ende absehbar, blickte sie wieder in sein Gesicht, musste lächeln über die verschwitzten Haare und den konzentrierten, fast wütenden Gesichtsausdruck. Als triebe er einen Nagel in gut abgelagertes Kernholz. Ein Schlag noch. Sie drückte sich ihm mit aller Kraft entgegen, schützte dabei ihren Kopf. Noch einer, und dann sank er mit einem Schrei auf sie, und sie schlang die Arme fest um ihn und genoss die Last und den Schutz seines Körpers. Ihre Finger ertasteten die festen Muskelstränge seines Rückens und strichen über die feinen Härchen in seinem Nacken. Als sein Atem wieder ruhiger wurde, stützte er sich auf einen Ellenbogen, tätschelte ihre Wange.

»Mein Mädchen«, sagte er, und sie war froh, dass sie zu ihm gehörte.

Er richtete sich auf, zog seine Hose hoch, und sie warf den Rock über ihre nackten Beine. Gern hätte sie vorher das klebrige Feuchte abgewischt, doch sie fürchtete, ihn zu beleidigen, wenn sie nicht dankbar annahm, was auch immer von ihm kam.

Er hatte ihr gewürzten Wein mitgebracht und kleine, köstlich süße Fladen mit in Honig eingelegten Marillen darauf. So fürsorglich, so großzügig. Sie kletterten aus dem Fenster auf das Baugerüst, wo man sie nicht sehen, ganz sicher nicht erkennen konnte, so hoch oben in der Dämmerung. Mariangela genoss die köstliche Süßigkeit, drückte sie mit der Zunge an den Gaumen und schmeckte Honig und Mehl, Frucht und Zimt und einen Hauch von Pfeffer. Sie lehnte sich zurück und sah in den Himmel, an dem sich erste Sterne zeigten.

»Wenn man so hinaufschaut«, sagte sie, »könnte man denken, der Himmel wäre eine fadenscheinige Decke, durch deren Löcher das Licht des Jenseits scheint, findest du nicht?«

»Die Sterne sind wie Laternen, hängen am Himmelszelt, das weiß jedermann mit ein wenig Verstand.«

»Wissen und träumen sind zweierlei. Träumst du nicht manchmal, was sein könnte?«

Sandro runzelte die Stirn und dachte nach. Mariangela hoffte, dass auch er von einer gemeinsamen Zukunft träumte, von der bisher noch nicht die Rede gewesen war. Bestimmt würde er sie heiraten, sobald er sicher sein konnte, dass sie eine gute Ehefrau abgab. Die Witwe musste ihr mindestens ebenso viel Mitgift geben wie Allegra, sonst würde der liebe Gott sie strafen.

»Manchmal träume ich schon. Beispielsweise davon, Andrea, dem größten Maestro aller Zeiten, der immer alles besser wissen muss, mit dem Hammer den Schädel einzuschlagen.«

Mariangela zuckte zusammen, auch wenn sie selbst vor nicht allzu langer Zeit mit ähnlichen Gedanken gespielt hatte. Sandro konnte es fertigbringen, seinen Traum in die Tat umzusetzen.

»Ich hasse ihn ebenso«, sagte sie und drückte seine Hand. »Was hat er dir angetan?«

»Ist heute mit seiner Braut, deiner hochnäsigen Freundin, auf der neuen Baustelle bei mir erschienen, auf der hinter San Lorenzo. Stolziert herum wie ein Gockel und macht mich vor ihr und der ganzen Belegschaft lächerlich, weil angeblich die Fundamentgrube nicht plan genug ist. Als ob ein paar kleine Dellen einen Unterschied machten, wo doch die Mauern ohnehin alles zusammenpressen. Hat eigenhändig angefangen, hier ein wenig wegzukratzen und dort ein wenig zu klopfen. Drecksack, elender. Was bildet der sich ein?«

Mariangela biss sich auf die Unterlippe. Es gab nichts, was sie sagen konnte. Nicht, dass Andrea vielleicht recht haben könnte. Nicht, dass sie traurig war, weil die Abneigung zwischen den Männern ihren Traum zerplatzen ließ, irgendwann mit Allegra Haus an Haus zu wohnen, gemeinsam die Kinder aufzuziehen, abends mit den Männern um den Tisch zu sitzen und ihren Geschichten von den Geschäften des Tages zuzuhören.

Wenn sie es wenigstens fertigbrächte, Allegra wirklich zu verzeihen. Schon wegen jenes Abendessens vor drei Monaten. Ganz offiziell hatten sie ihr Sandro vorgestellt, es schien fast schon Kuppelei, auch wenn Andrea kaum ein Wort zwischen den zusammengebissenen Zähnen herausgebracht hatte. Gemütlich war es nicht gewesen. Allegra hatte geredet wie eine sprudelnde Quelle, was auch immer ihr in den Sinn kam, weil niemand sonst etwas zu sagen wusste. Die Männer, die sich aus den Augenwinkeln lauernde Blicke zuwarfen, die Fleischmesser in der Hand. Mariangela, die Allegra so gern umarmt und geküsst hätte und sich doch die Schadenfreude nicht verbeißen konnte, weil der Fisch zu trocken geraten war. Wenn sie es nur geschafft hätte, ihr in die Augen zu sehen.

Dann allerdings der Heimweg an Sandros Seite. Seine Komplimente, ihre Hand auf seinem kräftigen Arm, dieser Geruch, der ihre Knie schwach werden ließ, seine breite Brust, an die sie sich gern ohne weitere Umstände geworfen hätte. Die Treffen seither, zu Anfang sittsam auf dem Markt und vor der Kirche, zuletzt nur noch heimlich auf Baustellen und in leeren Scheunen.

»Wir sollten gehen«, sagte Mariangela und trank aus.

Sie kletterten zurück in den künftigen Festsaal. Sandro schlug Feuer und entzündete eine Öllampe.

»Lass mich schnell noch einmal, mein Püppchen«, sagte er und zog sie an sich. Er schob sie zum Fenster, drehte sie um und legte ihr die Hand auf den Rücken. Gehorsam beugte sie sich vor, stützte die Hände auf der Brüstung ab. Er hob ihren Rock. Sie schluckte, presste die Lippen aufeinander, als er in sie eindrang.

Später, auf der Straße, hing sie an seinem Arm, den Kopf an seiner Schulter, und sog seinen Duft ein. Mariangela war ein wenig übel von dem gar zu süßen Kuchen und dem Wein. Sie sehnte sich nach ihrem Bett, auch wenn es in der kleinen Dachkammer fast unerträglich heiß sein würde.

Kaum ein Block lag noch vor ihnen auf dem Weg zum Hintereingang des Palazzo Poiana, als der Nachtwächter sie anrief. Mariangela drehte sich zur Seite, dass ihr Gesicht im Schatten lag, und Sandro hielt den Zeigefinger an die Lippen und zischte beschwichtigend.

»Ich bin's nur.«

Er zog eine Münze aus der Tasche und steckte sie dem Nachtwächter zu. Der nickte knapp.

»Wenn es Euch das immer wieder wert ist, mir soll's recht sein. Ich an Eurer Stelle würde allerdings im Hurenhaus vögeln, anstatt eine Magd nach der andern zu entjungfern.«

Der Nachtwächter griff nach Mariangelas Schulter und versuchte sie zu sich zu drehen.

»Wenn das dein Vater wüsste, Mädchen, oder deine Mutter! Die würden dir die Scheiße aus dem Leib prügeln. Ich jedenfalls würde es tun. Deine Ehre so billig herzugeben.«

Er schüttelte missbilligend den Kopf, ließ sie los und spuckte Sandro vor die Füße, bevor er seinen Weg fortsetzte.

Warum hatte Sandro nichts gesagt von ihrer Verlobung, die nun so heimlich nicht mehr war? Zitternd klammerte Mariangela sich an seinen Arm, sah zu ihm auf. Er wirkte beschämt. Gleich würde er die Erniedrigung mit guten Worten aufwiegen, würde lachen über den alten Trottel und ihr sagen, dass er nun nicht mehr länger warten wollte. Schon fasste er sie an den Oberarmen, küsste ihre Stirn, und sie hob glücklich lächelnd das Gesicht. Jetzt wird er sie fragen, endlich. Und sie wird ja sagen.

»Du hast es gehört, Püppchen, es ist wohl besser, wenn du den Rest des Weges allein gehst.«

VICENZA, AUGUST 1534

Neunzehntes Kapitel

Mariangela richtete sich auf und atmete tief durch. Aus dem Kräuterbeet zupfte sie einige Blätter Zitronenmelisse. Sie zerrieb das Kraut zwischen den Fingern und hielt es sich unter die Nase, damit es den Schwindel vertrieb, dann steckte sie es in den Mund.

Als sie die Küche betrat, noch immer auf den Blättern kauend, saß Paola neben der Köchin am Tisch. Beide schauten so empört drein wie vor zehn Tagen, als sie die Nachricht vom Tod des Fleischers erhalten hatten, der von einem seiner Gesellen mit dem Beil erschlagen worden war.

»Was ist los? Ist jemand gestorben?«, fragte Mariangela.

»Für wie blöd hältst du uns eigentlich, mein Kind?« Die Frage der Köchin klang ehrlich interessiert.

»Gar nicht! Was soll ich denn schon wieder getan haben?«

Sie ging die erledigten Pflichten des Morgens in Gedanken durch, dann die von gestern, fand keinen Fehler. Ihr Gewissen konnte reiner nicht sein. Sie verschränkte die Arme vor der Brust und wartete auf die Anklage.

»Wo warst du gerade?«

»Hinten beim Abfallhaufen. Mir war schlecht, das habe ich dir gesagt, Paola. Dafür kann ich doch nichts!«

»Genau das bezweifeln wir«, sagte Paola. Sie sah nun selbst aus, als wäre ihr übel. »Jeden Morgen würgst du wie ein Reiher. Was kann das wohl bedeuten?«

Mariangela dachte an die Überreste des Mandelpuddings, die sie gestern nach dem Abservieren auf dem Weg in die Küche verschlungen hatte. So ein Heißhunger aus heiterem Himmel. Hatte sie sich daran den Magen verdorben? Warf man ihr Diebstahl vor, weil sie nicht wie sonst mit den anderen Dienstboten geteilt hatte? Doch warum verabreichten sie ihr dann nicht einfach ein paar Ohrfeigen und drohten mit der Hölle? Sie suchte zwischen Paolas Runzeln und in den Triefaugen der Köchin nach Hinweisen, konnte die Blicke aber nicht deuten. Schließlich gab sie es auf, stand einfach da und wartete.

Hunger hatte sie, jetzt, da ihr nicht mehr schlecht war, die Übelkeit wie weggeblasen. Gut, dass es ihr immer nur vormittags so elend ging, so konnte sie mittags wieder essen und blieb bei Kräften. Sie ließ die überkreuzten Arme sinken, weil ihr jetzt einfiel, dass sie Frauen darüber hatte reden hören, und ihr Herz blieb stehen. Sie hatte darauf vertraut, dass Sandro wusste, was er tat, dass er ihr nicht schaden würde. Sie sah an sich hinunter. Der Bauch flach, die Brüste wie immer, nur etwas empfindlich vielleicht in letzter Zeit, doch das hatte sie auf das viele Drücken und Kneten zurückgeführt.

»Dummes Ding!« Die Köchin seufzte. »Mit wem hast du es getrieben, sag schon!«

Mariangela schluckte, nun war ihr doch wieder übel. Paola stand auf, packte sie an den Schultern.

»Kind, wir wollen dir helfen, wo es deine Mutter doch

nicht mehr tun kann! Glaubst du, wir waren nie jung? Jede von uns macht das irgendwann durch. Nur hier ist ja jetzt kein Herr mehr im Haus. Wer also war es?«

»Alessandro Pontevecchio«, flüsterte Mariangela und sah, wie Paola und die Köchin sich zunickten, die Augen verdrehten.

»Mutter Gottes! Dann musst du es wegmachen. Der steckt so viele Jungfrauen auf seinen Stab wie der Koch des Papstes Spanferkel auf den Spieß.«

»Wir wollen heiraten.«

Mariangela legte alle Überzeugungskraft in die Behauptung, stampfte sogar mit dem Fuß auf, weil sie wirklich daran glauben wollte, ja, musste. Wieder sahen die alten Frauen sich an. Mariangela bemerkte, dass ihre Rechte unbemerkt zu ihrem Bauch gewandert war und kreisend darüberstrich. Rasch ließ sie die Hand sinken. Die Köchin wuchtete sich von der Bank hoch.

»Masso!«, brüllte sie, die Stimme so fett und voll wie das Doppelkinn und die rotgeäderten Wangen. Sie ging zwei Schritte in Richtung Tür, brüllte noch einmal nach dem Knecht. Dann leiser: »Wo ist er jetzt, dein gamsiger Maurergeselle?«

Mariangela kaute ihre Unterlippe. »Er ist nicht ...«

»Ist schon recht, Kind, und jetzt raus mit der Sprache!«

»Er wird auf der Baustelle sein, in der Gasse hinter San Lorenzo.« Mariangela biss die Zähne zusammen, lächelte. Sie machte sich keine Sorgen. Alles würde gut werden. Ein Kind mit weicher, rosiger Haut, das sie streicheln und stillen und niemals verlassen würde.

Der Knecht Tomasso trat ein, klopfte sich den Stallschmutz von der Kleidung, allerdings nicht draußen, sondern halb schon in der Küche.

»Wie oft hab ich dir gesagt ...?« Die Köchin hieb mit

der Hand auf den Tisch und seufzte. »Du begleitest Paola. Am besten wäre ja, ihr schleift den Hurenbock an den Eiern her, kaum zu erwarten, dass euch jemand hindern würde. Aber sein Vater ist ein ehrbarer Mann, und wir würden wohl nicht ungestraft davonkommen. Auf jeden Fall: Redet mit ihm, bekniet ihn, sein Wort zu halten, sagt alles, was nötig ist, aber nicht zu viel und nicht zu laut, dass niemand sonst von unserer Schande erfährt. Die Heilige Jungfrau steh euch bei!«

Mariangela saß auf der Bank vor der Küche, wer weiß, wie lange schon, nippte an dem bitteren Trank aus Wermut, Salbei und Petersilie, den die Köchin ihr in die Hand gedrückt hatte, und kaute auf einem Brot vom Vortag. Keine Übelkeit, alles war friedvoll. Vögel zwitscherten. In einem der umliegenden Höfe hackte jemand Holz. Sie schloss die Augen. Ein Hieb mit dem Beil in das Holz, das auf den Klotz geschlagen wurde und gespalten zu beiden Seiten hinabfiel. Hieb, Schlag, Fall. Ein langsamer, stetiger Rhythmus wie der Herzschlag des Kindes, das vielleicht in ihr wuchs. Sie konnte sich nicht erinnern, wann sie das letzte Mal geblutet hatte. Das erste Mal war erst um Weihnachten gewesen, vor mehr als einem Jahr, und regelmäßig war es nie gekommen.

Sie hörte Stimmengemurmel sich nähern, sah auf. Paola und Masso, die so behutsam miteinander flüsterten, als stünden sie an einem Krankenbett. Die alte Zofe streifte Mariangela im Vorbeigehen mit einem Blick unter gefurchter Stirn, der ihr Herz stolpern ließ. Ohne ein Wort an sie zu richten, traten die beiden in die Küche, schlossen die Tür hinter sich. Es tat gut, dass alles ohne ihr Zutun geschah, dass für sie entschieden wurde. Beinahe, als hätte sie eine Mutter.

Die Tasse war leer. Die Vögel sangen. Hieb, Schlag, Fall. Die Tür zur Küche knarrte leise. Paola kam herbei und weinte. Hieb, Schlag, Fall. Die Köchin ging zum Kräuterbeet, brachte drei fingerlange Stängel. Hieb, Schlag, Fall.

»Steck dir frische Petersilie jeden Morgen in dein Loch und trink den Tee, dreimal am Tag, vielleicht geht es dann ab. Alles andere ist zu gefährlich, wir wollen doch, dass du lebst.«

Paola strich ihr übers Haar.

»Hörst du, Kind, er will dich nicht, kennt keine Mariangela.«

Hieb, Schlag, Fall.

VICENZA, OKTOBER 1534

Zwanzigstes Kapitel

Der Fluss, vor zwei Tagen noch ein sommertrockenes Rinnsal, schäumte jetzt weiß. Es musste in den Bergen regnen, und auch hier würde es nicht mehr lange dauern. Die Luft, noch mild, schien zu vibrieren. Schiefergraue Wolken, so prall, dass sie sich bald entladen mussten, leuchteten in den Strahlen der aufgehenden Sonne an den Säumen schwefelgelb auf.

Mariangela stand am Ufer, warf einen Stein ins Wasser. Wo er auf den Grund traf, konnte sie weder sehen noch hören. Der Wind frischte auf. Fröstelnd sah sie hinauf zur Brücke. Wäre sie doch gleich von dort gesprungen. Ein kurzer Flug und kein Zurück. Jetzt, von der steilen Böschung, traute sie sich nicht hinein.

Sie legte ihr Bündel ab, schlüpfte aus den Schuhen. Durch die kühlen, taufeuchten Ranken unter ihren Fußsohlen spürte sie die Erde, noch warm von langen Sonnenmonaten. Sie setzte sich auf den Boden und rutschte zum Wasser hin, bis ihre Füße eintauchten, helle Flecken in brauner Flut, und schlammigen Grund berührten, der nachgab, sie ansog, als könne er es kaum erwarten. Der Fluss riss an ihrem Rocksaum, kroch an ihren Beinen aufwärts. Er wollte sie. Der Teufel wollte sie holen, wollte ihre sündige Seele fressen. Der Einzige, der sie nicht verschmähte.

»Heilige Maria, Mutter Gottes, hilf mir«, flüsterte Mariangela.

Der Himmel verfinsterte sich zusehends, schluckte alles Sonnenlicht. Die Nacht ohne Morgen. Wenn das nun die Antwort auf ihre Bitten wäre? Der Jüngste Tag, gerade heute. Der Herr bewahrte sie vor den Todsünden des Selbstmordes und des Mordes an ihrem ungeborenen Kind, und doch wäre alles zu Ende.

Ein kalter Wind fuhr in die Weiden, die Wolken senkten sich noch tiefer. Mariangelas Rock war nun bis zu den Knien durchnässt, und sie zitterte vor Kälte. Sie zog die Füße aus dem Wasser und stemmte sie gegen die Böschung, schob sich aufwärts, wrang Rock und Unterkleid aus und ließ sich auf den Rücken fallen. Die Erde war wärmer als die Luft.

Solche Wolken hatte sie noch nie gesehen. Doch wer blieb schon im Freien, um den Wolken beim Wachsen zuzusehen, wenn ein Unwetter aufzog. Möwen balgten mit dem Wind, ließen sich lachend umherschleudern. So eine wollte sie sein, eine, die sich durch nichts aus der Bahn werfen ließ, die nach jedem Schlag nur ihre Federn schüttelte und sich erneut dem Leben entgegenwarf.

Gut, dass sie noch am Leben war, nur so durfte sie auf Gnade hoffen. »Gottes Gnade gilt nur für die Lebenden. Nach dem Tod gilt das Gericht«, hatte Schwester Candida in der Schule aus der Bibel zitiert. »Zeigt aufrichtige Reue, damit der Herr sieht, dass noch Hoffnung für euch besteht.«

Ich muss zur Beichte, dachte Mariangela. Nur in der Kirche konnte sie Absolution erlangen.

Sie stand auf, zitternd in den nassen Sachen, stützte sich an der Mauer des angrenzenden Gartens ab und zog ihre Schuhe an. Das Bündel mit ihren Kleidern geschultert, eine Hand an der Mauer, stemmte sie sich gegen die Böen, die ihr die ersten dicken Tropfen entgegenwarfen.

Bisher hatte sie nicht gewagt, die Unzucht zu beichten, weil es sich manchmal doch herumsprach, was man im Beichtstuhl sagte. Es brauchte nur ein Gemeindemitglied im rechten Moment vorbeizugehen und ihre Stimme zu erkennen. Sie würde eine andere Kirche aufsuchen, zur Sicherheit, San Lorenzo vielleicht.

Der Regen prasselte ihr auf Kopf und Schultern, dazwischen Hagelkörner. Ein Ochsenkarren rumpelte über das Pflaster, der fluchende Fuhrmann in eine schmutziggraue Decke gehüllt. Mariangela drängte sich in einen Hauseingang. Niemand sonst begegnete ihr, bis sie das Kirchentor erreichte. Mit dem ganzen Körper warf sie sich gegen die Pforte, stolperte und fiel fast hinein in die Dunkelheit.

Kalte Stille nahm sie auf. Nur der eigene Herzschlag dröhnte ihr in den Ohren. Mit einem Mal konnte sie sich kaum noch auf den Beinen halten. Die schlaflose Nacht im Stall, im Stroh versteckt von Paola, nachdem die Witwe sie aus dem Haus gejagt hatte, die Angst vor allem, was noch drohte, die sie seither erfüllte. Am

Weihwasserbecken bekreuzigte sie sich und sank auf die Knie. Der kalte Steinboden, die nasse Kleidung und die Vision ewiger Höllenqualen ließen sie so heftig zittern, dass sie sich nur mit Mühe vorwärtsschieben konnte. Die Hände zum Gebet geschlossen, rückte sie, ein Knie vor das andere setzend, auf die Kerzen zu, die den Altar erleuchteten. In endloser Schleife murmelte sie das Ave Maria, obwohl der Rosenkranz tief in ihrem Bündel ruhte. Vorn angekommen, warf sie sich vor dem Altarbild der Pietà auf den Boden. Glattgetretene Steinplatten an ihrer Wange, fühlte sie den Blick der heiligen Mutter auf sich ruhen, sanft wie das Licht auf dem Altar, süß wie der Duft von Kerzenwachs. Sie schloss die Augen und endlich flossen die Tränen.

»Vergebung«, murmelte sie ein ums andere Mal, »Vergebung.«

Jetzt, dachte sie müde, wäre der richtige Moment, um alles enden zu lassen. Die Mutter wartete. Das Kind in ihr schlug um sich vor Angst, trat ihr in den Magen, dass sie sich fast übergeben musste. Etwas näherte sich, das fühlte sie, auch wenn sie nicht wagte, die Augen zu öffnen. Ein Dämon, ein Engel, ein leises Rauschen wie von Flügelschlägen.

»Vergebung!«, krächzte sie, biss sich die Zunge blutig. Eine Hand an ihrer Schulter.

»Nun steh schon auf, meine Tochter! Was nützt's dem Herrn, wenn du dich zu seinen Füßen zu Tode frierst?«

Mariangela stützte sich auf die Unterarme, drehte den Kopf. Verwirrt sah sie zu dem Mönch im groben braunen Kittel auf. Sein faltiges Gesicht erinnerte sie an die Äffchen, die reichen Damen oft Gesellschaft leisteten. Über der Mitte seiner Stirn wuchs ein fedriges Haarbüschel, durch glänzende Kopfhaut beidseits vom

Rest des Haarkranzes getrennt. Doch nach Lachen war ihr nicht zumute. Sie rappelte sich auf die Knie, legte die Hände zum Gebet zusammen.

»Vater, vergib mir, denn ich habe gesündigt.«

»Wir sind alle Sünder, Kind. Nun steh schon endlich auf!«

Mariangela ließ die Hände sinken. Vom Mönch halb hochgezerrt, erhob sie sich und konnte kaum stehen, weil alles um sie herum sich plötzlich wand und bog, der ganze Raum sich um sie drehte.

»Komm mit mir in die Sakristei, dort ist es wärmer. Auch ein paar Decken habe ich dort und einen Korb mit Äpfeln. Ich frier ja selbst bei jedem Lufthauch, was an den mageren Gliedern liegen wird oder auch an der Kälte in den Mauern. An die hab ich mich nie gewöhnen können, so gottgefällig das Frieren auch sein mag. Da, schau nur auf den Mittelgang. Siehst du die nasse Schneckenspur, die du hinterlassen hast? Gott der Herr liebt jede Kreatur, ob Schnecke oder Mönch, und dafür wollen wir täglich danken, indem wir immer unser Bestes tun.«

Das fürsorgliche Geschnatter des alten Mannes legte sich wie ein Mantel um Mariangela, während sie ihm mit wackeligen Schritten in die Sakristei folgte, die von einem vielarmigen Leuchter in warmes Licht getaucht lag. Der Mönch schob sie vorwärts, hin zu den wärmenden Kerzen. Als sie die Hände im warmen Luftstrom rieb, fielen Tropfen aus ihren Ärmeln, zischten böse auf den Flammen.

»Vorsicht, sonst steckst du noch dein Haar in Brand, mein Vögelchen!«

Der Mönch schob ihr einen Hocker gegen die Kniekehlen, und sie ließ sich schwerfällig nieder. Das Kind rumorte in ihrem Bauch, und Mariangela streichelte abwesend die winzige Beule, fragte sich, ob das Fuß oder Hand und ob das Kleine mit ihr froh über die Wärme der Kerzen war. Eine Decke wurde um ihre Schultern gelegt. Die dicke Wolle sog die Feuchtigkeit regelrecht auf, duftete nach Schaf und Stall, und Mariangela musste an die Heilige Familie denken, die im Stall zu Bethlehem endlich zur Ruhe gekommen war, und sie konnte sich die Erleichterung der schwangeren Maria vorstellen. Der Mönch setzte sich an ihre Seite.

»Danke, Vater! Auch wenn ich besser tot wäre.«

»Unsinn, Kind, versündige dich nicht! Es liegt noch ein langes und erfülltes Leben vor dir und deinem Kind.«

Mariangela sank in sich zusammen. War ihre Schande wirklich schon bis in die letzten Winkel der Klöster gedrungen? »Woher wisst Ihr …?«

»Dass du schwanger bist? Wenn man ein wenig darauf achtet, dann sieht man es. Schwangere Frauen haben so eine Art zu gehen«, er bewegte die gespreizten Hände, »watscheln wie die Enten am Teich, die auch Gottes geliebte Geschöpfe sind. Meine kleine Schwester, die hat dir so ähnlich gesehen. Von Soldaten geschwängert, wer weiß, welcher es war, die Zeiten damals, da kann man nichts machen, und dann bei der Geburt, leider – der Herr hat's gegeben, der Herr hat's genommen. Ja, ja, ein alter Mönch, meinst du, der versteht nichts von solchen Dingen. Da kannst du mal sehen. Ich habe mein halbes Leben auf einem Bauernhof verbracht. Werdende Mütter, ob Frauen, Kühe oder Schafe, die haben etwas Heiliges an sich.«

Er wischte sich eine Träne aus dem Augenwinkel. »Mein Name ist übrigens Goffredo, Fredo freddo nennen sie mich despektierlich, die Novizen und die albernsten unter den Brüdern, weil ich so verfroren bin. Doch was tut das hier zur Sache? Wenn es nach mir ginge, würde jedenfalls ein Kamin eingebaut in der Sakristei. Und wie heißt du, mein Kind?«

»Mariangela.«

»Na, siehst du, Vögelchen, deine Eltern haben an alles gedacht, dir Maria und einen Engel im Namen geschenkt, die dir beide zur Seite stehen.«

Obwohl Mariangela die Tränen zurückzuhalten versuchte, ließ der Gedanke an ihre Mutter sie aufschluchzen. Geduldig strich der Mönch über ihren Rücken, während sie von Weinkrämpfen geschüttelt wurde. Untröstlich blieb sie, bis ihr am Ende heftiger Schluckauf den Atem nahm und die Tränen versiegten. Hicksend wiegte sie sich vor und zurück, bis endlich Ruhe einkehrte.

Warm war ihr jetzt. Leer geweint und für einen kurzen Augenblick eins mit sich, fasste sie ihr feuchtes Haar, zog es über die Schulter, drückte die Nässe heraus und kämmte es mit den Fingern.

»Guter Herr Jesus, erbarme dich meiner, denn ich habe gesündigt, und es tut mir von Herzen leid«, begann sie mit tränenfeucht näselnder Stimme.

Jede Verfehlung, die sie in ihrem Herzen fand, breitete sie vor Goffredo aus. Ihren Neid auf Allegras Glück, wo die doch ihre Rettung vor dem Waisenhaus gewesen war. Die ersten Treffen mit Sandro, die Hoffnung, eigenes Glück zu finden, um Allegra und ihrem Mann verzeihen zu können. Die wiederholte Unzucht, Sandros Weigerung, sie zur Frau zu nehmen, der halbherzige Versuch, alles ungeschehen zu machen und das Kind vorzeitig loszuwerden, und schließlich ihr Wunsch, sich das Leben zu nehmen.

Goffredo zwirbelte und rupfte indes sein einsames Haarbüschel, rieb sich über die Glatze und bohrte den Finger zwischen die Stränge des Seils, das ihm als Gürtel diente. Als Mariangela schließlich erschöpft innehielt, faltete er die Hände, die Zeigefinger gestreckt aneinandergelegt.

»Wenn ich es recht verstanden habe, dann hast du eher aus Liebe als aus Wollust gesündigt. Von allen Motiven für die Sünde ist dem Herrn die Liebe das angenehmste, würde ich meinen. Sie hat dich auch davor bewahrt, deine Leibesfrucht und letztlich gar dich selbst zu töten, und das ist das größte Glück. Vielleicht hat die Heilige Mutter selbst dir zur Seite gestanden. Ich denke mir oft, auch sie hatte sicher unter manch bösem Gerücht zu leiden. Stell dir nur vor, sie würde unter uns leben. Wer würde ihr glauben, dass der Heilige Geist es war, der sie geschwängert hat? Wer würde dir glauben, wenn du – Gott möge verhindern, dass du auf solch ketzerische Gedanken verfällst – dasselbe behauptetest? Die anbetungswürdige Mutter unseres Retters wird also wissen, wie es dir ergeht, wird Mitleid haben.«

Mariangela hatte in den letzten Wochen ähnliche Hoffnungen gehegt und sich unbändig dafür geschämt. Sich mit der Heiligen Jungfrau zu vergleichen, was konnte vermessener sein? Ob der alte Mann verrückt war? Oder war das die kindliche Einfalt, die den Franziskanern nachgesagt wurde?

»Warum antwortest du nicht?«

»Verzeihung, ich ...«

»Was dich nun gerade heute an den Fluss getrieben hat, habe ich gefragt.«

Mariangela dachte an den gestrigen Nachmittag, an das Gespräch mit der Witwe, und ihre Kehle verengte sich. Kreisend strich sie über ihren Bauch.

»Meine Herrin hat mich zur Rede gestellt.«

»Und sie hat dich davongejagt?«

Mariangela nickte, wollte nicht ungerecht sein, schüttelte den Kopf. »Nicht gleich. Sie hat mir erlaubt zu bleiben, wenn ich mein Kind nach der Entbindung wegbringen ließe. Zu einem Bauern auf ihrem Landgut, so hat sie gesagt, weil dort dauernd Nachwuchs für die Feldarbeit gebraucht würde, und Hunger litte man dort nicht. Zwei Kinder von Paola, der Zofe, hätte man dort aufgezogen, und beide wären nicht nur am Leben und wohlauf, sondern inzwischen verheiratet und geehrte Mitglieder der Gemeinde.«

»Das ist doch aber ein großzügiges Angebot.«

»Es ist nur ... Ich habe Paola angeschaut, sie war ganz grau vor lauter Kummer. Sie hat ihre Kinder nie mehr wiedergetroffen. Nie mehr! Und mein Kind ist kein Bastard der Herrschaft, wer weiß, ob ...« Sie schluchzte auf. »Ich kann den Gedanken nicht ertragen, dass es ohne meine Liebe aufwachsen und niemals wissen soll, wer seine Mutter ist und wie sehr sie sich nach ihm sehnt. Ich habe doch selbst meine Mutter verloren, als ich klein war, ich kann nicht ...«

Goffredo seufzte und tätschelte ihren Kopf.

»Du hast so etwas an dir, Kind – meinst du, die Wahl zwischen Glück und Tod wäre die einzige auf Gottes Erdboden? Etwas mehr Demut täte dir ganz gut.«

Mariangela senkte beschämt den Kopf. Ein kurzes, aber gottgefälliges Leben im Unglück. Warum hatte sie daran nicht gedacht?

»Nun weine doch nicht schon wieder, Vögelchen. Vielleicht fällt uns eine Lösung ein, das Kind ist schließlich nicht ohne Zutun eines Dritten in deinen Bauch gelangt. Zunächst aber: deine Buße! Bete dreißigmal den Rosenkranz und dreißig Paternoster und gelobe, dass du das Wohl der Kinder, seien es nun deine oder fremde, immer über dein eigenes stellen wirst.«

Mariangela nickte eifrig und hob die Hand zum Schwur.

»Mehr nicht?«

»Der Herr hat noch niemanden von guten Taten und vom Beten abgehalten, Kind. Ego te absolvo. In nomine patris et filii et spiritus sancti.«

»Amen.«

»Der Herr hat dir die Sünden vergeben. Und bevor du nun in Frieden gehst, sag mir, wo ich den Erzeuger deines Kindes finde. Wenn ich nun mit ihm spreche und auch mit seinem Vater, seinem Lehrherrn? Wenn er dich in deinem Elend sehen könnte – so gottlos wird er schon nicht sein.«

VICENZA, NOVEMBER 1534

Einundzwanzigstes Kapitel

Andrea hatte gewusst, dass aus dieser Kuppelei nichts Gutes erwachsen konnte. Wäre sein Protest gegen Allegras Plan entschiedener ausgefallen, müsste er sich nun nicht mit dessen Folgen herumschlagen. Das Eheleben erforderte offenbar dauernde Wachsamkeit, weil jede Zärtlichkeit und jede liebevoll bereitete Speise der Preis für eine in fauler Zufriedenheit leichtfertig getroffene Entscheidung sein konnte. Das immerhin hatte er aus dieser Angelegenheit gelernt.

Schließlich war es nicht Allegra, die nun tagtäglich mit einem Mann zusammenarbeiten musste, der seinen Hass so offen zur Schau trug, dass Andrea kaum noch wagte, ihm den Rücken zuzuwenden. Als ob es seine Schuld wäre, dass Sandro Mariangela hatte heiraten müssen.

Und was für eine Hochzeit! So eilig hatte es schon lange niemand mehr gehabt. Vergeblich versuchte Andrea, ein süffisantes Grinsen zu unterdrücken, das Sandro zum Glück verborgen blieb.

Der hatte sich eben umgewandt, um die Leiter zum Laubengang im ersten Stock zu erklimmen, eine so häufig genutzte Abkürzung gegenüber dem Weg durch das Treppenhaus, dass Andrea sich schon fragte, ob die späteren Bewohner oder wenigstens deren Kinder diese Möglichkeit nicht ebenfalls vorziehen würden. Allerdings wären dann auch die Balustraden zu erklettern, die jetzt noch fehlten, um Beschädigungen an den zarten Bauteilen zu vermeiden.

Als Sandro den ersten Fuß auf die obere Ebene setzte, stieg Andrea von der untersten Sprosse auf die nächste und hätte im nächsten Augenblick um ein Haar das Gleichgewicht verloren. Die Leiter hatte sich unvermittelt um den rechten Holm gedreht und klapperte nun in die Ausgangsposition zurück. Er verbiss sich den Fluch und sah auf. Sandro stand zwei Schritte entfernt, hatte ihm den Rücken zugewandt und offenbar nicht die Absicht, sich zu entschuldigen. Dabei konnte es keinen Zweifel geben, dass er der Leiter einen Stoß versetzt hatte.

Entweder, dachte Andrea, hat er mich doch grinsen sehen, oder er hat gar keinen weiteren Anlass nötig. Besser, ich lasse es gut sein. Gegen seinen Willen zur Ehe genötigt zu werden – da durfte man schon zornig sein. Er verbiss sich das Schmunzeln, kletterte die Leiter hinauf, den Blick sicherheitshalber nach oben gerichtet, und folgte Sandro in die sala.

Doch auch während er mit einer langen Latte die

Ebenmäßigkeit der Putzflächen prüfte, blieben seine Gedanken bei der rätselhaften Fehlentscheidung, die die Verbindung zwischen Sandro und Mariangela in seinen Augen darstellte. Ein Franziskaner habe bei dem Geschäft seine Hand im Spiel gehabt, hieß es. Der habe mit Sandros Vater gesprochen und dann auch mit Maestro Giovanni, und alle drei hätten sich zusammengesetzt und beschlossen, dass es ein Ende haben müsse mit der Hurerei.

Einerseits verstand Andrea den Unmut des Schusters über den zügellosen Lebenswandel seines Sohnes. Immerhin hatte sich halb Vicenza das Maul über dessen wechselnde Liebschaften zerrissen, und in den Tavernen wurden bereits Wetten abgeschlossen, wie lange es dauern konnte, bis irgendein rachsüchtiger Vater oder Bruder ihn hinterrücks niederstach.

Andererseits war es doch bemerkenswert, dass man Sandro nicht in aller Eile eine ehrbare Braut gesucht hatte, eine, die sich nicht von jedem dahergelaufenen Hurenbock schwängern ließ. Dass sie sich ihm so ohne weiteres hingegeben hatte, ließ doch wohl auf Charaktermängel schließen. Umso erstaunlicher, dass ausgerechnet Maestro Giovanni sich für sie eingesetzt hatte. Wohl kaum aus reiner Nächstenliebe. Obwohl Andrea oft genug beim Abendessen von ihrem Schicksal erzählt hatte, damals, als er noch Mitleid mit ihr gehabt hatte.

Derzeit hätte er es vorgezogen, gar nicht an Mariangela denken zu müssen. Allein ihre Existenz schien ein allumfassender Vorwurf an alle, denen mehr Glück beschieden war, an ihn und Allegra im Besonderen.

Barmherzigkeit mit einem Waisenkind konnte jedenfalls nicht die einzige Grundlage für das Engagement des Maestros gewesen sein. Giovanni di Giacomo da Porlezza war schließlich keine gottesfürchtige Matrone, sondern ein erfolgreicher Unternehmer, Mitleid war für ihn eher dekoratives Beiwerk als entscheidende Triebkraft. Eine Arabeske, möglicherweise, auf dem Vertrag zu den Ausbesserungsarbeiten am Franziskanerkloster, die der Werkstatt in Pedemuro kürzlich zugefallen waren. Warum allerdings die Franziskaner ein Interesse am Wohlergehen des Mädchens haben sollten, blieb rätselhaft.

Sandro hatte jedenfalls keines, auch nach der Hochzeit nicht, das war den Verwünschungen, mit denen er seine neuen Lebensumstände bedachte, deutlich zu entnehmen. Wer wollte schon ein Mädchen zur Frau, das sich einem so schamlos an den Hals geworfen hatte?

Er kratzte sich im Schritt. Wenn Sandro wüsste, woran er gerade dachte – und wieder dieses vermaledeite Grinsen. Er biss sich auf die Lippen. Die Stimmung auf der Baustelle und in der Werkstatt war schlecht genug. Sandro hatte sich so heftig gegen seine Vermählung gesträubt, dass es kaum ein anderes Thema mehr unter den Männern gab. Wie Waschweiber hatten sie sich das Maul zerrissen, und Andrea war dumm genug gewesen, sich nicht herauszuhalten, bis Maestro Giovanni schließlich allen mit dem Hinauswurf gedroht hatte, die noch ein Wort über die Sache verlören, Sandro und Andrea eingeschlossen.

Hinzu kam Sandros heimlicher Feldzug gegen ihn. Einige Leute hatte er offenbar davon überzeugt, dass ihm Andrea mit seiner kleinlichen Genauigkeit in voller Absicht das Leben zur Hölle machte. Doch an einen Hinauswurf des Mistkerls war nicht zu denken.

»Er tut sein Bestes, Andrea, nun lass es gut sein«, hatte der Maestro mit bedrohlich leiser Stimme gesagt, als Andrea sich ein letztes Mal über Sandro beschwerte. Später hatte er ihm dann den Arm um die Schultern gelegt und noch einmal angesetzt: »Du musst lernen, mit

Sandro zurechtzukommen, Junge. Ich werde ihn nicht vor die Tür setzen, schon gar nicht jetzt, wo er bald Vater wird. Wenn ihr eure kindische Fehde nicht bald in den Griff bekommt, dann trenne ich mich noch eher von dir, auch wenn ich dich wie einen Sohn ansehe. Du wirst deinen Weg auch woanders machen. Wenn du also bleiben möchtest, dann erweise mir den Respekt, den du mir schuldest, und hör auf, meine Entscheidungen in Frage zu stellen, oder du wirst es bereuen.«

Da blieb nichts, als die Erwiderung hinunterzuwürgen und sich für die Geduld des Maestros zu bedanken. Seither hielt Andrea sich zurück, sooft es ihn auch juckte, Sandros Fehler und deren Folgen aufzuzeigen. Widerwillig hatte er festgestellt, dass es kaum etwas gab, wo sich aktives Eingreifen wirklich lohnte, auch wenn ihm Sandros Gefühl für Proportionen und Präzision eher unterentwickelt erschien. Ab und zu erteilte er den Arbeitern in Sandros Abwesenheit ergänzende Anweisungen. Davon abgesehen bemühte er sich, so selten wie möglich auf der Baustelle hinter der Franziskanerkirche aufzutauchen.

Heute gab es nichts auszusetzen. Gut, das Gesims trat für seinen Geschmack zu weit hervor, bedrohlich geradezu, doch die Ausführung war einwandfrei. Gern hätte er Sandro auch darauf aufmerksam gemacht, dass die Deckenbalken in einem Achsabstand, der dem Zweieinhalbfachen ihrer Breite entspräche, ein angenehmeres Bild ergäben. Stattdessen nickte er beifällig und zwang sich, Sandro in die Augen zu sehen, der seinen Blick mit finsterer Bockigkeit erwiderte.

Warum bloß ließ man den Kerl nicht in der Werkstatt unter der Leitung von Maestro Girolamo Steine behauen, anstatt ihn zum Bauleiter auszubilden? Die Wut, die offenbar in ihm steckte, konnte dem leblosen

Material nichts anhaben, und vielleicht würde ihn das sogar Demut lehren.

Andrea schluckte. Demut von anderen zu verlangen war wohl ein wenig vermessen. Auch er selbst hatte zweifellos größere Tugenden.

»Hervorragend«, rang er sich ab. »Wie ich sehe, hast du bei den Decken die Kosten im Blick gehabt und die Balken in größeren Abständen setzen lassen.«

Sandro hob eine Augenbraue.

Wenn Andrea etwas hasste, dann war es übermäßige Schweigsamkeit seiner Gesprächspartner, die ihn zum Reden zwang. Besser, er verabschiedete sich knapp und zog weiter zur nächsten Baustelle.

»Schön. Da hier alles im Lot scheint, mache ich mich auf den Weg.«

Eine Antwort blieb aus. Andrea ging, wandte sich nach einigen Schritten jedoch wieder um. Er ertrug es einfach nicht, ignoriert zu werden.

»Grüß Mariangela von mir!«

Sandro dehnte seine Arme, schlug die rechte Faust in die linke Handfläche und grinste schief.

»Mach ich.«

»Dann ...«, Andrea zögerte. Er wollte ja versuchen, ein normales Gespräch zu führen, doch die Möglichkeit, dass Freundlichkeit als Hohn ankam, war nicht von der Hand zu weisen. Und Sandro war nicht nur eine Handbreit größer, sondern auch erheblich kräftiger als er. Auch das hasste Andrea: dieses Gefühl der Unscheinbarkeit, ja Bedeutungslosigkeit, das ihn neben schönen, starken Männern befiel.

»Dann beginnst du, dich mit dem Eheleben anzufreunden?«

»Es hat seine Vorteile.«

Unermüdlich drosch Sandro sich mit der Faust in die

Handfläche und trat dabei von einem Fuß auf den anderen, eine Gewohnheit, die Andrea nicht zum ersten Mal auffiel. Der Bursche hatte so viel Energie, tierisch fast, ein Minotaurus mit einem Stierherzen anstatt des Stierkopfes. Wobei auch seine Geisteskraft durchaus an einen Ochsen gemahnte.

»Vielleicht«, Andrea wollte gar nicht aussprechen, was ihm der Teufel persönlich in diesem Moment eingegeben haben musste. Oder war es himmlische Inspiration? Um des lieben Friedens willen also. »Vielleicht möchtest du mit deiner Frau zum Essen kommen. Sonntag? Allegra würde sich freuen, Mariangela wiederzusehen.«

Sandro senkte den Blick, knetete seine Faust, blickte wieder auf. Ohne die Zähne zu öffnen, presste er hervor: »Ein anderes Mal. Meine ... Sie ist – unpässlich.«

Warum sollte es Sandro leichter fallen als ihm, dachte Andrea und zuckte mit den Schultern. Immerhin, ein erster Schritt zur Versöhnung war getan. Er musste dem Maestro von seinem Friedensangebot erzählen. Auch Allegra würde sich freuen, und vielleicht tat sie dann wieder, was sie nach dem Geburtstagsfest der Nachbarin getan hatte, obwohl dazu schon einige Becher Wein nötig gewesen waren. Doch daran musste es ja nicht fehlen. Seit ihr dicker Bauch das gewohnte Liebesritual behinderte, kam sie nun doch auf Ideen, die er eher im Hurenhaus als seiner Frau gegenüber zu äußern gewagt hätte.

Das Lächeln, das sich auf seinem Gesicht ausbreitete, galt zwar nicht Sandro, doch es konnte nicht verkehrt sein, es mit einem knappen Nicken in dessen Richtung zu dirigieren.

»Du weißt, dass die Bögen der Loggia noch heute abgeschlossen werden müssen, damit wir morgen an die

Decken im hinteren Bereich gehen können? Hast du genügend Leute, um vor Einbruch der Dunkelheit fertig zu werden?«

Kopfwiegen, dann Nicken.

»Schön, dann lass uns an die Arbeit gehen, damit unsere Frauen nicht zu lange auf uns warten müssen.«

Nicht ganz der richtige Ton vielleicht, ein wenig zu vertraulich, doch er hatte getan, was er konnte. Zur Porta Lupia jetzt, dann noch einen Sprung in die Werkstatt. Andrea konnte es kaum erwarten, Allegra zu umarmen. Ja, es hatte seine Vorteile, das Eheleben.

Zweiundzwanzigstes Kapitel

Pfeifend stürmte Andrea durch das Tor in den Hof und dann, immer zwei Stufen auf einmal nehmend, die ausgetretene Treppe hinauf. Schon im Laufen riss er sich die Kappe vom Kopf und öffnete die Jacke. Vor der Wohnungstür, die Hand schon erhoben, hielt er inne.

So wild durfte er Allegra nicht überfallen, erst musste er sehen, in welcher Stimmung sie war, mit einem Becher Gewürzwein vor dem Feuer sitzen, den Nebel aus den Gliedern dampfen und dem Tratsch aus der Nachbarschaft lauschen. Ein paar Küsse, eine Nackenmassage vielleicht und ein gutes Essen und erst dann ins Bett. Umkehren ließ sich das immer noch, wenn seine Göttin ihm gnädig war.

Er klopfte und trat ein. Der Herd war kalt. Ein Blick in den Kessel offenbarte einen Rest Bohneneintopf vom Vortag. Stirnrunzelnd sah er sich um. Auf dem Tisch zwei Becher, halbvoll mit Tee, daneben ein schmutziges

Tuch. Allegras Mantel und Schal hingen am Haken neben der Tür. Aus der Kammer war nichts zu hören.

Gut, er war früher als sonst gekommen, bei Tageslicht sogar, falls man die müde Novembersonne so bezeichnen wollte. Allegra saß wohl bei Carla oder einer anderen Nachbarin, weiter konnte sie ohne Mantel nicht sein. Am besten, er ging zurück in die Werkstatt, gab ihr die Zeit, die sie brauchte, um ihm einen ordentlichen Empfang zu bereiten. Zuvor sollte er aber doch noch einen Blick in die Schlafkammer werfen. Es war schon vorgekommen, dass seine Göttin mitten am Tag eingenickt war, nachdem ihr angeschwollener Leib sie in der Nacht den Schlaf gekostet hatte.

Er trat zum Tisch, griff nach einem der Becher. Lauwarm. Andrea roch an der Flüssigkeit. Baldrian und Zitronenmelisse. Einen solchen Aufguss trank Allegra für gewöhnlich abends, um besser schlafen zu können. Als er das Gefäß wieder abstellte, fielen ihm die braunen Flecken in dem Tuch auf, das neben der Tasse lag. Getrocknetes Blut. Vor Schreck schnürte sich ihm die Kehle zu – der Kleine!

Er stürzte auf die Tür zur Schlafkammer zu. Gerade als er die Hand auf den Griff legen wollte, bewegte sich dieser, und Allegra zwängte sich, Bauch voran, durch den Türspalt, den Zeigefinger an die Lippen gelegt.

»Gut, dass du da bist!«, wisperte sie. »Ich wollte schon jemanden nach dir schicken, wusste nur nicht, wen. Wem kann man in solchen Angelegenheiten vertrauen?«

Er drückte sie an sich, bedeckte ihr Gesicht mit Küssen.

»Gott sei Dank! Ich dachte schon, du wärst …«

»Scht!« Sie presste ihm die Handfläche auf den Mund und schloss sacht den Türspalt. »Wo sie doch endlich schläft.«

»Jemand schläft in unserem Bett? Warum das denn, beim – bei allen Heiligen?«

»O Dio, wenn du wüsstest! Ich bin ganz außer mir, weiß gar nicht, wo ich anfangen soll, erst recht nicht, was zu tun ist.«

Fahrig fuchtelte Allegra mit den Händen durch die Luft. So kannte er sie gar nicht.

»Umbringen sollte man das Schwein, schön langsam! Seine Eier in eine Schraubzwinge …«

»Jetzt ist es aber genug!« Andrea schmetterte die flache Hand auf den Tisch.

»Scht, nicht so laut!«

»Sag mir endlich, was los ist! Wem gelten diese barbarischen Gedanken?«

»Wem schon? Sandro, diesem Hunnen. Halb totgeschlagen hat er sie, und noch ist nicht sicher, dass sie das Kind behält.«

»Mariangela?«

»Was denkst du denn, wer in unserer Kammer liegt? Selbstverständlich Mariangela! Mit letzter Kraft hat sie sich hergeschleppt, am ganzen Körper grün und blau, und unten hat sie geblutet wie angestochen. Zum Glück hat das jetzt aufgehört. Die halbe Nacht hat er sie geprügelt, sie sogar auf den Bauch geschlagen, wenn auch nicht mit voller Kraft. Ein letzter Rest von Ehrenhaftigkeit oder einfach Feigheit. Wie ich ihn hasse! Und all das, weil er das Kind nicht will, das sie ihm anhängt. Sagt er. Dieses Mistgesicht, als ob er nichts damit zu tun hätte! Einen Zahn hat er ihr fast ausgeschlagen, und ihre Nase ist gebrochen.«

Andrea legte das Gesicht in die Hände, während Allegra weiterwütete, und stützte die Ellbogen auf den Tisch. Eben noch hatte er mit Sandro geredet, hatte ihm zugesehen, wie er ein ums andere Mal mit der Faust auf seine Hand eindrosch, und das Offensichtliche war ihm dabei nicht in den Sinn gekommen: das stumme Versprechen des Bastards, seine Grüße an Mariangela in Form von Prügel zu übermitteln. Dieser Teufel!

Allegra hatte aufgehört zu schimpfen. Er sah sie an.

»Aber was können wir tun? Ein Mann hat das Recht, seine Frau zu züchtigen, und selbst wenn es nicht so wäre – Mariangela hat keine Eltern, zu denen sie zurückgehen kann.«

Er sah seine Frau an, deren Gesichtsausdruck sich bei seinen Worten noch mehr verfinsterte.

»Soll ich mit Sandros Vater reden? Die beiden wohnen in seinem Haus, vielleicht …«

»Aber seine Eltern sind trotz ihrer Schreie nicht eingeschritten, haben nicht einmal nach ihr gesehen und sie versorgt, als er aus dem Haus war. Ganz allein hat sie sich hinausgeschlichen, wollte schon aus der Stadt fliehen.« Allegra brach in Tränen aus. »Dass sie nicht zuerst daran gedacht hat, zu mir zu kommen, das werde ich mir nie verzeihen! Nur weil sie sich kaum auf den Beinen halten konnte und die Blutung wieder einsetzte, ist sie schließlich hier gelandet.«

Andrea stand auf, zwängte sich neben Allegra auf die Bank und barg sie in seinen Armen. Wenn er nur sagen könnte, dass es nicht ihre Schuld war.

»Ich bin schuld. An allem bin nur ich schuld, weil ich sie unbedingt glücklich sehen wollte. Als ob jeder Mann eine Frau glücklich machte. Wie dumm ich war!«

Tränen liefen über ihr Gesicht und nässten seine Wange. Er fühlte einen bitteren Geschmack im Mund und schämte sich seiner abfälligen Gedanken über Mariangela. Die Wut, die jetzt in ihm aufstieg, galt allein Sandro, der ihn mit seiner Schweigsamkeit zum Narren gehalten und ihm freundliches Geschwätz entlockt hatte. Was für eine Erniedrigung! Wie einen bissigen Hund wollte er Sandro an die Kette legen, mit Worten vorzugsweise, mit wirkungsvollen Drohungen. Oder ihn notfalls totschlagen.

Der Gedanke widerte ihn an, ließ ihn an das Schaf denken, das seine Mutter einst vor seinen Augen ausgenommen hatte, die blutige Leber in ihrer Hand, das Herz, das sie ihm hingehalten, über das er sich erbrochen hatte. Nein, töten, das war nicht sein Fach.

Allegra stand auf, griff nach einem Tuch, wischte sich über das nasse Gesicht, schnäuzte sich hinein und hängte es geistesabwesend wieder an den Haken.

»Ich habe es dir nie erzählt«, sagte sie mit kläglicher Stimme, »aber damals, als sie so in dich verliebt war, da habe ich geschworen, dass ich dich umbringen würde, wenn du ihr weh tätest. Stattdessen«, sie schlug sich mit der flachen Hand auf die Wange, »habe ich dich geheiratet.«

»Immerhin«, sagte er im müden Bemühen, die Situation zu entspannen, »brauche ich dich nicht zu züchtigen, weil du das selbst erledigst.«

»Schwör mir«, sagte sie, »dass du mich niemals …«

Mit einer Handbewegung wischte er den Rest ihres Satzes beiseite. »Zwischen uns ist es anders. Und ich glaube weder, dass ich dich mit Schlägen ändern könnte noch dass ich solche lange überleben würde.«

Sie nickte. »So«, sagte sie, »und jetzt gehe ich zu ihm und stoße ihm ein Messer in die Brust.«

Andrea war nicht sicher, ob diese Ankündigung ernst gemeint war, und Allegra schien es ähnlich zu gehen. Unglücklich sah sie ihn an. Dann schritt sie zur Tür und nahm ihren Umhang vom Haken. Andrea seufzte.

»Ich habe verstanden. Ich werde mit ihm und seinem Vater reden.«

»Ich komme mit.«

»Kommt überhaupt nicht in Frage, basta!«

Er schlug sich auf die Schenkel und erhob sich. Es war höchste Zeit, Sandro in die Schranken zu weisen.

»Lass mich nur einen Blick in die Kammer werfen, damit ich weiß, warum ich das tue.«

Allegra nickte. Sie öffnete leise die Tür, spähte durch den Spalt und zog Andrea am Ärmel in den Raum.

Eine wollene Decke wölbte sich über Mariangelas Bauch. Mit geöffnetem Mund lag sie auf dem Rücken und schnarchte, leise röchelnd. Ob er sie allerdings erkannt hätte, ohne zu wissen, dass sie es war, bezweifelte Andrea. Blutverkrustete Stoffzipfel hingen ihr aus der Nase, die zu einem dunkelvioletten Klumpen angeschwollen war. Auch um beide Augen zeigten sich blutunterlaufene Schwellungen, die es äußerst ungewiss erscheinen ließen, ob sie sich je wieder öffnen würden. Ihre bis vor kurzem runden, weichen Wangen waren asymmetrisch verformt, dick auf der einen und eingefallen auf der anderen Seite, ihr Haar so schmutzig, dass es dunkel und beinahe glatt wirkte. Die Oberlippe war aufgeplatzt.

Andrea rümpfte die Nase. Zum Glück lag die Steppdecke, unter der sie selbst schliefen, zusammengefaltet auf einer Truhe, man hätte sie sonst waschen müssen, dachte er, während er zurück in die Küche trat.

»Warum stinkt sie wie ein Latrinenräumer?«

»Sandro hat ihr verboten, sich zu waschen. Wenn man eine Hure im Haus hat, muss man sehen, dass kein Mann sich ihr nähert, meinte er. Wobei er ihr ohnehin untersagt hat, das Haus außer zum Einkaufen zu verlassen. Die letzten Nächte musste sie auf dem Küchenboden schlafen. Du hast ja keine Ahnung, aus welchem Alptraum sie mit knapper Not entkommen ist.«

»Das reicht mir. Er hat nicht nur das Recht, sie zu schlagen, sondern auch die Pflicht, für sie zu sorgen, und meine Pflicht als sein Vorgesetzter ist es, ihn zu einem anständigen Menschen zu erziehen.« Er griff nach seiner Kappe und küsste Allegra zum Abschied. »Mach dir keine Sorgen, wenn es länger dauern sollte. Ich muss den Mistkerl erst finden. Wenn ich Glück habe, ist er noch auf der Baustelle, sonst muss ich ihn zu Hause aufsuchen und im schlimmsten Fall die Tavernen und Hurenhäuser durchkämmen.«

»Sieh zu, dass du kein Vergnügen daran findest!«

Er zwinkerte ihr zu und schüttelte den Kopf.

»Und du, sieh zu, dass du das Mädchen ein bisschen säuberst, bevor ich wieder da bin. Ich will nicht, dass es in unserem Schlafraum riecht wie in einem Stall.«

»Ich werde es versuchen, aber wecken will ich sie nicht. Denk an die Heilige Familie im Stall zu Bethlehem. Die werden auch nicht nach Rosen geduftet haben.«

»Diese dauernden Widerworte!«

Er ergriff ihre Arme und drückte sie an sich. Dann nahm er eine Fackel aus der Kiste und entzündete sie am Herd. Zwar dämmerte es noch, aber bald würde es finster sein, und im Rohbau war es den ganzen Tag nicht richtig hell geworden. Er hatte kein Verlangen, bei Dunkelheit auf Sandro zu treffen.

Dreiundzwanzigstes Kapitel

Als Andrea auf der Baustelle hinter San Lorenzo eintraf, waberte der Nebel so dicht, dass er allein deshalb froh war, die Fackel bei sich zu haben. Tapfer brannte sie gegen die feuchte Luft an und zog einen Schweif dampfender Wärme hinter sich her, der ihren Träger gerade noch erreichte.

Den ganzen Weg über hatte er gegrübelt, worin nun eigentlich sein Ziel bestand. Wollte er Sandro dazu bewegen, Mariangela besser zu behandeln? Das würde dessen Einsicht oder ein Druckmittel in eigener Hand voraussetzen, zwei Zutaten, die bisher im Verborgenen lagen, so sie existierten. Möglich war hingegen, dass Sandro, zornig über die Einmischung, seine Frau davonjagte ohne Rücksicht darauf, dass die Mitgift, die der seltsame Franziskanermönch der Witwe Angela Poiana abgepresst hatte, dann zurückgezahlt werden musste. Doch diese Mitgift war ohnehin eher symbolischer Natur, noch lächerlicher als die Allegras.

Wenn Mariangela hochschwanger auf der Straße stünde, dann bliebe ihm, Andrea, nichts anderes übrig, als sie aufzunehmen, zweifellos eine Belastung für seine eigene Ehe. Würde die Welt das barmherzig nennen oder sich über ihn lustig machen, weil er den Müll hinter Sandro aufsammelte? Wie er es auch drehte, kein Ausweg tat sich auf. Er war dabei, einen Fehler zu begehen. Um wie viel klüger es doch wäre, sich gleich mit Sandros Vater ins Einvernehmen zu setzen, von Mann zu Mann über den dummen Jungen zu verhandeln, womöglich auch den Maestro einzuschalten. Warum also durchschritt er nun den Torbogen?

Drinnen war es still. Andrea durchquerte die Halle und betrat den Hof.

»He, wer da? Sandro?«

Keine Antwort. Allerdings meinte Andrea ein Geräusch von oben zu hören, wie Ziegel, die gegeneinanderschlugen. Er ging zwischen aufgetürmten Baumaterialien auf die Leiter zu und sah hinauf. Im nachlassenden Licht warfen die Bögen kaum noch Schatten auf die dahinterliegende Wand, die selbst in verwaschenem Dunkelgrau verschwamm. Vielleicht wäre es klüger, die Stiege zu benutzen? Doch sich umzudrehen, schon am Fuß der Leiter, ließe sich als Rückzug deuten. Ausgeschlossen.

Von Sprosse zu Sprosse verengte sich Andreas Kehle, während seine Eingeweide einer großen Leere in seinem Inneren Platz zu machen schienen. Angst, dachte er. Wie viele Jahre es wohl her war, seit ihn damals die Wegelagerer mitten in Stadt angegriffen hatten? Er sprang nun fast aufwärts und endlich, gottlob, auf festen Grund. Niemand hatte die Leiter umgeworfen, war ihr auch nur nahe gekommen.

Andrea zwang sich, die Schultern zu entspannen, und atmete tief durch. Er hielt die Fackel in die Höhe und besah sich die Bögen, die die Säulen verbanden. Alles schien fertig, wenigstens das. Er senkte die Fackel, bog rechts um die Ecke. Dort, am entgegengesetzten Ende, saß eine Gestalt am Boden, den Rücken gegen die Wand gelehnt, ein Bein angewinkelt, das andere ausgestreckt.

»Bist du taub?«

Andrea ging auf den Mann zu, der ihm mit einem Krug von der Größe einer Wassermelone zuprostete. Natürlich war es Sandro. Wie ein Barbar schüttete er sich die rote Flüssigkeit aus einer Handbreit Entfernung in den Mund, wusch sich fast das Gesicht damit, das Schwein, und rülpste.

»Was fällt dir ein?«, fuhr Andrea ihn an, erleichtert, dass Ärger imstande war, die Angst zu vertreiben. »Kannst du nicht antworten, wenn ich nach dir rufe? Und wie kommst du dazu, hier Wein auf dem Boden zu verschütten?«

Sandro grinste schief und hob den Krug, höhnisch, wie Andrea fand.

»Steh auf, zum Teufel, wenn ich mit dir rede!«

»Sonst was?«

»Sonst werfe ich dich heute noch hinaus, und du kannst sehen, wo du bleibst. Such dir eine andere Stadt, ein anderes Land am besten, vielleicht sind dort deine Sitten willkommen!«

»Du kannst mich nicht rauswerfen, das kann nur der Alte.« Seine langsame und betont sorgfältige Aussprache verriet, dass der Krug längst nicht mehr voll war. »Und der wird es nicht tun.«

Andrea wusste, dass der Kerl recht hatte, und das half nicht, seinen Ärger zu mindern. Forderte er ein weiteres Mal Sandros Entlassung, konnte er selbst sein Bündel packen. Vielleicht war es an der Zeit, obwohl das natürlich einen Triumph des Gegners darstellen würde. Der immer noch mit provozierend schiefem Grinsen dasaß und ihm nun auch noch knapp vor die Füße spuckte. Kräftig stieß Andrea den Sitzenden mit dem Fuß an.

Ohne Hast stellte Sandro den Krug auf den Boden – das war es, das Geräusch, das Andrea von unten gehört hatte – und erhob sich. Er baute sich vor Andrea auf, viel zu nah, und blies ihm seinen schalen Atem ins Gesicht.

»Was willst du von mir, du Wichtigtuer? Die Arbeit ist erledigt, danach hast du mir nichts zu sagen.«

Andrea wich nicht zurück, war daher gezwungen, seinen Kopf nach hinten zu neigen, um seinem Gegner in die Augen zu sehen. Wie sollte er reagieren, wenn der ihn angriff? Ein Kämpfer war er noch nie gewesen, und der schmale Gang, der noch nicht durch ein Geländer geschützt war, ein denkbar ungünstiges Schlachtfeld. Die Fackel konnte er ihm ins Gesicht stoßen, seine Haare in Brand stecken. Vermutlich kam Sandro gerade zu demselben Schluss, denn er zog sich ein wenig zurück. Andrea triumphierte innerlich.

»Du hast Mariangela fast totgeschlagen. Reines Glück, dass sie das Kind nicht verloren hat.«

»Erzähl mir was Neues! Was meinst du, warum ich keine Lust habe, nach Hause zu gehen? Glück! Dass ich nicht lache.«

»Es ist doch auch dein Kind! Was hat sie sich zuschulden kommen lassen, dass du sie so zurichten musstest? Schämst du dich nicht?«

Sandro schüttelte den Kopf und bückte sich nach dem Krug.

»Was geht es dich an?«

»Mariangela ist für meine Frau wie eine Schwester und darum auch für mich.«

Sandro schnaubte verächtlich und hielt sich den Krug an die Lippen, ohne Andrea aus den Augen zu lassen.

»Ich würde meine Schwester nicht mit jemandem wie mir verkuppeln. Woher weißt du eigentlich ...?«

»Sie ist zu Allegra geflohen.«

»Der werde ich's zeigen!«

Den Krug in der Hand, drängte sich Sandro an Andrea vorbei, stürmte in Richtung der Leiter. Andrea folgte ihm hastig und prallte um ein Haar gegen seinen Rücken, als Sandro plötzlich innehielt und einen bösartigen Blick über die Schulter warf.

»Wenn ich es mir recht überlege: Von mir aus kannst du die Schlampe haben! Ich krieg sowieso keinen mehr hoch bei ihr. Du wirst sehen, wenn das Balg erst mal draußen ist, ist sie gar nicht so übel. Wenn man auf die nachgiebige Sorte steht.«

Er setzte seinen Weg fort, doch kurz bevor er die Leiter erreicht hatte, hielt er erneut inne, scheinbar wie vom Donner gerührt, schlug sich eine Hand an die Stirn, rief, ohne sich umzudrehen: »Warum bin ich darauf nicht gleich gekommen? Lass uns tauschen! Eine Wildkatze wie deine Frau zum Kuschen zu bringen, das wär doch …«

Mit zwei schnellen Schritten war Andrea bei Sandro und trat ihm mit voller Wucht in die rechte Kniekehle, stürzte fast selbst durch den Schwung, während er zusah, wie der Gegner, mit einem Arm haltsuchend, durch die Luft ruderte, ohne den Krug in der anderen loszulassen, und an der Kante des Laubenganges zu Boden ging. Zitternd vor Anstrengung, die unbändige Wut niederzukämpfen, die ihn erneut zutreten, die Blut spritzen und Knochen splittern lassen wollte, drückte sich Andrea an die Wand.

Wie ein nasser Hund schüttelte Sandro seinen Kopf, dass die langen Haare flogen, blies die Luft geräuschvoll aus und sah in den Abgrund.

»Verdammt, das hätte schiefgehen können! Steckt doch ein Mann in dir.« Er kicherte. »Aber nur ein ganz kleiner.«

Er setzte sich auf die Fersen und hob den Weinkrug an die Lippen. Der Vorfall schien ihn zu amüsieren. Andrea bebte vor Hass – auf Sandros Siegesgewissheit, auf alle, die ihn jemals herumgestoßen hatten, auf seine eigene Schwäche und die Angst, die ihn hinderte, erneut zuzuschlagen.

»Angst?«, fragte Sandro.

Er schien mit einem Mal nüchtern. War es möglich, dass er den Vorfall auf sich beruhen lassen wollte? Dass sie beide friedlich nach Hause gehen und nie mehr über die Sache sprechen könnten? Andrea fühlte das Zittern verebben. In seinem Kopf rauschte es.

»Lauf weg, Andrea«, sagte Sandro ruhig. »Lauf weg, sonst töte ich dich.«

Weglaufen, dachte Andrea, natürlich wäre er schneller, es war keine Kunst, sich mit einem Betrunkenen zu messen. Die Leiter nur zwei Schritte entfernt, ja, wenn er jetzt lossprang – nur, dass morgen ganz Vicenza über ihn lachen würde.

Sandro rappelte sich auf. Er schien keine Eile zu haben, hatte Andrea die Seite zugewandt, stützte sich mit einer Hand an der nächsten Säule ab und kam auf die Füße. Diesmal hatte er den Krug abgestellt.

Andrea stieß die brennende Fackel nach vorn, brachte es jedoch nicht fertig, sie Sandro tatsächlich ins Gesicht zu schlagen. Stattdessen holte er Schwung und trat seitlich gegen dessen noch angewinkeltes Knie. Es knackte vernehmlich.

Sandro schrie nicht, schwankte nur, gefährlich nahe am Abgrund, dann bekam er die Säule zu fassen und brach keuchend nieder.

Andrea biss die Zähne zusammen. Nun gab es kein Zurück mehr. Er sprang regelrecht auf Sandros Handgelenk. Sein Gegner krümmte sich, barg die verletzte Hand in seinem Schoß, atemlos röchelnd, und keine Wut lag mehr in seinen Augen, nur maßloses Erstaunen. Andrea öffnete den Mund, wollte schreien, doch er brachte keinen Ton heraus. Sein nächster Tritt traf Schläfe und Jochbein, trieb Kopf und Oberkörper über die Kante, und jetzt endlich verlor Sandro das Gleichgewicht. Sein lange erwarteter Schrei endete, kaum ausgestoßen, in einem satten Aufprall.

Das Geräusch, so viel war Andrea sofort klar, würde er im Leben nicht vergessen. Jeder auf den Boden geworfene Sandsack, jede vom Fleischer auf die Theke gewuchtete Hammelkeule würde ihn daran erinnern. Allerdings gab das Geräusch keine Auskunft darüber, ob Sandro wieder aufstehen würde. Ob er schon tot oder nur verletzt oder gar bereits lautlos auf dem Weg nach oben war, um seinerseits Andrea in die Tiefe zu stoßen, der dem nun nichts mehr entgegenzusetzen hätte, ja nahe daran war, sich selbst hinabzustürzen. Er war sich selbst so fremd, dass er fast sicher war zu träumen.

Mit einem Ruck riss er die Fackel in die Höhe, die eben begann, ihm Hand und Ärmel zu versengen. Dass er sie im Schock hatte sinken lassen, ein Glück, der Schmerz verscheuchte die Benommenheit, machte eisiger Klarheit Platz. Alptraum oder nicht, dachte er, selbst ein solcher ließ sich lenken. Er trat nach dem Krug. Ein Unfall würde glaubwürdiger sein, wenn der neben dem Gestürzten lag.

Die Hand an der Leiter, um sie im Fall des Falles wegstoßen zu können, beugte er sich vor, leuchtete hinab.

Sandros Körper lag auf einem Quader aufgeschichteter Ziegel, viel näher, als gedacht, und es war reines Glück, dass er mit dem Nacken auf der Kante aufgeschlagen war und sein Kopf nun in so groteskem Winkel herabhing, dass kein Zweifel an seinem Tod bestehen konnte.

Ich bin ein Mörder, dachte Andrea. Ich hätte weglaufen können, hätte eine unparteiische Instanz, den Maestro, die Kirche einschalten können, doch ich habe mich anders entschieden. Er schluckte und zwang sich, die Szenerie gründlich zu betrachten. Das würde seine Strafe sein, bevor die himmlische ihn ereilte. Ein Bild, dem nicht zu entkommen war, das sich vor seine Augen schieben würde, sollte er jemals wieder in Versuchung kommen, Gewalt den Worten vorzuziehen.

Hatte Sandros Kinn eben gezuckt? Ein Irrtum sicherlich, eine Täuschung, weiter nichts. Andrea erbrach sich, sah seinen Auswurf auf Sandros Hosenbein und dem Ziegelstapel auftreffen, ein Beweis dafür, dass der nicht ohne fremde Einwirkung gefallen war.

Doch wer würde darauf achten, wenn ein Sturz im Suff so naheliegend war? Und wenn er sich nun doch getäuscht hätte, wenn Sandro noch lebte und am Morgen die Wahrheit …? Es würde ein Gottesurteil sein. Sein Untergang, wenn Sandro lebte, ein Beweis für Gottes stilles Einverständnis im anderen Fall. Dies eine Mal würde der Herr ihm vielleicht verzeihen, wenn er nur genug dafür zahlte, wenn er bereute. Und das tat er schon jetzt.

Andrea hatte sich nie im Konflikt mit Gottes Willen gefühlt und dessen Ergründung daher noch nicht allzu viel Aufmerksamkeit geschenkt. Himmlisches Wohlwollen für Blutrache schien immerhin denkbar, und es war die einzige Rechtfertigung, die ihm einfiel. Ein Ehrenmord also und Mariangela von nun an Teil seiner Familie. So würde er es Allegra erzählen.

Nur einer würde wissen, dass er in Wahrheit aus Hass getötet hatte. Mit einem von nun an fehlerlosen Leben würde er dafür bezahlen, mit einem Leben voller Arbeit.

Noch immer fixierte er die Leiche. Mit einem Blinzeln wandte er sich ab. Diesmal nahm er den Weg durch das Stiegenhaus.

ZWEITER TEIL

VICENZA, APRIL 1538

Vierundzwanzigstes Kapitel

Ein Stoß nur und die schwere Tür schwang auf, drehte sich so bereitwillig in den Angeln, dass der Knauf gegen die angrenzende Wand des Lagerraumes schlug und der Schlüssel zu Boden fiel. Eine Hand an dem klappernden Bündel aus Küchengerätschaften, das sie auf dem Rücken trug, bückte sich Mariangela nach dem Schlüsselring.

»Ein wirklich einladendes Haus!«

»Wollen wir hoffen, dass es sich so bereitwillig nur denen öffnet, die uns wohlgesonnen sind«, antwortete Allegra und warf einen misstrauischen Blick in die Eingangshalle, die diese hochtrabende Bezeichnung kaum verdiente. Sie schob den kleinen Orazio vom rechten Arm auf den linken, schlug ein Kreuz und legte den Arm dann um ihren gewölbten Bauch, als müsste sie ihn vor dem Abrutschen bewahren. Schwer atmend sank sie auf die rohe Bank, die die einzige Möblierung des Raumes bildete.

Mariangela ließ das Haustor offen stehen, damit die Frühlingssonne Gelegenheit hatte, die muffige Winterluft zu vertreiben. Sie ließ das schwere Bündel neben Allegra auf die Bank gleiten, streckte sich und rieb die von den Riemen schmerzenden Schultern. Selbst schuld, dachte sie. Was musste sie sich auch als Packesel betätigen, anstatt die Gerätschaften mit dem anderen Hausrat rechtzeitig einzupacken und auf den Wagen zu laden? Immer dieser Drang, sich um jeden Preis nützlich zu machen und damit ihre Rolle im Haushalt zu rechtfertigen, die doch inzwischen außer Frage stehen musste. Seit Allegra das dritte Kind innerhalb dreier Jahre erwartete, rührte sie kaum noch eine Hand, half nicht einmal mehr bei der Wäsche. An manchen Tagen konnte sie vor Kreuzschmerzen, die sich bis in die Beine hinabzogen, kaum noch gehen. Bei Leonidas Geburt war sie bis zum letzten Tag voller Energie gewesen, bei Orazio hatte sie nur die Morgenübelkeit geplagt, doch dieses Kind wütete offenbar wie ein mordlustiger Krieger in ihrem Bauch. Nun, drei oder vier Wochen würde sie es noch aushalten müssen.

Mariangela öffnete die Tür zum Lagerraum, der sich rechts des Eingangs über die gesamte Gebäudetiefe hinzog. Bis auf ein wackliges Regal war er leer und bot reichlich Platz für Öl, Wein und Gartengerätschaften. Reis und Mehl allerdings durfte man hier nicht aufbewahren, Mäusekot bedeckte den Boden. Sie rümpfte die Nase und kehrte an Allegras Seite zurück, schepperte mit dem Schlüsselring vor Orazios Augen. Der wandte sich ab, trotz seiner erst eineinhalb Jahre offenbar schon zu Tode gelangweilt. Sie hängte den Ring an ihren Gürtel und streckte die Arme aus.

»Komm, mein kleiner Mäuseprinz, komm zu Tante Mariangela«, schmeichelte sie. »Deiner Mama bist du schon zu schwer, aus der schlüpft bald das nächste Kind.«

Orazio sah sie ernst an, zuckte mit der Oberlippe, fast verächtlich, schien es Mariangela, ließ sich jedoch widerstandslos auf ihre Hüfte setzen. Sie verdrehte die Augen.

»Manchmal könnte man denken, er wäre ein alter Herr, der großzügig über mein kindisches Getue hinwegsieht. Ich schwör dir, er hat die Seele eines Ratsherrn.«

»Carla sagt, aus ihm wird noch ein großer Mann.«

»Da!«, sagte Orazio und reckte sein Ärmchen, wand sich und streckte den ganzen Körper in Richtung der Pforte, die in den Garten führte. Mariangela gab nach, öffnete auch diese Tür und beobachtete belustigt, wie der Kleine mit den Armen ruderte, als wollte er nach den Obstbäumen greifen.

»Ja, schau nur, mein kleiner Ratsherr, dort draußen wirst du spielen. Und dort in dem kleinen Schuppen werden wir Hühner halten oder vielleicht ein Schaf, und in dem gemauerten Ofen können wir Brot und Focaccia backen. Wir werden Kräuter pflanzen und Gemüse und Wein für eine Laube, damit die Sonne dich nicht sticht«, erklärte ihm Mariangela. Zu Allegra gewandt, sagte sie: »Wäre es nicht wunderbar, wenn wir neben dem Brunnen einen kleinen Teich anlegen könnten, so einen, wie ihn die Witwe Angela hat? Der Herr schenke ihr schlechte Träume.«

»Das wird uns noch einige Arbeit kosten, bis wir daran auch nur denken können.« Allegra schüttelte missbilligend den Kopf. »Die Schweine der Vormieter haben alles derartig umgewühlt ...«

Mariangela schwang Orazio in die Höhe, ließ ihn schweben wie einen unförmigen Vogel und entlockte ihm endlich ein Juchzen. Zufrieden setzte sie ihn wieder auf ihre Hüfte und ging zur Stiege, die sich neben der Gartentür ins Obergeschoss wand. Oben trat sie in die offene Küche, die zum Hof lag, und ließ ihr Bündel vom Rücken auf den langen Tisch gleiten, strich über das honigfarbene Holz. Sie ging zum Fenster, öffnete die Läden, inspizierte den gemauerten Herd, der frisch geschrubbt war und nur leicht nach Rauch roch. Endlich nicht mehr auf Knien vor dem Kamin kochen wie in der bisherigen Bleibe, dachte sie.

»Dadadada«, sagte Orazio.

Allegra war ihnen gefolgt, stieß eben die Tür zum Schlafraum auf und wuchtete sich zum Fenster, um auch hier zu lüften. Den Schrank, die Truhen und das mächtige Ehebett mit den geschnitzten Säulen hatte Andrea schon mit Hilfe einiger Arbeiter aus der alten Wohnung herübergebracht. Alles stand an seinem Platz. Nur die Binsenmatten lagen noch zusammengerollt an der Wand. Staub tanzte im Sonnenlicht, Vögel zwitscherten, draußen drosch ein Fuhrmann schimpfend auf sein Maultier ein.

Mariangela setzte Orazio auf dem Bett ab. Allegra ließ sich schwerfällig neben ihm nieder und seufzte.

»Endlich ein eigenes Haus! Klein zwar, aber fürs Erste ... Von den Loggien und der prächtigen sala, von denen du immer träumst, allerdings keine Spur.«

»Aber endlich ein eigenes Zimmer für mich statt einem Lager neben dem Herd! Komm mit ins Dachgeschoss meine Kammer ansehen!«

Sie beugte sich vor, ergriff die Hand der Freundin, wollte sie hochziehen, doch mit einem Ruck zog Allegra sie neben sich aufs Bett, dass sie halb auf Orazio landete. Der quietschte erschrocken auf, steckte den Daumen in den Mund und begann an den Miederschnüren seiner Mutter zu nesteln. Allegra half ihm beim Auspacken, überließ ihm die Brust. Über ihnen spannte sich der neue blaue Stoffhimmel, den sie nach Mariangelas Idee mit unzähligen Sternen bestickt hatten.

»Wie wollen wir es denn nun machen?«, fragte Allegra. »Andrea meint immer noch, Leonida und Orazio sollten nebenan schlafen.« Sie deutete mit dem Kopf auf die Tür, die zur Kammer hinter der Küche führte.

»Aber wenn es nun ein Mädchen wird«, sie strich über ihren Bauch, »dann sollte es mir doch am nächsten sein, wenn es größer ist, weil es den meisten Schutz braucht.« Sie schlug ein Kreuz.

»Das haben wir schon tausendmal besprochen«, sagte Mariangela. »Es wäre nur vernünftig, wenn Leonida mit Toni unterm Dach in der Kammer neben der meinen schlafen würde. Nachdem sie drei Jahre in einem Bett verbracht haben, würden die beiden sicher ein Höllengeschrei erheben, wenn wir sie trennen. Solange das Kleine noch bei euch schläft, kann Orazio nach nebenan, und Andrea richtet sich in der Kammer bei der Stiege eine Arbeitsstube ein.« Sie sah Allegra schmunzeln, atmete tief durch. »Natürlich nur, wenn es dir so recht ist, es ist euer Haus.«

Allegra nickte und tätschelte Orazios Kopf.

»Allerdings, mein liebstes Eichhörnchen, habe ich mir überlegt, dass wir die Kammern unter dem Dach auch ganz gut vermieten könnten, wenn wir den Speicher daneben verschlossen halten. Nur für die nächsten Wochen natürlich. Wenn der Papst sein Konzil schon hier einberuft, warum sollten wir nicht davon profitieren? In jedem Raum könnten gut fünf Knechte schlafen oder jeweils ein Herr mit seinem Diener. Dazu vielleicht Mahlzeiten und Wein – du weißt doch, wie knapp das Geld wird, jetzt, da wir so viel Miete zahlen müssen.«

Mit Tränen in den Augen wandte Mariangela sich ab. Welchen Unterschied gab es eigentlich zwischen ihr und einer Sklavin? Kein Besitz, kein Lohn, und jeder Anordnung musste sie sich beugen. Nur dass sie es aus Dankbarkeit tat und ihre Herrschaft nicht einmal hassen konnte. Ihr neues Bett sollte beschmutzt werden von ketzerischen Barbaren aus dem Norden.

»Wo werde ich dann schlafen?«

»Hinter der Küche, die Kinder in der anderen Kammer. Das ist doch ebenso gut, wenn nicht besser als unterm Dach, und Andrea soll in der bottega arbeiten. Was braucht er hier auch noch ein eigenes Zimmer.« Allegra stieß Mariangela mit dem Ellenbogen in die Seite. »Hier bist du mir auch viel näher, und es ist ja nur vorübergehend.«

»Hast du schon mit Andrea darüber geredet? Er hat mir versprochen …«

»Im Haus habe ja wohl ich das Sagen, ihm gehört der ganze Rest der Welt.«

Mariangela schluckte weitere Erwiderungen hinunter. Immerhin war bis jetzt noch kein Gast des Konzils angekommen, soweit sie wusste. Zwei Wochen nur noch, da hätte schon rechter Wirbel in der Stadt herrschen sollen. Die Ketzer aus den deutschen Ländern wagten sich offenbar doch nicht unter die Augen des Papstes.

Allegra stützte sich auf einem Ellenbogen ab und schob Orazio die andere Brust in den Mund.

»Wenn du hinaufwillst, geh allein. Mein Kreuz bringt mich heute um. Ich bin froh über jeden Schritt, den ich mir erspare. Und beeil dich! Bald werden die anderen kommen.«

Eigentlich hatte Mariangela gar keine Lust mehr, ihr Zimmer zu besichtigen, da es ihr schon wieder weggenommen werden sollte, kaum dass sie angekommen war. Nach Allegras Gegenwart war ihr aus demselben Grund allerdings noch weniger. Lustlos hatte sie eben den halben Weg zur Tür zurückgelegt, als sie innehielt. Vor dem Haus kam ein Fuhrwerk zum Stehen, und sie hörte Andrea, der mit ruhiger Stimme Anweisungen erteilte.

Der kleine Leonida stieß einen hohen Schrei aus.

»Mein Palazzo«, rief er, »du darfst da nur rein, wenn ich will«.

Er schnattert wie ein Gänschen, dachte Mariangela, während sie sich aus dem Fenster beugte und winkte. Andrea schaute auf, zwinkerte ihr zu, und sie biss sich auf die Unterlippe. Eine Kusshand wünschte sie sich, ein Lächeln voller Versprechungen.

»Tante, Mamma!«, schrie Leonida hinauf und warf sich von hinten auf den kleinen Marcantonio, der gerade versuchte, vom Karren zu klettern. »Erst ich!«

Carla packte ihn am Nacken, als wäre er ein Kätzchen, und er bäumte sich auf, ließ Toni los. Sie kletterte vom Wagen und hob die Jungen herunter, die sie den Nachmittag über gehütet hatte. Ihre eigenen Söhne, fast erwachsen inzwischen, waren bereits dabei, den Wagen unter Andreas Anleitung zu entladen. Das alte Kinderbett, das Orazio jetzt bekommen sollte, und neue für die zwei Dreijährigen, dazu Kisten und Truhen mit Wäsche und den restlichen Haushaltsgegenständen.

Allegra trat neben Mariangela, das Mieder noch offen über dem weißen Unterkleid, und rief ein Willkommen. Die Augen ihres Mannes leuchteten auf, doch nur kurz, dachte Mariangela, und keine Kusshand. Carla schob die Kinder ins Haus und deutete auf den Korb an ihrem Arm und den Krug, der noch auf dem Wagen stand.

»Jetzt wird erst einmal gefeiert!«, rief sie. »Simon, Berto und Bianca sind schon auf dem Weg, und die anderen wollen noch vor Sonnenuntergang zu uns stoßen.«

Die alten Nachbarn, die besten, die man sich wünschen konnte, dachte Mariangela. Wie gut, dass sie nicht weit entfernt wohnten, da verlor man sich bestimmt nicht aus den Augen. Sie winkte noch einmal hinunter, hörte schon die Männer mit den Möbeln im Haus und eilte in die Küche, um den Tisch zu decken.

Fünfundzwanzigstes Kapitel

Auf dem neuen Bett im neuen Zimmer liegend, fixierte Mariangela den hölzernen Dachbalken, der sich beim kleinsten Blinzeln ihrem Blick entwand und ins Trudeln geriet, sich mit dem ganzen Zimmer um sie drehte. Was das nur für ein Wein war, den Carla und Simon mitgebracht hatten? So süß, fast cremig, zu schade, ihn mit Wasser zu verdünnen.

Der Balken schickte sich langsam in seine Lage, doch so ganz war ihm noch nicht zu trauen. Nur einmal blinzeln und dann die Risse zählen, die ihn überzogen, was nicht leicht war, da sie im Lampenschein verschwammen. Jede Zahl, stellte sie sich vor, nagelte den Balken durch das Dach hindurch am Himmel fest, der ganz gewiss stabil war. Bei vierundsechzig schien alles festzusitzen, und Mariangela ließ es gut sein. Sie schloss kurz die Augen, noch immer ein gefährliches Unterfangen, und atmete durch.

Zwischen den Sparren gaben die braunen Ziegelplatten ihren Augen Halt, auch die könnte man zählen, wenn die Fugen im schwachen Licht etwas deutlicher auszumachen wären. Dann schon eher die Bodenplatten, die frisch gewachst glänzten.

Andrea hatte vor dem Umzug sogar einen Kamin in die Dachkammer einbauen lassen. Ein Kamin für jedes Schlafzimmer, das sei der Stand der Baukunst, hatte er dem Vermieter erklärt. Niemand sollte im Winter zwischen Erfrierungen und Kopfschmerz durch die schädlichen Dämpfe der Kohlebecken wählen müssen. Um Kosten und Gewicht zu sparen, war die Feuerstelle in die Wand zwischen den beiden Räumen eingemauert worden. So wärmte sie die zweite Kammer mit, obwohl sie nur von Mariangelas Seite aus beheizt werden konnte. Ganz genau hatte sie sich alles erklären lassen, hätte am liebsten selbst mit Hand angelegt bei der Zeichnung, die Andrea verfertigt hatte.

Er lässt mich nicht frieren und will mich doch nicht wärmen, dachte sie. Sie liebte ihn und liebte ihn wieder nicht, und jetzt gerade liebte sie ihn. Nicht mehr, als sie Allegra liebte, aber wohl doch mehr, als Allegra ihn liebte.

Nie würde sie sich daran gewöhnen. Seit das Schicksal sie als sechzehnjährige Witwe zum zweiten Mal vor Allegras Füße geworfen hatte, versuchte sie, sich von dieser Liebe zu befreien. Alle Mittel, von denen sie auf öffentlichen Waschplätzen und an den Brunnen hatte tratschen hören, hatte sie ausprobiert: Nackt in frisch abgezogenes Schafsfell gehüllt, hatte sie eine Nacht im Stall der früheren Behausung verbracht, kein Auge zugetan aus Angst vor Entdeckung. Und wie das gestunken hatte! Vor die Stadttore war sie gegangen, zu den Maultiertreibern, und hatte sich unter großem Geschrei der Umstehenden nach einem Maultierweibchen im Staub gewälzt. Das dumme Gerede, dass sie sich hatte anhören müssen, die anzüglichen Bemerkungen – alles umsonst. Es wäre besser gewesen, auf ihren Verstand zu vertrauen, anstatt auf den Rat der alten Waschfrau, die geschworen hatte, ihr selbst hätte die Methode mehr als einmal geholfen.

Nur nach dem Trank der Hexe, den sie gegen eine Brigade ihrer geschnitzten Holztiere eingetauscht hatte, schien sie einige Tage lang kuriert. Doch es war wohl nur die elendige Übelkeit gewesen, die ihr das Innerste nach außen gekehrt hatte. Wer dachte dabei noch an Liebe?

Ein Rezept hat sie nicht ausprobiert. Vom Blut der

geliebten Person müsse man trinken, hatte die Hexe gesagt, nichts sei so wirksam wie das. Doch wie sollte sie das anstellen? Andrea im Schlaf überfallen und die Zähne in seinen Körper schlagen? Eine Krankheit abwarten und dem Barbier nach dem Aderlass das Blut entwenden? Oder war die eigentliche Botschaft hinter diesem Rat die, dass nur der Tod des Geliebten von seinem Bann befreien kann?

Sie hatte jedenfalls beschlossen, sich damit abzufinden, und jetzt könnte das tatsächlich leichter werden. Jetzt, da sie ein Stockwerk Abstand hielt, da sie die Eheleute nicht mehr im Nebenzimmer hören musste: Allegras kehlige Schreie, Andreas kontrolliertes Ächzen. Längst nicht mehr jede Nacht, doch immer noch zu oft. Die Augen geschlossen, die Ohren zugehalten, hatte sie sich auf das tiefe Rauschen ihres Blutes konzentriert oder ihre Herzschläge gezählt, bis es vorbei war.

Der Ehefrau größtmögliches Vergnügen zu bereiten sei notwendig für einen unproblematischen Verlauf der Schwangerschaft. Das behauptete nicht nur Carla, die praktisch alles wusste, jedenfalls so tat, und deren padrino immerhin ein medico war, nein, das wusste angeblich jeder. Vielleicht hatte auch Sandro es gewusst und nur unterlassen, weil er kein Kind wollte. Oder sie selbst hatte die Erinnerung an das Vergnügen, das er ihr vielleicht doch bereitet hatte, unter ihrem Hass begraben.

Manchmal, wenn es gar nicht mehr ging, besuchte sie Pater Fredo. Meist weinten sie dann beide ein wenig. Sie, weil sie das Glück nicht zu fassen bekam und weil es ihr an der Demut fehlte, das hinzunehmen. Er vor Schmerz um seine tote Schwester und vor Glück, so viel von ihr in Mariangela wiederzufinden.

Sie zog die Decke enger um sich. Die stete Flamme der Öllampe, die neben dem Bett auf der Truhe stand, bildete eine Kuppel aus Licht, hinter der noch unvertraute Schatten lauerten, die sie am Schlafen hinderten. In den Ecken suchten die Geister all derer, die ihr fehlten, nach einem neuen Platz. Sie konnte die Gegenwart ihrer Mutter fühlen, sanft und leicht und warm wie der Mantel der Heiligen Jungfrau. Sie sah sogar ihr Gesicht vor sich, was ganz selten nur geschah. Wie mit unsichtbaren Schwingen strich ihr Geist über die Flamme, ließ sie flackern, Mariangela meinte, den Luftzug zu fühlen.

»Mamma«, flüsterte sie. »Meine liebste Mamma.«

Auch Allegras Vater, der Tischler Marcantonio, war da. So lange hatte Mariangela ihn als traurigen Tanzbären gesehen, jetzt endlich fühlte sie, dass sein gebrochenes Herz geheilt war. Nach ihm hatte sie ihren Sohn benannt, ihm verdankte er ganz sicher seine Stärke und Gutmütigkeit. Ihr Bärenjunges. Sie lächelte beim Gedanken an die zwei so unterschiedlichen Kinder, die nebenan unter einer Decke schliefen. Sie waren beide ihre Söhne, fast mehr als die Allegras, deren Herz mehr dem kleinen Ratsherrn Orazio gehörte.

Wenn es nur sicher wäre, dass die wohlgesinnten Geister imstande waren, jenen einen fernzuhalten, der sie ängstigte. Der ihr sicher die Schuld gab an seinem Tod, obwohl sie, alle Heiligen würden das bezeugen, nichts damit zu tun gehabt hatte.

Sie kroch aus dem Bett. Der Ziegelboden war kalt unter ihren nackten Füßen, weil sie vergessen hatte, die Binsenmatten heraufzuschaffen. Vielleicht würde sie Allegra um einen der alten Teppiche bitten oder Tiere schnitzen, bis sie sich selbst einen kaufen konnte. Sie wankte ein paar Schritte durch die Dunkelheit und kniete sich unter das Kreuz mit dem Erlöser, das neben dem Kamin an der Wand hing, ein Geschenk von Bianca und Berto.

»Guter Herr Jesus, ich bitte für meinen verstorbenen Mann Alessandro. Ich will nicht unbescheiden sein, ich weiß, er war dir kein guter Diener und hat viele Mädchen zu Sünderinnen gemacht. Aber womöglich hat ihn das Fegefeuer schon gereinigt. Sicher steckt auch in ihm ein guter Kern, der durch das ewige Feuer zum Vorschein kommt.«

Sie konnte ihn fast vor sich sehen, den Hurenbock, wie er sich in den Flammen rekelte und mit beiden Händen die Brüste der armen Seele neben sich packte. Es sah schlecht für ihn aus. Sie musste etwas finden, was für ihn sprach.

»Seinen alten Hund hat er geliebt, der durfte sogar in sein Bett. Er hat mir immer Kuchen geschenkt und einmal sogar ein Halstuch als Dank für ...«

Sie konnte das Kichern nicht länger zurückhalten. So ging das nicht. Ihr fiel einfach nichts ein, was wirksam für Sandro hätte sprechen können. Der Herr würde merken, dass es ihr nicht ernst war, und dann kehrte sich die ganze Fürbitterei womöglich noch gegen sie. Hastig schlug sie ein Kreuz und noch eines und bat den Gottessohn um Verzeihung, versprach obendrein, zehn Rosenkränze für ihren verstorbenen Mann zu beten, und schlüpfte wieder unter die Decke. Der Balken hielt jetzt gottlob still.

Verstorben war gut. Es war einer ihrer tröstlichsten Gedanken, was Andrea ihr zuliebe getan hatte. Einer von denen, auf die sie zurückgriff, wenn sie vor Eifersucht ins eheliche Schlafzimmer stürmen und sich zwischen die Liebenden werfen wollte. Auch jetzt würde er sie wärmen. Sie wickelte die eisigen Füße fest in die Decke und schloss die Augen, versetzte sich zurück an jenen Abend.

Der metallische Geschmack von Blut, das ihr von der Nase in den Rachen rann, sie immer wieder röchelnd erwachen ließ. Im Halbschlaf zwang sie sich zum Schlucken, der Übelkeit zum Trotz, weil spucken viel zu anstrengend schien. Am ganzen Körper hatte sie Schmerzen, dazu Atemnot und ein Ziehen in der Nase, in der Stoffstreifen festklebten, die das Blut stillen sollten und bei der leisesten Berührung glühende Nadelstiche in ihr Hirn jagten.

Plötzlich schreckte sie auf, weil nebenan ein Triumphgeheul von Allegra ertönte, das erst ein scharfer Ausruf Andreas verstummen ließ.

Sie stand auf, löste sich langsam aus der Matratze, die ihren zerschundenen Körper festzuhalten schien. Auf unsicheren Beinen tappte sie durch die Finsternis zur Tür und dann in die Küche.

Andrea saß, den Kopf in Händen, schluchzend am Tisch. Allegra stand ratlos daneben, im Gesicht den Abglanz der Begeisterung, die sie eben noch hatte jubeln lassen. Mit ausgebreiteten Armen eilte sie auf Mariangela zu: »Mein Eichhörnchen, liebste Schwester, stell dir vor, es ist vorbei! Du bist gerettet!«

Andrea fuhr auf, sah Allegra an wie eine Fremde und flüsterte: »Zum Preis meines Seelenheils.«

Allegra umarmte sie behutsam, die Lippen an ihr Ohr gelegt und hauchte: »Er ist tot, Sandro ist tot!« Ihre Augen waren weit aufgerissen, die Lippen zwischen die Zähne gesogen, als könne sie sich nur so von Freudenschreien abhalten.

Wie der Frieden sich in ihr auszubreiten begann. Wie ein Trank aus Schlafmohn, wie ein tief anschwellender Orgelton, der sie bald bis in die Zehenspitzen erfüllte, Freude und Trauer zugleich und eine Gelassenheit, der etwas Todesähnliches innewohnte. So war das also, wenn man nichts mehr wünschte.

Sie sah Andrea an, und der sagte nichts, nickte nur

leicht und wischte sich die Tränen ab. Er hatte es für sie getan, hatte ihren Peiniger getötet, keine größere Gabe vorstellbar. Mariangela richtete all ihre Sinne darauf, den Frieden, den er ihr geschenkt hatte, wie eine warme Decke auch über ihn zu werfen. In diesem Moment gehörte er ganz ihr.

Sechsundzwanzigstes Kapitel

Andrea wartete am Straßenrand und sah der von vier Männern getragenen goldverzierten Sänfte entgegen, die sich durch das vormittägliche Gewühl der Lieferanten kämpfte. Er hoffte, dass seine Haltung die richtige Mischung aus Eleganz, Würde und Dienstfertigkeit vermittelte, die im Umgang mit hochgestellten Persönlichkeiten so entscheidend war. Es kam darauf an, ihnen ein Spiegel ihrer Größe zu sein, ohne jemals in Unterwürfigkeit zu verfallen – was Geringschätzung zur Folge hätte. Er aber wollte, dass sein Rat gehört und seine Pläne ernst genommen wurden.

Dass Conte Trissinos Bereitschaft, ihm den Umbau eines seiner Miethäuser anzuvertrauen, nicht nur eine Ehre, sondern zugleich ein Glücksfall war, stand außer Zweifel. Es war der wichtigste Auftrag, seit er sich auf Maestro Giovanni da Porlezzas Rat hin entschlossen hatte, endlich auch Projekte auf eigene Rechnung auszuführen. Allerdings arbeitete er immer noch eng mit der Werkstatt in Pedemuro zusammen, hatte sich sogar auf Betreiben des Maestros, der nun gar nicht mehr sein Maestro war, gleich nebenan zu lächerlich günstigen Konditionen eingemietet.

Beim Umbau seiner Villa in Cricoli war Trissino auf Andrea aufmerksam geworden. Als Bauleiter hatte er dort nicht nur für einen reibungslosen Ablauf der Arbeiten gesorgt, sondern sich auch geduldig mit Trissinos Sohn Ciro beschäftigt. Während mit Hammer und Meißel der gotische Bauschmuck von der Fassade geschlagen wurde, war der Dreizehnjährige in hilflosem Entsetzen auf und ab gelaufen. Da ein direkter Aufstand gegen den Vater undenkbar war, blieb ihm nur, die Arbeiter zu beschimpfen, bis Andrea den Jungen mit sich zog und sich, unter einem Baum sitzend, seine Bedenken anhörte. Sein ganzes Leben hatte Ciro mit den Wasserspeiern und Skulpturen verbracht, hatte sich mit der Amme Geschichten über sie ausgedacht und sich von ihnen beschützt gefühlt.

»Warum muss alles, was alt ist, auch schlecht sein?«, fragte er. »Warum muss alles weiß und glatt und römisch sein? Man sagt, unsere Familie wäre vor langer Zeit aus den deutschen Ländern eingewandert. Es ist also nicht alles barbarisch, was von dort kommt. Warum seht ihr nicht, dass diese deutsche oder gotische Art zu bauen so edel ist wie unsere Familie?«

Andrea verbiss sich ein Lächeln. »Die nobiltà Eurer Familie steht außer Frage, Ciro. Doch beim Bauen geht es um die Ordnung der Dinge, eine neue Ordnung, anders als die der finsteren Zeiten, die hinter uns liegen.«

»Wenn es so ist, dann sollte doch das Alte erst recht bestehen bleiben, um uns den Unterschied vor Augen zu führen.«

Andrea musste an Mariangela denken. Auch sie liebte die zarten Säulen, die ausdrucksstarken Fratzen, und nichts, was er zu sagen hatte, konnte ihre Meinung ändern.

»Das Alte muss neben dem Neuen stehen dürfen wie die Väter neben ihren Kindern stehen sollen«, sagte sie ein ums andere Mal.

Daran musste er denken, als er dabei zusah, wie der vergoldete Tragsessel gemächlich im Straßenstaub abgesetzt wurde. Die Träger richteten sich auf, dehnten sich theatralisch, dass sich die ärmellosen Westen spannten und die gewaltigen Muskeln ihrer Arme tanzten. Sie taten, als bemerkten sie die Blicke der beiden jungen Frauen nicht, die tuschelnd ihre Schritte verlangsamten. Dabei war Andrea sicher, dass hier ein Stück für Publikum gespielt wurde. Er konnte ja selbst den Blick kaum abwenden.

Er trat einen Schritt vor, um Giangiorgio Trissino seinen Arm zu bieten.

Der betagte Patrizier – er musste über sechzig sein, etwa so alt wie Andreas Vater – schob sich auf der Sitzfläche vor, raffte sein schwarzes Gewand, beugte den Kopf, um nicht an den Baldachin zu stoßen, und legte seine Hand auf Andreas Unterarm. Diese Hand, dachte Andrea, verriet in ihrer Eleganz schon allein seinen Adel, so weich und milchweiß, die Finger mit den glatten Nägeln, lang und ohne jede Verdickung der Gelenke spitz zulaufend. Bedächtig richtete der Adlige sich auf – Andrea meinte, ein Knirschen in seinem Rücken zu hören –, bis er so gerade dastand, als wäre er am Scheitel vom Himmel abgehängt.

»Ich danke Euch, Architetto, sehr freundlich von Euch, einem alten Herrn behilflich zu sein.«

Er begleitete die respektvollen Worte mit einem schiefen Schmunzeln und fixierte Andrea mit seinen hervorstehenden Augen, deren helles Graugrün an einen sonnenbeschienenen Tümpel gemahnte. Er hob seine Hand, als beabsichtige er, Andreas Wange zu tätscheln.

Andrea, der ob dieser herablassenden Geste am liebsten zurückgezuckt wäre, zwang sich, den Blick des anderen, ebenfalls leise lächelnd und mit hocherhobenem Kopf zu erwidern. Trissino nickte kaum wahrnehmbar und ließ die Hand sinken. Andreas Fragen nach seinem Befinden und dem seiner Familie quittierte er mit einer geringschätzigen Kopfbewegung.

»Es ist, wie es ist. Wir werden nicht jünger. Und Giulio, mein Sohn, von dem ich wünschte, er wäre es nicht ... Nun, Ihr habt sicher davon gehört.«

Tatsächlich hatte Andrea einige Tage zuvor den banditore, den öffentlichen Ausrufer, gehört. Neben den Namen einiger entlaufener Sklaven und den bevorstehenden Hochzeiten und Geburten hatte er auch den Beginn eines Gerichtsverfahrens verkündet, das Giulio Trissino gegen seinen Vater angestrengt hatte. Es ging wohl um ein Erbe seiner verstorbenen Mutter, das der Vater ihm angeblich vorenthielt. Fünf Jahre zuvor, so hörte man, war Giulio sogar mit Hilfe einiger Bewaffneter in die Familienresidenz eingedrungen, hatte die Stiefmutter aus dem Haus geworfen und sämtliche Wertsachen mitgenommen.

Der Alptraum eines jeden Vaters, einen Sohn zu haben, der ihn so wenig achtete, dachte Andrea. Undenkbar, dass seine Kinder sich jemals gegen ihn wenden könnten.

Mit einer oft geübten anmutigen Armbewegung wies er auf den Eingang des Gebäudes, vor dem sie standen.

»Ich habe mir erlaubt, im Hof einen Tisch mit Wein und Gebäck anrichten zu lassen. Dort liegen auch die Pläne, die ich nach Euren Angaben zur Errichtung einer wassergespülten Latrine nach antikem Vorbild verfertigt habe. Ich kann nur hoffen, dass ich Euch in dieser Hinsicht richtig verstanden habe, denn ich selbst habe noch keine Erfahrung mit Vorrichtungen dieser Art gesammelt.«

Es war ihm rätselhaft, warum man einen solchen Aufwand betreiben sollte, um Exkremente mit kostbarem Trinkwasser fortzuspülen. Warum sollte man das Wasser der Flüsse mit Ausscheidungen verschmutzen, die, regelmäßig mit Erde bedeckt, im nächsten Jahr für besseres Wachstum im Garten sorgten?

Sie hatten die Halle durchschritten und traten in den Innenhof, der von Loggien mit Spitzbögen im alten Stil umgeben war. Neben der neuen skulpturengeschmückten Brunneneinfassung war der erwähnte Tisch aufgebaut. Andrea füllte zwei Pokale und ging auf seinen Bauherrn zu, der, die Hände hinter dem Rücken verschränkt, den Blick stirnrunzelnd nach oben gerichtet, unweit des Durchgangs stehen geblieben war.

»Die Instandsetzungsarbeiten in den Innenräumen sind beinahe abgeschlossen. Sämtliche Kamine sind erneuert, die Böden und Wände ausgebessert«, referierte Andrea und hielt Trissino den Kelch entgegen, der dies jedoch ignorierte.

»Diese lächerlichen alten Säulen habt Ihr aber noch immer nicht ersetzen lassen. Ebenso wie die fratzenhaften Wasserspeier. Ich dachte, ich hätte mich in diesem Punkt klar ausgedrückt. Sagte ich nicht, klassische Säulenordnung? Sagte ich nicht, Klarheit und Schlichtheit im Geist unserer römischen Vorväter, ganz wie bei der Renovierung meiner Villa in Cricoli? Sagte ich nicht, dass diese weibischen Proportionen, die Dämonen und der ganze barbarische Firlefanz aus jedem einzelnen meiner Häuser zu verschwinden haben?«

Die Augäpfel des Patriziers traten noch weiter aus ihren Höhlen, und sein faseriger rotgrauer Bart zitterte leicht. Andrea bezwang seine Enttäuschung über das ausgebliebene Lob. Er setzte ein verbindliches Lächeln auf.

»Verehrter Conte Giangiorgio, Eure Anweisungen waren so unmissverständlich, wie meine Ansprüche hoch sind. Bitte zieht jedoch in Betracht, dass ich noch jung bin und daher nicht Gelegenheit hatte, sämtliche Finessen der klassischen Baumeister zu studieren. Ich bin beim Verfertigen der Pläne auf ein Problem gestoßen, zu dem ich Eure Meinung als Experte für antike Künste benötige, und bitte höflichst um Nachsicht für meine Unwissenheit.«

Es entstand eine kurze Pause, in der Andrea dem Blick des Alten standhielt. Schließlich entspannte sich Trissinos Miene.

»Gut gesprochen, Maestro Andrea!« Mit der Linken nahm er den Kelch aus Andreas Hand entgegen, mit der Rechten klopfte, nein, streichelte er ihm die Schulter. »Euer sicheres Auftreten lässt mich Eure Jugend vergessen. Wie alt seid Ihr eigentlich?«

»Achtundzwanzig.«

»Und schon verheiratet?«

Andrea nickte.

»Seit fast vier Jahren. In wenigen Wochen kommt mein drittes Kind.«

Er war begierig, die Höflichkeiten zu beenden und sich wieder dem Problem zuzuwenden, auf dessen Lösung er so viele Stunden verwandt hatte.

»Dann habt Ihr Euch trotz Eurer Jugend ja schon auf dem einen oder anderen Gebiet bewiesen.« Trissino schmunzelte anzüglich. »Nun, zeigt mir schon, wo es sich spießt!«

Andrea zog einige Skizzenblätter aus dem Stapel der Zeichnungen, die den Tisch bedeckten.

»Es geht um die Schönheit der Proportion dieser Loggien. Es gibt keine Möglichkeit, Schmal- und Längsseiten nach den reinen Regeln in gleich große Abstände zu teilen, ohne dass auf der einen oder anderen Seite ein Rest bliebe. Wie Ihr seht, sind gegenwärtig einige der mittleren Bögen flacher und breiter. Ich habe diese Möglichkeit auch für die neue Konstruktion in Betracht gezogen, aber sie hat mich nicht überzeugt. Eine weitere Möglichkeit wäre es, die Säulenabstände an Schmal- und Längsseiten unterschiedlich breit anzulegen und darauf zu vertrauen, dass der ungeschulte Beobachter die Schwächen in den Proportionen nicht erkennt. Die wahrhaftigste Lösung ist meiner Ansicht nach jedoch diese.«

Er legte das unterste Skizzenblatt obenauf. »Jedes Joch ist, wie Ihr seht, gleich groß, und der kleine Rest wird zu beiden Seiten der Ecken mit einem glatten Sturz über dicht beieinanderstehenden Säulen aufgelöst. Da die Decke nicht aus Gewölben, sondern aus Balken besteht, ergeben sich daraus keine konstruktiven Probleme.«

Er blickte dem alten Mann in die Augen und sah sein Spiegelbild darin, so klein, mit einem Wimpernschlag auszulöschen. Doch Trissino legte ihm den Arm um die Schultern und drückte ihn kurz an sich. Waren seine Augen tatsächlich feucht?

»Mein junger Freund – gestattet, dass ich Euch so nenne –, Maestro Giovanni da Giacomo da Porlezza tat gut daran, Euch zu empfehlen. Ihr seid durchdrungen vom richtigen Geist. Die Mathematik der reinen Proportion ist unser zuverlässigster Gradmesser für die Schönheit. Kein Irgendwie und kein Vielleicht, es muss die Zahl sein, die regiert!«

Er legte die Hände auf Andreas Schultern und schüttelte ihn leicht, ein Leuchten in den Augen.

»Ihr müsst mich demnächst aufsuchen und meine Bibliothek besichtigen! Ich habe eine Ausgabe des Vitruv, die ich Euch zeigen will, die Ihr vielmehr studieren müsst. Ihm war vor eineinhalb Jahrtausenden schon mehr bekannt über das Wesen der Architektur als den meisten Baumeistern unserer modernen Zeit. Wenige Ausnahmen will ich gelten lassen: Bramante natürlich, Alberti und auch unseren guten Michelangelo, dessen Stärke allerdings weniger in der Theorie liegt. Doch auch seine Werke müsst Ihr sehen, unbedingt!«

Andrea schwindelte. Einerseits war er verstört von der Inbrunst seines Gegenübers. Andererseits war bei seinem mageren Verdienst und seiner großen Familie an die Anschaffung von Büchern nicht zu denken. Er war auf die vielfach kopierten Musterblätter angewiesen, die in der Werkstatt in Pedemuro bereitlagen. Zugang zur Bibliothek dieses großen Gelehrten zu erhalten, der zwei Päpsten gedient hatte, einer Bibliothek zudem, die ganz den antiken Künsten und Wissenschaften und deren Nachfolge geweiht war – das war eine Gelegenheit, von der er nicht einmal zu träumen gewagt hätte. Eine Gelegenheit, die sich so schnell nicht wieder bieten würde. Er ergriff Trissinos Hand und küsste sie.

Dann allerdings, als er den Kopf wieder hob, bemerkte er, dass sein künftiger Gönner ihn ansah wie ein Wolf, der eben ein Schaf gerissen hatte. Oder doch wie ein Kind, dass sich über den Gewinn einer besonders schönen Murmel freute? Worin konnte sein Vorteil liegen?

Dieser Blick jedenfalls verursachte Andrea ähnliches Unbehagen wie die geheimnisvolle Miene mit dem schmalen Lächeln, die Allegra gelegentlich aufsetzte und die ihm nun, nach all den Jahren, weniger königlich als vielmehr katzenhaft erschien. Mariangelas Augen hingegen waren weich und sanft wie die der edlen Stute, die er seinem Freund Elio Belli so bald wie möglich abkaufen wollte, um nicht immer auf Mietgäule angewiesen zu sein.

Trissino räusperte sich.

»Ich sehe, schon die Aussicht auf architektonische Studien nimmt Euch vollends gefangen. Dennoch sollten wir vielleicht zu unseren aktuellen Geschäften zurückkehren, da ich zum Essen beim Bischof erwartet werde. Einen Schluck Wein nähme ich allerdings gern noch und auch ein wenig von diesem Rosmarinbrot.«

Andrea, der selbst erst einen Schluck getrunken hatte, beeilte sich nachzuschenken und sortierte dann die Pläne, bis ein Blatt zuoberst lag, auf dem mehrere schematische Darstellungen fließender Gewässer abgebildet waren.

»Die lateinischen Latrinen also. Ich habe hier verschiedene Möglichkeiten der Be- und Entwässerung durchdacht. Der Aufwand scheint mir allerdings enorm für ein Geschäft, das, mit Verlaub gesagt, so großer Aufmerksamkeit doch nicht bedarf. Bei Eurer Villa habt Ihr eine solche Anlage doch auch nicht gewünscht.«

»Meine Villa, das wird Euch nicht entgangen sein, mein lieber Architetto, liegt auch nicht an einem Gewässer, während hier der Bacchiglione vorbeifließt. Ideale Voraussetzungen also, um den Versuch einer Wiederbelebung römischer Bautechnik auch auf diesem wenig beachteten Feld zu wagen. Wollt Ihr denn die Klarheit und Reinheit unserer neuen Gebäude auf die Fassade beschränken? Sollen nicht auch Gestank und Schmutz aus Straßen und Häusern weichen? Die Thermen, die Latrinen, die beheizten Fußböden – so viele der technischen Errungenschaften unserer Ahnen haben wir vergessen, dass der Niedergang des Landes kaum verwundert.« Trissino sprach nun lauter, die Stimme tiefer, die Gesten größer. »Träume, mein junger Freund, soll man hochhängen. Ich träume von einem vereinten Italien, einer Wiedergeburt des Römischen Reiches. Auf diesem Weg dürfen wir nicht haltmachen bei Äußerlichkeiten. Von der Kriegskunst bis zur Latrine, von der Rückkehr zu einer gemeinsamen Sprache bis zum Bau der größten Kirche der Christenheit müssen unsere Bemühungen sich erstrecken!«

Andrea war, als hätte ihn der alte Patrizier emporgehoben und auf der Spitze eines Turmes abgesetzt, von der aus er das Land von den Alpen bis zur Adria überblicken konnte. So also sprach man, wenn man nicht nur wusste, was, sondern auch warum man es tun musste.

Was allerdings die gewässerte Kloake anging – da halfen alle schönen Worte und Visionen nichts, die blieb eitle Torheit und teuer obendrein.

VICENZA, MAI 1538

Siebenundzwanzigstes Kapitel

Eben schickte Andrea sich an, seiner Angst vor Wasser zum Trotz den Fuß auf die Planke zu setzen, als ein unheimlicher Laut, ein gepresstes Stöhnen, ihn im letzten Moment davon abhielt, das dunkle Schiff zu betreten. Doch er musste, warum, das hatte er vergessen, er musste dort hinauf und übers Meer. Während sich um ihn alles in Dunkel auflöste, ja regelrecht zerfiel, wollte er sich vorwärtszwingen, als plötzlich der feste Grund selbst zu schwanken begann. Ein Schlag gegen seine Schulter. Jemand schrie seinen Namen.

»Andrea! Hol dich der Teufel! Wach endlich auf, es geht los!«

Um sich schlagend, tauchte er durch aufgewühlte Fluten und durchbrach endlich die Oberfläche, nach Luft ringend.

Er lag im Bett, Allegra hatte sich halb auf ihn geworfen, in den Augen eine Angst, als hätte sie den Traum mit ihm durchlebt. Und tatsächlich war die Matratze nass. Als ihre Blicke sich begegneten, wandelte sich Allegras Ausdruck. Schimpfend begann sie auf seine Brust zu trommeln, bis er ihre Fäuste packte.

»Bist du vom Teufel besessen, so auf mich einzuprügeln?«

»Wenn hier einer besessen ist, dann wohl du!« Tränen rannen über ihre Wangen. »Schlägst um dich wie ein Dämon und ich krieg dich nicht wach, wie sehr ich auch rüttle und schreie.«

Ihre Stimme kippte, und nun meldete sich auch Orazio aus seinem Bettchen mit einem heftigen Schluckauf.

»Was ist denn nur los mit dir?«, schrie Allegra, und Orazio fiel quäkend ein. »Das Kind, hörst du, dein Kind kommt! Jetzt! Die zehnte Wehe schon, der Abstand gleich so kurz wie sonst nach Stunden, und die Fruchtblase ist auch schon geplatzt. Weck Mariangela und dann geh und hol Carla, schnell, ohne sie habe ich noch nie entbunden. Geh schon endlich!«

Orazio quiekte jetzt wie ein Ferkel vor dem Schlachter, und Andrea richtete sich auf. Er schüttelte sich, dass Schlaf und Traum zerstoben wie das Wasser, das ihn eben noch umschlossen hatte.

»Es war nur ein Traum«, sagte er und sah zum Fenster. Mondlicht drang durch die geöffneten Lamellen der Läden und bildete eine Lache auf dem Ziegelboden.

»Ich brauche jetzt keinen Träumer, ich brauche einen Mann, bei der Heiligen Jungfrau!«

Sie schrie auf und bog den Rücken durch, atmete keuchend, die Augen aufgerissen, als starre sie ehrfürchtig auf einen Gott des Schmerzes, der seine Krallen in ihren Unterleib schlug. Unter Schmerzen sollst du gebären.

Andrea sprang aus dem Bett, riss die Läden auf und suchte im Vollmondlicht nach Hose und Hemd. Als er beides übergestreift hatte, war die Wehe vorbei, und Allegra hob endlich den brüllenden Orazio aus seinem Bett. Andrea lief in die Küche, entzündete einen Kienspan an der Glut, steckte die Öllichter in den Wandhalterungen an und schloss die Läden wieder. Auf einem Bein hüpfend, zog er sich die Schuhe an.

Allegra klärte unterdessen ihren Sohn mit zitternder Stimme darüber auf, dass er künftig wohl ohne seine Mutter auskommen müsse. Weil ihr Tod im Kindbett kaum noch abzuwenden war. Weil sein Vater die nötigen Maßnahmen nicht ergriff. Weil sie schon fühle, wie ihre Höhle sich dehne wie ein Schweinsdarm. Weil es höchste Zeit war, endlich Hilfe zu holen.

Die nächste Wehe packte sie, und Allegra brüllte auf. Nun würde es sicher nicht mehr nötig sein, Mariangela zu wecken. Tatsächlich kam sie im Unterkleid die Stufen herabgerannt, als sich Andrea mit dem Kessel auf den Weg zum Brunnen machte. Am liebsten hätte er sich ihr an den Hals geworfen vor lauter Erleichterung, nun nicht mehr allein zu sein mit dem tobenden Untier, zu dem seine Frau geworden war. Doch er schwenkte nur wortlos den Kessel und lief weiter.

Bei Leonidas Geburt hatte eine Nachbarin Andrea von der Baustelle geholt. Anschließend hatte er stundenlang in der Küche gesessen, Allegra beim Schreien und Fluchen zugehört und war von den Frauen an ihrer Seite nicht eingelassen worden. Eine Folter, nach der er sich in dieser Nacht zurücksehnte, unbedingt vorzuziehen der Hilflosigkeit, die er in dieser Stunde fühlte.

Orazio hatte er überhaupt erst zwei Tage nach seiner Geburt kennengelernt, da er, gerade als Andrea seine Eltern in Padua besucht hatte, früher als erwartet gekommen war, so wie jetzt auch dieses Kind.

Nur von der Geburt des kleinen Marcantonio hatte er Anfang und Ende erlebt. Von Mitternacht an hatte Mariangela in den Wehen gelegen, und als er am Abend von der Arbeit gekommen und ahnungslos in die Schlafkammer geplatzt war, da war ihr Bauch noch immer dick gewesen und ihre Haut vor Erschöpfung durchsichtig wie geschmolzenes Wachs. Umstanden von betreten schweigenden Frauen, arbeitete eine Alte zwischen ihren Beinen. Das Kind steckte fest. Eine halbe Ewigkeit hatte es noch gedauert, bis die Hebamme schließlich den bläulich angelaufenen Jungen zutage gefördert hatte. Ein reines Wunder, dass beide die Tortur überlebt hatten.

Ein Wunder auch, dass er selbst den Moment überlebt hatte, als die Hebamme ihm in der Küche das noch ganz verformte, aber erstaunlich kräftige Bündel als »seinen Sohn« präsentiert und ihn beglückwünscht hatte. Allegras Blicke glichen in diesem Moment Mordwerkzeugen. Und doch hatte er nicht widersprochen, hatte den Jungen in den Armen gewiegt, ihn an seinem kleinen Finger nuckeln lassen. Als er in seine milchigen Augen geblickt hatte, die sich an den seinen festzuklammern schienen, ganz genauso wie die seines drei Monate zuvor geborenen Sohnes Leonida, hatte er keinen Unterschied in seinen Gefühlen feststellen können.

Geschrien hatte Mariangela jedenfalls trotz ihrer

Qualen kaum. Nur geächzt, nach allem, was er hatte hören können. Allegra hingegen ... Dabei gebar sie leicht im Vergleich zu anderen, da waren sich alle einig. Nie hatte es Komplikationen gegeben. Dieses Brüllen jedoch, das durch die ganze Nachbarschaft hallen musste, klang wie das eines geprügelten Karrenochsen.

Den Kessel in beiden Händen, um nur ja nichts zu verschütten – was wusste er von diesem Haushaltskram –, kam Andrea wieder oben in der Hölle an. Ein infernalisches Geschrei, ein Wettkampf zwischen Allegra und Orazio und dazwischen Mariangelas Stimme, äußerst dringlich.

»Andrea, komm! Ich schaffe es nicht allein!«

Da sie das Feuer schon entfacht hatte, stellte er den Kessel in die Halterung, verbrannte sich dabei die Hand an dem aufgeheizten Gestell, rätselhaft, wie das zu vermeiden gewesen wäre, und versengte die Haare auf seinen Unterarmen.

»Soll ich jetzt Carla holen?«, rief er schon auf dem Weg.

»Nein, bei allen Heiligen, hilf mir!«

Die nackte Allegra hockte schwer keuchend auf allen vieren am Boden, offenbar zwischen zwei Wehen. Mariangela, die ihr Unterkleid über den Knien mit einem Knoten gerafft hatte, bückte sich eben nach Orazio, der vom Bett gefallen war, hob ihn hoch und klopfte ihm beruhigend auf den Rücken.

»Gleich geht es wieder los. Du musst sie halten, sie ist zu kräftig für mich.«

»Aber ich verstehe davon nichts! Ich hole lieber Carla oder eine Nachbarin.«

Allegra richtete sich ein wenig auf und gab ein anschwellendes Stöhnen von sich. Mariangela drückte Andrea den Jungen in den Arm und stürzte auf die

Freundin zu. Sie packte Allegra von hinten, schob ihre Arme unter deren Achseln und half ihr, sich in einer kauernden Stellung zu halten, während diese brüllend presste und sich so schwer in Mariangelas Arme hängte, dass die sich kaum auf den Beinen hielt. Als Andrea schon sicher war, dass beide im nächsten Moment stürzen würden, ließ das Krampfen endlich nach, und Allegra fiel wieder auf alle viere. Mariangela lockerte ihre Arme.

Wie sie so ruhig bleiben konnte! Wo doch täglich Gebärende starben, mit und ohne ihre Kinder. Verwunderlich eigentlich, dass auch nur eine dieses Martyrium überlebte.

»Hast du gesehen? So musst du es machen.«

»Ist es nicht besser, wenn ich mich um den Kleinen kümmere?«

»Dem geht es gut.«

Tatsächlich hatte Orazio sich inzwischen beruhigt und daumenlutschend den Kopf auf die Schulter seines Vaters gelegt. Mariangela hob ihn behutsam herunter und legte ihn so auf das Bett, dass er zusehen konnte. Zufrieden schloss er die Augen.

Allegra sog scharf die Luft ein und stieß einen Laut aus, der klang wie eine Seele im Fegefeuer. Andrea sah zu Mariangela, die die Lippen zusammenpresste und ihn mit einer ungeduldigen Kopfbewegung an die Arbeit schickte. Er trat hinter seine Frau und hob sie an, wie er es zuvor gesehen hatte. Sie presste ihren schweißnassen Rücken an ihn, und das Beben, das durch ihren Körper lief, übertrug sich auf ihn. Stein, dachte er, Ziegel, Pfeiler, Dachbalken. Mariangela ging vor Allegra auf die Knie und griff ihr zwischen die Beine.

»Weiter, Schwester, press! Ich kann den Kopf schon fühlen, bald hast du es geschafft.«

Bevor Allegra wieder zusammensank, hob sie den Kopf und zeigte Andrea ein zähnefletschendes Lächeln, das ihn an den Ausdruck eines Straßenköters erinnerte, bevor er sich auf die Metzgerreste stürzte.

Vielleicht waren Frauen tatsächlich den Tieren näher, wenn sie Derartiges ertragen und dann noch lächeln konnten. Entweder das oder sie waren höhere Wesen. Er sank auf die Sitztruhe neben dem Bett und stützte den Kopf in die Hände. Wenn das Gottes Strafe für einen gestohlenen Apfel war, was erwartete dann ihn, der sich über das Verbot zu töten hinweggesetzt hatte? Alpträume gewiss, allnächtliches Ertrinken …

Allegra keuchte, und er stützte sie von neuem, sank nach der Wehe an Ort und Stelle mit ihr zu Boden. Vielleicht war dies hier auch seine Strafe. Vielleicht zwang der Herrgott ihn heute, der Frau und dem Kind hilflos beim Sterben zuzusehen.

»Ich schaue nach dem Wasser.«

Er sah Mariangelas nackte Füße vor sich, hob den Blick und wollte sie schon bitten, ihn nicht alleinzulassen, nickte dann jedoch nur. Schon zweimal hatte Allegra das überlebt, auch Mariangela hatte es geschafft. Unvorstellbar, dass Tonis runder Kopf zwischen diesen Schenkeln hervorgekommen war, die jetzt so zart und prall unter dem geschürzten Unterkleid in Richtung Küche tanzten. Wie er gerade jetzt so etwas denken konnte, alles schien aus dem Lot.

Er richtete sich auf, es war wieder Zeit.

Nach drei weiteren Wehen kam der Kopf zum Vorschein, auch das ein Anblick, den er nie vergessen würde. Wie eine Beule stak der Schädel zwischen den Beinen seiner Frau, von einer Schicht aus Schleim und weißer Schmiere überzogen. Die Wehen hatten ausgesetzt, und Andrea fragte sich schon, ob das Kind auch in dieser Stellung noch steckenbleiben konnte. Endlich kam die nächste Wehe, und der kleine Körper flutschte in Mariangelas Hände.

Zum zweiten Mal in dieser Nacht meinte er, in einer neuen Welt zu landen. Diese allerdings war leicht und ruhig, und er hätte in einem fort lachen können. Er ließ sich auf eine Truhe sinken und sah zu, wie Mariangela die Nabelschnur abband und Allegra dann half, sich auf das Bett zu legen. Wie sie ihr den Neuankömmling an die Brust legte und mit ihr über die Schönheit des Kindes scherzte. Er hörte Allegra lachen und sagen, dass dies die leichteste Geburt gewesen sei, die man sich vorstellen könne, so schnell, dass sie kaum zum Luftholen gekommen sei. Er sah, wie Mariangela Läden und Fenster öffnete und die Sonne hereinließ, die plötzlich über dem Horizont stand, als wären Stunden vergangen. Er sah sie das Kind waschen und wickeln, während Allegra die Nachgeburt ausstieß und womöglich, er hätte es nicht beschwören können, ein Stück davon abbiss und aß. Erst als ihm Mariangela diesen blutigen Fladen, in ein Tuch gewickelt, übergab mit dem Auftrag, ihn im Garten zu vergraben, erst da stand er auf. Und erst da fiel ihm ein zu fragen: »Ist es ein Junge?«

»Ich hab dir doch schon zwei geschenkt«, sagte Allegra leicht beleidigt. »Diesmal ist es ein Mädchen. Sie soll Benedetta heißen.«

Er trat zum Bett und beugte sich über das Kind, das schönste, das er je gesehen hatte. Zwar schien es ihm sehr klein zu sein und der Kopf ein wenig spitz, doch das Gesicht unter dem goldenen Flaum war glatt und die schön geschwungenen Lippen seidig wie die Blütenblätter einer frischgepflückten Rose.

»Nein, Benedetta ist nicht gut genug. Sie soll Zenobia heißen. Das ist der Name einer großen Königin der

Antike, von der mir Giangiorgio erzählt hat. Der Name wird ihr Glück und Reichtum bringen.«

VICENZA, JULI 1538

Achtundzwanzigstes Kapitel

Trübes Morgenlicht lag über dem Hof, als Mariangela aus dem Haus trat und auf den Brunnen zuging. Wie so oft in letzter Zeit hatte sie beim ersten Lichtschein entschlossen die warmen Decken abgeschüttelt, die sie hartnäckig im Bett hatten festhalten wollen. Sie brauchte diese raren Momente der Stille, nur für sich, in denen sie Kraft schöpfte für das Kindergeschrei und die Haushaltspflichten, die sie den ganzen Tag über in Atem hielten.

Doch selbst hier im Garten zu dieser frühen Stunde entkam sie dem Kindergeschrei nicht. Die Rotschwänzchenbrut, gestern erst ausgeflogen, flatterte aufgeregt im Gemüsegarten auf und ab und zwitscherte im Wettbewerb mit der leise quietschenden Brunnenwinde.

Hammerschläge drangen aus dem Schuppen, dann unterdrücktes Fluchen. »Dio mio!« Erschrocken fuhr Mariangela aus ihren Gedanken, ließ die Kurbel einen Wimpernschlag zu früh los, so dass der frischgefüllte Kübel gegen die Brunneneinfassung schlug und einen Wasserschwall über ihr Kleid ergoss. Unwillkürlich dachte sie an Einbrecher, Gesindel, das sich über Nacht dort eingenistet haben musste, bevor ihr das Naheliegende in den Sinn kam – Andrea natürlich. Andrea, der sich schon gestern Abend nur widerwillig zum bereits gefüllten Teller hatte rufen lassen und nach dem Essen gleich wieder im Schuppen verschwunden war. Hatte er etwa die Nacht dort verbracht? Mariangela stellte den Kübel neben dem Brunnen ab und ging zögernd auf die Holzhütte zu.

Schon seit Andrea eine gläserne Oberlichte in das Dach hatte einbauen lassen, war klar, dass die von Allegra und ihr geplante Anschaffung von Hühnern würde warten müssen. Ein neuer Verschlag musste her. Was genau Andrea allerdings vorhatte mit dem fast mannshohen Steinblock, der vor einigen Tagen in den Schuppen gebracht worden war, darüber hatte er noch kein Wort verloren. Diese Geheimniskrämerei war schuld, dass Mariangela fast auf Zehenspitzen um die Ecke schlich und so vorsichtig durch das kleine Fenster spähte, als täte sie etwas Verbotenes.

Der milchweiße Marmorblock schien das Licht im Raum geradezu aufzusaugen und schimmerte wie von innen beleuchtet. Feine Linien zogen sich über seine Oberfläche, Umrisszeichnungen, doch was sie darstellen sollten, war von hier aus nicht erkennbar. An einer Seite bereits bearbeitet, schien der Stein Mariangela eher versehrt als modelliert.

Halb verdeckt hinter dem Stein stand Andrea, nur mit Hose und Schuhen bekleidet, Meißel und Hammer in den halberhobenen Händen. Konzentriert musterte er seine Arbeit. Er sah nicht aus, als wollte er gestört werden.

Sacht klopfte Mariangela an die Scheibe, verdammte Neugier. Andrea zuckte zusammen und warf ihr einen finsteren Blick zu. Dann ließ er die Hände sinken und wies mit einer brüsken Kopfbewegung auf die Tür. Ein wenig schämte sich Mariangela für das Kribbeln in ihrem Bauch, für die kindische Eile, mit der sie um die

Ecke trippelte und durch die kaum spaltbreit geöffnete Tür schlüpfte, als könnte das Geheimnis mit der Luft entweichen.

Andrea hatte ihr den Rücken zugewandt, trieb mit gleichmäßigen Hammerschlägen den Meißel in den Stein. Das Licht malte Glanzpunkte auf die glatte Haut seiner Schultern, unter der sich zähe Muskeln bewegten wie geschmeidige Tiere.

»Was ist?«, fragte er, ohne sich ihr zuzuwenden.

»Nichts eigentlich.« Mariangela zeichnete mit den Fingern die Umrisse seiner Schultern zwischen den Falten ihres Rockes nach und blickte verlegen zu Boden. »Ich habe die Hammerschläge gehört und wollte nur nachsehen, was ...«

»... was ich hier mache.« Er trat zur Seite, winkte sie näher. »Wenn ich das nur selbst genauer wüsste, dann wäre es einfacher. Sag selbst, was siehst du?«

Mariangela musterte den Steinblock, die Linien, die seine Oberfläche überzogen, manche senkrecht oder waagerecht, andere geschwungen, und sah doch nur Andreas nackte Haut, roch seinen Duft nach Schlaf und Steinmehl. Er legte Hammer und Meißel auf dem rohen Tisch ab, auf dem eine ganze Reihe weiterer Gerätschaften auf ihren Einsatz warteten, und rieb sich die Hände.

»Nun?«

Mariangela trat einen Schritt vor, um ihn nicht mehr im Blickfeld zu haben. Sie ballte die Fäuste, bohrte sich die Fingernägel in die Handflächen, zwang sich zur Konzentration. Er würde sie nicht an sich reißen, nicht leidenschaftlich küssen, sie würde seine Haut nie spüren. Ausschließlich an ihrer Meinung war er interessiert. Sie räusperte sich.

»Zwei verschiedene Motive?«

Andrea nickte. »Ein Bild der Buße muss es werden. Judas Ischariot, der sich aus Reue über den Verrat am Erlöser erhängte, das war mein erster Entwurf. Der zweite die Maria Magdalena. Was denkst du?«

Seine Stimme klang unbeteiligt, doch aus dem Augenwinkel sah sie, wie Gänsehaut seine Schultern überzog.

»Buße für …« Es war nur ein Krächzen, und sie brach ab.

Er nahm ihre Hände, zwang sie, in seine Augen zu sehen, und sie schauderte vor Unbehagen und Begehren.

»Buße für das Schlimmste, was ich in meinem Leben getan habe, Mariangela. Damit endlich die Alpträume aufhören.«

Sie war also nicht allein. Zitternd hob sie seine Hand, drückte sie flüchtig an die Lippen, eine unverfängliche Geste der Dankbarkeit, und ließ sie dann hastig los. Sie näherte sich dem Marmorblock, bis sie seine Kälte spüren konnte. Dass er nicht duftete, irritierte sie. Diese kristalline Reinheit, verschlossen und doch auch erhaben, so anders als Holz. Mit geschlossenen Augen ließ sie die Finger über die Oberflächen wandern, bat den Stein stumm, sein Wesen preiszugeben. Nach einer Weile schüttelte sie den Kopf und hob bedauernd die Hände.

»Es tut mir leid. Bei Holz kann ich es spüren, weißt du, was sich darin verbirgt. Marcantonio hat es mir gezeigt. Aber der Stein verschließt sich, will mir nichts sagen. Oder er ist einfach zu groß für mich, zu edel vielleicht. Du liebst doch den Stein, hast es gelernt …«

Er schlug mit der flachen Hand gegen den Marmor.

»Steinmetz, verflucht, ich bin Steinmetz, Architekt, kein Bildhauer! Maßwerk, geometrische Muster, Kapitelle, Balustraden, dafür reicht es, aber Skulpturen …« Er ging einige schnelle Schritte, kehrte an ihre Seite zurück. »Michelangelo Buonarotti, so sagt man, der macht es wie du. Er sucht sich den Stein nach der Aufgabe aus und lässt sich von ihm leiten, ohne Modelle, ohne Skizzen. Mein Taufpate Vincenzo hingegen, dem ich als Kind Stunde um Stunde zugesehen habe, macht Gipsmodelle und überträgt deren Maße mit Hilfe von Skizzen und Sticheisen. Ich werde mit dem Kopf arbeiten müssen wie er, so viel ist jetzt klar, alles andere ist zu riskant. Das Material ist teuer.«

Er fuhr sich durchs Haar und sah Mariangela mit einem derart verzweifelten Gesichtsausdruck an, dass sie unwillkürlich lächeln musste.

»Himmel, warum erzähle ich dir das alles?« Auch er lächelte nun, hilflos, schüttelte den Kopf.

Sie richtete sich auf und stemmte die Hände in die Hüften, wie Allegra es tat, wenn ihre Autorität auf dem Spiel stand.

»Vielleicht weil du weißt, dass ich verstehe, wovon du sprichst? Immerhin mache ich meine Figuren, seit ich acht Jahre alt war. Und sie sind nicht schlecht! Nicht nur die Kinder lieben sie, ich tausche und verkaufe sie auf dem Markt und in den Läden, und erst letzte Woche habe ich für ein Dutzend von ihnen einen fast neuen Teppich für meine Kammer bekommen!«

Sie ließ die Hände sinken, fühlte sich plötzlich wie damals im Haus der Witwe, wenn sie sich vor Paola hatte rechtfertigen müssen, weil sie zu viel Zeit bei ihren Besorgungen vertrödelt hatte. Andrea lachte, legte den Arm um ihre Schultern und drückte ihr einen Kuss auf die Stirn.

»Du hast recht, Schwesterchen! Sie sind nicht schlecht, sie sind sogar sehr gut, und wenn du einen Rat für mich hast, dann nehme ich ihn gern an.«

Das Lob und vielmehr noch der Kuss ließen ihren Atem stocken und ihr das Blut in den Kopf steigen, auch wenn sie alles andere als Andreas Schwesterchen sein wollte. Sie atmete tief durch und konzentrierte sich auf den Stein, umrundete ihn bedächtig wie einen Gegner, den richtig einzuschätzen weitere Schmerzen ersparen konnte. Nichts. Sie sah hinauf. Das milchige Morgenlicht hatte einem indigoblau strahlenden Himmel Platz gemacht, und mit einem Mal sehnte sie sich nach frischer Luft und einem ordentlichen Frühstück.

»Ich kann dir nur eines raten, und das hat mit dem Stein nichts zu tun. Es ist etwas, was Pater Fredo gesagt hat: Wesentlich ist, warum du etwas tust und mit welcher Haltung. Such ein Motiv, dass die Liebe ausdrückt, die dich leitet, die Reinheit, die du dir erhoffst und die der Stein enthält. Die Buße leistet nicht deine Skulptur, die leistest du selbst durch deine Arbeit!«

Mit geneigtem Kopf blickte sie ihn an, unsicher, ob er sie verstanden hatte. Er sah ihr in die Augen, die Lippen wie zu einem schiefen Kuss verzogen. Mit einem Mal öffnete er die Arme, war mit zwei Schritten bei ihr. Wenn er jetzt ... Doch es war nur ein weiterer Kuss auf die Stirn.

»Ich sollte mich endlich bei dir entschuldigen«, sagte er, »für den einen oder anderen ungerechten Gedanken. Du bist ein Engel, und schon lange bin ich froh, dich bei uns zu haben. Es tut mir leid, dass das nicht immer so war.«

Was sollte sie darauf sagen? Im Moment wog die Entschuldigung die Erkenntnis nicht auf, dass er schlecht über sie gedacht, sie womöglich gar verurteilt hatte. Wie Sandro. Hatte er sie für die Notwendigkeit, ihren Mann zu töten, verantwortlich gemacht? Sie schlang die Arme um ihren Oberkörper.

»Es ist kühl hier. Ich werde mich jetzt um das Frühstück kümmern.«

»Holst du mich, wenn es fertig ist?«

»Ich werde eines der Kinder schicken.« Schon halb bei der Tür angelangt, blieb sie noch einmal stehen, flüsterte: »Maria Magdalena.«

Sie hörte ihn näher kommen, fühlte seine Gegenwart, ohne sich umzudrehen, und wappnete sich gegen seine Berührung, nein, reckte sich ihm entgegen, um es ihm leichter zu machen. Doch er seufzte nur, stieß ein freudloses Lachen aus.

»Maria Magdalena. Unschuldig und rein trotz aller Verfehlungen. Danke, ich werde es nie mehr vergessen.«

Nun musste sie doch lächeln. Oder weinen? Sie rannte fast hinaus in die Sonne, schloss die Tür und rieb sich die Augen. Damit würde sie leben müssen.

PADUA, AUGUST 1538

Neunundzwanzigstes Kapitel

Kaum eine Armlänge entfernt hoben und senkten sich die Hinterbacken des stämmigen Wallachs in gemächlichem Trab, zogen das Fuhrwerk an Feldern, Wiesen und Obstbäumen vorbei über die schnurgerade Straße. Bis auf ein gelegentliches Rumpeln über kreuzende Fahrspuren oder Steine, die sich in den tiefen Spurrillen verkeilt hatten, verlief die Fahrt seit Stunden so ruhig, dass Andrea Mühe hatte, nicht einzuschlafen. Säße er in einer dieser gefederten Kutschen, die in letzter Zeit immer häufiger zu sehen waren, hätte das Geschaukel ihn längst in goldene Träume gewiegt. Dann wäre er vielleicht vom Kutschbock gestürzt und läge jetzt mit gebrochenen Gliedern im Graben. So betrachtet, war es ein Glück, dass ihm keines dieser exklusiven Gefährte zur Verfügung stand.

Er hatte sich den Einachser, der eigentlich ein Lastkarren war, von der Werkstatt in Pedemuro geliehen. Zu seinen Eltern nach Padua zu reiten mit einem Säugling auf dem Arm und Allegra, die noch nie auf einem Pferd gesessen hatte, wäre zu gefährlich gewesen.

Sein dünnes Hemd flatterte im Fahrtwind. Gleich außerhalb von Vicenza hatte er die Oberkleidung abgelegt. Nun brannte ihm seit geraumer Zeit die Sommersonne so gnadenlos auf Rücken und Hinterkopf, dass er sich dringend nach einer Pause im Schatten eines Baumes sehnte. Die Zügel locker in den Fingern der Linken, saß er auf dem Brett, das als Kutschbock diente, und beschirmte die Augen mit der Rechten. Jeden Moment mussten sich die Türme der Stadt über den Horizont schieben. War es nicht immer hier gewesen, kurz vor dieser Kreuzung, dass sie zum ersten Mal aufgetaucht waren?

Allegra, die hinter ihm auf dem strohgepolsterten Boden des Laderaums saß, regte sich. Den Rücken an die Karrenwand gelehnt, ein Tuch gegen die Sonne über sich und die kleine Zenobia gebreitet, war sie die ganze Fahrt über immer wieder eingenickt. Ächzend rieb sie sich jetzt den Rücken.

»Sind wir bald da?«

»Bevor dein Herz noch fünftausendmal geschlagen hat.«

»Gott, jetzt fängst du auch schon mit der Zählerei an. Hilft es, wenn ich mich aufrege, weil das den Herzschlag antreibt?«

»Sicher. Weil ich dann wiederum das Pferd antreibe, um deiner Gesellschaft möglichst bald zu entrinnen.«

Was für ein unwürdiger Scherz, vollkommen missglückt, dachte Andrea. Er blickte nach hinten und warf Allegra eine Kusshand zu.

»Selbst nach so einer Fahrt und voller Straßenstaub siehst du hinreißend aus, meine Göttin.«

Sie lächelte schief und öffnete das Mieder, um der quengelnden Zenobia die Brust zu geben.

»So flach ist es hier. Kein Wunder, dass man einschläft in dieser langweiligen Gegend.«

»Glücklicherweise gewöhnt man sich daran, sonst müssten alle Paduaner im Dauerschlaf liegen. Dabei gibt es doch keine prächtigere Stadt in der Terra ferma, und die Universität …«

»Groß und prächtig, ja, aber mir ist Vicenza trotzdem lieber. Die lieblichen Hügel, der Blick vom Monte Berico über die Dächer der Stadt. Hier hingegen fühlt man sich wie geröstet in einer riesigen Pfanne, deren Rand die Alpen bilden.«

Andrea sah nach Norden, wo sich im blauen Dunst die Berge wie eine Wand erhoben.

»Manchmal würde ich schon gern wissen, wie es dahinter aussieht. Du nicht?«, fragte er.

»Bei den Barbaren mit ihrem klanglosen Kauderwelsch? Nein, danke. Wie wird es schon sein dort? Grob, schmutzig, unzivilisiert. Wie die Kriegsknechte, die von dort kommen.«

»Aber deine eigene Mutter war doch …«

»Ebendrum!«

Andrea dachte an die Kaufleute aus den deutschen Ländern, aus Flandern und Britannien, denen man in den Wirtshäusern begegnete. Anders gekleidet, die Gesichtszüge massiger und gröber, doch sie sorgten sich um die gleichen Dinge wie jeder Vicentiner: die Geschäfte und Gottes Segen, die Ränke der Mächtigen und natürlich die Familie, immer die Familie.

»Sorgst du dich sehr um deine Mutter?«, fragte Allegra.

»Es ist ernst. Vater hätte sonst nie geschrieben: Kommt bald! Er weiß doch, wie viel ich zu tun habe.«

»Die arme Marta, so eine Gute, Liebe ist sie.« Allegras Stimme klang belegt. »Vielleicht ist es aber doch nicht so schlimm. Hieß es nicht, sie wollte vor allem ihre Enkelin kennenlernen?«

»Sie möchte so gern noch die kleine Zenobia sehen, hat er geschrieben. Die einzige Enkelin, wo sie sich doch immer eine Tochter gewünscht hat. Sie noch sehen – bevor …?«

»Bevor sie dem Herrn gegenübertritt, meinst du?«

»Was sonst? Seit ihre Knochen bröckeln wie …«

»Bitte, sag jetzt nicht, schlechter Mörtel oder minderer Sandstein oder irgendetwas Derartiges, sonst schreie ich. Sie ist ein Mensch, ein Wunder Gottes und kein abbruchreifes Haus!«

Andrea senkte den Kopf. »Du hast recht. Und doch ist es der dritte Bruch in wenig mehr als einem Jahr. Erst der Fuß, einfach so, beim Hinabsteigen der Stufen, nicht einmal gestürzt ist sie, dann der Arm und jetzt das.«

»Die Hüfte.«

»Die Hüfte selbst nicht, sondern ein Element, das in ihr sitzt. Das Gelenk oder seine Verbindung zum Oberschenkel. Es ist jedenfalls tief drinnen, kann nicht gerichtet werden. So habe ich Vaters Brief verstanden, und der Bader sagt, es sei eine häufige Verletzung bei älteren Leuten. Kaum etwas zu machen. Man könne es mit Gebeten zum heiligen Antonio probieren, weil Wundbrand die größte Gefahr darstelle. Doch Kerzen für die heilige Barbara seien sicher auch kein Fehler.«

»Die Schutzpatronin der Sterbenden?«

Andrea nickte, schluckte und trieb das Pferd an, indem er ihm ein Ende der Zügel auf die Kruppe schnalzte. Die Stadtmauern Paduas schienen sich in der Ferne immer weiter auszudehnen, und der erhabene Anblick beruhigte ihn ein wenig.

»Vielleicht hilft es, dass sie auch die Patronin der Architekten ist.«

»Maria, hilf! Kannst du denn nie an etwas anderes denken? Manchmal kommt es mir vor, als ob nichts so tiefe Gefühle in dir wecken kann wie Stein und Mörtel.«

Noch als sein Elternhaus bereits in Sicht war, ärgerte sich Andrea über Allegras Bemerkung, die es ihm unmöglich gemacht hatte, die erst kürzlich fertiggestellte Porta Savonarola einer eingehenden Betrachtung zu unterziehen. Dabei hatte er absichtlich einen Umweg durch die Stadt in Kauf genommen und nicht eines der südlicher gelegenen Stadttore angesteuert, nur um das prächtige Bauwerk zu begutachten. Schon von weitem hatten die Ornamente aus weißem istrischem Kalkstein auf dem Untergrund aus grauem Trachyt in der flachstehenden Sonne geleuchtet. Der venezianische Löwe über der Durchfahrt war so plastisch gelungen, dass es schien, als würde er jeden Moment seine Schwingen spreizen und über seinem Herrschaftsgebiet kreisen. Konnte Allegra wirklich blind sein für diese Schönheit? Was half es seiner Mutter, wenn er ihretwegen Leben und Arbeit aus den Augen verlor?

Kaum hielt das Fuhrwerk vor dem Haus, als auch schon sein Onkel Niccolò aus der Pforte stürzte. Er hielt sich nicht lange mit Begrüßungsworten auf, packte Andrea am Arm und schob ihn zur Tür.

»Geh hinauf, schnell! Sie wartet schon so auf euch. Ich kümmere mich um den Wagen«, rief er, während er Allegra die Hand reichte, um ihr den Ausstieg zu erleichtern.

Andreas Atem stockte. Diese Dringlichkeit. Seine Mutter lag doch nicht wirklich im Sterben? Er eilte die Stiege hinauf. Mit jedem Schritt verdichtete sich der süßliche Geruch, der nicht nur in die Nase drang, sondern förmlich auf der Zunge zu schmecken war. Faulendes Obst? Verrottendes Fleisch? Blut? Er räusperte sich, schabte mit den Zähnen über die Zunge, schluckte.

Die Tür zur Schlafkammer seiner Eltern stand einen Spaltbreit offen. Wie oft hatte er sich als Kind vor bösen Träumen dorthin geflüchtet. Jetzt erfüllten die Alpträume den Raum, waberten ihm übelriechend entgegen. Dazu Stimmengemurmel, leises Schluchzen. Er verspürte den Drang, kehrtzumachen, die Stiegen hinab- und aus dem Haus zu laufen, sich irgendwo gegen eine schattige Wand zu lehnen, tief Luft zu holen und auf der Stelle heimwärts zu fahren.

Er fühlte, wie eine Hand in seinem Rücken ihn vorwärtsschob. Allegra, das Gesicht blass wie Kalkstein, die Augen riesengroß.

»Dieser Geruch«, flüsterte sie. »Er erinnert mich an damals, als ich Mariangela neben ihrer toten Mutter gefunden habe.«

Sie schauderte, und Andrea strich über ihre Hand, die den Kopf der schlafenden Zenobia hielt. Er schnupperte am Haar des Kindes, vergrub seine Nase in den feuchten blonden Federchen. Doch der zarte Milchgeruch war ausgelöscht durch den Gestank, der aus der Kammer drang. Andrea legte den Arm um seine Frau. Gemeinsam traten sie durch die Tür.

Der Vater saß auf einer der Truhen, die das Bett umgaben, und blickte ihnen wortlos entgegen, nickte kurz, das faltige Gesicht gemeißelter Marmor. Wie einen zarten Schmetterling hielt er die Hand der Mutter in seinen Händen geborgen.

Ein Aufschluchzen drang aus der Ecke neben dem Fenster, in dem Andrea seinen Namen zu hören vermeinte. Da saß Susanna, die älteste Freundin der Mutter, das lange weiße Haar in Flechten aufgesteckt, und wischte sich mit einem Tuch das Gesicht.

Und überall Fliegen, so viele Fliegen.

Noch hatte Andrea es nicht fertiggebracht, seine Mutter anzusehen, und schon rannen auch ihm die Tränen über die Wangen. Der Vater winkte ihn heran, drückte die Hand der Mutter an die Lippen und stand auf. Andrea sank auf die Knie, legte den Kopf auf die Brust der Kranken, die bis zum Hals von einem sorgfältig unter der Matratze festgesteckten Leinentuch bedeckt war. Der widerwärtige Gestank war hier so dicht, dass er nicht nur in Nase und Mund, sondern geradezu durch die Haut zu dringen schien.

»Nicht, Andrea«, sagte der Vater. »Jede Erschütterung, jede Berührung verschlimmert ihre Schmerzen.«

»Lass ihn.«

Die Stimme der Mutter war wie ein sanfter Windhauch. Er hob den Kopf, nahm ihre fieberheiße Hand wie zuvor der Vater, und sah sie endlich an.

Der Tod lag über ihr wie ein Schleier, verwischte ihre Gesichtszüge und verdunkelte ihre Augen, schwarze Knöpfe, das Weiße gelb wie Schwefel. Der früher so schön geschwungene Mund war faltig und eingefallen wie die Wangen, und doch lag ein leichtes Lächeln darauf.

»Hast du schlimme Schmerzen, du liebe, liebe, gute …«

Seine Stimme versagte. Er schmeckte Tränen und war wieder der Junge, der darauf hoffte, dass ihm die Mutter mit dem Schürzenzipfel das Gesicht trockentupfte und ihm zum Trost ein Lied vorsang.

»Nicht mehr so schlimm seit der Letzten Ölung heute früh. Der Herr erbarmt sich meiner.« Sie atmete röchelnd. »Dass du da bist, Andrea.« Sie drückte leicht seine Hand. »Jetzt lass mich das neue Leben küssen.«

Allegra trat ans Bett, hielt der Sterbenden auf ausgestreckten Armen Zenobia entgegen, die sich brüllend wehrte. Mit sichtlicher Anstrengung hakte die Mutter einen Finger in das Wickeltuch, zog das Kind an sich, küsste es auf die Stirn und legte ihm segnend die Hand auf.

»Gott sei mit dir, kleiner Engel, auf all deinen Wegen«, versuchte sie das verzweifelte Kreischen der Kleinen zu übertönen. »Gesundheit soll er dir schenken, Reichtum, Kinder und einen guten Mann.«

»Es ist gut«, sagte der Vater, und Allegra zog Zenobia aufatmend an sich. »Geht jetzt hinunter. Es ist nicht gut, wenn ein Kind zu lange mit dem Tod in einem Zimmer ist. Geht. Lasst sie schlafen. Ich komme gleich nach.«

Kaum hatten sie die Kammer verlassen, drückte Allegra Andrea das Kind in die Arme und rannte die Stiege hinunter und aus dem Haus. Würgende Geräusche folgten. Dabei war sie doch scheinbar unerschüttert gewesen.

Dankbar fühlte Andrea, wie das Beben des kleinen Körpers in seinen Armen die Knoten in seinem Inneren lockerte. Während er langsam seiner Frau hinabfolgte, legte er Zenobia an seine Schulter, strich und klopfte ihr über den Rücken, bis das panische Gebrüll einem gewaltigen Schluckauf wich. Dass er noch lächeln konnte. Er bedeckte den Kopf der Kleinen mit Küssen und raunte ihr beruhigenden Unsinn zu.

Als er unten ankam, schleppte Allegra gerade einen Eimer Wasser vom Brunnen im Hof auf die Straße. Sie stellte ihn auf der Bank an der Hauswand ab, tauchte ihre Unterarme hinein, spritzte sich etwas Wasser ins Gesicht und schwemmte dann ihr Erbrochenes mit einem kräftigen Schwall davon. Andrea suchte nach Worten. Er wollte ihr sagen, wie froh er war, sie in dieser Stunde an seiner Seite zu wissen, wie dankbar für ihre Stärke. Doch er nahm nur ihre Hand. Gemeinsam sanken sie auf die Bank.

Sein Vater trat aus der Tür. Er trug ein Tablett mit Wein, Brot, Speck und Käse, das er neben Allegra absetzte, bevor er sich selbst an Andreas Seite fallen ließ.

»Wie oft wir hier in der Morgensonne gesessen haben. Und jetzt ...« Er seufzte und wischte sich die Augen. »Ihr solltet hier essen oder im Hof. Drinnen bringt man nichts hinunter.«

»Ja«, sagte Andrea, »der Gestank. Woher kommt der nur? Könnt ihr sie nicht waschen?«

»Waschen hilft da nichts, mein Junge. Es ist der Wundbrand. Hast du noch nie den Wundbrand gesehen?«

Andrea hob die Schultern.

»Damals im Krieg – aber da warst du ja noch so klein. Ihre Hüfte und der ganze Oberschenkel sind offen, rohes Fleisch, lila und schwarz. Es stirbt noch vor ihrem Geist, vergiftet den ganzen Körper.«

»Wie kommt das? Es ist doch kein offener Bruch?«

»Wie? Du stellst Fragen, Andrea. Ich bin doch kein medico. Anfangs war nur das Bein verdreht ab der Hüfte, der Fuß stand im rechten Winkel zum anderen. Der Bader hat es geschient. Es komme vor, hat er gesagt, wenn auch eher bei jungen Leuten und selten, aber ja, es komme vor, dass der Bruch nach sechs Wochen verheile. Die Hüfte allerdings, die bleibe dann steif. Eine steife Hüfte zum steifen Knie, hab ich gedacht, was macht das schon? Vielleicht dass ich ihr unten den Lagerraum als Schlafkammer einrichten müsste. Jeden Tag zweimal hab ich in der Basilika zu Sant'Antonio gebetet, habe Kerzen gestiftet und meiner Marta nur das zarteste Fleisch, den besten Fisch zu essen gegeben. Susanna hat mir mit dem Kochen geholfen.

Dann ist die Schwellung schlimmer geworden anstatt besser, die Schmerzen auch. Die Haut war rotviolett und bis zum Zerreißen gespannt. Hohes Fieber kam dazu. Alle Kräuterauflagen und Tränke, alles Aderlassen – vergeblich. Als die Haut endlich aufgeplatzt ist, war es eine Erleichterung für sie, und die Schmerzen ließen etwas nach. Doch wenn es einmal so weit ist, kommt jede Hilfe zu spät. Abnehmen kann man das Bein nicht, weil ja das halbe Becken mit fort müsste. Das hätte noch keiner überlebt, sagt der Bader. Und nun greift die Fäulnis immer weiter um sich.«

Er lehnte den Kopf an die Mauer, schloss die Augen, wie um die Bilder zu vertreiben. Noch nie hatte Andrea seinen Vater so lange reden gehört.

»Das Schlimmste«, fuhr der nun mit dumpfer Stimme fort, »sind die elenden Fliegen. Wie ich sie hasse! Unmöglich, sie fernzuhalten. Sie stürzen sich auf deine Mutter wie auf ein Stück Aas. Selbst wenn alles abgedeckt ist, schaffen die es irgendwie …«

Er schluchzte auf, das Gesicht in Qualen verzerrt wie das eines Delinquenten auf dem Scheiterhaufen. Andrea hingegen fühlte sich, als würde sein Kopf von eiserner Hand unter Wasser gedrückt. Er legte den Arm um den Vater, um sich zu trösten oder ihn, und krächzte: »Sie hat ein glückliches Leben gehabt.«

Der Vater schnaubte. »Und ein glückliches Leben muss mit einem elenden Tod bezahlt werden? Sag, Junge, was soll ich halten von diesem Gott? Was ist los mit Sant'Antonio? Hat er Wichtigeres zu tun, als beim

Herrn ein gutes Wort für deine Mutter einzulegen, die doch die gottesfürchtigste und beste und gutherzigste Frau seines Reiches war?« Er sog erschrocken die Luft ein, schrie auf: »Ist! Ist! Sie ist das wertvollste seiner Schafe!«

Andrea wusste nichts zu erwidern, konnte gar nicht, weil salziges Wasser ihm in der Kehle brannte. Schließlich straffte der Vater den Rücken. In einem Zug stürzte er einen Becher Wein hinunter.

»Ihr könnt im Hof schlafen. Ich richte die Klappliegen.«

Er erhob sich so mühsam, als müsse er den Himmel mit seinen Schultern stemmen, und ging ins Haus.

Am nächsten Morgen schien es der Mutter deutlich besserzugehen. Hatte der heilige Antonio sich nun doch bequemt, oder lag es an dem Trank, den man ihr am Abend und am Morgen verabreicht hatte? Ein Wunder jedenfalls. Zwar sprach sie etwas wirr, schwitzte auch stark – was Susanna zufolge ein gutes Zeichen sein sollte –, war jedoch geradezu heiter.

Den Trank hatte eine Kaufmannsfrau vorbeigebracht, bei der die Mutter gelegentlich in der Küche aushalf. Er enthielt, neben Kräuteressenzen und Mohnsamen, angeblich geriebene Perlen und Goldstaub. Ein unfehlbares Mittel bei allen schweren Krankheiten, nur unerschwinglich für die meisten.

Auch der Franziskaner, der ihr am Tag zuvor die Letzte Ölung verabreicht hatte, erschien erneut. Mit einem Weihrauchkessel räucherte er jeden Winkel aus, um die üblen Dämpfe zu vertreiben. Andrea saß inzwischen am Bett der Mutter, erzählte ihr von den Kindern und den Bauvorhaben, die seinen Geist bei Tag und Nacht beschäftigten.

Sie weine nur vor Stolz, sagte sie, die Schmerzen seien wie weggeblasen. Ganz aufgehoben im Herrn fühle sie sich, und der Beistand der Familie mache sie so glücklich, wie es eben ginge.

Schließlich wagte Andrea, am späten Vormittag das Haus zu verlassen. Maestro Giovanni hatte ihm einen Brief für Alvise Cornaro mitgegeben, einen der einflussreichsten Bürger der Stadt. Es ging um die Finanzierung eines möglichen Projektes.

Cornaro hatte es zu beachtlichem Vermögen gebracht, indem er Sumpfland um Padua gekauft, dieses mit Hilfe von Dämmen und Entwässerungskanälen trockengelegt und für den Ackerbau nutzbar gemacht hatte. Sein Unternehmergeist brachte ihn große Bewunderung ein, die selbst durch den Spott, den vor allem die alten Patrizierfamilien hinterrücks über ihn ausgossen, nur unwesentlich beeinträchtigt wurde. Anmaßung nannte es etwa Trissino, dass Cornaro sich seit Jahren um den Nachweis bemühte, er stamme von der venezianischen Adelsfamilie gleichen Namens ab. Gar ein Ururenkel des Dogen Marco Cornaro wollte er sein, er, der Sohn eines Wirtes – lachhaft.

Andrea fand diese Streitereien unnötig, ja beinahe entwürdigend. In seinen Augen und denen vieler anderer waren die Zeiten vorbei, in denen sich der Wert eines Mannes nach seinem Stand bemaß. Persönliche Leistung und in deren Folge natürlich auch Reichtum waren es, die Einfluss und Macht garantierten. Weshalb sonst bestimmten neben den Patriziern immer stärker die Bankiers und großen Kaufleute das Schicksal der Städte?

Cornaros Erfolg als Geschäftsmann war jedoch nur ein Grund, warum Andrea darauf brannte, ihn kennenzulernen. Auch in der Baukunst hatte sich der Patriarch einen Namen gemacht. Dabei galt sein Interesse nicht den Palästen, sondern praktischen und preiswerten Behausungen für die weniger Betuchten. Wegen eines ebensolchen Projektes stand nun auch sein Maestro seit einiger Zeit im Kontakt mit Cornaro.

Die Sonne hatte den Zenit schon weit überschritten, als Andrea sich wieder dem Elternhaus näherte. Er sah Allegra mit Zenobia im Arm auf der Bank vor dem Haus sitzen und einige Worte mit zwei älteren Frauen wechseln, bevor diese ins Haus traten. Nachbarinnen wohl. So viele Freunde hatte seine Mutter, so viele Menschen, die sich um sie sorgten. Er merkte, dass sein Schritt beschwingt war – von Wein, gutem Essen und einem aufschlussreichen Gespräch –, zu beschwingt, um über die Schwelle einer Schwerkranken zu treten, und bemühte sich um ein gemesseneres Tempo.

»Dass du endlich da bist, Andrea! Was es allerdings zu lächeln gibt ...«

»Oh, ich hatte eine unglaublich interessante, ja lehrreiche Unterhaltung mit Alvise Cornaro. Er hat mich zum Essen eingeladen und mir seine Theorien über eine zeitgemäße Architektur dargelegt. Er ist so ein beeindruckender Mann! Ob ich ihm allerdings folgen kann – stell dir nur vor: Er lehnt alle römischen Ornamente als Geldverschwendung ab, lässt nur funktionelle Elemente gelten und bestreitet sogar die Bedeutung Vitruvs für die heutige Baukunst! Nicht einmal unsere Humanisten will er ...«

Andrea brach ab. Allegra betrachtete ihn mit gerunzelter Stirn und herabgezogenen Mundwinkeln, nicht nur verständnislos, nein, beinahe angewidert. Er hätte es sich denken können. Wäre doch Mariangela an ihrer

Stelle! Sie hing stets an seinen Lippen, sobald er von der Baukunst sprach.

»Dann hast du also gut gegessen?«, griff Allegra die nebensächlichste Information heraus.

»Selbstverständlich habe ich gut gegessen. Er ist ein reicher Mann. Bohneneintopf gibt es dort nicht zu Mittag.«

»Schön. Dann trittst du also satt an das Totenbett deiner Mutter.«

Andrea fühlte seinen Herzschlag aussetzen. Eintöniger Gesang drang leise aus dem Haus.

»Sie ist doch nicht …?«

»Doch, Andrea, sie ist! Kurz nach der Mittagsstunde haben wir ihr die Augen geschlossen.«

VICENZA, JULI 1539

Dreißigstes Kapitel

Die Sonne brannte ein Loch in die strahlend blaue Seide, die die Stadt überspannte. Jeden Tag deckt die Heilige Jungfrau den Himmel mit einem anderen Tuch, dachte Mariangela, gestern verblichen graue Wolle und heute diese Pracht. Man sollte hinauflangen und daran ziehen können, ein Stück herunterreißen und ein Kleid daraus nähen.

Sie sah nach vorn und nach oben, und nur aus dem Augenwinkel streifte ihr Blick die Stände der Fischhändler. Wenn sie nur keinen Fehler gemacht hatte! Es lag kaum Ware da, alles war wohl schon in den frühen Morgenstunden verkauft worden, was kein Wunder war bei dieser Hitze. Nach dem bereits jetzt aufsteigenden Gestank zu urteilen, würde es heute kaum bis zum Sonnenuntergang dauern, bis die Marktaufsicht kam und die übrigen Fische auf den Boden werfen ließ. Doch darauf hatte sie es bei Gott nicht angelegt. Mit den Ärmsten um den halb verdorbenen Fisch streiten? Wenn das ein Bekannter sähe, ein schönes Gerede gäbe das. Nein, nur etwas billiger wollte sie einkaufen, damit ein bisschen Geld für die eigene Börse übrigblieb. Schließlich kam es selten genug vor, dass Andrea ihr Geld zusteckte.

Allerdings, zu Allegras Namenstag, da sollte schon etwas Ordentliches auf den Tisch kommen. Ein paar Seezungen hätte sie gern erstanden, etwas ausgefallener als der übliche Flussfisch und teurer natürlich. Aber das konnte sie um diese Zeit, bei diesem Wetter vergessen. Die Barbe dort vielleicht, ordentlich groß, genug für alle.

»Hier seid Ihr richtig, Bellissima! Eine Forelle vielleicht, zum Nachtmahl für Euren Mann? Vor einer Stunde frisch gefangen!«

Mariangela wandte den Kopf, zog eine Augenbraue hoch. Dann trat sie gemächlich an den Stand und bückte sich, schnüffelte.

»Da wird mein Mann sich schön bedanken. Den Fisch könnt ihr ebenso gut gleich zu Boden werfen.« Sie bedachte den Händler mit einem spöttischen Lächeln. »Sollte ich allerdings in Zukunft planen, ihn zu vergiften, werde ich Euch gern wieder aufsuchen.«

»Monna, macht nicht solche Scherze, ihr vertreibt mir ja die Kunden!«

»Kunden? Soweit ich sehen kann, sind es nur Fliegen, die heute an Eurer Ware interessiert sind.«

»Was soll ich machen? Gestern noch kühl und wolkig und heute diese verdammte Hitze!«

»Sommer eben!«

»Ihr habt ja recht. Ich schenke Euch den Fisch für, sagen wir, zwei Marchetti.«

»Aber was fang ich mit so einer mageren Forelle an? Da bleibt ja nichts für mich.«

»Dann vielleicht diese prächtige Barbe? Da ist für die Schwiegermutter und die Kinder auch noch genug da. Für fünf Marchetti gehört sie Euch, und ich schwöre, so billig habe ich noch nie verkauft!«

»Die ist nun aber wirklich verdorben, riecht ihr das nicht?«

»Monna, macht mich nicht unglücklich, jeder Fisch riecht ein wenig. Wenn dieser Fisch verdorben ist, dann bringt mir die Reste, und ich esse sie vor Euren Augen!«

»Nun ja, mit Zitronensaft, viel Knoblauch und Koriander wird es vielleicht gehen. Zwei Marchetti!«

»Drei!«

Mariangela verbarg ihr Lächeln hinter herabgezogenen Mundwinkeln, nickte, als widerstrebte ihr der Handel noch immer zutiefst, und zog ihre Börse. Nicht einmal die Hälfte des Geldes hatte sie ausgegeben und brauchte jetzt nur noch die Zitronen. Sie kramte ein Tuch aus dem Korb und reichte es dem Händler, der den Fisch darin einschlug und so behutsam in ihren Korb legte, als handelte es sich um einen Säugling. Sie lächelte.

Der Scherz, mit dem sie sich verabschieden wollte, blieb ihr in der Kehle stecken, als sie einen großen, dünnen Mann vorübergehen sah. Haare, gelb wie Kükenfedern. Eilig querte er den Platz, keine zwanzig Schritte entfernt. Das konnte doch nicht wahr sein, dass der sich nach Vicenza wagte! Sie konnte sein Gesicht nicht sehen, doch auf seinem Rücken trug er eine Laute. Anselm, der Spielmann, ganz gewiss! Anselm, der Allegras

Familie zerstört hatte. Anselm, dessen schönen Worten damals auch sie vermutlich bis ans Ende der Welt gefolgt wäre. Sie musste ihm nach.

»Was ist mit Euch? Ihr seid ja totenblass. Habt Ihr ein Gespenst gesehen?« Der Händler fasste nach ihrem Arm, als befürchte er, sie könnte hier und jetzt in Ohnmacht fallen.

»Schon möglich.«

Mariangela packte den Korb, drückte sich durch die Lücke zwischen zwei Marktständen und hastete in die Richtung, in der sie Anselm eben noch gesehen hatte. Hinter einer Gruppe von Männern, die lautstark über den Preis eines Schafes stritten, das verzweifelt an seinem Strick zerrte, tauchte sein blonder Schopf noch einmal auf. Im nächsten Moment war er verschwunden.

Mariangela schaute in die Gassen, die von der Piazza wegführten, doch auch dort war nichts von ihm zu sehen. Entweder hatte er sich in einem der Häuser eingenistet wie damals in dem des Tischlers – sie schlug ein Kreuz –, oder er war in der Taverne verschwunden. Dort allerdings konnte sie nicht nachsehen. Welches Gesindel würde sich da um diese Zeit herumtreiben, noch vor dem Mittagsläuten?

Unschlüssig blieb sie stehen, fixierte den Eingang. Die Tür öffnete sich, und ein Wandergeselle trat heraus. Er setzte sich auf die sonnige Bank an der Hausmauer und stellte den Zinnkrug neben sich ab.

»Na, Püppchen, suchst du Anschluss? Setz dich zu mir!«, rief er in kaum verständlichem Dialekt, der nach südlicher Hitze klang.

Mariangela rümpfte die Nase, wollte gehen und fragte dann doch: »Der blonde Spielmann, ist der dort drinnen?«

»Ah, der Musikant hat es dir angetan. Ist der nicht zu

alt für dich? Ich hätte da auch eine Flöte …«, grinsend wies er auf die Beule in seiner Hose.

»Bei Christus und allen Heiligen«, Mariangela verdrehte die Augen, »musst du so dumm daherreden, wenn dir jemand eine einfache Frage stellt?«

Woher nahm sie bloß den Mut, ihn so anzuherrschen? Als wäre sie wirklich eine edle Venezianerin. Doch warum auch nicht, da dieser Beiname, den sie nur der Herkunft ihrer Mutter verdankte, so hartnäckig wie unverständlich an ihr klebte. Was musste man sich als Frau auch immer dieselben schlüpfrigen Anspielungen anhören!

»Hol mir bitte den Spielmann heraus, es ist wichtig! Ich achte derweil auf deinen Krug.«

»Du klingst wie meine Mutter, dabei bist du kaum älter als ich. Warum hab ich mich auf die Wanderschaft gemacht, wenn ich mich jetzt wieder von einem Weib herumkommandieren lassen muss?«

»Gewöhn dich dran!«

Der Geselle schüttelte lachend den Kopf und erhob sich. Kurz darauf kehrte er mit dem Spielmann zurück.

»Da ist die Frau mit der haarigen Zunge.«

Er hatte sich verändert. Es waren nicht nur die scharfen Falten um den Mund und auf der Stirn, regelrecht gefurcht waren auch seine Wangen. Das Helle, Leichte, das früher so anziehend gewirkt hatte, war verschwunden, ein grauer Schleier schien auf seinen Zügen zu liegen. Selbst aus seinen Bewegungen war die Spannkraft gewichen. Er ging auf sie zu, sichtlich bemüht, aus ihren Zügen die des jungen Mädchens herauszuschälen, das vor acht Jahren so andächtig seinen Geschichten gelauscht hatte. Mariangela sah das Erkennen in seinen Augen, ein kurzes Erschrecken.

Ja, schau her, wollte sie sagen, siehst du, was du uns angetan hast?

Doch die Wahrheit war, dass sie jung und gesund und beinahe zufrieden mit ihrem Leben war und Anselm derjenige, dem das Leid ins Gesicht geschrieben stand. Sollte sie also Gott dafür danken, dass er den Ehebrecher gestraft hatte? Sie brachte es nicht fertig. Doch verzeihen wollte sie auch nicht.

Der Spielmann fuhr sich mit der Hand durchs Haar und über das Gesicht und blieb wortlos vor ihr stehen, kratzte sich die Stoppeln am kräftigen Kinn.

»Wo sind sie?« Mehr brachte Mariangela nicht heraus.

»Lisbet ist gestorben, schon vor etwa einem Jahr.« Seine Stimme war ausdruckslos, kaum zu erkennen. Er rieb sich die Augenwinkel, schob den Unterkiefer angespannt nach vorn. »Die verfluchte Pest hat sie erwischt.«

Gott hatte also gestraft, was auch kein rechter Grund zur Freude war.

»Und Fabio?«

»Das weiß ich eben nicht. In der Nacht nach dem Tod seiner Mutter ist er fortgegangen. Seit Monaten suche ich ihn. Ich dachte, er wäre vielleicht zu seinem leiblichen Vater zurückgekehrt.« Forschend sah er Mariangela an. »Doch davon wüsstest du wohl.«

»Hast du keine Angst, Marcantonio könnte dich auf der Stelle totschlagen, wenn er erfährt, dass du in der Stadt bist?«

Anselm schnaubte. »Was meinst du, warum ich mich so lange nicht hierhergewagt habe? Aber ich muss wissen, ob es Fabio gutgeht. Er ist wie ein Sohn für mich, hat mehr als sein halbes Leben mit mir verbracht und die Kunst von mir gelernt und das nicht einmal schlecht. Nun sag schon: Ist er hier?«

»Nein. Jetzt mach dich davon!«

»Wirst du Marcantonio sagen, dass wir für unsere Liebe gebüßt haben? Dass Lisbet täglich darum gebetet hat, er möge ihr verzeihen und eine bessere Frau finden?«

»Ich sag's ihm, wenn ich das nächste Mal sein Grab besuche. Der Kummer hat ihn umgebracht.«

Sie zog den Rotz hoch, schluckte, nickte knapp zum Abschied, ohne sich die Tränen abzuwischen, die salzig auf ihren Lippen brannten, und ging, ohne noch einmal zurückzuschauen. Sie musste noch Zitronen kaufen.

Einunddreißigstes Kapitel

Etwas Salz noch, bloß nicht zu viel, weil sonst wieder mit dummen Bemerkungen zu rechnen war. Von wegen verliebt. Als ob sie keine größeren Sorgen hätte.

Noch einmal tauchte Mariangela den Löffel in den Sud und leckte ihn ab. Jetzt stimmte es. Sie wischte sich mit dem Arm über die Stirn. Die Ärmel des Unterkleides hatte sie bis über die Ellbogen aufgerollt, der gelbe Kittel, den sie zum Einkaufen getragen hatte, hing an einem Haken neben dem Fenster. Erstens, weil er fast neu war und geschont werden musste, und zweitens, weil es in der Küche viel zu heiß war, selbst bei offenem Fenster.

Beidhändig hob Mariangela die Pfanne vom Feuer auf die gemauerte Herdeinfassung. Die Hitze und das schwere Eisentrumm, da könnte sie ebenso gut als Waffenschmied arbeiten. Eine spaßige Vorstellung: Sie in speckiger Lederschürze mit dem Schmiedehammer in der Hand. Vielleicht gar mit kurzgeschorenen Haaren, weil die Funken ohnehin alles versengten. Dann doch besser kochen. Sie goss einen kräftigen Schuss Öl über die Fischstücke, die in duftendem Zitronensud schwammen. Als sie einen Schritt zurücktrat, um das Korianderkraut vom Tisch zu holen, stolperte sie über ein lebendiges Hindernis und landete dann auch noch auf einer weichen Hand. Ein Glück, dass sie barfuß war.

»O je, nicht weinen, Leo!«

Sie sank auf die Knie, zog Leonida auf ihren Schoß und umarmte Toni, der sich seitlich an sie drängte. So ungewohnt still hatten die beiden hinter ihr mit bunten Flusskieseln gespielt, dass Mariangela sie völlig vergessen hatte. Sie küsste Leo die Tränen vom Gesicht, küsste dann auch Toni, der gleich protestierte, weil er keine feuchten Küsse mochte.

»Ich habe eine wichtige Aufgabe für euch. Ihr dürft meine Herolde sein. Lauft in den Garten und sagt Allegra, dass ich gleich das Essen bringe!«

Wie zwei Welpen tollten die Jungen davon, drängten sich wechselseitig ab und schrien schon auf dem Weg hinunter ein ums andere Mal ihre wichtige Botschaft hinaus, damit nur ja nicht einer dem anderen zuvorkam.

Mariangela lächelte, doch gleich darauf gefror ihr das Lächeln im Gesicht. Fabio, dachte sie, der kleine Fabi, der war auch so ein Fratz gewesen. Wie gestern kam es ihr vor. Und jetzt war er Onkel von gleich vieren und war selbst vielleicht schon tot.

Das Essen. Sie griff nach der Schüssel mit den sorgsam gezupften Korianderblättern und streute sie in die Pfanne. Dann schlüpfte sie in ihr Kleid, schnürte nachlässig das Mieder und wusch sich Hände und Gesicht in der großen Barbierschüssel. Zwei schon etwas angesengte Topflappen in Händen, ergriff sie die gewaltige

Pfanne an Stiel und Griff und trug sie hinaus. Dreimal musste sie unterwegs absetzen, weil das Ding so schwer war.

Im Schatten des Birnbaums, dessen Äste Mariangela immer an von der Gicht gekrümmte Altmännerarme erinnerten, saßen Allegra und Andrea schon am Tisch mit Zenobia und Orazio auf dem Schoß. Auch die Nachbarin Corinna mit der eineinhalbjährigen Tochter Cecilia war wieder da. Oder noch immer. Verabschiedet hatte sie sich eigentlich schon, als Mariangela in die Küche gegangen war. Sicher war es gut, wenn die Mädchen sich aneinander gewöhnten. Cecilia, kaum ein halbes Jahr älter als die kleine Zenobia, sollte dieser schon bald Spielgefährtin sein. Doch in den letzten Tagen schien Corinna gar nicht mehr nach Hause zu wollen.

Mariangela setzte die Pfanne ab und warf Allegra einen fragenden Blick zu. Die rollte die Augäpfel gen Himmel, lächelte mit gefletschten Zähnen.

»Ich habe Corinna eingeladen. Sie konnte gar nicht aufhören, den Duft aus der Küche zu loben, mein Eichhörnchen. Außerdem hat sie mir so nett Gesellschaft geleistet, während ich Brot und Käsegebäck gemacht und den Tisch gedeckt habe.«

Gesellschaft geleistet. Mariangela verstand den Seitenhieb und schmunzelte. Keinen Finger hatte die Nachbarin gerührt, wie üblich. In letzter Zeit war sie so oft zu Besuch, dass sie eigentlich gleich ihr Bett im Haus aufschlagen könnte.

»Es macht dir doch nichts aus, Mariangela? Sobald Luca heimkommt, muss ich sowieso gehen. Mhm, wie das duftet! Du musst mir das Rezept geben! Es wird doch genug da sein, dass ich auch einen winzigen Bissen kosten kann?«

»Selbstverständlich, meine Liebe! Hauptsache, Allegra bekommt eine ordentliche Portion an ihrem Namenstag. Wir anderen essen einfach mehr Brot.«

Mariangela sah Andrea schmunzeln und fing ein Zwinkern von ihm auf, verschloss es sorgfältig in ihrer Mitte, wie alles, was er ihr schenkte.

Das Essen war reichlich, und lustiger war es doch, wenn nicht nur die Familie zusammensaß. Corinna kannte den Tratsch der ganzen Stadt, weil ihr Mann Barbier war und den Männern für jedes Barthaar eine Geschichte abknöpfte, wie sie sagte. Dabei wusste sie über die Liebelei des Fleischers mit der Nachbarstochter und die Hinrichtung des tscherkessischen Sklaven, der angeblich Patrizia Furlan geschwängert haben sollte, weit mehr als über die Gerüchte, dass Papst und Kaiser sich annäherten. Gemeinsam wollten sie angeblich dem Osmanischen Reich entgegentreten. Sie mussten wohl zusammenstehen, weil der französische König sich seinerseits mit den Türken verbündet hatte, meinte Andrea, der das von Giangiorgio Trissino gehört hatte.

Solche Angelegenheiten interessierten Mariangela, daran hatte sich seit ihrer Schulzeit nichts geändert. Doch es beunruhigte sie, dass Bündnisse und Kriege zwischen Völkern anscheinend nach denselben Regeln abliefen wie jene zwischen Nachbarn oder Kinderbanden. Wo die Noblen doch so viel mehr kannten und wussten. Allegra hingegen rümpfte die Nase und lächelte boshaft.

»Meinst du den Giangiorgio, dem unsere Tochter ihren hochgestochenen Namen verdankt und der sich dennoch weigert, ihr Pate zu sein?«

»Eh!« Andrea hob die Handflächen. »Das muss ihn ja nicht daran hindern, den Mächtigen auf die Finger zu schauen. Überhaupt nimmst du diese Sache viel zu wichtig. Er hat doch versprochen, die Patenschaft für meinen nächsten Sohn zu übernehmen. Er fängt eben mit Mädchen nichts an.«

»So sagt man«, schnaubte Allegra.

Corinna kicherte, und Mariangela biss sich auf die Unterlippe. Andreas Augen wurden schmal.

»Er ist ein großer Mann, ein hochgeschätzter Ratgeber zweier Päpste, ein gefeierter Dichter und Freund der größten Künstler. Es steht dir nicht zu ...«

Die kleine Cecilia kreischte auf. Toni, der sich offenbar unbeobachtet glaubte, fischte mit Soße vollgesogene Brotstücke aus seinem Teller und bewarf das kleine Mädchen damit, bespritzte dabei auch Corinnas Kleid. Allegra schlug ihm mit der flachen Hand auf den Hinterkopf, er brüllte los. Da es eine gerechte Strafe war, durfte Mariangela ihren Sohn nicht trösten, und so kam das Gespräch zum Erliegen, bis er sich beruhigt hatte. Gut gemacht, mein Kleiner, du hast den Streit gerade im rechten Moment beendet, dachte Mariangela und drückte unter dem Tisch seine weiche Hand. Doch es half nichts.

»Die Knabenliebe nimmt zu in letzter Zeit, verbreitet sich, sagt Luca.« Corinna sah sich um, prüfte die Wirkung ihrer Worte. Allegra nickte zustimmend, die Mundwinkel missbilligend herabgezogen, und so fuhr die Nachbarin fort: »Die feinen Herren treiben es mit Jungen, weil ihnen alles gefällt, womit sich unsere römischen Vorfahren vergnügt haben. Ist ja auch nicht schlimm, solange die Knaben nicht gegen ihren Willen genötigt werden, sagt Luca. Für viele auch eine gute Verdienstquelle.«

»Aber gottgefällig ist das nicht«, warf Allegra ein.

Corinna kicherte. »Wie können wir da so sicher sein, da doch, wie jeder weiß, die Mönche und Prälaten ...«

»Da dein Luca offenbar bestens unterrichtet ist, was in jedem einzelnen Bett der Christenheit vor sich geht«, schnitt Andrea ihr das Wort ab, »kannst du vielleicht Licht in die Gerüchte über Alberto, den Schlosser, bringen. Er soll gar nicht der Vater des Jungen sein, den seine Frau – wie heißt sie doch gleich?«

»Silvia.«

»Silvia, richtig – den sie im Winter auf die Welt gebracht hat.«

Corinna zog die Nase kraus und schüttelte den Kopf. »Da ist nichts dran. Silvia kenne ich gut. Dauernd beklagt sie sich, dass Alberto sie keine Nacht in Frieden lässt. Warum sollte sie da noch einen anderen ranlassen?«

Alle lachten. Wie geschickt Andrea das Thema gewechselt und die Situation gerettet hatte, dachte Mariangela. Immer gelang es ihm, die richtigen Worte zu finden. Kein Wunder, dass sein Ansehen auch bei den wichtigen Familien stieg. Denn es war ja nicht nur der Trissino, auch bei der noblen Familie Thiene war er zuletzt oft zu Gast.

Jetzt leerte er seinen Becher, wischte sich den Mund und stand auf. »Ich habe ein Geschenk für dich, mein Engel.«

Er ging ins Haus.

»Was ist das eigentlich für eine Heilige, deren Namen du trägst?«, fragte Corinna. »Ich habe noch nie von einer heiligen Allegradonna gehört.«

»Ja, Mamma, erzähl eine Geschichte von der heiligen Allegra!« rief Leonida.

»Es gibt keine Heilige, die so heißt«, seufzte Allegra.

»Noch nicht«, steuerte Mariangela bei und erntete dafür ein Schnauben von Andrea, der eben wieder in den Garten kam, und ein Schielen von Allegra.

»Allegra, die Fröhliche. So hätten sie mich wohl gern gehabt, meine Eltern. Und weil heute Letizia ist, was

Freude und Frohsinn bedeutet und das Fest der sieben Freuden Marias ist, hat mein Vater mit dem Priester entschieden, dass das mein Namenstag sein soll.«

»Hauptsache, du hast einen Namenstag und ich damit einen Grund, dich zu beschenken!«

Andrea beugte sich zu seiner Frau hinab, küsste sie auf die Stirn und legte ihr ein Paket in den Schoß, schwer und rechteckig, eingewickelt in blaues Seidentuch.

»Eine Schatulle, gefüllt mit Gold und Edelsteinen?«

Andrea lachte. »Nach meinen Möglichkeiten, aber ja, so könnte man sagen.«

Allegra löste den Knoten des Tuches, das wohl ein Halstuch war, in einer Ecke bestickt mit weißen Blüten.

»Ein Buch.« Ihre Stimme klang flach.

»Giovanni Boccaccios Decamerone. Ein berühmtes Buch voller Geschichten, die man sich in der ganzen Welt erzählt. Hundert Kleinodien der Dichtkunst zwischen zwei Holzdeckeln.«

Allegra sah ihn kühl an, und er senkte den Kopf. Mariangela litt mit ihm, fühlte seine Enttäuschung, errötete sogar für ihn. Sie reckte den Arm, strich mit den Fingern über den lederbezogenen Einband.

»Dein erstes eigenes Buch, Allegra!«, sagte sie. »Wie ich dich beneide! Wir können uns gegenseitig daraus vorlesen. Manches habe ich schon von den Geschichtenerzählern auf dem Markt gehört. Aber alles selbst nachzulesen – was für ein wunderbares Geschenk, Andrea!«

»Ich bin nur leider keine noble Dame, die sich die Zeit mit Lautenspiel und Lesen vertreiben kann«, sagte Allegra mit verkniffenem Mund.

Mariangela zuckte zusammen und blickte zu Andrea, doch der lächelte nur, wenn auch etwas freudlos.

Ob Allegra an Anselm dachte? Seit er ihre Familie zerstört hatte, wollte sie nichts mehr wissen von kunstvoll gedrechselten frivolen Geschichten. Für sie waren das nur noch eitle Lügen, eine Verführung zum Bösen. Andrea hätte das wissen können. Wenn schon ein Buch, dann wäre ein Gebetbuch besser gewesen oder die Fioretti des heiligen Francesco, die Mariangela aus ihrer Zeit bei der Witwe Poiana kannte. Trost und Lehren für dunkle Stunden anstelle von Ausschweifungen und Abenteuergeschichten, die nur der Unterhaltung dienten.

»Aber gerade weil du manchmal darüber klagst, dass der Alltag dir zu eng ist, dass du nicht wie ich jeden Tag etwas Neues siehst, gerade deshalb dachte ich, es würde dir Freude machen.« Andrea hatte sich auf ein Knie niedergelassen und Allegras Hände in seine genommen. »Auch mein Körper kann niemals so weit reisen, wie mein Geist es tut, wenn ich in Giangiorgios Bibliothek sitze.«

»Wie poetisch!« Allegra senkte die Stirn und schob den Unterkiefer vor, und dann zischte sie: »Sitzt du auf seinem Schoß, wenn er dir Weisheit einhaucht?«

Hätte Andrea nicht die Hand zum Schlag gehoben, sie dann doch wieder fallen lassen, hätte nicht Corinna scharf die Luft eingesogen und säße jetzt mit offenem Mund da, Mariangela hätte geschworen, dass sie sich verhört hatte. Sicher, Andrea hätte Giangiorgio nicht schon wieder erwähnen müssen. Doch diese Respektlosigkeit Allegras, vor der Nachbarin noch dazu – die meisten Männer hätten ihre Frauen dafür auf der Stelle halbtot geprügelt, ihnen mindestens aber eine saftige Ohrfeige verpasst.

Corinna fixierte das Paar jetzt mit leuchtenden Augen und bewegte lautlos die Lippen, als wiederhole sie jedes gehörte Wort und ergänze es um ein paar Deftigkeiten, mit denen sie den Skandal gleich ihrem Mann auftischen würde. Mariangela schnalzte mit der Zunge, ein erprobtes Warnsignal, wenn auch reichlich spät. Allegra sah auf. Sie reckte sich, holte tief Luft und lächelte dann tatsächlich, als wäre nichts geschehen.

»Ich danke dir für das schöne Geschenk«, sagte sie und legte sich das blaue Halstuch um.

Andrea stand auf, und auch die Nachbarin erhob sich, konnte es wohl gar nicht erwarten, ihrem Mann zu berichten, und schaute sich suchend nach ihrer Tochter um. Mit hocherhobenen Armen und taumelnden Schritten verfolgte die Kleine einen Falter. Corinna legte ihr von hinten den Arm um den Bauch und nahm sie hoch, ein fettes Kätzchen, das strampelnd um Freiheit rang.

»Ich denke, es ist Zeit«, sagte Corinna, die Stimme voll falscher Fröhlichkeit. »Luca wartet womöglich schon zu Hause. Soll ich ihm ein paar Reste einpacken, damit hier nichts verdirbt? Bei all dem Feiern bin ich heute gar nicht zum Kochen gekommen.« Niemand antwortete, und so nahm sie etwas Brot und kratzte den spärlichen Rest aus der Pfanne auf ihren Teller. »Den bring ich euch dann morgen.«

Sie ließ sich von Andrea auf die Wange küssen. Das Kind in der einen, Teller und Brot in der anderen Hand, trat sie zu Allegra, die bereits Wasser aus dem Brunnen kurbelte. Dann umarmte sie Mariangela, die als Einzige noch bei Tisch saß und nicht fassen konnte, dass kein Geschirr zerschlagen worden war. Denn genau so fühlte es sich für sie an, als läge etwas Kostbares in Scherben. Unsinn natürlich, denn was war schon geschehen. Ein kleiner Streit, das kam in jeder Familie vor. Ihre Monatsblutung stand bevor, sie war wohl überempfindlich. Oder es lag an ihrer Begegnung mit Anselm, die in ihr rumorte wie mehrfach aufgewärmtes Kraut.

Der dreijährige Orazio saß einige Schritte entfernt auf dem Boden und sah sie an, als wüsste er Bescheid. Toni und Leo lieferten sich einen Schwertkampf mit morschen Zweigen, und lange konnte es nicht mehr dauern, bis einer von beiden weinend auf ihren Schoß kletterte. Es würde schon alles sein wie immer.

Eine Hand an ihrer Schulter, warmer Atem in ihrem Ohr. »Dir hätte ich es schenken sollen.«

Strichen seine Fingerspitzen ihr mit Absicht so zärtlich über Hals und Wange, als er sich wieder aufrichtete? Allegra wandte ihnen den Rücken zu, weichte schmutziges Geschirr in einer Schüssel ein. Mariangela deutete auf die Bank, und Andrea setzte sich neben sie, viel zu nah.

»Anselm ist in der Stadt. Vielmehr ist er wohl schon wieder weg«, flüsterte sie, um der Intimität einen Grund zu geben. Als er nicht antwortete, sie nur ansah, setzte sie hinzu: »Du weißt, von wem ich spreche?«

Er nickte. Hastig schilderte sie die Begegnung.

»Versprich mir, dass du Allegra nichts davon erzählst!«

Warum, wenn er sie schon anlächelte, mussten seine Augen so traurig sein? Dann eben nur den Mund ansehen, die weichen, schön geschwungenen Lippen, sich die weißen Zähne darunter denken.

»Versprochen, Mariangela. Lass uns von nun an Geheimnisse haben.«

Er nahm sie nicht ernst, machte sich lustig über sie. Doch was hatte sie erwartet? Ärgerlich sprang sie auf und begann den Tisch zu säubern.

In dieser Nacht lag sie lange wach, dachte daran, wie es wäre, sich hinunterzuschleichen und einfach zu den Eheleuten ins große Bett zu legen. Nur einmal wollte sie ihn spüren. Wenn sie ihn nicht allein haben konnte, war sie bereit zu teilen. Schwesterlich. Vielleicht würde ja auch Allegra Vergnügen daran haben, wieder wie früher das Bett mit ihr zu teilen. Sollte sie mit ihr sprechen?

Ein lächerlicher Gedanke. Allegra würde ihr die Haare büschelweise ausreißen, sie mit Fußtritten aus dem Haus treiben. Oder doch nicht?

Die gesamte Nachbarschaft war ohnehin überzeugt, dass Andrea mit zwei Frauen im Haus die Abwechslung genoss. Derartige Anspielungen hörten sie so häufig, dass sich keiner mehr die Mühe machte zu widersprechen. Woran lag es also, dass, was für alle anderen so selbstverständlich schien, nicht stattfand?

Sie war ihm zu dick, sicherlich, ihr Busen zu groß, das Gesicht zu rund. Er wollte sich wohl wundreiben an Allegras eckigen Knochen. Der Handwerksbursche am Vormittag vor der Taverne, der hätte sie gern genommen. Ihr seine Flöte gezeigt. Sie kicherte, die Hand an ihrer Spalte.

Flöte. Laute. Anselm. Fabio. Sie zog die Hand unter der Bettdecke hervor und schlug das Kreuz.

UM VICENZA, SEPTEMBER 1539

Zweiunddreißigstes Kapitel

Kaum hatte Andrea die Porta San Bortolo hinter sich gelassen, als die braune Stute auch schon, ganz ohne sein Zutun, in beschwingten Trab fiel. Er klopfte ihr den Hals und blickte sich nach Battista um, der mit wenigen Galoppsprüngen aufschloss. Auch sein Tier wirkte unruhig. Der morgenfeuchte Duft und die Weite der

Felder, die Verheißung der Berge, die am Horizont aus dem Dunst ragten, stiegen Pferden wie Männern zu Kopf. Selbst der Himmel schien sich zu dehnen, als die Sonne sich nun vollständig über den östlichen Horizont erhob und die Luft zum Prickeln brachte.

Um diese Jahreszeit, da ein langer Sommer die Stadt aufgeheizt und die Gärten ausgetrocknet hatte, da die Luft gut zur Hälfte aus Staub zu bestehen schien, war der Kontrast besonders beflügelnd, fand Andrea.

Die Stadt – ein Gefäß, dicht gefüllt mit dem Geschrei und den Ausdünstungen all ihrer Einwohner, Menschen wie Tiere – entließ ihn viel zu selten aus ihrem Gehege. So dankbar er für den Schutz war, den die Mauern gewährten, so erleichtert war er in letzter Zeit, wenn er für kurze Zeit ihrer Umklammerung entrinnen konnte. Einer Umklammerung, die jener glich, mit der seine Familie und ihre wachsenden Ansprüche ihn gepackt hielten, dass er kaum noch zu Atem kam.

Battista trieb seinen Rappen an Andreas Seite.

»Ein Wettrennen? Wer verliert, darf bis Sonnenuntergang nur noch in Reimen sprechen.«

Andrea lächelte. Er kannte Gian Battista Maganza erst seit wenigen Wochen, doch er war ihm so vertraut, als hätte er schon als Kind auf der Straße mit ihm gespielt. Obwohl gleich alt, wirkte der Maler jünger, was wohl an einer gewissen Leichtfertigkeit liegen musste, einer unbefangenen Ausgelassenheit – Eigenschaften, die Andrea zu keiner Zeit besessen und bisher auch nicht besonders geschätzt hatte. Bei Battista allerdings fand er sie mehr als aufgewogen durch dessen scharfen Blick und die treffenden Bemerkungen, die ohne den Anstrich jugendlichen Übermuts in ihrer Direktheit allzu oft verletzend gewesen wären. Manchmal jedoch war er mehr als kindisch.

»Da wir bald nach dem Mittagsläuten in Lonedo ankommen werden und ich dort auf der Baustelle einige Anordnungen zu treffen habe …«

»Dann musst du eben gewinnen, mein Freund!«

»Jetzt ist es zu spät. Da vorn ist schon das Tor.«

Andrea wies auf die Mauer, die Trissinos Anwesen in Cricoli umschloss. Zum ersten Mal bedauerte er, dass die Villa kaum mehr als eine halbe Meile außerhalb des Stadttores lag.

»Bah!«, rief Maganza, Begeisterung im Blick. »Dann kommen wir eben etwas später! Siehst du das Gehöft dort hinten? Bis zu dem Weg, der dorthin abzweigt, muss es etwa eine Meile sein, meinst du nicht? Komm schon!«

Andrea zögerte. Das staubgraue Band der Straße, das sich vor seinen Augen bis zu den blauen Hügeln zu entrollen schien, lockte ihn. Doch seit über einem Jahr bemühte er sich, Trissinos Vertrauen durch Ernsthaftigkeit und unermüdlichen Fleiß zu rechtfertigen. Durfte er sich da, quasi unter dessen Augen, auf einmal wie ein spielendes Kind aufführen? Was, wenn der Patriarch mit seinem Gefolge bereits aufbruchsbereit hinter dem Tor wartete und das alberne Gespräch mitanhörte?

Battista schnippte mit den Fingern vor Andreas Gesicht. »Was ist jetzt?«

Andrea hielt ihm die Hand hin. »Verse bis nach dem Mittagsmahl!«

Battista schlug ein und versetzte Andreas Stute unversehens einen kräftigen Schlag auf die Kruppe. Das Tier machte einen Satz und schoss davon wie gehetzt. Andrea verbiss sich einen Schrei, als die Zügel durch den lockeren Griff seiner Finger gerissen wurden. Im letzten Moment packte er fest zu, geriet dennoch in Rücklage und konnte sich vor dem Sturz nur retten, indem er sich am Sattel festklammerte. Mehrere rasende Herzschläge dauerte es, bis er die Zügel gestrafft und die Balance wiedergefunden hatte.

Battista jagte heran und versetzte der Stute einen zweiten Schlag. »Ich muss dir wohl helfen zu gewinnen«, schrie er und hetzte vorbei.

Die Braune schlug aus, doch diesmal war Andrea vorbereitet. Es gelang ihm, die Angst des Tieres durch gutes Zureden und festen Sitz zu beruhigen, ohne es wesentlich zu bremsen. In gestrecktem Galopp fegten sie die Straße entlang, dass die Geschwindigkeit Andrea beinahe den Atem raubte. Er konnte fühlen, wie sich die Muskeln des Tieres lockerten, es immer zuversichtlicher ausgriff und Fuß um Fuß näher an Battista heranrückte. Der Wind wehte ihm die Furcht vor dem Sturz aus dem Kopf und blies ein so kindliches Glücksgefühl hinein, dass er ein lautes Juchzen ausstieß und am liebsten die Arme ausgebreitet hätte. Fliegen konnte nicht schöner sein. Schon spritzten ihm Staub und kleine Erdbrocken entgegen, von den Hufen des führenden Pferdes geschleudert. Andrea kniff die Augen zusammen, beugte sich vor und feuerte die Stute an, die aufmerksam mit den Ohren spielte. Eben schob sich ihr gestreckter Kopf am Hinterteil des Rappen vorbei, am Sattel, dann schossen sie Schenkel an Schenkel über das Ziel hinaus. Battistas Pferd stemmte sich laut aufwiehernd gegen die Parade, während Andrea einige Mühe hatte, das seine in den Schritt zu zwingen. Nach Atem ringend, kam er endlich zum Stand. Wer hatte gesiegt?

Er lockerte die Zügel, stützte sich auf den Sattel und sog die Luft tief ein. Es roch nach Heu und Fallobst und auch nach Schweinemist. Andrea wendete und trabte langsam auf Battista zu, dessen Rappe an der Zufahrt des Gehöfts Gras vom Wegesrand rupfte.

Eine Bauersfrau stand neben dem Brunnen, sah mit schief gelegtem Kopf zu ihnen herüber, die Arme vor der Brust verschränkt. Andrea schämte sich ein wenig vor ihr. Er hatte das Bedürfnis zu erklären, dass er Architekt und auf dem Weg zu einer großen Baustelle und nicht etwa zum reinen Vergnügen unterwegs sei wie ein nichtsnutziger junger nobile.

Ob es möglich war, dass sie ihn für einen Edlen hielt? Er sah an sich herab. Die gutgebaute Stute Alma, vor einem Monat nach langen Verhandlungen von seinem Freund Elio Belli gekauft, konnte schon den Anschein wecken. Regelrecht verliebt hatte er sich in ihr schmales und doch wohlgerundetes Hinterteil, den edlen Kopf und die sanften Augen. So ein Tier konnte durchaus einen stärkeren Eindruck hinterlassen als die schlichte schwarze Kleidung, die er seit einiger Zeit trug. Die wirkte nicht eben geckenhaft, war vielmehr dazu gedacht, ihm den Anstrich uneitler Autorität zu verleihen.

Würdevoll nickte er also der Frau zu, wandte den Blick ab und klopfte den Hals der Stute, versprach ihr flüsternd Leckerbissen.

»Was hör ich da, mein Freund?«, rief Battista ihm zu. »Ich hoffe doch, du lobst dein Pferd in Reimen!«

»Eh«, sagte Andrea und begann stotternd: »Ich hieß meine Stute Pegasus, weil ... weil wie im Flug mich trug ihr Fuß.«

Battista lachte auf. »Poeta nascitur, non fit. Der Dichter wird geboren, nicht gemacht.«

»Und? Bin ich nun einer?«

»Ich kann dich nicht verstehen.«

»Lag Dichtkunst in der Wiege mir, geweckt durch deine Siegesgier?«

»Ob deine Worte die Zeiten ebenso überdauern, wie es deine Bauwerke zweifellos tun werden, darauf würde ich nicht wetten, Bruder. Dein Augenmaß lässt übrigens zu wünschen übrig. Ich habe dich siegen sehen.« Er schlug Andrea auf die Schulter.

»Und ich dich.«

»Dann lassen wir die Reimerei und reiten zurück, bevor Giangiorgio ungeduldig wird.«

Am Hang eines sanft abfallenden Hügels, bereits in Sichtweite ihres Ziels, ordnete Giangiorgio Trissino die Mittagsrast an. Eine Baumgruppe bot Schutz vor der sengenden Hitze. Während die Bediensteten dem Patriarchen Klappstuhl und -tisch im dichten Schatten einer Zypresse aufstellten, warfen sich Andrea und Battista daneben in die duftende Wiese. Auf einen Ellbogen gestützt, einen langen Grashalm im Mundwinkel, wies Battista in die Ferne.

»Ist es das? Dort hinten auf dem Hügel?«

Andrea nickte.

»Ein schönes Plätzchen.«

»Das einzige, das in Frage kam. Ein Hügel inmitten der Felder mit Blick auf Wein und Obstbaumwälder und nah an einem Bach ...«

»Das Reimen liegt dir wohl doch im Blut?«

Andrea lächelte, stand auf und reichte dem Freund die Hand.

»Es ist angerichtet.«

Wein, Brot und Pecorino, Hirschwurst, Oliven, Rucola und Öl standen bereits auf dem Tisch und machten ihm den Mund so wässrig, dass er glaubte, sich auf der Stelle darauf stürzen zu müssen. Trissino sprach ein Tischgebet und hob seinen Becher.

»Auf die Künste, meine Freunde! Und nun greift zu!« Er schob sich ein Stück Käse in den Mund. »Bevor wir uns der Architektur widmen, würde ich nun gern

Eure Meinung hören zu meiner Dichtung, einer Passage, die ich unterwegs überarbeitet habe, bei Gott nicht zum ersten Mal. Ob die Schaukelei in der Sänfte meinen Gedanken Ordnung verliehen oder sie im Gegenteil durcheinandergeschüttelt hat, das bitte ich Euch zu beurteilen.«

Er setzte ein Lächeln auf, das seinen strengen Gesichtszügen etwas Satyrhaftes verlieh. Fasziniert betrachtete Andrea das Spiel der feinen Falten um die Augen des Älteren. Wie viel Charakter Falten einem Gesicht doch verliehen, wie langweilig ein junges Gesicht sich dagegen ausnahm.

»Geht es um Euer Epos über die Befreiung Italiens von den Goten, oder habt Ihr etwas Neues begonnen?«, fragte Battista.

»Ihr wühlt in meinen Wunden, Maganza! Natürlich noch immer die Goten. Seit über zehn Jahren bekämpfe ich sie an Belisars Seite, an die zwanzigtausend Verse sind es bereits und ein Ende nicht in Sicht. Doch soll dies die einzige Aufgabe sein, an der ich scheitere?«

Andrea dachte daran, wie Battista ihm erst kürzlich in trunkenem Zustand versichert hatte, »Die Befreiung Italiens von den Goten« drohe das langweiligste Werk der Literaturgeschichte zu werden. Wenn er nur jetzt seine scharfe Zunge im Zaum hielt. Vielleicht doch noch ein Reim, um alles in angenehme Bahnen zu lenken? Andrea schluckte hastig Wurst und Brot.

»Ein Epos, das Homer Euch neidet, drum lohnt's, dass für die Kunst Ihr leidet.«

»Geschenkt, Andrea!« Battista schielte ihn grimassierend an, während Trissino in einer Mappe mit Manuskriptseiten blätterte. »Lasst uns jetzt endlich wahre Dichtkunst hören!«

»Es geht um diese Passage im dreizehnten Buch, in

welcher der Schutzengel des Generals Belisar auftritt, der diesem, wie Ihr Euch erinnern werdet, vom zweiten Buch an beisteht. Hört: Der Engel Palladio stieg vom Himmel herab, um dem großen Belisar beizustehen ...«

Die Worte umflossen Andrea, der seinen Blick über die liebliche Landschaft schweifen ließ und sich entspannt den Mandelküchlein widmete, die der Koch eben aufgetragen hatte. Schon bald verlor er den Faden der sperrigen Handlung. Er lauschte dem Gezwitscher der Vögel, die hinter ihm in den Bäumen konzertierten, versuchte, die unterschiedlichen Stimmen auseinanderzuhalten. Ob es auch in der Vogelwelt berühmte Sänger gab, denen die Jüngeren andächtig lauschten?

Er zuckte zusammen. Battista hatte ihm unter dem Tisch einen Tritt gegen das Schienbein verpasst, offenbar um ihn auf das Ende des Vortrags aufmerksam zu machen.

»Nun, was sagt Ihr?«, fragte Trissino.

»Ihr beschämt mich, verehrter Giangiorgio«, sagte Andrea, um sich gleich seiner Pflicht zu entledigen. »Gegen Eure Dichtung nehmen sich meine Worte aus wie das Gekrächze eines Raben gegen das vierstimmige Madrigal, das ich neulich bei Euch genießen durfte.«

Battista verdrehte die Augen.

»Ich danke Euch, Andrea, Ihr seid zu freundlich!«, sagte Trissino. »Wie steht es mit Euch, lieber Battista? Da Ihr Euch ja selbst im Dichten versucht – konnten meine Korrekturen Euch überzeugen?«

»Mehr als das. Ich stimme Andrea in jeder Hinsicht zu!« Battista kratzte sich mit dem Fingernagel eine Fleischfaser zwischen den Zähnen hervor und schnippte sie beiläufig in Andreas Richtung. »Mir ist nun sogar eine ganz neue Erkenntnis gekommen. Euer Engel Palladio – weist er nicht ganz erstaunliche Ähnlichkeit mit unserem Andrea auf? Seine Kompetenz in Fragen des Städtebaus und der Architektur, wie er dem Architekten Callidio den Bau der Mühlen am Tiber erläutert – wüsste ich es nicht besser, dann würde ich denken, Ihr hättet das ebenmäßige Engelsgesicht und den baumeisterlichen Verstand unseres lieben Freundes zum Vorbild genommen.«

Andrea war unsicher, ob das ein Lob oder eine weitere unverschämte Spöttelei darstellen sollte. Vielleicht beides? Immerhin sah er Trissino schmunzeln.

»Engelsgesicht, nun ja. Schon aufgrund der Dauer unserer Bekanntschaft, die gerade mal ein Zehntel der Zeit ausmacht, die ich mich schon mit dem Engel Palladio befasse, verbietet sich diese Vermutung. Gewisse Parallelen allerdings – was meint Ihr?« Er wandte sich Andrea zu. »Andrea Palladio. Wäre das nicht ein Beiname, der Eurer Berufung zu höheren Aufgaben auf klangvolle Weise gerecht würde? Zwar kannte ich bereits einen Palladio, den Dichter Blosio, der mit mir am päpstlichen Hof diente, doch Rom ist weit.«

»Andrea Palladio«, wiederholte Andrea. Es klang noch ein wenig fremd, beschwor jedoch eine Ahnung künftigen Ruhms herauf, die ihn unwillkürlich lächeln ließ. »Andrea Palladio.«

»Der Klang, immerhin, ist harmonisch. Ausgewogen, ruhig, elegant. Wie ein römischer Tempel.« Battista, die Stimme gänzlich frei von Ironie. »Wobei«, er wandte sich mit gesenkter Stimme an Andrea, »die Anmutung von Geschlechtslosigkeit, die so einen himmlischen Boten umgibt, ebenso wie die Herleitung des Namens von der griechischen Göttin Pallas Athene schon etwas Weibisches an sich hat. Lass dir sicherheitshalber einen Bart wachsen, mein Lieber!«

Trissino erhob sich.

»Was für ein Schandmaul Ihr seid, Battista! Verratet noch den besten Freund um einer spaßigen Bemerkung willen. Passt nur auf, dass Ihr nicht irgendwann den Falschen beleidigt und mit durchschnittener Kehle endet.«

Er fuhr Battista zärtlich mit den Fingern durch die Locken, packte plötzlich zu und zog seinen Kopf zurück, mit der Kante der anderen Hand über seine Kehle streichend. Dann tätschelte er ihm die Wange und winkte der Dienerschaft, die etwa zehn Schritte entfernt in der Wiese lagerte.

»So hat unsere Mußestunde unter freiem Himmel uns also tiefere Erkenntnisse gebracht als so mancher Arbeitstag. Lasst uns jetzt aufbrechen und anhand von Stein und Ziegel überprüfen, ob Palladio seinem Namen zur Ehre gereicht!«

Dreiunddreißigstes Kapitel

Andrea hatte sich alle Mühe gegeben, seine Enttäuschung zu verbergen. Später am Zeichentisch wollte er in aller Ruhe überlegen, ob das, was ihm so unerhört neu und folgerichtig erschienen war, tatsächlich eine Schwäche im Entwurf darstellte. So schnell wie möglich musste er der Sache auf den Grund gehen.

Daher war ihm diese Ausdehnung der Reise, die er im Vorfeld noch freudig begrüßt hatte, jetzt mehr als unwillkommen. Eine Woche lang wollte Trissino ihm und Battista die Schönheit der Städte im Norden und Osten von Vicenza vor Augen führen. Von Lonedo über Marostica, berühmt für die alle zwei Jahre stattfindende Aufführung des lebenden Schachspiels, sollte es nach Bassano del Grappa am Fuß der Berge gehen. Trissino wollte dort den jungen Maler Jacopo da Ponte treffen, beabsichtigte möglicherweise, ihn seiner aktuellen Sammlung vielversprechender Künstler hinzuzufügen, wie Battista boshaft bemerkt hatte. Über Castelfranco, Heimat des berühmten Malers Giorgione, und Cittadella, zwei Städte, deren imposante Festungsanlagen Andrea studieren sollte, würde es dann wieder heimwärts gehen. Für keine Etappe sollten sie länger als einen halben Tag benötigen, für Unterkunft und Verpflegung war bestens gesorgt.

Noch nie war Andrea zum Vergnügen gereist. Doch je mehr er auf dem Ritt in Richtung Marostica den gutgelaunten Reisegefährten zu mimen versuchte, desto weniger konnte er über Battista Maganzas Scherze lachen, und für Trissinos spitzfindige Erörterungen antiker Baustile wollte er nun schon gar keine Begeisterung mehr aufbringen. Vielleicht war der Patrizier trotz all seiner vergangenen Erfolge eben doch nur ein alter Mann, dem es schwerfiel, wahrhaft neu Gedachtes zu würdigen. Ebenso gut war allerdings möglich, dass es ihm selbst an Weitblick und Erfahrung fehlte, dass, was er für neu hielt, bereits tausendmal gedacht und ebenso oft verworfen worden war.

Dabei hatte sich alles so gut angelassen. Sein Entwurf der Anlage, der die verschiedenen Funktionen der Villa in einem kompakten Baukörper mit hierarchischer Gliederung zusammenfasste, hatte ihm noch uneingeschränktes Lob eingebracht. Die herrschaftlichen Wohnräume, im dreizehn Fuß über dem Gelände liegenden Hauptgeschoss des höheren Mitteltraktes untergebracht, die bis unter das Dach reichende Halle, der grandiose Ausblick von der Loggia auf die umliegenden

Ländereien. Die gutbelichteten Räume zum Kochen, zur Weinproduktion und Vorratshaltung darunter, die Kornkammern, für gefräßige Nager unerreichbar, unter dem Dach, die zu beiden Seiten des Hauptgebäudes angeordneten Wirtschaftshöfe und flachen Nebentrakte.

Keine geschicktere Anlage sei hier denkbar, hatte Trissino erklärt und ihm bei der Besichtigung so ausdauernd den Arm um die Schultern gelegt, dass Andrea schon meinte, bald den Kopf an seine Schulter lehnen zu müssen wie ein dankbares Weib.

Die Fassade allerdings, nun, die müsse man sich eben vollständig denken. Derzeit fehle ihr noch gänzlich das Vitruvianische. Sie gemahne eher an nüchternen Ingenieurbau, nicht unrömisch, wenn man sich etwa die Rotonde des Pantheons vor Augen halte, aber eben ohne jene Erhabenheit, die der edlen Familie Godi angemessen sei. Zweifellos habe Andrea eine Verblendung mit Pilastern, Säulen und anderen Dekorelementen längst in die Wege geleitet. Äußere Schönheit habe die Eleganz der inneren Organisation schließlich gebührend zu spiegeln.

Schweigen. Andrea öffnete den Mund, um zu erklären, sah Battista den Kopf schütteln und schloss ihn wieder, als ihm klar wurde, dass der alte Mann seine Worte trotz des beiläufigen Plaudertones mit Bedacht gewählt hatte. Dekor, Verblendung, alles Unsinn. Das kam bei einem Neubau nicht in Frage, da die Ornamente in das Mauerwerk eingebunden werden mussten, das doch so offensichtlich fertig verputzt vor ihnen stand.

Wie ein Schwall eisigen Wassers ließ die unerwartete Kritik Andrea erzittern, trieb ihm Gänsehaut den Rücken hinab. Trissino wandte sich ab. Er zog Battista, der Andrea noch im Gehen besorgte Blicke zuwarf, am Arm mit sich fort, vorgeblich, um die Fresken der griechischen Götter in der Sala dell'Olimpo zu besprechen, an denen gerade gearbeitet wurde.

Andrea presste die Lippen zusammen, trat hinaus auf die Loggia, stützte die Arme auf die Brüstung und versuchte seinen Atem zu beruhigen. Doch der Knoten in seinem Inneren verdichtete sich. Andrea Palladio, Erneuerer der Architektur, vom Sockel gestoßen von dem, der ihn vor wenigen Stunden hinaufgehoben hatte. Wie ein Esel stand er nun da. Als wäre es nicht eine bewusste Entscheidung gewesen, auf die Ornamente zu verzichten, die zu meißeln er Jahre seines Lebens verbracht hatte. Eine Konzentration auf das Wesentliche hatte er beabsichtigt und an das Lob gedacht, das ihm Alvise Cornaro hier zweifellos zollen würde.

In der Enge der Stadt, ja, da hatten die Pilaster und Halbsäulen einen Zweck, machten die Flächen lebendig, die, aus der Nähe der engen Straßen betrachtet, sonst allzu leicht öd wirken könnten. Doch dieses Gebäude war für den Anblick aus der Ferne gedacht, aus der man die wohlüberlegte Gliederung des Baukörpers wahrnahm und nicht kleinteilige Details. Keinen Palast hatte er schaffen wollen, sondern ein Gebäude, dem man ansah, dass es einem landwirtschaftlichen Zweck diente.

Sein Auftraggeber, Girolamo Godi immerhin, war seinen Ideen gefolgt. Die aufwendig über Bögen geführte Konstruktion der Freitreppe, die das erhöhte Wohngeschoss erschloss, war ihm als treffender Ausdruck der edlen Stellung seiner Familie erschienen. Wahre nobiltà bedürfe keiner Protzerei, hatte er gesagt. Die Pracht solle sich im Inneren des Gebäudes entfalten, für den er die besten Künstler mit den Wandmalereien und Fresken betraut hatte.

Doch was half es, sich all das ins Gedächtnis zu rufen?

Trissino würden seine Argumente nicht erreichen. Der hatte sein Urteil gefällt, und so wohlwollend er sich für gewöhnlich auch gab, ungebetener Widerspruch kam nicht in Frage, so viel stand fest. Die Gunst der Edlen, so sagte man, sei launenhaft wie die der antiken Götter und ihr Verlust fast ebenso verderblich. Undenkbar, sie leichtfertig aufs Spiel zu setzen. Nicht nur dass Trissino Andrea seine erlesene Bibliothek zur Verfügung stellte, er öffnete ihm auch die Tür zu den Mächtigen und Reichen, die seine künftigen Auftraggeber werden sollten.

Ja, der edle Giangiorgio war das Zugpferd, das dabei war, Andreas Karriere in Schwung zu bringen. Dankbarkeit war angebracht. Wie ein wertvolles Pferd wollte auch sein Gönner gelobt und mit Leckereien versorgt werden, die ihn bei Laune hielten. Das Bild ließ Andrea lächeln. Trissino, von ihm aus der Sänfte gezogen und vor den eigenen Karren gespannt, gefüttert mit Apfelstückchen und antiken Ornamenten. Ein geradezu ketzerischer Gedanke, den auszusprechen er nicht einmal Battista gegenüber wagen würde.

Säulen und Pilaster also. Doch nicht mehr bei der Villa Godi. Die würde, solange der Stein Bestand hätte, Zeugnis davon ablegen, dass Andrea Palladio eigenständige Visionen hatte.

Er atmete tief durch. In der Ferne konnte er schon die Mauern Marosticas erkennen, die sich über den bewaldeten Hügel nach oben zogen bis zum Kastell auf dessen Kuppe. Eine interessante Anlage.

Andrea sah sich um. Weit waren die anderen hinter ihm zurückgeblieben, klein wie die Holzfiguren, die Mariangela schnitzte. Er stieg in den Sattel seiner Alma, klopfte ihr den Hals und winkte Battista zu. Der wechselte noch einige Worte mit dem alten Mann in der Sänfte und trieb dann sein Pferd im Galopp an Andreas Seite.

»Hast du deine Wunden geleckt, mein Freund? Oder wollen wir heute Abend nach willigen Frauen Ausschau halten, die das für dich besorgen?«

Andrea lächelte. »Um ehrlich zu sein, ich komme ganz gut einige Tage ohne Frauen aus. Mir ist mehr nach einem guten Mahl, einem Krug Wein und vielleicht einem Spaziergang zur Festung. Meinst du, man darf auf der Stadtmauer hinaufwandern?«

»Du hast gut reden, bei zwei Frauen, die daheim auf dich warten. Sag endlich, genießt du sie abwechselnd? Oder beide gemeinsam?«

Andrea seufzte. »Du weißt gar nichts vom Eheleben. Warum suchst du dir keine Frau, zu der du heimkehren kannst?«

»Weil ich mich nicht für eine entscheiden kann. Für alle Fälle habe ich meine Magd. Die versorgt mich gut, in jeder Hinsicht, und verpflichtet mich zu nichts. Nun ja, fast nichts. Gut soll es ihr schon gehen, ihr und dem kleinen Bastard. Aber Treue kann sie nicht von mir fordern. Außer regelmäßiger Bezahlung schulde ich ihr nichts.«

»Lass uns nicht schon wieder über Frauen reden.«

»Warum, was gibt es Interessanteres?«

»Die Anlage der Stadt dort, beispielsweise.«

Battista verdrehte die Augen.

»Da der Stein dir offenbar so viel näher ist als weiche Schenkel und Brüste, wird dich vielleicht interessieren, was der Alte für das nächste Jahr plant. Los, frag mich!«

»Was plant er für das nächste Jahr?«

»Er will mit uns nach Rom reisen! Weil nur der Augenschein die wahre Erhabenheit der römischen Baumeister offenbaren kann.«

VON BASSANO DEL GRAPPA NACH CITTADELLA, SEPTEMBER 1539

Vierunddreißigstes Kapitel

»Palladio also. Und Ihr baut Landsitze für hohe Herren. Nun, der Name klingt nach mehr.« Jacopo da Ponte sprach langsam und musterte Andrea ohne jeden Anflug von Höflichkeit. »Malt Ihr auch?«

»Bedaure, nein. Ich bin Steinmetz und Baumeister und vollauf damit beschäftigt, auf diesem Feld nach jenen Leistungen zu streben, die zu Recht von mir erwartet werden.«

Jacopos linker Mundwinkel zuckte kaum wahrnehmbar, und Andrea hegte die Befürchtung, dass dies die größte Annäherung an ein Lächeln war, die von diesem Mann zu erwarten stand. Obwohl etwa gleich alt wie er, wirkte der Maler mit seinem kantigen braungebrannten Gesicht und dem mächtigen Körperbau älter. Überhaupt glich er weniger den Bewohnern des Veneto als jenen knorrigen Männern von jenseits der Gipfel, die gelegentlich auf dem Markt in Vicenza auftauchten. Dort priesen sie mit kehligen Worten ihre würzigen Bergkäse und Gamswürste an, die Blicke so mürrisch, dass kaum einer wagte, der Kostprobe keinen Kauf folgen zu lassen.

»Unser guter Jacopo, umgänglich wie eh und je«, schaltete sich Battista ein. »Auch wenn du meinen Freund betrachtest wie der Büffel den Mistkäfer zu seinen Füßen – der Mistkäfer weiß, dass er fliegen kann.«

Andrea, dem dieser Vergleich wenig schmeichelhaft erschien, wollte protestieren, ließ es jedoch bleiben, da die beiden Maler sich bereits von ihm abgewandt hatten. Offenbar war er zwar Anlass, nicht jedoch Gegenstand des Geplänkels. Wenn Andrea in Jacopo da Pontes Augen ein Mistkäfer war, dann kam Battista offenbar höchstens einer Küchenschabe gleich.

»Mir scheint, jetzt erinnere ich mich an dich«, sagte Jacopo. »Gian Battista, der Pinselwäscher des großen Maestros Tiziano da Cadore. Wie ich sehe, hast du es weit gebracht, bist Schoßhündchen eines mächtigen Mannes geworden.«

»Ein Leben, das mir jeden Tag mehr Freude bereitet, als du in deinem ganzen Leben gehabt hast, mürrischer Büffel. Immerhin hast du inzwischen gelernt, auf zwei Beinen zu gehen, was das Malen sicher ungemein erleichtert.« Battista ließ den Blick durch die Werkstatt schweifen und machte eine ausholende Geste. »Der Neid könnte mich fressen, wenn mir harte Arbeit nicht so zuwider wäre. Wir haben auf dem Weg dein Altarbild in der Chiesa di San Luca in Marostica gesehen. Das hat etwas. Vermutlich ist es dein schlichtes Gemüt, das den erhabenen Motiven den Anstrich gibt, als hättest du sie im nächsten Hinterhof aufgelesen. Nicht übel. Du leitest die bottega?«

»Mit meinem Vater. Aber die Gicht setzt ihm zu. Er kümmert sich jetzt hauptsächlich um die Verhandlungen und Verträge. Ich male.«

Andrea, der sich schon darauf vorbereitet hatte, die Streithähne zu trennen, entspannte sich. Jacopo verzog nun sogar beide Mundwinkel, als er Battista seine Pranke auf die Schulter hieb.

»Wir sollten heute Abend ein paar Krüge stemmen, Pinselwäscher. Auch wenn du für meinen Geschmack immer noch zu viel redest. Kommt selten vor, dass sich alte Bekannte hierher verirren.«

»Maestro Jacopo!« Trissino, der während ihres Gespräches einen Rundgang durch die Werkstatt unternommen und den Gesellen bei ihrer Arbeit über die Schulter gesehen hatte, trat hinter einer großformatigen Leinwand hervor, die Hand erhoben. »Wollt Ihr mir kurz Gesellschaft leisten?«

»Das will ich nicht versäumen«, raunte Battista Andrea zu, während Jacopo dem Ruf ohne Eile folgte.

»Was meinst du?«

»Wie du gehört hast, ist an dem guten Jacopo kein Diplomat verlorengegangen. Er ist ein Bauer und stolz darauf, schroff wie die Berge. Was hat er gemeinsam mit einem feinsinnigen päpstlichen Diplomaten und Dichter? Wenn die nicht ordentlich zusammenkrachen ...«

»Und woher kennst du ihn?«

»Aus Venedig. Er hat bei Bonifacio de' Pitati gelernt, den sie auch Veronese nennen, und danach eine Weile in Tizianos Werkstatt gearbeitet. Er war allerdings damals schon besser als ich. Ich sage dir, seine Pelzverbrämungen ...«

»Das ist aber doch kein Grund, dich einen Schoßhund zu schimpfen.«

»Was sind wir sonst, Andrea? Damals in Venedig haben wir unter uns Gesellen und Lehrlingen diejenigen so genannt, die sich einen reichen Gönner gesucht und auf die eine oder andere Weise zu dessen Unterhaltung beigetragen haben.«

Erst Mistkäfer, jetzt Schoßhund. Das klang nicht nach dem, wonach Andrea strebte, und er beschloss bei sich, keinesfalls in diesem peinlichen Status zu verharren. Immerhin hatte er inzwischen auch Girolamo Godi von seinen Qualitäten überzeugen können, und weitere nobili würden folgen. Der Ausweg war nicht, auf einen Gönner zu verzichten, sondern viele weitere zu gewinnen.

»Mir scheint jedoch«, ließ Trissino sich vernehmen, die Stimme leicht erhoben, »dass Ihr Euch auf diese Weise manchen Weg versperrt.«

Andrea schrak zusammen, da die Worte gut als Antwort auf seine Gedanken getaugt hätten. Doch Battista stieß ihn mit dem Ellbogen an und zog ihn hastig näher ans Geschehen. Trissino und Jacopo da Ponte standen vor einer Leinwand, die eine Wirtshausszene zeigte. Erst auf den zweiten Blick erkannte Andrea, dass es sich bei dem Mann mit dem erhobenen Zeigefinger um den Gottessohn handeln musste.

»Nicht den Weg, den ich gehen will«, antwortete Jacopo mürrisch.

Die Gesellen hatten die Pinsel abgesetzt und verharrten so unbeweglich, als wären sie selbst gemalt. Nur der Stößel, mit dem ein Lehrling Farbpulver im Mörser zerrieb, klapperte noch kurz, bevor völlige Stille eintrat.

»Bedenkt doch, dass die Darstellung biblischer Ereignisse uns die Erhabenheit Gottes vor Augen führen soll. Ihr hingegen setzt unseren Herrn Jesus in Emmaus mit seinen Jüngern in die schlichte Taverne, in der Ihr Eure Abende verbringt.«

»Es heißt, die Jünger hätten ihn zum Essen eingeladen. Wo sonst als in einer Taverne hätten sie das tun sollen?«

Trissino wischte die Bemerkung mit einer ärgerlichen Handbewegung beiseite.

»Nicht genug damit. Der Blick der Jünger ist nicht einmal auf ihren Herrn gerichtet, obwohl sie Ihn zu diesem Zeitpunkt, da das Mahl fast beendet ist, längst als solchen erkannt haben müssen. Sie diskutieren miteinander, als wäre Sein Wort nicht von Bedeutung. Auch der Wirt blickt ins Leere, Hund und Katz scheren sich keinen Deut darum. Mein lieber junger Freund, das ist die falsche Botschaft!«

Jacopo legte den Kopf schief und rieb sich den dichten Bart. Er schien über die Einwände nachzudenken. Auch Andrea fragte sich, ob die Komposition nicht allzu respektlos war. Schräg hinter Trissino stehend, vertiefte er sich in das Gemälde, das eine solche Ruhe und Kraft ausstrahlte, dabei gleichzeitig mitten aus dem Leben gegriffen schien. Undenkbar jedenfalls, dass Gedankenlosigkeit Jacopo den Pinsel geführt hatte. Der Mann wusste, was er tat.

»Ihr seht jetzt, was ich meine?«, fuhr Trissino versöhnlicher fort. »Es kann doch nicht in Eurer Absicht liegen, dass der Betrachter sich fragt, worauf das geschwollene Knie des Wirtes zurückzuführen ist und ob der Hund im nächsten Moment die Katze durch den Raum jagen wird. Das Wort Gottes steht im Raum, und jeder Blick muss unserem Herrn Jesus gelten!«

Jacopo räusperte sich. »Meint Ihr, die einfachen Leute hätten Ihn verehrt, wenn Er nicht als einer der ihren unter ihnen gesessen hätte, wenn Er von oben herab seine Weisheit über sie ergossen hätte, wenn sie nicht über seine Worte hätten diskutieren dürfen?«

Battista flüsterte Andrea ins Ohr: »Das war der längste Satz, den ich je von ihm gehört habe.«

Trissinos Augen verengten sich, und er sog den Atem tief ein, doch Jacopo sprach weiter.

»Man redet über die Ernte, man redet über Steuern, man redet über den Hochmut mancher Fürsten, und man redet über das Wort Gottes. Weil man nichts wahrhaft begreifen kann, worüber man nicht unbefangen nachdenken und sprechen darf.«

Ein Pinsel fiel klappernd zu Boden, und Andrea hörte den Gesellen scharf Luft holen.

»Mir scheint«, sagte Trissino kaum hörbar, »dass die Ketzer das Gift ihrer sogenannten Reformation schon bis in die finstersten Ecken versprüht haben. Sagt mir, Maestro Jacopo: Soll das Euer Weg sein?«

Hoch aufgerichtet sah Jacopo Trissino in die Augen. Eine tiefverwurzelte Eiche und eine ionische Säule, dachte Andrea, da fehlt wahrhaftig die gemeinsame Basis. Nicht ein Muskel zuckte in Jacopos Gesicht. Trissino wandte sich zum Gehen.

»Die Welt wird Euch verschlossen bleiben. Schade um Euer Talent. Ihr werdet hier in Bassano bleiben müssen.«

»Nichts anderes hatte ich vor.«

Jacopos Stimme klang gelassen, doch er hatte die Stirn jetzt gesenkt, die Fäuste geballt. Andrea biss sich auf die Lippe und nickte dem Maler zu. Dann eilte er Trissino nach.

Hinter sich hörte er Battista sagen: »Wieder einen neuen Freund gewonnen, Jacopo. Bravo!«

»Wwwwuff!«, antwortete der Maler.

Da Bassano die entlegenste Station ihrer Reise gewesen war, ging es von dort an heimwärts, auch wenn sie noch in zwei weiteren Orten haltmachten. Zeit, nach Hause zu kommen, in seine Werkstatt, in der er mit den gewonnenen Erkenntnissen würde arbeiten müssen, dachte Andrea, während er allein die gewaltigen Festungsanlagen von Cittadella abschritt.

Jacopo ging ihm nicht aus dem Kopf. Ein Mann, der sich seiner Sache so sicher war, dass er eher auf das Wohlwollen eines mächtigen Mannes verzichtete, als ihm nach dem Mund zu reden. Sicher, er selbst hatte nicht viel mit Jacopo gemeinsam, focht, wenn er denn dazu gezwungen war, auch mit feinerer Klinge – dennoch. Die Unbeugsamkeit des Malers ließ ihn an seiner eigenen Kompromissbereitschaft zweifeln. Doch Jacopo war in eine Malerfamilie hineingeboren und nannte eine etablierte Werkstatt sein Eigen, während Andrea sich seinen Ruf selbst aufbauen musste.

Wer leise auftritt, kommt weit und bleibt gesund, sagte das Sprichwort. Das mochte wohl daran liegen, dass Leisetreter von niemandem bemerkt wurden – was keineswegs in Andreas Sinn lag. Ein ausgewogenes Verhältnis zwischen Liebenswürdigkeit und Hartnäckigkeit, zwischen Kompromissbereitschaft und entschiedenem Auftreten zu finden, das, so schien es, würde für seine Ambitionen ebenso entscheidend sein wie seine Erfahrung als Baumeister und die architektonischen Studien.

Er seufzte und blickte von der Mauerkrone aus auf das Vieleck der Festungsanlage, die sich fast fünfzig Fuß über die Ebene erhob. Wenn nicht einmal diese titanischen Mauern der Stadt vor wenigen Jahrzehnten Schutz vor den plündernden Truppen des Kaisers geboten hatten, wozu dann überhaupt welche bauen? So beeindruckend der Ausblick von oben auch war, in ihrer Mitte, auf dem Marktplatz, hatte er sich eingeschlossen gefühlt wie ein Kaninchen im Kessel.

Er trat durch die Pforte in den Turm der Porta Bassanese und stieg die Treppe hinauf. Als er auf die Plattform trat, wehte ihm der Wind die Kappe vom Kopf. Er klopfte sie ab, steckte sie in den Gürtel und grüßte den Wachtposten. Der saß in einer Ecke auf einem Schemel und aß Oliven, deren Kerne er über die Mauer in den Graben spie.

Zwischen zwei Zinnen spähte Andrea nordwärts. Bassano würde ihn wiedersehen. Mit seiner Mischung aus wohlvertrautem venezianischem Stil und dem frischen, fremden Duft, der aus den Bergen durch die steilen Gassen wehte, hatte das Städtchen ihn bezaubert. Allein wie die Brenta, die in der Ebene müde dahinfloss, dort nach dem Regen voller Ungestüm zwischen den Häusern gurgelte. Mit der gleichen Kraft, die auch Jacopo da Ponte zu beseelen schien. Auch ihn wollte Andrea wieder aufsuchen. Dann allerdings würde er nicht mehr als Schoßhündchen kommen.

VICENZA, APRIL 1541

Fünfunddreißigstes Kapitel

»Ein Bankett bei Conte Trissino? Schon nächste Woche?«

Dieses Zittern in Allegras Stimme – Mariangela musste lächeln. Wer hätte gedacht, dass es Drohungen gab, die ihrer Gefährtin tatsächlich Angst machten.

»Und das erzählst du so beiläufig beim Essen? Was soll ich denn da anziehen, bei allen Heiligen?«

Allegra ließ den Löffel in die Schüssel fallen und schlug die Hände vor Mund und Nase, die Augen so rund vor Schreck, als hätte Andrea ihr eben erklärt, dass sie von morgen an auf der Straße leben müssten.

»Wir könnten vielleicht ...«, sagte Mariangela.

»Was ist denn mit dem Kleid, das du zu unserer Hochzeit getragen hast?«, fiel Andrea ihr ins Wort. »Wie eine Göttin hast du damals ...«

Allegra schüttelte den Kopf, sah an sich hinab und ließ die Hände flatternd den Blicken folgen, versuchte ihre Taille zu umspannen. Mit dem Kinn deutete sie auf die Lücke, die zwischen ihren Mittelfingern klaffte.

»Da! Tu doch nicht, als hättest du nicht gemerkt, dass ich dicker geworden bin! Drei Kinder habe ich dir geboren ...«

»... und bist schöner als je zuvor!« Andrea warf Allegra eine Kusshand zu. »Es ist ja nur ein kleines Bankett. Zehn, zwölf Leute, ein wenig Musik.« Er hielt kurz inne und fügte, wie zu sich selbst flüsternd, hinzu: »Und eine kleine Überraschung.«

Allegra musterte ihn mit schief gelegtem Kopf, die Hände auf die Hüften gestützt. Mariangela kratzte den Rest Hammeleintopf aus Zenobias Schüssel, wollte ihr den Löffel in den Mund schieben, doch die Kleine presste die Lippen zusammen und schüttelte den Kopf, die weichen Ärmchen wie ihre Mutter in die Hüften gestemmt.

»Ein kleines Bankett im Palazzo Trissino also«, sagte Allegra, »eines wie die, zu denen wir jede Woche zweimal geladen sind, meinst du so ein Bankett?«

»Genau so eines!«, lachte Andrea. »Und um ehrlich zu sein: Ich war schon beim Schneider und habe ein Kleid für dich bestellt. Du musst nur gleich morgen hin zur Anprobe, damit auch alles passt. Aus grün gemusterter Luccheser Seide mit goldenen Borten an den Säumen und ...«

Allegra sprang auf.

»Seide? Goldborten? Bist du irre, Andrea? Woher nehmen wir denn das Geld?«

»Jetzt beruhige dich doch! Das Erbe meiner Eltern gibt uns ein wenig Spielraum. Die Mühle ist verkauft, wenn auch nicht so gut wie erwartet. Außerdem habe ich gestern eine Zahlung für die Villa Forni-Cerato erhalten.«

Er stand auf und griff nach Allegras Händen.

»Du bist jetzt keine einfache Handwerkerfrau mehr, du bist die Gemahlin des Architekten Andrea Palladio, der mit den nobelsten Männern der Stadt verkehrt.« Er lächelte. »Sie sollen doch sehen, dass auch wir wie Fürsten zu leben verstehen.«

Allegra holte tief Atem, sah sich in der Küche um und klatschte mehrmals in die Hände.

»Mägde, räumt den Tisch ab, flott!«

Sie ließ sich auf die Bank fallen, befeuchtete einen Zeigefinger mit Spucke und rieb Leonida einen Soßenfleck von der Wange. Der entwand sich ihrem Griff und verkroch sich unter dem Tisch.

»Ja, ganz wie bei den Noblen geht es zu«, seufzte Allegra.

»Dürfen wir im Garten spielen?«, fragte Toni.

Mit einer Handbewegung scheuchte Allegra die drei Jungen hinaus. Mariangela nahm Zenobias Hand, zog sie von der Bank und wollte ihnen folgen. Für sie würde wohl die Rolle der Magd bleiben im neuerdings hochherrschaftlichen Haus.

Andrea griff nach ihrem Arm. »Warte!«

»Ja, warte, mein Eichhörnchen. Du musst gleich anfangen, mir die Stirn zu zupfen.« Allegra fuhr sich mit den Fingern vorn in die Haare, zog mit angewiderter Miene daran. »Ich bin ja zugewachsen wie eine Bäuerin. Die Augenbrauen auch. Ich habe gehört, die orientalischen Sklavinnen machen ihren Herrinnen das mit Seidenfäden, die sie zwischen den Händen zwirbeln. Wenn du das doch auch könntest!«

Mariangela erstarrte und drückte die Hand der Kleinen so fest, dass diese zu weinen begann. Sie setzte sich wieder, zog das Kind auf ihren Schoß und übersäte es mit Küssen und tröstenden Worten. Nur nicht vor Allegra in Tränen ausbrechen. Die griff ihr jetzt von hinten in die Locken, wickelte sich eine ihrer Haarsträhnen um den Finger.

»So hab ich es doch nicht gemeint, Mariangelinella, Eichhörnchen, das weißt du doch, oder? Es ist nur, dass ich es mir so sehr gewünscht habe. Damals bei der Witwe, erinnerst du dich? Wenn wir bei Tisch aufgewartet und nachher den Dreck weggeputzt und uns über die feinen Leute lustig gemacht haben, da hab ich mir so gewünscht, ich wäre an deren Stelle.«

Und ich, dachte Mariangela, glaubst du vielleicht, ich hätte mir das weniger gewünscht? Glaubst du, es gäbe eine Dienerin auf der Welt, die nicht lieber Herrin wäre? Manchmal war Allegra so dumm.

»Ich werde dir alles erzählen, jedes Wort. Du musst unbedingt wach bleiben und warten, bis wir zurück sind, nachdem du die Kinder ins Bett gebracht hast.«

Andrea räusperte sich. »Mariangela wird die Kinder nicht ins Bett bringen können. Wir werden Carla fragen.«

Mariangela schniefte, wischte sich mit dem Ärmel die Nase und sah Andrea an. Der grinste.

»So etwas solltest du aber nicht machen, wenn du an Conte Trissinos Tafel sitzt.«

Sicher nur ein Scherz, dachte Mariangela und wollte sich mit einem Blick zu Allegra vergewissern. Doch die lächelte nicht.

»Sie ist auch eingeladen?«

Andrea nickte. »Gianna Maria, die Frau von Marco Thiene, hat darum gebeten, als Trissino das letzte Mal dort zu Gast war. Sie meint, ihr seid einige Monate gemeinsam in der Klosterschule gewesen, bevor man die richtigen Privatlehrer für sie gefunden hatte. Du hättest dich um sie gekümmert, als sie frisch aus Verona hierher gezogen war und niemanden kannte. Hättest ihr auch beim Rechnen geholfen. Sie ist etwas jünger als du, glaube ich.«

»Die süße kleine Gianna Maria Malaspina?«

Mariangela gab die Wärme, die in ihr aufstieg, an Zenobia weiter, die sich daumenlutschend an sie kuschelte.

»Ist sie noch immer so ein zartes Mäuschen?«

»Hübsch und blond ist sie und hat vor wenigen Wochen ihr zweites Kind bekommen.«

Vor Mariangelas Augen erschien das Bild des kleinen Mädchens mit der fast durchsichtigen Haut. Wie sie immer ihr Näschen kraus gezogen hatte, wenn sie nachdachte. Mariangela sah Andrea in die Augen und nickte.

»Es wäre schön, sie wiederzusehen.«

Die Stirn in Falten, die Arme vor der Brust verschränkt, das übergeschlagene Bein ungeduldig zuckend – es war offensichtlich, dass Allegra sich nicht für sie freute. Warum sollte sie. Sie hasste es, zu dritt auszugehen. Wenn Andrea mit seinen beiden Frauen auftrat, gab es überall Getuschel und dumme Witze.

»Aber ich kann nicht«, sagte Mariangela. »Die Kinder. Und ein Kleid habe ich auch nicht.«

»Der Schneider hat ein Kleid, das nicht abgeholt wurde, und er gibt es mir günstiger. Etwas enger und kürzer muss er es vielleicht machen, dann passt es bestimmt. Es ist noch vom Winter, mit samtenem Rock, aber es wird dir gefallen.«

Allegra sah aus dem Fenster, die Lippen geschürzt, wippte mit dem Fuß.

Doch Mariangela musste trotzdem fragen: »Welche Farbe hat es?«

»Der Rock ist rot, ein dunkles Rot, und das Mieder, nun ja, heller irgendwie, mit eingewebten Blumenranken. Oder sind sie aufgestickt? Sieh es dir einfach an, wenn ihr morgen zur Anprobe geht.«

Er warf einen Seitenblick zu Allegra, die ihnen den

Rücken zuwandte. Am Fenster stand sie, blickte in den Himmel, an dem die ersten Sterne flackerten. Tonlos bewegte Andrea die Lippen, lächelte.

»Du wirst wunderhübsch darin aussehen«, glaubte Mariangela zu verstehen. Einen Herzschlag lang gestattete sie sich, ihre Liebe in ihren Augen zu zeigen, dann senkte sie die Lider. Sie stand auf, um am Brunnen Wasser für den Abwasch zu holen.

So schön, dachte sie im Hof, war der Himmel schon lange nicht mehr.

Sechsunddreißigstes Kapitel

Ein Schauer überlief Mariangela, als sie hinter Andrea und Allegra im schulterfreien Kleid den Festsaal betrat. Im flirrenden Glanz unzähliger Kerzen glitzerte Silber und Kristall auf der mit dunkelrotem Damast bedeckten Tafel, erstrahlten die Wandgemälde wie Ausblicke in eine märchenhaft fremde Welt. Götter blinzelten ihr zu, Helden und Heilige streckten ihre nackten Arme nach ihr aus, schienen sich in ihren Togen unter die Gäste zu mischen, auf deren Gesichtern und Festgewändern das gleiche unwirkliche Leuchten lag. Der schwere Duft blumiger Öle stieg aus den kostbaren Roben und schwängerte die Luft, dass ihr fast schwindelte.

Sie suchte nach Halt, erblickte eine Kerze, die schief in ihrem Halter steckte. Schon klebte ein dünnes Rinnsal aus Wachs auf dem feinziselierten silbernen Kandelaber. Was das für eine Arbeit wäre, es später zu putzen. Es war nicht ihre Angelegenheit und doch – sie streckte den Arm aus, wollte die Kerze richten.

»Meine liebe, liebe Mariangela, wie hübsch du aus-siehst!«

Es musste Gianna Maria sein, die Mariangela jetzt von hinten umarmte wie eine langvermisste Schwester, die ihr vorsichtig über die sorgfältig frisierten Locken strich und sie auf die Wange küsste. Mariangela nahm ihre Hände, die zart wie Blüten in den ihren lagen, und sah ihr in die haselnussbraunen Augen. Das süße Mäuschen schaute noch heraus, doch von der Fröhlichkeit der Schultage war nicht mehr viel zu sehen in ihrem blassen Gesicht. Obwohl sie lächelte. Ihr spitzes Kinn zitterte, und sie drückte Mariangela ein zweites Mal an sich, flüsterte: »Alles war so leicht damals, nicht wahr?«

Mariangela fühlte die Blicke der Gäste auf sich. Gerade noch am Rand der fremden Welt, stand sie plötzlich im Zentrum, gestreift von spöttisch oder gutmütig lächelnden Gesichtern, die Allegras Blick umso strenger erscheinen ließen. Der Glanz in ihren Augen rührte nicht von Freudentränen.

Eine Flöte erklang, eine zweite und dritte fielen ein, und der Knoten in ihrer Brust löste sich. Gianna zog Mariangela in eine Ecke, in der zwei hochlehnige Stühle standen. Es war nicht einfach, den ungewohnt üppigen Rock beim Hinsetzen so zu bändigen, dass er nicht knitterte und auch noch anmutig lag. Mariangela rutschte auf der Sitzfläche herum, zog hier und zupfte dort, während Gianna Maria regelrecht sprudelte, ihr von der Hochzeit, der kleinen Tochter und der Geburt ihres Sohnes erzählte, und dann kam auch noch eine Magd, bot ihnen knicksend zwei gläserne Weinkelche.

Was sie wohl dachte? Den gesenkten Augen des Mädchens war nichts anzusehen, doch sie musste die kräftigen Hände mit den kleinen Narben sicher bemerkt haben, sosehr Mariangela sie auch mit Bimsstein geschrubbt hatte. Sie suchte im Gesicht des Mädchens nach Zeichen und sah ein winziges Lächeln, hochmütig. Entdeckerfreude und Verachtung, weil sie, Mariangela, nicht echt war. Gleich würde sie in die Küche laufen und über die Maskerade lachen und fragen, wer die war in dem roten Kleid mit den Arbeiterhänden. »Das muss die Venezianerin sein, die Schwester der Frau dieses Architekten«, würde dann vielleicht eine alte Köchin sagen und damit die Lästerlust des Mädchens anheizen. Dennoch lächelte Mariangela.

»Gegen meinen Willen haben sie ihn mir weggenommen, verstehst du?«, sagte Gianna Maria. »Bis zu seinem zweiten Geburtstag soll er bei der Bauernamme bleiben, weil deren Milch viel gesünder und kräftigender sei als die der Frauen in der Stadt. Auch weil das Fieber seltener vorkommt auf dem Land. Weil ich darauf bestanden habe, mein erstgeborenes Mädchen bei mir zu behalten, hätte ich selbst schuld, wenn die Pest sie hinraffe, doch bei einem Jungen ginge das nicht an, sagt die Schwiegermutter. Glaubst du das, Mariangela?«

»Dass Jungen schwächlicher sind und deshalb bessere Milch brauchen? Wenn es deine Schwiegermutter sagt ...«

Gianna Maria kicherte. »Das hätte mir einfallen sollen. Dafür hätte ich gern eine Strafpredigt riskiert. Wenn nur Marco jetzt nicht auch noch wegginge und mich mit dem Drachen alleinließe!«

»Dein Mann verreist? Wohin?«

»Das weißt du nicht? Giangiorgio Trissino scheucht seine Schäfchen nach Rom. Gian Battista, der malt und dichtet, Andrea, den Architekten, und meinen Mann, ebenfalls Dichter, der nebenbei den Vorteil hat, einen schönen Palazzo in der Ewigen Stadt sein Eigen zu nennen. Dort werden sie sich mit alten Steinen und jungen

Frauen und was weiß ich noch vergnügen, während wir hier sittsam sticken und spinnen.«

»Rom? Wann soll denn das sein?«

»In einem Monat etwa.« Gianna biss sich auf die Lippen. »Entschuldige, ich hätte nichts sagen sollen. Es wird wohl heute erst offiziell verkündet. Deshalb dieses Bankett. Ich dachte …«

Mariangela schluckte und suchte den Raum nach Allegra ab. Die Speisen wurden aufgetragen. Allegra stand hinter dem Tisch und lächelte überlegen, verfolgte offenbar ein Wortgefecht zwischen Andrea und seinem Freund Elio Belli. Niemand würde sie für eine verkleidete Magd halten, eher für eine Fürstin aus dem Süden, der dunkleren Haut und der Haare wegen. Ihre Hände hielt sie geschickt in den Rockfalten verborgen.

Sie musste es ihr sagen, sofort. Doch was, wenn sie schon Bescheid wusste, wenn man nur Mariangela im Dunkel gelassen hatte? Ging sie ja nichts an, war ja nicht ihr Mann, der die Familie im Stich ließ.

Gianna Maria zupfte an ihrem Ärmel. »Wir sollten uns zu Tisch begeben.«

Allegra, unerreichbar auf der anderen Seite der Tafel, lachte über die Scherze von Battista Maganza, der alle Register zog und sie anschwärmte, als hätte er einen Auftrag. Mariangela saß auf der Türseite zwischen Marco Thiene und dem greisen Bergkristallschneider Valerio Belli. Der war schon ein wenig taub und offenbar auch halb blind und hielt sie beharrlich für die Nichte des Gastgebers. Eben hatte er ihre weibliche Bescheidenheit gelobt, die doch nur daher rührte, dass sie keine seiner Fragen beantworten konnte. Jedes seiner Worte war von einem feinen Sprühregen begleitet, und Mariangela wusste gar nicht mehr, wie sie sich die klebrigen

Speicheltröpfchen unauffällig vom Gesicht und aus dem Ausschnitt tupfen sollte, und ließ sie schließlich einfach trocknen.

Immerhin, der alte Herr hielt sie für eine noble Dame. Er schien weder ihre schlichte Sprache noch ihre Hände bemerkt zu haben. Sie spähte zu Allegra hinüber und richtete sich auf. Unnahbare Königin, die Rolle beherrschte sie auch.

Auf dem Teller lag jetzt eine makellos runde Pastete, gefüllt mit Singvogelragout, daneben drei Spalten einer Frucht, die Mariangela noch nie gekostet hatte. Persischer Pfirsich. Der schmeckte, wie sich erwiderte Liebe anfühlen musste, dachte sie, so süß und saftig, dass es vom Gaumen bis in die Brustwarzen kitzelte.

Unter halbgesenkten Lidern warf sie einen Blick auf Andrea, der schräg gegenüber saß und mit Trissinos Schwiegertochter sprach, der Frau seines Sohnes Ciro, deren Namen Mariangela vergessen hatte. Sie hatte rotblondes Haar wie sie selbst, nur nicht so dicht gelockt, dafür mit Perlenschnüren geschmückt.

Der erste Bissen der Pastete zerfiel in ihrem Mund. Sie versuchte, den Teig vom Ragout zu trennen, und drückte die Fülle mit der Zunge an den Gaumen, um die Gewürze zu erkennen. Doch nicht alle waren ihr bekannt. Kardamom war jedenfalls dabei und Pfeffer. Wenn sie nur in die Küche gehen und fragen könnte, wie man so etwas herstellte. Wahrscheinlich war es gar nicht schwer, nur viel zu aufwendig für den Alltag. Wenn man statt der Singvögel Hühnchen nähme …

Marco Thiene versuchte über ihren Kopf hinweg dem alten Belli zu entlocken, woher die schönsten Kristalle für die Gemmenschneiderei zu beziehen waren. Doch der blickte nur hilflos, reckte sich, die Hand hinter sein Ohr gelegt, fast über Mariangela.

»Entschuldigt, doch über der Flötenmusik verstehe ich Euch so schlecht«, schrie er.

Marco wandte sich an Mariangela: »Verzeiht mir die Belästigung, Monna Mariangela, darf ich Euch um den großen Gefallen bitten, mit Erlaubnis unserer geschätzten Gastgeber«, er sah zu Trissino, der ihn nicht beachtete, »den Platz mit mir zu tauschen?«

»Es wäre mir ein Vergnügen«, antwortete Mariangela, weil sie dann neben Gianna Maria sitzen würde, und fühlte sich im nächsten Moment erröten. Hoffentlich war das »Vergnügen« keine Unverschämtheit dem alten Belli gegenüber, dem sie nicht ungern entkam. Sie lächelte ihn zum Abschied schüchtern an, und er zwickte sie in die Wange. Höfisches Benehmen war das sicher nicht. Gut, dass sie wegkam.

»Ich habe Marco gebeten, dich vom alten Belli zu erlösen«, flüsterte Gianna, während eine Magd Kelche und Teller austauschte. »Wer weiß, wie viel Gelegenheit wir nachher noch haben, miteinander zu sprechen, und ich wollte dir unbedingt sagen, dass du immer gern zu mir kommen kannst.«

Mariangela hob fragend die Brauen und lächelte.

»Du weißt schon, wenn es ... schwer werden sollte für euch. In Andreas Abwesenheit.« Sie suchte nach Worten, stockte und sprudelte dann nah an Mariangelas Ohr heraus: »Jeder weiß, er hat von unseren Romreisenden die größte Familie und den kleinsten Geldbeutel. Die Männer finden es womöglich unter ihrer Würde, solche Dinge zu bereden, aber du hast mir das Rechnen beigebracht, Mariangela, du verzeihst mir doch, dass ich so direkt darüber spreche?«

Mariangela wollte antworten, sich für die Fürsorge bedanken, Andreas Verantwortungsgefühl betonen, doch ihre Kehle war wie zugeschwollen. Warum hatte sie nicht selbst daran gedacht? Große Pläne für die Männer, große Sorgen für die Frauen. Sie griff nach Giannas Hand und drückte sie stumm.

»Ich habe mit Marco gesprochen. Du bist doch verwitwet. Er wäre einverstanden, wenn du in unseren Haushalt kommst.«

»Als …?«

Gianna Maria hob die Schultern. »Das ist ganz gleich. Wir sind Freundinnen. Schulden wir Frauen nicht alle unseren Herren Gehorsam? Erst den Vätern, dann unseren Ehemännern oder Brüdern, und letztlich können sogar unsere Söhne eher zum Familienoberhaupt werden als wir. Sind wir also letztlich nicht alle Mägde?«

Ein Gedanke voll Trost und stillem Aufstand, dachte Mariangela. Doch selbst wenn sie als Herrin gehen könnte – Allegra und die Kinder zu verlassen, das kam nicht in Frage. Nicht, bevor sie weggeschickt wurde. Erstens hatte Allegra ihr das Leben gerettet. Dann hatte sie das ein zweites Mal getan. Drittens war Mariangela lieber verwitwete Schwester der Hausherrin als Magd einer jungen Ehefrau, die im Haus der Schwiegermutter lebte und dort wohl wenig zu bestimmen hatte. Viertens liebte sie die Kinder, unmöglich, ohne sie zu leben. Fünftens hatte Andrea für sie getötet, und sechstens würde sie ihn kaum noch wiedersehen, wenn sie seinen Haushalt verließ. Dann lieber jede Lira zweimal umdrehen und Allegras Launen ertragen, der beistehen, die ihr – siebtens – trotz allem näher war als jeder andere Mensch.

»Ich danke dir aus tiefstem Herzen, Gianna, und hoffe, dass ich dich auch besuchen darf, wenn ich dein Angebot nicht annehmen muss.« Sie lächelte. »Was für eine kluge Frau du geworden bist.«

»Und nicht jede ist klug genug, das zu erkennen«,

sagte Gianna Maria mit spitzbübischem Lächeln. »Die Schwiegermutter mindestens hält mich für dumm und ungezogen.« Sie wurde ernst. »Du bist mir immer willkommen.«

Sie wandte sich ihrem frischgefüllten Teller zu, ergriff mit sichtlicher Vorfreude die Fasanenkeule und biss ein großes Stück des saftigen Fleisches heraus, nun eher ein Wiesel als eine Maus. Der Fleischsaft rann ihr aus dem Mundwinkel.

»Mein Lieblingsgericht, besser als Ente«, sagte sie mit vollem Mund.

Mariangela kostete und verdrehte die Augen vor Begeisterung.

»Besser als Huhn und als Taube«, stimmte sie zu, da sie noch niemals Ente gegessen hatte.

»Besser als Lerche und Schwan«, sagte Gianna.

»Besser als Fliegen und Käfer.«

Kichernd hielten sich beide die Hand vor den Mund. Mariangela fing einen missbilligenden Blick Allegras auf, wischte rasch die Hand an der Tischdecke ab und richtete sich auf. Betont vornehm zupfte sie mit Daumen und Zeigefinger ein paar Fleischfasern vom Knochen und steckte sie in den Mund, ließ kauend den Blick hoheitsvoll schweifen.

Der Hausherr ergriff seinen Löffel, schlug ihn klingelnd an den Weinkelch. Beim Anblick seines dünnen rotgrauen Haars, das aussah wie aus abgenutzten Daunen gewebt, presste Mariangela die Lippen zusammen, um nicht erneut aufzulachen. Woher bloß diese Fröhlichkeit kam, die so gar nicht zum Anlass passte. Sie hätte wohl den Wein nicht so schnell trinken sollen.

»Werte Gäste, wie bereits nach dem Tischgebet angekündigt, möchte ich Euch meine Pläne für die nächsten Monate zur Kenntnis bringen. Nun, da der ärgste Hunger gestillt ist, scheint mir der richtige Moment gekommen.«

Der mächtige Giangiorgio Trissino sah sich mit zufriedenem Gesicht um und ruckte dabei mit dem Kopf vor und zurück wie ein Huhn. Mariangela hustete und betete, dass niemand das Lachen dahinter erkannte.

»Pläne sind es«, fuhr Trissino fort, »die nicht nur mich, sondern auch meine lieben Freunde betreffen, namentlich den noblen Dichter, unseren Conte Marco Thiene«, er wies auf Giannas Mann, der sich neben Mariangela halb von seinem Stuhl erhob und verbeugte, »den allseits bekannten Gian Battista Maganza, ebenso geschätzt für seine Qualitäten als scharfzüngiger Unterhalter wie für seine fraglos nicht durch Fleiß erworbene Fähigkeit als Maler«, er hob die Hand, um das teils höfliche, teils schadenfroh klingende Gelächter zu bändigen, »und nicht zuletzt meinen Andrea, genannt Palladio, den unaufhaltsam aufgehenden Stern der Baukunst, der das Zeug hat, bald alle Architekten der christlichen Welt zu überstrahlen, sofern«, Andrea verzog verlegen das Gesicht, lächelte entschuldigend, »sofern er endlich Gelegenheit erhält, die unübertrefflichen Bauwerke unserer römischen Vorfahren in natura zu studieren und größtmöglichen Gewinn daraus zu ziehen. Diese Erziehung meiner jungen Freunde zu Schönheit und Wahrheit habe ich mir zur edelsten Aufgabe gemacht.«

Er hielt inne, und das war gut so, denn Mariangela schwindelte bereits von den gedrechselten Wendungen. Ob Allegra begriff, worauf das hinauslief? Sie schien unsicher, ihr Gesicht in schmalem Lächeln erstarrt, die Finger spielten nervös mit dem Stiel ihres Kelches. Sie drehte sich Andrea zu, der das nicht zu bemerken schien und den Blick unverwandt auf Trissino richtete. Dabei hatte er sie eben noch aus den Augenwinkeln beobachtet. Hatte es der Feigling doch tatsächlich seinem Gönner überlassen, seiner Frau die Nachricht zu überbringen. Mariangela starrte ihn an, bis er ihr endlich den Blick zuwandte. Dann allerdings fiel ihr nichts Besseres ein, als ihn mit hochgezogenen Brauen anzusehen. Immerhin senkte er den Kopf, kaum merklich.

»In der zweiten Hälfte des nächsten Monats«, fuhr Trissino fort, »werden wir aufbrechen, uns in Venedig einschiffen und an der Küste des adriatischen Meeres entlang nach Rimini fahren, wo wir den Triumphbogen des Augustus durchschreiten und auf der Via Flaminia den letzten Teil unserer Reise in die Ewige und unübertreffliche Stadt zu Pferd antreten werden, mit jedem Schritt und jedem Atemzug das Erbe unserer Vorväter ehrend. Den genauen Termin der Abreise halte ich nach guter Sitte und aus Vorsicht bis zum letzten Tag geheim, um kein Gesindel anzuziehen.«

Der alte Belli applaudierte. »Darauf lasst uns anstoßen!«

»Mein lieber Valerio, trinkt nur, wenn Ihr durstig seid, doch lasst mich meinen Gedankengang noch kurz zu Ende führen. Wir wollen uns den Sommer über unseren Studien widmen und schon im Herbst, jedenfalls noch vor den ersten Schneefällen, den Appenin wieder heimwärts überqueren, so dass spätestens zum Fest der Geburt unseres Herrn Jesus die Familien wieder vereint sind.«

Schon im Herbst. Mariangela fühlte die Schneeflocken, die in so vielen Monaten erst fallen würden, in ihrem Nacken schmelzen und in eiskalten Bächen den Rücken hinabrinnen. Für ein halbes Jahr wollte Andrea Vicenza verlassen und hatte es nicht einmal nötig gefunden, seiner Familie davon zu erzählen. Was für ein Verrat! Sie konnte ihm jetzt nicht in die Augen sehen, obwohl sie seinen Blick spürte. Allegra saß aufgerichtet neben ihm wie eine steinerne Madonna und blickte mit schwarzglänzenden Augen konzentriert ins Leere.

Es wurde gelacht. Trissino hatte weitergesprochen. Nichts davon hatte Mariangela mehr gehört. Vielleicht war auch die Dauer der Reise ein Scherz gewesen, und er hatte es jetzt zurückgenommen. Er hob sein Glas auf die Gesundheit und den Erfolg der Reise, und mit allen anderen rief auch Mariangela »Viva!« und trank ihm zu.

Gianna Maria strich ihr über den Arm, der immer noch von Gänsehaut bedeckt war. Den ganzen Sommer über würden Schnee und Kälte in ihr sein.

Die Nacht war kühl nach all der Kerzenhitze. Mariangela zog das braunwollene Tuch, das so gar nicht zu ihrer Festrobe passen wollte, enger um die Schultern und nahm Battista Maganzas Arm, schmiegte sich an seine Seite, enger als schicklich, nur der Kälte wegen.

Da er sie heimbegleitete, konnte Allegra noch nicht, wie sie sicherlich wollte, Andrea anschreien, ihn beschimpfen. Ungewöhnlich lange hatte sie den Ärger geschluckt, hatte lächelnd das Bankett durchgestanden und ging nun am Arm ihres Mannes, als wäre nichts. Nachher würde es wohl umso schlimmer werden. Wenn sie nur wartete, bis Carla gegangen war. Wenn sie nur die Kinder nicht aufweckte.

Battista streifte mit dem Arm seitlich über Mariangelas Busen, drückte ein wenig, als sie nicht abrückte. Sollte er nur. Solange er sich nicht einbildete, dass er mehr von ihr haben konnte. Sie öffnete das Schultertuch ein wenig über dem tiefen Ausschnitt und spürte seinen Blick, der fast ebenso wärmte. Ein Spiel. Solange sie sich nicht einbildete, dass er mehr von ihr wollte.

Das Haustor, so bald schon. Abschiedsworte und Schlüsselrasseln, dann fiel die Tür ins Schloss. Im Schein der Fackel sah Mariangela, wie Allegra tief Luft holte und Andrea die Lippen zusammenpresste. Gleich geht es los, dachte sie. Doch Allegra stieß die Luft nur mit einem Seufzer aus, ließ die Schultern sinken wie nach großer Anstrengung, gab die königliche Haltung auf und schrumpfte zur Hausfrau. Ein Aufschub.

Wortlos stiegen sie in den ersten Stock. Alles war finster. Andrea leuchtete den Weg in die Küche und steckte die Fackel in den Halter an der Wand. Carla war auf der Bank eingenickt. Ihr Kopf ruhte auf dem Tisch in den Armen, gleich neben der herabgebrannten Kerze.

»Carla, wach auf!«, sagte Allegra. »Wolltest du deine Haare in Brand stecken?«

Carla richtete ächzend den Rücken gerade und rieb sich das Gesicht.

»Bin ich doch eingeschlafen. Die kleinen Engel sind hoffentlich noch in ihren Betten. Engel der Finsternis, zumindest in zwei Fällen, das muss ich euch schon sagen. Leonida und Marcantonio. Erst haben sie den beiden Katzen die Schwänze zusammengebunden und sie mit Stöckchen beworfen, bis die sich in ihrem Wahnsinn fast selbst zerfleischt haben, und als ich sie zur Strafe in ihr Zimmer gesperrt habe, sind sie durch das Fenster aufs Dach geklettert. Haben mich so lange ausgelacht, bis ich sie erwischt und ihnen gehörig den Hintern versohlt habe.« Sie schnaufte. »Und wie ist es euch bei den nobili ergangen? Hat man euch anständig bewirtet?«

Allegra nickte. »Seezunge, Fasan, kandierte Veilchen und was weiß ich noch alles. Und eine wunderbare Neuigkeit.«

Mariangela zwickte sich in den Arm. Sie träumte nicht.

»Ein Auftrag?«, fragte Carla.

»Besser! Eine Reise nach Rom mit Conte Trissino, Conte Thiene und Maganza, dem Maler.«

Carla schlug die Hände zusammen und öffnete den Mund zu einem stummen Oh. Allegra lächelte und sah Andrea voller Stolz an, der seinerseits so verdattert dreinschaute, als hätte er soeben eine Ohrfeige kassiert. Er wechselte einen ratlosen Blick mit Mariangela.

»Mein Mann! Bewegt sich unter den nobili, als wäre er einer der ihren. Mit dem Erfolg, dass sie ihn ebenso ansehen. In einem Palazzo wird er wohnen!«

Sie legte Andrea den Arm um die Taille und küsste ihn auf die Wange. Seine Miene entspannte sich.

»Nie hätte ich gedacht, dass wir so weit kommen. Noch vor wenigen Jahren durfte mich die Köchin der ach so noblen Witwe Poiana nach Belieben ohrfeigen, und nun sitze ich in seidenen Kleidern an fürstlichen Tafeln.« Allegra strahlte in die Runde.

»Und wie wollt ihr hier ohne ihn zurechtkommen? Nach Rom reist man nicht für drei Tage«, sagte Carla, und alle Blicke richteten sich auf Andrea.

»Nun«, Andrea räusperte sich, »da ist das Erbe meines Vaters.«

»Wie viel ist denn davon noch übrig, nachdem du die teuren Kleider bezahlt hast?«, fragte Allegra.

Das hätte Mariangela ebenfalls gern gewusst. Einige Bücher hatte Andrea nämlich auch noch angeschafft in den letzten Tagen, die hatte sie beim Saubermachen in seinem Studierzimmer entdeckt.

»Im September, wenn der Rohbau fertig ist«, ignorierte Andrea die Frage, »könnt ihr bei Maestro Giovanni ein Teilhonorar der Villa in Bertesina abholen. Er wird meine Geschäfte weiterführen, dem Herrn sei Dank für unsere reibungslose Zusammenarbeit. Das Geld für die

Villa Forni-Cerato gibt es ja auch noch. Ich selbst werde nicht viel brauchen.«

Mariangela sah, wie Allegra rechnend die Finger bewegte, die Stirn gerunzelt.

»Aber für ein halbes Jahr brauchen wir mindestens ...«

»Es wird reichen, Allegra!«, versicherte Andrea. »Und im Notfall kannst du Maestro Giovanni ebenso um Hilfe bitten wie ...«, er stockte, »wie Elio Belli, und sicher würde auch die Familie Thiene einspringen. Ich kann mit Marco reden.«

»Das kommt nicht in Frage!«, sagte Allegra. »Wenn sich herumspricht, dass wir von Haus zu Haus betteln gehen, dann werden sie uns nicht mehr wie ihresgleichen behandeln.«

»Meinst du nicht«, fragte Mariangela, »sie wissen um unsere Situation? Sie schätzen Andrea wegen seiner Fähigkeiten, nicht weil sie ihn für reich halten.«

Carla lachte. »Ach, Süße, die essen auch im Winter keine Disteln, sondern Fasan. Die verschwenden doch keinen Gedanken an eure finanzielle Situation.«

Das, immerhin, wusste Mariangela besser, wollte jetzt aber nichts sagen von Gianna Marias Angebot. Ein kostbarer Schatz, so ein Ausweg für Zwangslagen, der wollte im Geheimen gehütet werden.

»Zu mir könnt ihr immer auf eine Suppe kommen. Mein letztes Stück Brot teile ich mit euch«, sagte Carla. »Wir einfachen Leute müssen zusammenhalten!«

»Wir danken dir sehr, liebe Carla, du bist die Perle unter unseren Freunden. Auch du bist jederzeit an unserem Tisch willkommen.« Andrea deutete eine Verbeugung vor der alten Nachbarin an, straffte dann die Schultern und schlug einen entschiedenen Ton an. »Es gibt keinen Grund zur Sorge, es ist genug da bis in den Winter. Nicht für Fasan vielleicht, aber eine geschmorte

Hammelkeule könnt ihr euch sicher ab und zu schmecken lassen. Wenn ihr vernünftig haushaltet und nicht gleich zu Beginn neue Kleider und Schuhe kauft. Habe ich nicht immer dafür gesorgt, dass jedes Familienmitglied ordentliche Kleidung und ausreichend zu essen hat? Ein wenig Vertrauen kann ich wohl erwarten! Und jetzt entschuldigt mich, ich muss noch einige Ideen notieren.«

Brüsk wandte er ihnen den Rücken zu, ganz das beleidigte Familienoberhaupt. Mariangela lächelte. Genau hatte er den Ton nicht getroffen. Zu sehr war seine Erleichterung über den glimpflichen Ablauf und die Freude über Allegras Bewunderung durchgeklungen.

»Wir werden schon durchkommen«, sagte Mariangela und war überrascht, wie breit Allegra sie anlachte. Dass sie sie noch immer so falsch einschätzen konnte nach all den Jahren.

»Wir werden nicht nur durchkommen, mein Eichhörnchen. Wir werden uns halten, wo wir sind, und dann weiter aufwärtssteigen. Meinetwegen kann es jeden Tag Disteln und Rüben geben, solange ich gelegentlich kandierte Blüten bekomme!«

DRITTER TEIL

VICENZA, OKTOBER 1545

Siebenunddreißigstes Kapitel

Fünf Tage sind nun erst vergangen, seit ich mich unter Tränen und doch auch voll freudiger Erwartung der herrlichen Dinge, die mir bevorstehen, von Euch verabschiedet habe. Ich küsse Euch und denke an Euch! Während der beiden Tagesreisen nach Venedig zog es mich so heftig zu Euch zurück, dass Battista Maganza des Abends zu Tode erschöpft war und nicht mehr in der Lage, auch nur einer Frau schöne Augen zu machen, nur der Mühe wegen, mich mit seinen Scherzen von weiteren Tränen abzuhalten.

»Armer Papa!«, rief Zenobia und drückte sich enger an Mariangela.

»Er macht doch nur Spaß! Schreibt solche Sachen, weil wir uns dann freuen. Du bist so dumm, Zeni!« Leonida schielte zu seiner Schwester hinüber und tippte sich mit dem Zeigefinger an die Stirn.

»Höflich«, murmelte Orazio, der an Mariangelas linker Seite saß, so mager und viel zu ernst für einen Neunjährigen.

Sie warf ihm einen Seitenblick zu und fragte sich, ob er die Bemerkung seines älteren Bruders kommentiert hatte oder die Worte des Vaters. Zenobia hatte sich aus ihrem Arm gewunden, um unter dem Tisch nach Leo auf der gegenüberliegenden Bank zu treten. Mariangela packte sie am Oberarm und zog sie zurück auf die Bank.

»Schluss jetzt, sonst lese ich nicht weiter! Seid ihr nicht neugierig, was euer Vater auf seiner Reise erlebt?«

»Ich schon!«, nuschelte Toni, ohne den Finger aus der Nase zu nehmen.

Leo boxte ihn auf den Oberschenkel. »Er ist aber gar nicht dein Vater!«

Toni zog den Finger aus der Nase und wischte ihn an Leos Hose ab. Sorgfältig faltete Mariangela den Brief zusammen und tat, als wolle sie aufstehen. Zenobia zog sie am Ärmel, die braunen Welpenaugen unwiderstehlich flehend. Leo und Toni, die Hände brav auf den Tisch gelegt, drückten ihre Schultern gegeneinander, versuchten sich gegenseitig zur Seite zu schieben, ohne ihre vorbildliche Haltung aufzugeben.

»Bitte, Tante, lies doch weiter!«

Gerade wollte Mariangela Orazios Aufforderung nachkommen, als Allegra über die Stiege heraufkam, in den tuchgeschützten Händen ein Blech Apfelkuchen. Nachdem sie es abgestellt hatte, packte sie Leo und Toni von hinten an den Ohren und zog die heftig protestierenden Zehnjährigen auseinander.

»Wir müssen den Ofen putzen.«

Mariangela nickte. »Lass mich nur vorher den Brief fertiglesen.«

»Welchen Brief?«

»Na, den Brief von Andrea. Zenobia hat gefragt, wie lange er noch fortbleibt und was er wohl gerade macht, und da dachte ich …« Sie ließ den Satz in unbestimmtem Murmeln ausklingen. Als hätte sie Anlass zu Gewissensbissen, nur weil sie sich den Brief aus Allegras Mappe ausgeborgt hatte.

Doch Allegra hob nur belustigt die Augenbrauen. »Da bin ich auch neugierig!«

Mariangela räusperte sich und schob Zenobia zurecht, die nun mit dem Oberkörper auf ihrem Schoß lag, den Daumen im Mund.

Dass ich Euch so bald schon schreibe, ist allerdings nicht allein der Sehnsucht nach meiner Familie geschuldet, sondern ebenso dem dringenden Wunsch, meiner Erleichterung darüber Ausdruck zu verleihen, dass ich noch am Leben bin. Einer Erleichterung, von der ich hierorts nicht sprechen kann, ohne hemmungslos ausgelacht zu werden. Nein, sorgt Euch nicht! Es ist nichts geschehen, was für einen mutigeren Mann bedrohlich wäre. Den ganzen Tag schon muss ich mir Maganzas Hänseleien anhören.

»Ich glaube, ich weiß es«, sagte Orazio.

»Was? Sag's mir! Au!«

Zenobia war hochgefahren und hatte sich den Kopf an der Tischkante gestoßen. Beruhigend strich Mariangela der Schluchzenden über das Haar und legte den Finger an die Lippen. Allegra stellte einen Teller mit sechs Kuchenwürfeln in der Mitte des Tisches ab und setzte sich neben Leonida.

Nach einer kurzen Nacht haben wir uns gestern im Morgengrauen bei angeblich leichtem Wind mit brummenden Schädeln eingeschifft. Die kurze Nacht deshalb, weil meine Mitreisenden in Venedig jedermann zu kennen scheinen und wir von einem zum anderen gereicht und überall mit den köstlichsten Speisen und fassweise Wein bewirtet wurden, der seinerseits für die brummenden Schädel Verantwortung trug.

Nun, Ihr kennt meine Abneigung gegen fließende Gewässer. Seit gestern kann ich sagen, dass sie noch übertroffen wird von meinem Widerwillen gegen das Meer, das zwar angeblich nicht fließt, sich jedoch redlich müht, diesen Mangel durch teuflischen Wellengang wettzumachen. Wilde Hügel und Täler aus Wasser müsst Ihr Euch vorstellen, die unser von Segeln und Rudern zu rasender Geschwindigkeit angetriebenes Schiff umherwarfen, als wollten sie es zerschmettern. Warum das letztlich nicht geschehen ist, wie die Planken den Kräften standhalten konnten, ist mir ein Rätsel und ein weiterer unumstößlicher Beweis für die Güte des Allmächtigen ebenso wie für die Unergründlichkeit Seines Wirkens. Nur Er kann ermessen, welchen Nutzen es bringt, Seine schützende Hand über jedes einzelne Schiff zu halten, anstatt mit einem Wort der See Sanftmut zu befehlen.

Allegra schnalzte missbilligend mit der Zunge, und Orazio presste eine Hand an die Lippen, um sein Schmunzeln zu verbergen. Mariangela fuhr hastig fort.

Einen Tag und eine Nacht und weitere Stunden, bis die Sonne fast auf halber Höhe stand, plagte sich unser Schiff und ich mit ihm. An die Bordwand geklammert, sah ich den Ungeheuern ins Auge, die unter der Oberfläche der grauen Wellen lauern, und spie heraus, was in mir war, den ganzen Schrecken, von dem diese Schrecklichen sich nähren.

Nur in den ersten Stunden leistete mir Marco, der schon in der Nacht einen Teil des Weines vom Vorabend wieder von sich gegeben hatte, freundlicherweise Gesellschaft. Doch nach einigen Stunden genas er wundersam und gesellte sich zu den anderen Gefährten, die wie auch die Seeleute die Fahrt als durchaus angenehm zu empfinden schienen und …

»Was ist *genas*?«, fragte Zenobia, die sich inzwischen aufgerichtet hatte, den Mund voller Kuchen. »Und warum schreibt Papa so komische Wörter, die er nie redet? Und was für Ungeheuer?«

»Dumm, dumm, dumm«, sang Leo, zeigte mit dem Finger auf seine kleine Schwester und fing sich dafür von Allegra einen beiläufigen Klaps auf den Hinterkopf ein, der ihn zum Verstummen brachte.

»Wenn man schreibt«, antwortete Allegra, »dann hat man Zeit, darüber nachzudenken, welche Wörter man verwendet. Außerdem hat dein Vater dauernd kluge und gebildete Männer um sich und lernt von ihnen, sich wohlgefällig auszudrücken.«

»Und *genas*?«

»Das kommt von genesen und heißt, dass Graf Marco gesund geworden ist«, verkündete Orazio. »Wenn ich groß bin, werde ich auch so kompliziert sprechen.«

Mariangela zweifelte nicht daran, dass er sein Versprechen wahr machen würde. Quer über den Tisch warf Allegra ihrem Lieblingssohn, der ihr so ähnlich sah wie kein anderes der Kinder, einen Kuss zu, den er mit feierlichem Gesichtsausdruck auffing und an sein Herz drückte. Leonida lachte.

»Ich habe nicht gewusst, dass er kein Wasser mag«, sagte Toni. »Warum glaubt er, dass wir das wissen?«

Mariangela schenkte ihm keine Beachtung und senkte den Kopf wieder über den Brief.

Doch nach einigen Stunden genas er wundersam und gesellte sich zu den anderen Gefährten, die die Fahrt als durchaus angenehm zu empfinden schienen und unter Deck tafelten.

Für mich hingegen setzte sich die Folter fort, mit deren weiteren Umständen ich Euch aus Rücksicht auf Euren Appetit nicht langweilen will. Als ich mich endlich gerettet glaubte und am späten Vormittag des zweiten Tages in Rimini von Bord ging, hatte der Teufel bereits ganz Italien in ein schwankendes Schiff verwandelt, und ich taumelte wie betrunken ausgerechnet gegen eine Hafenhure. Seitdem gibt Battista keinen Augenblick mehr Ruhe und scherzt ohne Unterlass auf meine Kosten.

Doch all das will ich freudig auf mich nehmen im Dienst der Schönheit und der Architektur, wenn Du, mein Herz, meine Königin, mir nur eines versprichst: Solltest Du mir jemals übelwollen, dann halte Dir vor Augen, wie sehr ich gelitten habe, und rechne mir das auf die Strafe an! Dich, Mariangela, bitte ich, Deinen lieben Pater Fredo zu fragen, ob er es für möglich hält, dass der Herr mir für jeden Tag auf See einen im Fegefeuer erlässt …

»Schluss jetzt!« Allegra, die ihre Hand schon bei dem Wort *Hafenhure* ausgestreckt hatte, riss Mariangela den Brief aus der Hand. »Das ist nicht für Kinderohren gedacht! Wenn sie den Nachbarn davon erzählen – was für eine Idee, ihnen diesen Brief vorzulesen!« Ärgerlich schüttelte sie den Kopf.

»Du hast ja recht. Aber lass mich wenigstens noch vorlesen, wie er durch das Augustustor getreten ist und angesichts der ewigen Schönheit alles Elend von ihm abgefallen ist. Diese Stelle gefällt mir so gut und kann den Kindern gewiss nicht schaden.«

»Nein, für heute ist es genug. Warum kannst du ihnen nicht eine Fabel erzählen, anstatt …«

»Fabeln sind für kleine Kinder«, unterbrach Leo, »für kleine dumme Mädchen wie Zeni.«

Zenobia streckte ihm die Zunge heraus.

»Ich mag Fabeln auch«, sagte Toni und lehnte sich an Leos Schulter, der sich das zu Mariangelas Erstaunen gefallen ließ.

»Erzähl uns das Märchen von den sieben Zicklein, deren Mamma auf den Markt gegangen ist, und dann kommt der Wolf«, bat Zenobia. »Wie heißen die Zicklein?«

»Sie heißen Roberto, Caterina, Marta, Leonida, Marcantonio, Orazio und das kleinste heißt Zenobia.«

»Wie wir!«

»So ein Zufall«, murmelte Orazio.

»Welches Zicklein ist das klügste?«, fragte Zenobia und sah ihren Bruder gehässig an.

Mit angefeuchtetem Zeigefinger pickte Mariangela die Kuchenbrösel vom Tisch und leckte sie ab. Allegra saß ihr gegenüber auf der Bank und nippte an einem Becher Wein. Die Kinder waren, eines nach dem anderen, in den Garten oder auf die Straße gelaufen. Ihr Geschrei klang beruhigend nah, gleichzeitig erholsam fern, fand Mariangela. Genüsslich grub sie die Zähne in den Teig ihres Kuchenstückes, das sie bis zu diesem Moment aufgespart hatte.

»Köstlich! Ich liebe Zimt, auch wenn er mich immer noch an die Küchlein erinnert, mit denen Sandro sich anfangs bei mir bedankt hat. Friede seiner Seele. So lange ist das jetzt schon her.« Sie schlug ein Kreuz, ohne den Kuchen aus der Hand zu legen.

»Und du meinst, damit kannst du mich ablenken?«

»Ablenken wovon?«

»Warum musstest du den alten Brief vorlesen? Willst du ihn vor den Kindern besser dastehen lassen, den noblen Architekten? Glaubst du nicht, dass Orazio etwas gemerkt hat, vielleicht auch Toni? Warum sollte Andrea von seiner zweiten Reise so schreiben, als hätte er noch nie das Meer befahren?«

»Zeni hat nach ihm gefragt, und weil er noch nicht geschrieben hat, dachte ich, es kann nicht schaden, Nachrichten der letzten Reise …«

»Sie sind jetzt alt genug, sollen ruhig mitkriegen, dass seine Familie ihm völlig egal ist.«

»Du weißt, dass das nicht wahr ist!«

»Lässt uns mit den Kindern allein, obwohl ich schwanger bin, nur um irgendwelche Ruinen zu vermessen, die er ohnehin schon auf seiner letzten Reise besichtigt hat. Nicht einmal zur Geburt wird er da sein. Was ist, wenn ich sterbe?« Allegra war aufgesprungen, fuchtelte fahrig mit den Armen.

Mariangela schüttelte den Kopf. »Du stirbst nicht. Es ist dein viertes Kind, und immer war es leicht. Er kann doch frühestens im März den Appenin überqueren.«

»Dann überquert er ihn halt nicht und reist über Land, das wird wohl auch im Winter gehen!«

»Du weißt, das dauert länger und ist gefährlicher und auf jeden Fall zu beschwerlich für den alten Mann.«

»Eben, weil er die Gesellschaft des alten Trissino der unseren vorzieht.« Allegra vollführte eine tiefe Verbeugung. »Oh, verehrter, geliebter Giangiorgio, darf ich Euch untertänigst den Arsch kratzen?«

»Andrea muss die Gelegenheit nutzen, und es ist doch eine Ehre, dass der Conte ihn lieber um sich hat als seine Söhne.« Noch während sie die Worte sprach, begann Mariangela unter Allegras höhnischen Blicken, an ihnen zu zweifeln. Sie ließ die angriffslustig hochgezogenen Schultern sinken. »Du hast recht, das ist seltsam.«

»Gemeinsame Interessen, die Liebe zu den Werken der Vorväter, alles schön und gut. Doch warum umgibt sich ein Mann, den die eigenen Söhne so sehr hassen, dass sie ihn überfallen und ausrauben, immer mit jüngeren Männern? Du weißt, was ich meine, du kennst die Gerüchte. So ein weitgereister Mann und heiratet eine Cousine nach der anderen, als ob er keine andere Frau bekommen könnte. Wo doch jede Frau froh sein müsste, reich, wie er ist.«

»Jetzt übertreib nicht. Er ist doch erst zum zweiten Mal verheiratet. Und lange ist es noch nicht her, dass du überglücklich warst über die Möglichkeiten und Aufträge, die Andrea durch seine Freundschaft mit ihm erhält.«

»Corinna sagt, dass ihr Mann gehört habe, der Alte hätte seinen ersten Sohn früher ganz besonders geliebt. Du verstehst? Geliebt auf eine Weise, die einem Vater nicht zusteht. Und als die Mutter sich dagegen auflehnte, da ist sie ganz überraschend gestorben.«

Mariangela verdrehte die Augen. »Aber du kennst doch Corinna! Und du sagst selbst, es ist nur Gerede.«

Wenn man jede üble Nachrede für wahr nähme, dachte Mariangela, all den Unsinn beispielsweise, der über sie selbst schon im Umlauf gewesen war. Auch hatte sie dieses Gerücht über Trissino noch nie gehört. Dafür andere, die in ähnliche Richtung wiesen. Sinn ergäbe es schon. Doch sie konnte sich Andrea beim besten Willen nicht dabei vorstellen.

Allegra räusperte sich. »Sag mir, mein Eichhörnchen, hast du jemals mit Andrea ...«

Mariangela hielt die Luft an, schüttelte empört den Kopf.

»Er hat dir auch nie an den Busen gegriffen, kein einziges Mal?«

Mariangela konnte gar nicht mehr aufhören, den Kopf zu schütteln. Allegra sah sie bedeutungsvoll an.

»Was bedeutet das wohl? Schau mich an und schau dich an. Welcher Mann würde meine fleischlosen Zitzen deinen saftigen Eutern vorziehen? Ja, nicht ein einziges Mal nach deinen greifen, wenn sich die Gelegenheit bietet? Wo ich sie doch sogar dauernd anstarren muss.«

Sie trat einen Schritt vor, legte ihre Hände auf Mariangelas Brüste und knetete sie. Ihr Blick war dabei derart feurig, dass Mariangela fast erwartete, gleich ihre Hand zwischen den Beinen zu spüren. Gespielt oder nicht, es war unheimlich. Noch unheimlicher allerdings die Erregung, die sie selbst spürte. Sie drückte Allegras Hände mit dem Arm nach unten.

»Lass das! Und nenn sie von mir aus Kugeln, aber doch nicht Euter!«

»Sonst fällt dir kein Widerspruch ein?«

Und so war es. Warum hatte er nie die Gelegenheit genutzt, geschweige denn gesucht? Nicht einmal damals im Schuppen, als sie sich doch so nah gewesen waren und alle anderen geschlafen hatten. Sein männlicher Geruch, sein Blick ... Doch dann nur ein Kuss auf die Stirn. Schwesterchen anstatt Geliebte. Sie könnte sich besser fühlen, weniger reizlos, weniger um ihrer selbst willen verschmäht, wenn sie Allegras Verdächtigungen folgte.

»Er liebt dich eben so sehr, dass er keine andere Frau anfasst.«

»Sicher. Und er liebt mich deshalb so sehr, weil mein Körper fast wie der eines Knaben ist«, sie blickte an sich herab, verdrehte die Augen, »zumindest wenn ich nicht gerade schwanger bin.«

»Jedenfalls gibst du zu, dass er dich liebt. Also wird er schon nicht ...«

Allegra wischte das Argument mit der Hand beiseite. »Du weißt, wie ehrgeizig er ist. Wenn es seinem Fortkommen nutzt und ihm nicht allzu sehr widerstrebt ...«, sie seufzte. »Vielleicht ist ja auch gar nichts dabei. Auch wir Frauen nutzen unsere Körper, um zu bekommen, was wir wollen. Lass uns einfach nicht mehr davon sprechen.«

Mariangela fand die Freundin mit einem Mal verhärmt, die Falten um Nasenflügel und Augen scharf, die Mundwinkel herabgezogen. Dreißig war sie, eine Frau im mittleren Alter und für Mariangela doch bis eben die strenge Schönheit geblieben, als die sie sie kennengelernt hatte.

Ob die Zeit zu ihrem eigenen Gesicht ähnlich grob gewesen war? Im Halbdunkel ihrer Kammer zeigte ihr kleiner Handspiegel keine Falten, und immerhin war sie drei Jahre jünger. Dennoch war ihre Kehle mit einem Mal enger als sonst. Sie meinte zu fühlen, wie ihre Haut knitterte, von Atemzug zu Atemzug grauer und schlaffer wurde. Bald würde nicht nur Andrea sie ablehnen, sondern auch kein anderer Mann mehr ansehen. Nie mehr würde sie nach der Liebe zu den Sternen aufschauen und von einer gemeinsamen Zukunft träumen, dachte sie. Nie mehr im Arm gehalten werden.

Sie trat zu Allegra, die sich auf der steinernen Bank unter dem Fenster niedergelassen hatte, und drückte sie an sich. Allegras Kopf ruhte nun an ihrem Busen, dem Herzen ganz nah, das schlug, als würde es niemals aufhören.

VICENZA, NOVEMBER 1545

Achtunddreißigstes Kapitel

»Wo warst du? Was fällt dir ein, erst mitten in der Nacht nach Hause zu kommen?«

Die Hände in die Hüften gestützt, stand Allegra auf dem Treppenabsatz, und sogar im schwachen Licht der Öllaterne konnte Mariangela den Ärger in ihren Augen sehen. Was bildete die sich ein? Von wegen mitten in der Nacht. Gleich nach dem Essen war sie aufgebrochen. Schon ließ der Ärger über den Tadel ihre Hochstimmung zu einem müden Häufchen vermutlich unerfüllbarer Hoffnungen zusammenfallen. So schnell durfte das nicht gehen. Entschlossen drängte sie sich an Allegra vorbei, schüttelte die Hand ab, mit der diese sie aufzuhalten suchte, marschierte in die Küche und stellte ihren Korb auf dem Tisch ab.

»Sprich nicht so mit mir, ich bin kein Kind, Allegra. Ich habe dir gesagt, dass ich Gianna Maria Thiene besuche, und das habe ich getan.« Sie wies auf den Korb. »Sie hat mir zwei frischgeschlachtete Hühner mitgegeben, außerdem Reis, Ingwer und – stell dir vor! – sizilianische Orangen, so groß wie ...«

»Und ich habe dir gesagt: Ich will nicht, dass du bei ihr betteln gehst!«

Ohne zu antworten, ließ Mariangela die Orangen auf den Tisch rollen, legte ein gesondert eingeschlagenes rechteckiges Päckchen auf die Seite, schloss die in Binsenmatten gewickelten Hühner im belüfteten Fleischschrank ein und verstaute den Rest auf dem Regal. Als sie die Früchte in einen der Körbe legte, die an dünnen Ketten von dem Balken neben der Kochstelle hingen, trat Allegra hinzu. Die Augen geschlossen, sog sie die Luft tief ein.

»Wie die duften!« Ihr Ton klang versöhnlich. »Sie sind wirklich groß, deine Orangen.« Sie schnappte sich zwei und zwängte sie in ihren Ausschnitt, wiegte den Oberkörper. »Was meinst du?«

Mariangela lachte. »Gib schon her, sonst zerquetschst du sie noch an deinen mageren Rippen.«

»Wenn du meine willst, dann will ich deine auch!« Allegra streckte die Hände nach Mariangelas Brüsten aus, schon wieder. Mariangela wich ihr aus, ließ sich auf die Sitzbank fallen und begann eine der Orangen zu schälen.

»Er fehlt dir.«

»Seine Hände auf meinem Körper, die fehlen mir!«

Allegra ließ ihre Finger über Mariangelas Hals und Schultern wandern und warf sich neben ihr auf die Bank, den Rücken an den Tisch gelehnt. »Ich nehme an, man gewöhnt sich daran, aber vorerst ... Ich weiß nicht, wie du das aushältst, Jahr um Jahr ohne Mann.«

»Was du schon wieder alles weißt.«

Mariangela steckte sich eine Orangenspalte halb in den Mund und saugte genüsslich daran. Allegra schlug sich die Hand vor den Mund.

»Du hast doch nicht? Mit wem?«

Mariangela zuckte mit den Schultern, lächelte. »Hier und da bieten sich Gelegenheiten.«

»Aber nicht mit Andrea.«

»Nicht mit Andrea.«

»Dann will ich alles darüber wissen!«

»Gerade heute Abend zum Beispiel. Gianna Maria hat ihrem Gärtner befohlen, mich heimzubringen. Den müsstest du sehen! Ein Bursche, so schön und jung, und eine Haut hat er wie poliertes Pinienholz. Dabei ist er stumm von Geburt an, kann nichts ausplaudern, selbst wenn er wollte. Ich glaube, er ist Gianna Maria auch gelegentlich – nun ja – behilflich.«

Mariangela versuchte ein Kichern zu unterdrücken. Allegras ungläubig aufgerissene Augen waren fast beleidigend. Lieber schweigen und sich konzentrieren auf die süße Frucht, die jetzt unter dem Druck ihrer Zähne saftig aufplatzte.

»Aber wie hast du es angefangen?«, gab Allegra keine Ruhe.

»Er wusste, was zu tun war.« Nun kicherte sie doch, sprühte Fruchtfleisch in die vorgehaltene Hand. »Ob ich sein bestes Werkzeug sehen wollte, hat er gefragt, also eher mit Zeichen angedeutet, weil er ja stumm ist, und mich dann so fest an sich gedrückt, dass ich es doch nicht sehen, wohl aber fühlen konnte. Ein Ast, dick wie mein Unterarm, eines Gärtners würdig. Meine Röcke wie von selbst gehoben, sein Latz geöffnet ...«

»Heilige Jungfrau! Aber wo?«

»Man findet immer einen Ort. Unversperrte Schuppen, Lücken zwischen den Häusern. Alle treiben es dort. Wusstest du das nicht?«

In Allegras Miene las sie Bewunderung, Abscheu, Neid. Mariangela verdrehte die Augen, schüttelte den Kopf und schnalzte unwillig mit der Zunge am Gaumen. Langsam sah sie die Erkenntnis sickern, sich auf Allegras Zügen ausbreiten, sie röten wie ein Schuss Wein das Wasser.

»Du lügst!«, schrie Allegra auf und zwickte und zwirbelte die Haut auf Mariangelas Unterarm.

»Au! Sicher habe ich gelogen. Was denkst du denn von mir?«

»Mit Sandro hast du schließlich auch ...«

»Eben! Das beschert mir bis heute Alpträume.«

»Der Gärtner hat dich also nicht gehabt?«

»Er hat mich nach Hause gebracht. Aber er ist ungefähr siebzig, schrundig und knorrig wie der Birnbaum in unserem Garten und voller Pockennarben. Und stumm ist er auch nicht, soviel ich weiß.«

Dass Allegra nun derart enttäuscht zusammensank – schließlich war es nicht sie, der das Abenteuer entgangen war. Ein Abenteuer, fast wie von Boccaccio ersonnen, dachte Mariangela. Eines, dem sie in Wahrheit wohl kaum widerstanden hätte. Doch Allegra musste nicht alles wissen.

»Aber wenn es das nicht war, was machst du dann immer so lange bei den Thienes?«

»Ich unterhalte mich mit Gianna Maria. Über die neuen Zeiten.« Das schien ihr nun selbst vergleichsweise langweilig. Etwas erlahmt, fuhr sie fort: »Sie liest viel, manchmal liest sie mir auch etwas vor. Anfangs konnte ich gar nicht glauben, dass solche Dinge gedacht und sogar aufgeschrieben werden.«

Allegras Blick wanderte durch den Raum, als dächte sie längst an etwas anderes, und sie stöhnte auf. »Jetzt hörst du dich an wie Andrea. Ich dachte, nur Männer vertun ihre Zeit mit Gerede über ›was wäre, wenn‹ und ›hätt ich dies, tät ich das‹.«

»Aber auch du strebst doch nach etwas, willst, dass sich Dinge ändern, willst Ansehen und Reichtum, was weiß ich. Wir können uns immer entscheiden zwischen dem alten und dem neuen Weg.«

»Das wäre etwas wirklich Neues, wenn sich jemand für unsere Entscheidungen interessierte.«

»Müssen wir deshalb das Denken einstellen? Dann gäbe es ja nie ein Fortschreiten.«

»Soweit ich Andrea verstanden habe, ist das großartig Neue in der Architektur eine Rückkehr zum ganz Alten.«

»Du denkst also doch darüber nach! Es ist ja nicht nur die Architektur. Denk an die angeblich ketzerischen Ideen aus den deutschen Ländern. Dort predigen sie das Wort des Herrn in der Sprache des Volkes, damit jeder es verstehen kann. Was soll daran falsch sein? Wie kann Gott etwas anderes gewollt haben? Den Kirchenfürsten die Macht zu nehmen, weil kein Menschenkind sich über das andere stellen darf, wie könnte das im Gegensatz zum Willen des Herrn stehen?«

»Und du glaubst, der Papst, die Bischöfe, die reichen Klöster, die lassen sich das gefallen? Das ist doch nur wieder ein Streit zwischen den Großen, der dann auf unserem Rücken ausgetragen wird.«

»Marco Thiene, sein Bruder Adriano, eigentlich die

ganze Familie unterstützt die Reformation der Kirche.«

»Die noblen Herren. Wahrscheinlich hoffen sie auf Geld und Ländereien, wenn die der Kirche genommen werden. Irgendwer wird sie dann erhalten, und wir werden es sicher nicht sein.«

»Du machst das nur schlecht, weil ich es von Gianna Maria habe. Du bist eifersüchtig.«

Sie schwiegen. Das Knistern der Glut. Ein Windstoß, der am Fenster rüttelte. Die Katze streckte sich und strich leise maunzend um ihre Füße, als müsse sie das Schweigen brechen. Mariangela biss an ihrem Daumennagel und überlegte, ob sie Grund hatte, sich zu entschuldigen. Langsam schob sie den Rest der Orange in Allegras Richtung und erhielt ein schiefes Lächeln zur Antwort.

»Vielleicht hast du recht.«

Allegra erhob sich, rieb sich das Kreuz und ging, um Wein aus dem Fässchen in einen Krug zu zapfen. Sie warf einen Zweig Rosmarin hinein und stellte den Krug in eines der dreibeinigen Gestelle über der Glut. Dann kehrte sie mit zwei Zinnbechern zum Tisch zurück.

»Ich will ja wissen, was dich bewegt, mein Eichhörnchen.« Sie grub ihre Finger in Mariangelas Locken. »Ha, dein Schweif ist noch immer so dicht wie damals, als ich dich aufgelesen habe.«

Warum musste sie jetzt davon sprechen? Gab ihr eine gute Tat das Recht, für immer über das Leben und die Gedanken ihres Schützlings zu bestimmen? Mariangela griff nach hinten, fasste ihr Haar mit einer Hand zusammen und legte es nach vorn über die Schulter. Allegra trat zurück, ging zum Herd.

»Ich meine ja nur … Mir scheint immer, dass all diese

großen Ideen nichts mit unserem Leben zu tun haben. Andrea jagt ihnen hinterher, und was hilft uns das? Uns geht derweil das Geld aus, und wir leben von Bohnen und Haferbrei.«

»So schlimm ist die Lage auch wieder nicht.«

Allegra griff nach dem Krug, schwenkte ihn und schenkte die Becher voll. Immerhin ein Signal, dass sie wirklich bereit war zuzuhören.

»Und es hat doch mit unserem Leben zu tun«, fuhr Mariangela fort. »Gianna Maria meint, dass immer mehr Gelehrte zugeben, dass Frauen ebenso denken können wie Männer. Es ist sogar bewiesen worden, dass wir in Wahrheit edler sind. Nur die Kirche und all die alten Männer, die sie regieren, verhindern noch, dass jeder das erfährt. Bald, sagt Gianna Maria, werden wir selbst über unser Leben bestimmen können, werden ohne die Erlaubnis der Männer Geschäfte machen und über unsere Mitgift verfügen können.«

Allegra lachte. »Das würde allerdings helfen. Von Geld und wie man es sinnvoll ausgibt, verstehe ich sicher mehr als Andrea. Und wie beweist man nun die Überlegenheit der Frauen, so dass auch jeder Mann es versteht?«

Mariangela zog es vor, den ironischen Unterton zu ignorieren.

»Mit der Bibel!«, rief sie triumphierend und nahm einen Schluck Wein, um die Spannung zu erhöhen. Allegra allerdings sah sie an wie eine geduldige Mutter ihr störrisches Kind.

»Da die Frau als letztes von allen Geschöpfen erschaffen worden ist, muss sie auch das vollkommenste sein, das ist nur logisch. Außerdem ist sie aus edlerem Material gemacht, nämlich aus der Rippe des Mannes, der selbst nur aus einfachem Lehm geformt wurde. Der

Herr muss also eine Verbesserung des Mannes im Sinn gehabt haben, als er die Frau erschuf.«

Allegra bekreuzigte sich. »Das steht doch aber so nicht in der Bibel, oder? Das Weib soll dem Mann untertan sein, das ist es, was in der Bibel steht. Diese Haarspalterei über die angeblichen Absichten des himmlischen Vaters klingen mir doch eher wie die Spinnereien, die sich Männer am Wirtshaustisch ausdenken, wenn sie vor lauter Wein jede Ehrfurcht vergessen.«

Wieder bekreuzigte sie sich, und Mariangela tat es ihr nach, nur zur Sicherheit.

»Es war aber ein deutscher Gelehrter, der in der ganzen Welt gerühmt wird. Enrico Agrippa heißt er oder so ähnlich.«

Allegra runzelte zweifelnd die Stirn.

»Beinahe in der ganzen Welt«, fügte Mariangela hinzu. Ihre Nase juckte plötzlich, und das konnte wohl ein Zeichen dafür sein, dass sie die Wahrheit nicht in ihrem Sinn verdrehen sollte, schon gar nicht in Angelegenheiten, die himmlischen Zorn hervorrufen konnten. Was, wenn der Herr Agrippas Auslegung seiner Worte nicht zustimmte? Wenn er wirklich jedes Gespräch belauschte? Oder seine Engel lauschen ließ? Unwillkürlich blickte sie zum Fenster, bevor sie fortfuhr: »Von fast allen wird er gerühmt außer von denen, die ihn einen Ketzer und Zauberer nennen, der mit dem Teufel im Bunde steht.«

Lachend fiel ihr Allegra um den Hals. »Ach, mein liebes Eichhörnchen, du musst noch üben, bevor du gegen die Männerherrschaft in den Kampf ziehst.« Sie strich Mariangela übers Haar. »Ich will nicht sagen, dass du im Unrecht wärst. Aber du musst die Skrupel verlieren, wenn du gewinnen willst. Ein Mann sagt immer nur die Wahrheit, solange sie ihm dienlich ist.«

Mariangela zuckte mit den Schultern. »Irgendwann werden sie einsehen müssen, was wir schon lange wissen, meinst du nicht? Wenn du diesem Deutschen nicht vertraust – es gibt auch gelehrte Italiener, die seiner Meinung sind. Der Conte Castiglione zum Bespiel, der auch den Herzog von Urbino beraten hat.«

»Was du alles zu wissen meinst! Urbino ...«

»Jedenfalls hat dieser Castiglione geschrieben, dass die Frauen vollkommene Geschöpfe sind und alles, was ein Mann begreifen kann, auch von einer Frau verstanden wird. Außerdem ...«, sie griff nach dem Päckchen, das noch immer unangetastet auf dem Tisch lag und wickelte ein schmales Buch aus dem rauen Tuch, hielt es triumphierend in die Höhe, »... gibt es schon jetzt berühmte Dichterinnen, von denen uns nur niemand erzählt.«

»Die Stadt der Frauen«, las Allegra die geprägten Lettern auf dem Umschlag. »Stell dir nur vor, wenn es so etwas gäbe!« Lachend schüttelte sie den Kopf.

»Diese Cristina de Pisan wurde am französischen Hof hoch geschätzt, sagt Gianna Maria. Sie hat mir daraus vorgelesen, und nun will ich es selbst lesen. Möchtest du etwas hören?«

Vorsichtig blätterte sie mit spitzen Fingern in der kostbaren Leihgabe. Doch Allegra schüttelte wieder den Kopf.

»Lass nur, mein Eichhörnchen, mir schwirrt jetzt schon der Kopf. Lass uns lieber schlafen gehen. Morgen ist Waschtag, da müssen wir früh auf.«

ROM, DEZEMBER 1545

Neununddreißigstes Kapitel

Die Flötenmusik verklang in einem Triller, der Andrea an den Balzgesang einer Amsel erinnerte. Einen Herzschlag lang schwebte der letzte Ton in der Stille einer zufälligen Gesprächspause, bis ihn das hohe Kichern eines Mädchens vertrieb und die Unterhaltungen wieder einsetzten.

Andrea wollte den Löffel aus der Hand legen, um zu applaudieren. Angesichts der sparsamen Gesten seiner Gefährten, die sich mit zwei, drei beinahe lautlosen Berührungen ihrer Handflächen begnügten, besann er sich eines Besseren. Er klatschte seine Linke gegen die erhobene Rechte der Konkubine an seiner Seite, deren andere Hand auf seinem Oberschenkel spielte. So war das hier: Die Kunst, die Schönheit umgaben ihn rundum. Wer wollte sich da noch zu Begeisterung aufschwingen über eine berührende Flötenmelodie?

Ein wenig von der Zitronencreme noch, dann würde er sich entschuldigen und endlich die Zeichnungen des konstantinischen Baptisteriums fertigstellen, die er bis Sonnenuntergang bei San Giovanni Laterano skizziert hatte. Ob dieses Gebäude wirklich antik oder nur aus antiken Versatzstücken kunstvoll neu komponiert worden war? Jedenfalls entsprach es in seiner schlichten Eleganz genau dem, wonach er suchte. Ein Geist, der auch in der eben gehörten Flötenmusik mitgeschwungen hatte, mehr jedenfalls als in der verschwenderischen Üppigkeit, die ihn umgab.

Immerhin hatte Marco zu seiner Erleichterung heute den runden Tisch in einem der bescheideneren Prunkräume des Palazzo decken lassen, falls es denn so etwas geben konnte. Eine verhältnismäßig kleine Runde nur: die vier Reisegefährten und zwei kirchliche Würdenträger, die Trissino aus seiner Zeit im Gefolge des Papstes kannte. Zwischen ihnen saßen wie prächtige Perlen die Konkubinen, allesamt in milchfarbene Seide gekleidet, und die Flöte spielenden Zwillingsknaben, vielleicht vierzehn, fünfzehn Jahre alt.

Trissino hatte sie vor einigen Tagen mitgebracht, sie den Gefährten mit der gleichen wölfischen Freude präsentiert, die all seine Neuerwerbungen oder Entdeckungen in ihm hervorriefen. Mit kniekurzen Togen ausstaffiert, streiften die Zwillinge seither um ihn, lautlos wie Katzen, mit dem einzigen Zweck, dem Haushalt durch ihre reine Schönheit einen römischen Anstrich zu verleihen. So sagte jedenfalls Trissino.

Schönheit und musikalische Begabung hin oder her, die Gegenwart der Burschen war Andrea unangenehm. Er misstraute den unbewegten Engelsgesichtern, meinte Bosheit und Berechnung in ihren Augen auszumachen und schrak jedes Mal zusammen, wenn sie ihm, fast immer zu zweit, aus irgendeinem Winkel oder Schatten entgegentraten. Was sie zu bieten hatten, war allzu klar, warum sie gerade ihn so hartnäckig verfolgten, weniger. Doch es widerstrebte ihm, sie ähnlich grob zurückzuweisen, wie Maganza es tat. Andererseits gelang es ihm auch nicht, sie nach Marco Thienes Art hoheitsvoll zu ignorieren.

Alles in allem war Andrea der käuflichen Liebe und des Feierns ein wenig überdrüssig. Wochenlang hatten sie fast jeden Abend üppig gespeist, meist in großer Gesellschaft, sowohl hier, in Marcos Palazzo, als auch in Trissinos Wohnstatt und im Zuge der zahlreichen Gegeneinladungen. Obwohl er das kaum für möglich gehalten hatte, begann er sich nach Bohneneintopf zu sehnen, nach Kerzen in Holzschalen statt Silberkandelabern, nach zwanglosen Gesprächen am Küchentisch. Der sehnige Körper seiner Frau fehlte ihm, das vertraute pragmatische Liebesspiel und von Zeit zu Zeit, ja, auch Mariangelas weiche, bewundernde Blicke, das Geschrei und die endlosen Fragen der Kinder.

Die Zitronencreme allerdings, die er nun vom Zeigefinger des Mädchens lutschte, das damit seine Schale ausgewischt hatte, die würde er so in Vicenza wohl kaum serviert bekommen. Battista Maganza sah ihm breit grinsend dabei zu und versenkte eine kandierte Kirsche im Ausschnitt der vollbusigen Rothaarigen. Während er mit Daumen und Zeigefinger danach fischte, knabberte er an ihrem Ohrläppchen.

Andrea sah das Mädchen mit dem Zitronencremefinger an. Ihr rotbraunes Haar war in kunstvollen Flechten aufgesteckt, das Lippenrot leicht verschmiert, ihr Blick gelangweilt. Sie war allerhöchstens sechzehn. Natürlich könnte er sie nehmen, wer sollte ihn verurteilen, doch der Reiz war schwach. Lieber mit Tusche und Feder den Geheimnissen des Baptisteriums auf die Spur kommen, das Wesen der Schönheit ergründen, als ein weiteres Mädchen zu besteigen, dessen Namen er im Übrigen schon wieder vergessen hatte. Ihr Wesen zu ergründen, sie kennenzulernen, sie nach ihrer Familie zu fragen, nach ihren Sehnsüchten und Hoffnungen, das verbot sich von selbst. Glücklich konnte sie nicht sein, wenn sie auf diese Weise ihren Lebensunterhalt verdienen musste. Eine weitere Frau, für deren Wohlergehen er sich verantwortlich fühlte, war das Letzte, woran es ihm fehlte.

Dennoch. Diese offensichtliche Enttäuschung in ihrem Blick. Wenn er ihr nun tatsächlich einen Gefallen täte, sollte ihm das nicht einen kleinen Aufschub seiner

Arbeit wert sein? Er ließ seinen Blick über den Tisch schweifen, die halbgeleerten Platten, die abgenagten Knochen und verwüsteten Pastetenreste.

»Was ist deine Lieblingsspeise?«, fragte er.

Ihr Gesicht hellte sich auf. »Nichts auf der Welt schmeckt besser als der Mandelkuchen meiner Mutter. Leider ist sie vor zwei Jahren an der Pest ...« Ihre Stimme verlor sich. »Verzeiht!« Sie schluckte, richtete sich auf und verzog nur die Lippen zu einem Lächeln. »Ich habe es versucht, aber irgendeine Zutat fehlt, es wird nie ganz so wie bei ihr.«

Da war es schon. Mandelkuchen der verstorbenen Mutter. Mandelkuchen, den auch er so liebte. Unmöglich, sie nach diesem Bekenntnis ... Maria kam ihm in den Sinn, Maria von weit weg, die Dienerin, nein, die Gefährtin seines lieben Padrino Vincenzo, und ihr unübertrefflicher Mandelkuchen. Als wäre es gestern gewesen, sah er sich plötzlich neben ihr in der Küche stehen.

»Abgeriebene Zitronenschale?«, fragte er.

Erstaunt sah das Mädchen ihn an, nickte.

»Ich kenne eine«, fuhr Andrea fort, »die ist aus dem Osten. Sie gibt immer Joghurt in den Teig.«

Das Mädchen riss die Augen auf. »Meine Mutter war aus Griechenland. Joghurt ...«

»Spiel noch ein wenig, mein liebes Kind!«, forderte der hagere Monsignore mit vom Wein verwaschenem Zungenschlag den Flötenspieler auf, der nun zwischen ihm und Trissino stand. Er fuhr dem Jungen mit der Hand unter die Toga und klatschte ihm aufs Hinterteil. »Und Ihr, Battista, wollt Ihr nicht eines Eurer Lieder singen?«

»Nur wenn Ihr mir versprecht, dass mein Arsch vor Euch sicher ist, Monsignore!«

Marco sog scharf die Luft ein, doch Trissino und der Bischof brachen in Gelächter aus. Trissino drohte mit dem Finger.

»Mein lieber Maganza, gebt bloß acht, dass Euer Gespür für den richtigen Moment immer so scharf bleibt wie Eure Zunge!«

Andrea erhob sich. Das Mandelkuchen-Mädchen tat es ihm nach, schmiegte sich eng an seine Seite, beide Arme um seinen Ellbogen geschlungen, den Kopf an seine Schulter gelehnt.

»Entschuldigt mich, meine lieben Freunde, Monsignore, Bischof«, er nickte jedem einzelnen Mann zu, »meine Damen, ich habe noch zu tun.«

»Offensichtlich, mein Lieber, dringende Geschäfte.« Der Monsignore applaudierte lautlos mit erhobenen Händen. »Meine Anerkennung für Euer Pflichtbewusstsein!«

»Die schönste Musik erklingt für jeden an anderer Stelle«, merkte Trissino geheimnisvoll an und erhob den Kelch.

Begleitet von einem Spottlied über die Sitten der Franzosen, das ebenso gut dieser Gesellschaft hätte gelten können, verließ Andrea mit seiner Begleiterin den Raum. An der geschwungenen Treppe, die in die Eingangshalle hinabführte, blieb er stehen, löste ihre Arme.

»Du kannst jetzt ruhig nach Hause gehen, Mädchen. Ich will wirklich arbeiten.«

Sie schlang die Arme um ihren Oberkörper, besann sich eines Besseren und stemmte sie in die Taille, reckte ihm den hochgeschnürten Busen entgegen. »Wollt Ihr wirklich nicht?«

Er seufzte, griff ihr unters Kinn. Warum eigentlich nicht? Er hatte Frauen schon Gefallen getan, die ihm mehr zuwider gewesen waren.

»Es ist nur so«, fuhr sie fort, »wenn ich so früh zurückkomme, dann denken sie, ich hätte schlecht gearbeitet.«

Andrea lachte auf. Was hatte er gedacht? Verdammte Eitelkeit.

»Kannst du lesen?«

»Ja, aber ...«

»Ich habe ein kleines Buch gekauft für meine Söhne. Geschichten über Helden der Antike. Du könntest mir daraus vorlesen, während ich zeichne.«

Das Mädchen lächelte strahlend. »Die Kolleginnen haben erzählt, dass es vorkommt, dass ein Mann nicht kann ... Dass er nur Gesellschaft wünscht, meine ich. Mir ist das noch nie passiert.«

Andrea war hin und her gerissen, ob er sie nun doch noch zum Teufel jagen oder ihr erklären sollte, dass er durchaus könnte, nur nicht wollte und dass er sein Möglichstes getan hatte, auf ihre Gesellschaft zu verzichten. Stattdessen schüttelte er nur den Kopf und ging voran zu seinem Zimmer. Ein wenig erinnerte sie ihn an Mariangela zu der Zeit, als sie ihm gelegentlich aufgelauert und ihn mit ihrem Kindergeschwätz eher amüsiert als verärgert hatte. Mariangela hatte unsanft erwachsen werden müssen. Dass dieses Mädchen hier noch keinen Ärger bekommen hatte, lag wohl nur daran, dass ihre Kunden für gewöhnlich nicht auf ihre Worte achteten.

»Wie heißt du?«, fragte er.

»Serafina.«

»Deinen richtigen Namen meine ich.«

»Anna.«

Es hatte etwas Behagliches, wie sie so, von Kissen gestützt, auf dem Teppich vor dem hellodernden Feuer saß und zunächst stotternd und mit vielen Pausen, dann immer flüssiger von Jason und Medea und dem Goldenen Vlies las. Froh, endlich die Feder in der Hand zu halten, hörte Andrea nur mit halbem Ohr auf die Geschichte. Er kam gut voran und merkte erst nach einer Weile, dass Stille herrschte. Schlafend lag das Mädchen auf dem Teppich, eine Hand im zugeschlagenen Buch versteckt. Ein schmerzhaft süßer Anblick. Doch er hatte kein gutes Gefühl bei der Sache.

VICENZA, DEZEMBER 1545

Vierzigstes Kapitel

Die Hände bereits rot und aufgequollen, zog Mariangela das triefende Unterkleid aus dem Zuber mit Spülwasser, wrang es aus und drückte Zenobia ein Ende in die Hand. »Festhalten«, sagte sie und drehte das Wäschestück am anderen Ende, bis es zu tropfen aufhörte. Kräftig ausschütteln, ein prüfender Blick, dann hängte sie es auf die Leine.

»Mir ist kalt, ich kann nicht mehr!«, schrie Leonida und sprang aus dem Zuber, in dem er bis eben mit nackten Füßen die Wäsche gestampft hatte.

»Nicht ins Gras, Leo! Oder glaubst du, ich will die ganze Weißwäsche voller Flecken haben?«

»Mir egal, ich geh da sowieso nicht mehr rein!«

Leo ließ sich auf den Boden fallen, streifte die aufgerollten Hosenbeine herunter, zog sich die Socken an und schlüpfte in die Holzschuhe.

»Aber ich brauche eure Hilfe, allein schaffe ich es nicht!«

»Soll doch Toni helfen. Und Orazio hat noch gar nichts gemacht!«

Mariangela seufzte. Zu dumm, dass Allegra ihr nicht zur Hand gehen konnte. Die hatte es mit ihrem dicken Bauch vor lauter Rückenschmerzen heute kaum in die Küche geschafft. Waschtag nur mit Hilfe der Kinder, was für eine Qual! Doch es war nichts zu machen, die Weißwäsche musste fertig werden. Undenkbar, das Weihnachtsfest in schmutzigen Unterkleidern zu feiern. Immerhin war es sonnig, womit in den letzten Tagen nicht zu rechnen gewesen war. Doch stundenlang mit nassen Füßen in der feuchten Wäsche, bei der Kälte …

»Wärm dich meinetwegen drinnen ein bisschen auf, aber dann kommst du wieder!«, rief sie Leo hinterher. Ohne einen Blick zurück verschwand der Junge im Haus.

Mariangela rieb sich die Hände und massierte ihre rotgeschwollenen Fingergelenke. Wenn sie Toni die Wäsche stampfen ließe, dann müsste Zenobia an seiner Stelle am Kessel mit der heißen Waschlauge stehen und umrühren. Die Achtjährige mit ihrer Rotznase und dem Husten in die feuchte Wäsche zu stellen wäre wohl keine gute Idee. Mariangela goss das Wasser aus dem Zuber, drückte die gestampfte Wäsche aus und warf sie auf die Steinbank, wo sie vor dem Spülen noch ein paar Flecken ausreiben wollte. Dann warf sie ein Holzscheit in das Feuer unter dem Kessel und nahm Marcantonio das Rührholz aus der Hand. Sie fischte zwei dampfende Wäschestücke aus der Lauge und warf sie in den Zuber.

»Du bist dran, Toni!«

»Das mach ich nicht! Das ist Frauenarbeit.«

»Werd nicht frech! Leo hat auch gestampft.«

»Dann ist er eben auch ein Weib!«

Mariangela packte ihren Sohn grob am Arm. »Es ist Arbeit, die gemacht werden muss, verstanden? Solange du noch keine Männerarbeit machst, tust du, was dir aufgetragen wird! Waschen ist für mich nicht lustiger als für dich.«

Murrend zog sich der Junge Schuhe und Strümpfe aus. Zehn Jahre alt und schon Männerflausen im Kopf. Mariangela schüttelte den Kopf. Sie stellte einen Schemel neben den Kessel, damit Zenobia über den Rand reichte, schob ihr ein paar widerspenstige Locken unter die Haube und drückte ihr das Rührholz in die Hand.

Vom Eingangstor drang dumpfes Klopfen in den Hof. Normalerweise war das Tor tagsüber nicht verriegelt, doch heute, da sie den ganzen Tag in geschürzten Kleidern, den ältesten Fetzen noch dazu, verschwitzt im Hof stehen würde, war unangemeldeter Besuch nicht willkommen. Es würde schon nicht so wichtig sein, dass sie die Arbeit deshalb unterbrechen musste. Sie hielt ein feuchtes Hemd ins Licht, befand es für sauber, warf es ins Spülwasser und begann einen gelblichen Fleck aus einem Laken zu rubbeln.

Erneutes Klopfen, diesmal energischer. Wenn nun doch Andrea vor dem verriegelten Tor wartete? Verfrüht heimgekehrt aus Rom, um mit seiner Familie das Christfest zu feiern, und dann ließ man ihn vor der Tür stehen wie einen Hausierer.

Vielleicht geschähe ihm das recht. Sollte er doch wissen, dass man hier nicht mehr mit ihm rechnete. Sie spritzte etwas Lauge auf den Fleck und schlug mit dem Pleuel auf ihn ein.

Es könnte allerdings auch Corinna oder eine andere Nachbarin sein. Hilfsbereite Hände und ein Tratsch neben der Arbeit wären nicht schlecht. Laken und Hemd würde sie noch spülen und aufhängen und dann in Gottes Namen zur Tür gehen. Sie rief Zenobia zum Auswringen und hörte, wie der Riegel in der Eingangshalle zurückgeschoben wurde.

Während sie die letzten Tropfen aus dem Wäschestück presste, lauschte sie, meinte eine Männerstimme zu hören. Dann kam Orazio in den Hof. Natürlich rannte er nicht, wie jeder andere Neunjährige es getan hätte, sondern schritt ohne sichtbare Eile, hob dabei die Hand, um ihre Aufmerksamkeit bittend.

»Draußen steht ein Mann. Er will zu Mamma, aber die hat sich hingelegt. Was soll ich ihm sagen?«

»Was für ein Mann?«

»Ich kenne ihn nicht. Er redet wie ein Fremder, trägt eine Laute und ein Reisebündel auf dem Rücken.«

Vor Schreck ließ Mariangela das ausgewrungene Hemd fallen, und nur Zenobia war es zu verdanken, dass es nicht im Dreck landete.

»Eine Laute?«, fragte Mariangela und erkannte ihre eigene Stimme kaum. Sie räusperte sich. »Geh und jag ihn davon!«

Orazio sah sie befremdet an. »Sollten wir ihm nicht wenigstens einen Becher Wein und etwas Brot anbieten? Du sagst doch selbst immer, dass Gastfreundschaft Christenpflicht ...«

»Das verstehst du nicht!«

Sie nahm Zenobia das Hemd ab und hängte es auf die Leine, an die die Kinder nicht heranreichten. Dann drückte sie Orazio das eine und Zenobia das andere Ende des nassen Lakens zum Auswringen in die Hände und löste den Knoten, der ihren Rock über den Knien hielt. Vielleicht hatte sie Glück, und der unverschämte Kerl war inzwischen seiner Wege gegangen. Was bildete der sich ein, nach allem was er angerichtet hatte. Wenn sie nur einen Hund hätten, den sie auf ihn hetzen könnte! Vielleicht würde dieser Vorfall Allegra endlich davon überzeugen, dass ihre Abneigung gegen Hunde lange nicht so schwer wog wie deren Nutzen in solchen Fällen.

»Was …«, schrie sie, während sie die angelehnte Pforte aufriss. Doch der Satz blieb unvollendet.

Es war nicht Anselm, der da vor ihr auf dem Boden kauerte und sanft murmelnd den Kater streichelte, der schnurrend unter seiner Hand den Rücken dehnte. Der hier hatte dunkles lockiges Haar. Verlegen griff Mariangela an ihre Haube, zupfte ihr Haar zurecht und strich glättend über den verknitterten Rock.

»Was …«, sagte sie noch einmal, während der Fremde sich aufrichtete und sie lächelnd ansah, beinahe schüchtern.

Groß wie Anselm war er wohl, doch breitschultriger und viel jünger. Sie sah das Lächeln in seinem Gesicht ersterben, während er sie musterte, als könne er gar nicht genug von ihrem Anblick bekommen, als fände er darin, wonach er schon immer gesucht hatte. Verlegen verbarg sie ihre Hände in den Falten des verschlissenen Kleides, das sie nun wirklich endlich wegwerfen musste, unmöglich, sich damit unter fremde Augen zu wagen.

»Was …?«, fragte sie leise und wand sich unter dem Blick des Mannes, der zu allem Überfluss schön war und ihr bei all dem wortlosen Angestarre schon beinahe vertraut zu werden begann. Und nun wurden auch noch seine Augen feucht.

»Mariangela«, sagte er leise. Und dann schlang er auch schon seine Arme um sie und drückte sie an sich und hob sie hoch und schwang sie im Kreis, dass die Leute auf der Straße lachend stehenblieben. Sie japste, fühlte, wie ihr das Blut zu Kopf stieg, und wollte um Hilfe schreien, brachte jedoch kein Wort heraus. Endlich stellte er sie wieder ab, drängte sie ins Haus und sich selbst gleich mit und schloss die Tür. Was sollte sie machen, wenn er ihr nun Gewalt antat? Die Kinder konnten ihr nicht helfen. Doch er trat nur einen Schritt zurück, schien ihre Angst zu sehen.

»Du erkennst mich nicht?« Seine Stimme war tief und weich mit dem Anflug eines rauen nordischen Akzents.

Sie schüttelte den Kopf.

»Warte!«

Er wuchtete das Bündel von seinem Rücken, setzte es auf einer Bank ab und wühlte durch die Kleidungsstücke. Endlich fand er, was er suchte. Mariangela schlug eine Hand vor den Mund und bekam Gänsehaut am ganzen Körper. Zögernd griff sie nach dem abgegriffenen Gegenstand, der in der Wölbung seiner Handfläche saß wie eingepasst.

Es war eines ihrer frühen Holztiere, keine Frage. Noch unbeholfen in der Ausführung und doch mit ganz eigenem Ausdruck, der sie unwillkürlich lächeln ließ. Eine Ente – die erste. Sie stützte sich an der Tür ab, um den plötzlichen Schwindel zu bekämpfen. Während sie das Spielzeug mit den Fingern betastete, suchten ihre Augen im Gesicht des Mannes nach alten Erinnerungen, nach Resten des kleinen Buben, dem sie das Tierchen vor so vielen Jahren geschenkt hatte.

»Fabio«, flüsterte sie, und es war schon keine Frage mehr.

Unfähig, sich zu bewegen, sah sie zu, wie der baumstarke Mann vor ihr auf die Knie sank und wieder seine Arme um sie schlang, wie er seinen Kopf an ihren Bauch drückte, ihre Brust vielmehr, was nun wirklich … Aber gut, in diesem Fall … Hilflos schwebten ihre Arme über ihm, senkten sich dann, zögernd noch, ihre Finger in seine Locken, in die Tränen tropften, ihre Tränen. Tränen, die eine Last wegwuschen, von der sie gar nicht gewusst hatte, dass sie noch drückte. So stehenbleiben, dachte sie, für immer mit diesem schwebenden Gefühl der Erleichterung.

»Tante? Brauchst du Hilfe?«

Durch den feuchten Schleier sah Mariangela Orazio in der Tür zum Hof stehen. Schützend hatte er den Arm um seine kleine Schwester gelegt. Mariangela schüttelte den Kopf und lächelte. Sie wischte sich die Augen. Fabio erhob sich, auch sein Gesicht tränennass.

»Das«, wie von selbst schlüpfte ihre Hand in die seine, »ist euer Onkel Fabio, der Bruder eurer Mutter.«

Orazio legte den Kopf schief und kniff ein Auge zu.

»Gütiger Gott!« Fabio musterte die Kinder. »Zwei schon und so groß! Du musst so alt sein wie ich damals ...«

»Neun ist er«, sagte Mariangela. »Orazio und die kleine Zenobia.«

»Ich bin nicht klein!«

»Ich war auch nie klein«, sagte Fabio lächelnd. »Kommt her, lasst euch anschauen! Bei allen Heiligen, du siehst aus wie sie, wie Allegra.«

Mariangelas Hand lag noch immer in der seinen, die trocken war und warm und ein wenig rau. In der ihre eigene verschwand, ganz anders als früher. Wie lange war es her, dass sie eine Männerhand gehalten hatte? Immer nur feuchte kleine Kinderpfoten. Mariangela schluckte. Warm wurde ihr nun, heiß fast schon. Hastig zog sie ihre Hand zurück. Fabio wandte sich ihr zu.

»Und du, Mariangela, bist du auch verheiratet?«

»Sollten wir nicht Mamma wecken?«, fragte Orazio.

»Heilige Jungfrau!«, rief Mariangela, lief auf die Stiege zu und hielt wieder inne, versuchte Klarheit in ihre Gedanken zu bringen. »Führt euren Onkel in die Küche. Wartet dort. Ich will zuerst mit eurer Mutter reden. Der Schreck … in ihrem Zustand!«

»Sie ist doch nicht krank?«

»Sie erwartet ein Kind«, piepste Zenobia. »Eine kleine Schwester, hoffentlich!«

Fabio schüttelte den Kopf, fuhr sich mit allen zehn Fingern durch die Haare, und Mariangela meinte zu wissen, was er dachte. So viele Neuigkeiten und immer noch Jahrzehnte voller Fragen, die alle auf der Stelle beantwortet werden wollten.

»Lass uns langsam machen, eins nach dem anderen. Wir haben doch Zeit?«

Er nickte lächelnd. »Ich kann nicht erwarten, alles von euch zu erfahren, aber ja, wir haben Zeit.«

Bei Kerzenschein und gegen den Winterwind geschlossenen Läden saßen sie in der warmen Küche und löffelten dicke Suppe aus Hirse, Karotten, Bohnen, Kohl und Käse. Noch immer ganz benommen vor Freude, hörte Mariangela den so lange getrennten Geschwistern zu, die sich mit vollem Mund Kurzfassungen ihres Lebens erzählten. Anfangs schwirrten nur Fragen durch den Raum wie Fliegen um einen Obstkorb, jede Antwort ein Schlag, der hundert neue Fragen auffliegen ließ. Doch langsam begannen sich die ungeordneten Episoden und Bilder in Mariangelas Kopf zu einer Geschichte zu reihen, deren Leerstellen zu füllen wohl immer noch Tage in Anspruch nehmen würde.

Der heimliche Aufbruch in der Osternacht und Fabios Stolz, dass die Mutter nur ihn auserwählt hatte, sie zu begleiten. Die monatelange Reise durch fremde Länder und Städte, ein einziges Abenteuer. Das Leben in Antwerpen, als hätte es nie ein anderes gegeben, und die Ausflüchte, mit denen seine häufiger werdenden Fragen nach einer Rückkehr von der Mutter abgewehrt wurden. Seine schwere Krankheit dann, ein wochenlanges Fieber, und die schleichende Erkenntnis, dass die alte Familie, die Heimat für immer verloren waren. Anselm stets ein Freund an seiner Seite, ein Vater, der ihn liebte wie ein eigenes Kind.

An dieser Stelle konnte Allegra sich nicht länger zurückhalten und ließ eine Schimpftirade los auf den hinterlistigen Entführer, auf die treulose Mutter, die den Vater ins Grab getrieben, ihre Verlobung zum Platzen gebracht und sie und Mariangela zu einem Leben als Magd verdammt hatte. Fabio nickte, schüttelte den Kopf, nickte wieder.

»Ja, nein, ich verstehe dich ja«, sagte er. »Doch für mich war es anders. Ich hatte ein gutes Leben voller Liebe und Musik. Die vielen Reisen, die uns nach Dänemark, England und Schottland geführt haben, so viele Orte, dass ich ihre Namen nicht mehr aufzählen kann, so viele Freunde.«

Allegra presste die Lippen zusammen. »Du hast uns vergessen.«

»In meinen Träumen wart ihr bei mir. Wenn ich euch vergessen hätte, wäre ich doch jetzt nicht hier. Seit sechs Jahren, seit Mutters Tod, will ich nach Vicenza, reise durch Italien und wieder fort, wage mich nicht in die Stadt, aus Angst vor dem, was ich vorfinden könnte. In Padua, in Pordenone, in Verona, immer wieder überfiel mich die Gewissheit, ihr wäret alle tot, jede Erinnerung an mich ausgelöscht, die Heimat meiner Kindheit fremder als das fernste Land.«

Er hob die Hände in einer Geste der Hilflosigkeit und schwieg.

»Und sie?«, fragte Allegra. »Hat sie je von uns gesprochen?«

Fabios Kiefer mahlten, und er schluckte mehrmals. »Nicht viel. Mir hat sie nur gesagt, dass es euch gutgeht, dass Vater eine neue Frau hat und wir niemals wieder nach Vicenza könnten. Doch ich habe sie beten gehört. Und weinen. Jeden Abend hat sie Gott um Verzeihung angefleht. Mir war lange nicht klar, wofür.«

»Ich frage mich«, presste Allegra zwischen zusammengebissenen Zähnen hervor, »warum der Herr sie nicht gestraft hat.«

Fabio, den Mund nun voller Brot, stellte für einen Moment das Kauen ein, fixierte seine Schwester und nickte, würgte das Brot hinunter. »Aber das hat er. Sie hatte fast jedes Jahr eine Fehlgeburt. Er hat ihr kein Kind mehr geben wollen, nachdem sie eines im Stich gelassen hatte.«

Der Ausdruck der Befriedigung, der Allegras Miene nach diesen Worten entspannte, schmerzte Mariangela. Dann war also der Hass die unerschöpfliche Quelle, aus der die Freundin Kraft geschöpft hatte, um jeder Herausforderung entgegenzutreten.

Fabio streckte die Beine unter dem Tisch aus und stieß dabei Mariangela an, ergriff ihre Hand und drückte sie, eine Entschuldigung im Blick. Sein Lächeln ließ ihr die Sonne aufgehen. Er wandte sich wieder seiner Schwester zu.

»Auch wenn es hart war, letztlich scheint sich für euch doch alles zum Guten gewendet zu haben. Wenn es dich wirklich tröstet, dass Mutter gelitten hat, Schwester, dann kann ich dir versichern, dass Gott ihr das nicht erspart hat.« Er senkte den Kopf, warf einen Seitenblick auf Leonida, fuhr dann flüsternd fort: »Allein ihr Tod in Schmerz und Wahn war eine harte Strafe. Das mitanzusehen hat auch mich fast umgebracht.«

Er schlug ein Kreuz, und Mariangela tat es ihm nach.

»Gott sei ihrer Seele gnädig und schütze ihre Kinder und Enkel!«, flüsterte sie.

»Und dich, Mariangela!«, fügte Fabio hinzu. »Weißt du, wie verliebt ich in dich war, und du hattest immer nur Augen für Allegra.«

Wohin bloß schauen bei solch einem Geständnis? Wie eine Fledermaus zuckte Mariangelas Blick durch den Raum, fand keinen Halt. Sie wollte den Arm um Zenobia legen, die doch gerade noch neben ihr gesessen und ihren Eintopf gegessen hatte. Orazio musste sich mit ihr hinausgeschlichen haben, ganz unbemerkt bei all den aufregenden Geschichten. Nur Leonida saß noch an seinem Platz.

Sie sprang auf. »Um Himmels willen, die Wäsche!«

Sie schlang ihr Wolltuch um die Schultern, band die Enden hinter dem Rücken zusammen, schlüpfte in die Holzschuhe und rannte klappernd aus der Küche und die Stiege hinunter. An der Hoftür blieb sie stehen.

Orazio stand, leise und unmelodisch vor sich hin singend, mit hochgerollten Hosenbeinen im Zuber. Toni wrang mit Zenobia ein Wäschestück aus. Dabei zog er absichtlich so fest an, dass die Kleine sich kichernd mit den Füßen in den Boden stemmte und trotzdem vorwärtsgezogen wurde. Wie ein Seil wickelte er das Leintuch auf, und als Zenobia direkt vor ihm stand, pickte er ihr einen Kuss auf die Stirn, so dass sie vor Schreck stolperte und sich lachend gegen ihn fallen ließ.

Orazio stieg aus dem Zuber direkt in seine Holzschuhe und goss das Wasser ab. Er legte die Wäschestücke auf die Bank, nahm das Rührholz und fischte zwei neue Teile aus dem Kessel.

»Nur noch drei«, sagte er.

Mariangela wischte sich eine Träne aus dem Augenwinkel und ging auf die Kinder zu.

»Orazio hat uns von dem Onkel erzählt«, sagte Toni, der gerade auf einen Schemel kletterte, um das eben ausgewrungene Unterkleid aufzuhängen. »Ist es wahr? Ist er durch die ganze Welt geirrt auf der Suche nach dir und Allegra und hat erst jetzt den Weg nach Vicenza gefunden? Darf ich ihn mir anschauen gehen?«

Mariangela lachte. »Orazio sagt doch immer die Wahrheit. Ja, geh nur!« Sie wuschelte ihm durch den Schopf, als er an ihr vorbeilief. »Und iss deine Suppe!«

Er hatte also seinen Ärger über die Frauenarbeit überwunden, gutmütig wie immer. Zenobia stand schon wieder am Kessel und rührte. Orazio hüpfte wie gehetzt auf der dampfenden Wäsche herum. Rasch packte Mariangela einen der Kübel mit Spülwasser und goss ihm ein wenig kaltes Wasser über die Füße.

»Der Trick ist, ein wenig von dem bereits abgekühlten Wasser im Zuber zu lassen, damit man sich nicht die Füße verbrennt.«

»Danke, Tante.«

Und schon wieder Tränen in ihren Augen. »Ich danke dir, dass du mir ohne ein Wort geholfen hast!« Flüsternd, um Zenobia nicht zu verletzen, fügte sie hinzu: »Du bist ein ganz besonderes Kind, und ich liebe dich. Auch wenn du mir manchmal fast ein wenig unheimlich bist.«

»Ich weiß.« Schief lächelte er sie an.

Was wusste er noch alles, fragte sich Mariangela. Dass Gott ihn mit einem besonderen Talent gesegnet hatte, war so offensichtlich wie die Tatsache, dass er selbst um seine Begabungen wusste. Vielleicht sollte sie Andrea bitten, mit Trissino zu reden. Dessen Beziehungen zur Kirche konnten dem Jungen zu Großem verhelfen. Ein Bischof in der Familie, ein Kardinal womöglich.

Doch nun die Wäsche. Und während sie wrang und rieb und sich beim Aufhängen reckte, konnte sie nichts denken als: Fabio. Der kleine Fabio, dem sie Lieder vorgesungen und den Rotz von der Nase gewischt hatte, Fabio war zurück, und es hatte ihm an nichts gefehlt. Er war gesund und stark, und wenn er nicht ihr Bruder wäre, ließe sich fast auf dumme Gedanken kommen. Fabio.

ROM, FEBRUAR 1546

Einundvierzigstes Kapitel

Ein eisiger Windstoß fuhr über die Piazza della Rotonda und verwehte die noch feuchte Tinte des eben gezeichneten Säulenkapitells. Zu spät hielt Andrea seine Hand schützend über das Skizzenblatt. Mit zusammengekniffenen Augen begutachtete er den Schaden. Die Ornamente, Olivenblättern nachempfunden, waren auf der einen Seite ausgefranst, doch bei der Reinzeichnung würde er sich ohnehin auf die Symmetrie verlassen können.

Er hob den Blick, ließ noch einmal die Erhabenheit des Portico von Santa Maria della Rotonda, dem römischen Pantheon, auf sich wirken. Schade eigentlich, dass man den ursprünglichen Gedanken dieses allen antiken Göttern gewidmeten Bauwerks nicht weitergetragen und es allen Heiligen geweiht hatte. Die Muttergottes nannte doch wahrlich genügend Kirchen ihr Eigen. Doch die Symbolkraft der Kuppel hatte sich wohl allzu sehr aufgedrängt. Ein gewaltiger Mutterbauch, ein milchschwellender Busen.

Ob Allegra sein Kind schon geboren hatte?

Er fröstelte. Schleichend war der Schatten über den

rechteckigen Platz gekrochen, so dass nun nur noch die Fassaden auf der östlichen Seite im Licht der Wintersonne leuchteten. Andrea wickelte den Mantel fester, zog die Kappe tiefer und knetete seine kälteweißen Finger. Sorgfältig verschloss er das Tintenfass und wischte die Feder mit einem Lappen ab.

»Wie soll ich jemals meine Bestandsaufnahme der antiken Schätze Roms vollenden, wenn die Elemente gegen mich sind?«, rief er dem deutschen Maler zu, Konrad, der nur wenige Schritte zu seiner Rechten gerade mit missbilligend gesenkten Brauen die eigene Arbeit musterte.

»Komm im Sommer wieder!«

Andrea nahm ihm den schroffen Ton nicht übel, zumal jeder Satz des Deutschen sich in seinen Ohren zunächst unwirsch ausnahm. Es lag nicht nur an der Aussprache, sondern auch am Fehlen all der kleinen Wörter der Verbindlichkeit und Relativierung.

Im Sommer wiederkommen – als wäre das so einfach. Keinesfalls konnte er auch noch die warme Jahreszeit seinen Studien widmen. In Vicenza waren Pläne zu zeichnen, Baustellen zu betreuen und nun auch noch dieses Modell für die Loggien des Palazzo della Ragione anzufertigen.

Vorsichtig prüfte er mit dem Finger, ob die Tinte getrocknet war, und schob das Skizzenblatt in seine Mappe.

Unwillkürlich schloss er die Hände zum Gebet und sandte eine dringende Bitte an alle Heiligen und die Götter der alten Zeit, die sich von diesem Ort vielleicht doch nicht hatten vertreiben lassen. Er begehrte den Auftrag für die Loggien wie keinen zuvor. Es ging um eines der größten Gebäude der Stadt, den Versammlungsort des Rats der Fünfhundert, gelegen an der großen

Piazza. Jeder Einwohner der Stadt, jeder fremde Reisende würde seinen Entwurf beim abendlichen Flanieren oder an Markttagen passieren und – da hegte er nicht den geringsten Zweifel – bewundern. Endlich winkte ihm Ruhm! Sollte er diesen Auftrag wirklich erhalten, wäre er nicht mehr ausschließlich auf Empfehlungen nobler Freunde und Gönner angewiesen. Jede Säule und jedes Ornament würden seinen Namen in unsichtbaren Lettern leuchten lassen.

Doch bis dahin war noch viel zu tun. Trotz der tatkräftigen Hilfe Maestro Giovanni de Pedemuros und der Fürsprache Trissinos war es keineswegs sicher, dass die Stadt in absehbarer Zeit das enorme finanzielle Risiko einer solchen Großbaustelle auf sich nehmen würde.

Er steckte die Feder zu den anderen in das Rollfutteral, das Allegra ihm genäht hatte.

Allegra. Selbst wenn es ihm gelänge, alle Arbeiten in Vicenza aufzuschieben oder zu delegieren und ein ganzes Jahr in Rom zu verbringen – seine Familie konnte auf die Einkünfte nicht verzichten. Schon jetzt plagte ihn das Gewissen, die Geburt seines vierten Kindes zu versäumen. Womöglich lag es, mit Gottes Hilfe, schon mit verschleierten Augen an Allegras Brust. Und er war hier.

Doch was sollte er machen? Ein Jahr müsste mindestens siebenhundert Tage umfassen, sollte es ausreichen, alles Wichtige zu erledigen. Unmöglich, sich zwischen den Bauaufgaben und seinen Studien zu entscheiden. Allegra verstand das. Schließlich sehnte auch sie sich nach Ruhm und Reichtum. Noch eher nach Reichtum und Ruhm. Er schmunzelte.

Die Mappe unter den Arm geklemmt, das Bündel mit den anderen Utensilien auf dem Rücken, klappte Andrea den segeltuchbespannten Hocker zusammen und hängte ihn über die Schulter. Er schob die klammen Hände zum Aufwärmen in die Ärmel. Auch der Deutsche blies sich gerade warmen Atem in die Handflächen und begann zusammenzupacken.

»Lieber Kollege, leistet Ihr mir noch Gesellschaft bei einem Krug heißem Wein?«

»Ja! Ich zahle, mein Freund! Du hast mir die … wie heißt es – Ordnungssäulen?«

»Säulenordnung.«

»Du hast mir die Säulenordnung gut erklärt.«

Die Taverne war noch fast leer und entsprechend kühl. Andrea grüßte die Kaufleute, die an einem der langen Tische vor ausgebreiteten Papieren saßen, mit einem Nicken. Er wählte einen Platz möglichst nah der Küche, in der Hoffnung, dass ein wenig von der Wärme des Herdes bis zu ihnen dringen würde.

»Einen Krug Würzwein, seid so nett!«, rief er dem Wirt zu. »Habt Ihr schon etwas zu essen?«

»Um diese Zeit? Das Fleisch ist in zwei Stunden frühestens fertig. Gerstensuppe könnt Ihr haben, mit Fenchel und Wurst.«

»Gott segne Euch, das wird uns wärmen!« Andrea rieb sich die Hände. Er wandte sich dem Deutschen zu. »In zwei Tagen reise ich ab. Länger lässt es sich nicht mehr aufschieben. Dabei bin ich nicht einmal mit der Aufnahme dieses Gebäudes fertiggeworden.«

»Willst du jeden Stein der Stadt vermessen? Das könnte gut ein Leben dauern. Länger noch.«

Der Wirt stellte einen dampfenden Krug und zwei Zinnbecher zwischen ihnen auf den Tisch und legte einen Laib Brot dazu.

»Suppe kommt gleich.«

»Willst du die Zeichnungen drucken lassen?«, fragte Konrad.

»Musterblätter meint Ihr? Vielleicht. Aber mir ist noch ein anderer Gedanke gekommen. Was haltet Ihr von einem Buch, in dem die wichtigsten Bauwerke dargestellt sind?«

»Für Kollegen vom Baugewerbe oder für Reisende?«

»Was ließe sich wohl leichter verbreiten?«

»Ein Führer, denke ich, nicht nur mit Bildern, auch mit Erklärungen. Und Geschichten. Für alle, die wie ich von weit kommen, um die großartigste Stadt zu sehen. Der Adel aus der ganzen Welt, Kaufleute, Künstler. Da muss Geld zu machen sein.«

»Geld machen. Das wäre zur Abwechslung nicht schlecht!« Andrea grinste.

»Mir hat gefallen, wie du über die Säulen gesprochen hast. Du erklärst in einfachen Worten, dennoch kommt man sich nicht wie ein Ochse vor.«

Andrea lachte. »Das liegt wohl an meinen Erfahrungen auf den Baustellen mit all den Arbeitern, die sich wie Ochsen vorkommen, bis man ihnen erklärt, worum es geht. Oder an meinem Bemühen um eine schlichte Ausdrucksweise, weil ich nicht wusste, wie gut dein Italienisch ist.«

»Es sollte besser sein. Ich bin seit über einem Jahr hier. Die Melodie der Sprache, da hapert es noch. Doch wer weiß, bis Herbst, wenn ich wieder heimreise …«

»Fremde Lieder klingen doppelt schön.«

Konrad ließ die Augenbrauen spielen und grinste schief. »Und höfliche Lügen in allen Sprachen gleich.« Er langte über den Tisch und klopfte Andrea auf die Schulter.

Ein junges Mädchen mit Hakennase und großen Augen im schmalen Gesicht stellte schüchtern lächelnd zwei Schüsseln vor ihnen ab. Andrea zwinkerte ihr zu.

»Schmeckt«, sagte Konrad mit vollem Mund. »Komm mich besuchen! Nürnberg ist eine schöne Stadt. Ich arbeite in der Werkstatt des Georg Pencz, den jeder dort kennt. Auch er war lange in Italien und ist ein Kenner der Architektur.«

»Nuremberg«, wiederholte Andrea und aß eine Weile schweigend. »Darf ich etwas fragen?«

Konrad nickte mit vollem Mund.

»Ist Nuremberg in der Hand der Kirche oder der, nun ja …«

»… der Ketzer, willst du sagen?« Konrad richtete sich auf, sein Blick neugierig und misstrauisch zugleich. »Auch die reformierte Kirche ist eine Kirche. Ja, Nürnberg ist lutherisch.«

»Und macht es einen Unterschied, wenn du es mit dem Leben hier vergleichst?«

Konrad lachte auf. »Unterschiede gibt es. Ob die ihre Ursache in der Reformation oder in der Zahl der Sonnenstunden haben …« Er senkte den Blick und tauchte den Löffel ein, sah Andrea dann erneut in die Augen und sagte leise: »Sind wir nicht alle Ketzer? Wir erforschen die Welt, stellen Fragen, können nicht glauben, was man uns erzählt.«

Ein beunruhigender Gedanke. Andrea dachte an Jacopo, den Maler aus Bassano, der sich mit diesem hier sicher prächtig verstanden hätte. Doch was sollte er selbst sich neben all den täglichen Verpflichtungen auch noch mit Glaubensdingen befassen? War es ein Kampf zwischen Gott und dem Hochmut des gefallenen Engels, wie Trissino meinte, oder ein alberner Streit zwischen Kindern, vom himmlischen Vater mit Nachsicht beobachtet? Wie weit war Gott entfernt? Ging Er mitten unter den Menschen, oder beobachtete Er deren Treiben aus der Ferne? War Er der Wächter auf dem Festungsturm, der auf einen Ameisenhügel hinabsah und sich nur einmischte, wenn er seine Ordnung gefährdet sah? Die Tatsache, dass er selbst mit einem Totschlag davongekommen war, schien auf Letzteres zu deuten.

Zweiundvierzigstes Kapitel

»Nimm mich doch mit, bitte! Ich würde so gern deine Heimatstadt sehen!«

Annas rundes Gesicht, ihre feuchten Lippen, die Kinderaugen flehend zu ihm erhoben. Das zarte weiße Unterkleid war ihr von der Schulter gerutscht, gab ihre linke Brust halb frei, die auf der Stelle berührt werden wollte. Andrea ballte die Faust, öffnete sie wieder und biss die Zähne zusammen, bemühte sich um ein ausdrucksloses Gesicht, während er einen Schritt zurücktrat und seine Hose zuknöpfte.

»Es geht nicht.«

»Aber wieso nicht? Ich brauche nicht viel. Ein Zimmer, in dem ich auf dich warten kann.«

Andrea wandte sich ab. Er mühte sich, tief Luft zu holen, doch sein Brustkorb wollte sich nicht weiten. Musste er ihr wirklich erklären, dass er eine Familie hatte, dass sich sein Leben in Vicenza von der römischen Frivolität unterschied wie ein Gang auf den Markt von einem ausgelassenen Tanz? Hatte sie vergessen, dass sie dafür bezahlt wurde, ihm Gesellschaft zu leisten, und daher keine Ansprüche zu stellen hatte?

Er öffnete die Reisetruhe und begann, herumliegende Kleidungsstücke einzusammeln. Battista hatte ihn gewarnt, gleich als ihm Andrea nach dem ersten Abend mit Anna von seinem geplanten Arrangement erzählt hatte.

»Dasselbe Mädchen jeden Tag, um dir die anderen vom Leib zu halten?«, hatte er gesagt. »Mein lieber Freund, du verstehst, wie es scheint, das Prinzip der käuflichen Liebe nicht. Du tust ihr nichts Gutes damit, weckst nur falsche Hoffnungen. Sie wird denken, du liebst sie. Davon träumen sie alle.«

»Aber sie ist fast wie eine Tochter für mich, eine kleine Schwester vielleicht. Sie erinnert mich an Mariangela.«

»Und du hast sie wirklich nicht gevögelt?«

Andrea schüttelte den Kopf, grinste unbeholfen. Gerade vor Battista war ihm die Antwort ein wenig peinlich. »Keine von beiden.«

Battista verdrehte die Augen. »Unglaublich! Ich könnte keiner von beiden widerstehen. Wie auch immer, du machst dich lächerlich, wenn du glaubst, dass es dabei bleiben wird.«

Auch was das anging hatte er recht behalten, und warum auch nicht? Anna wurde dafür bezahlt, für sein Wohlbefinden zu sorgen, und er musste ihr das weiß Gott nicht absichtlich schwermachen.

Sie hatte sich erhoben, stand nun verloren in der Mitte des Raumes. Er sollte es dabei belassen, ihr Zeit geben, zu begreifen, wo ihr Platz war. Was also trieb ihn nun, auf sie zuzugehen und ihr die Hand an die Wange zu legen?

»Es war eine schöne Zeit«, flüsterte er.

»Ich verstehe.« Sie hob den Kopf, raffte den weiten Ausschnitt ihres Unterkleides am Hals zusammen und griff nach ihrem Kleid, das nachlässig über einen Stuhl geworfen lag. »Werde ich dich wiedersehen?«

Er rieb sich den Hinterkopf. Es war sicher besser, ihr keine Hoffnungen mehr zu machen. Doch warum sollte er lügen? Er war ihr keine Rechenschaft schuldig, zum Teufel.

»Wer weiß, was die Zukunft bringt? Meine Studien sind noch nicht abgeschlossen. Im Herbst vielleicht.«

Sofern er es sich leisten konnte, seine Arbeit in Vicenza schon wieder ruhenzulassen. Sofern er die Reisekosten aufbrachte oder Trissino ihn erneut unterstützte. Sofern Marco wirklich in Rom blieb und er beim ihm im Palazzo wohnen konnte. Er seufzte.

»Ich bin nicht reich, Anna.«

»Du wirst wiederkommen ... wegen all der alten Häuser, der Kirchen ...«

Sie klang gefasst und mühte sich, die seidene Kordel zu entwirren, mit der das Mieder geschnürt werden musste. Endlich hatte sie beide Enden durch alle Ösen gefädelt und zog die Schnürung, an der Taille beginnend, fest.

»Ich werde da sein, wenn du mich brauchst, um dir ...«, sie flatterte kokett mit den Wimpern, wohl um die Traurigkeit in ihren Augen zu bemänteln, und warf ihm einen grimmigen Kuss zu, »vorzulesen«.

»Und Ihr wollt wirklich nicht einen Monat warten und dann mit Battista und mir gemeinsam nach Vicenza reisen, mein lieber Palladio?« Trissino legte Andrea eine Hand auf den Arm. Seine Miene war besorgt. »Der Weg über Land ist ungleich mühseliger und gefährlicher als der über die Via Flaminia und das adriatische Meer, das habe ich Euch immer wieder gesagt.«

Andrea drückte die Hand des alten Mannes.

»Ich danke Euch für Eure Sorge. Doch da ich in einem bewachten Kaufmannszug bis Bologna reisen werde, kann mir wohl nicht allzu viel geschehen. Zudem war Marco so großzügig, mir eine von den beiden Pistolen zu schenken, die er sich hat anfertigen lassen, und ich habe sogar schon damit geübt.« Er schüttelte sein Handgelenk in Gedanken an den schmerzhaften Rückstoß der Waffe. »Meine Geschäfte dulden keinen Aufschub. Die Nachricht von Maestro Giovanni klang mehr als dringlich. Auch wenn wir bei dem Projekt der Loggien zusammenarbeiten – ohne meine Angaben kann er das geforderte Modell nicht anfertigen. Ich kann es mir nicht leisten, in Verzug zu geraten, da mir nun, Gott und dem Einfluss meiner Freunde sei Dank, endlich diese Aufgabe zugesprochen werden soll.«

»Nun, da auch ich mit meinem Einfluss beim Stadtrat daran nicht ganz unbeteiligt war«, ein Hustenanfall schüttelte den Conte, und es dauerte eine Weile, bis er mit rauer Stimme fortfahren konnte, »muss ich wohl mit den Konsequenzen leben und auf Eure Gesellschaft bei der Heimreise verzichten.«

»Immerhin bleibt Euch mit Maganza ein ungleich unterhaltsamerer Gefährte, der auch auf See an Eurer Seite tafeln kann, anstatt reihernd über der Reling zu hängen.«

Andrea lehnte sich zurück und faltete die Hände über dem Bauch. Die Maronicreme schien in seinem Magen erst richtig aufzuquellen. Eigentlich hatte er nur beabsichtigt, seinem Gönner am Vorabend der Abreise einen kurzen Besuch abzustatten, da dieser sich wegen seines Hustens entschuldigt und nicht am Abschiedsmahl im Palazzo Thiene teilgenommen hatte. Doch Trissino hatte ihn am Tisch in seinem Schlafgemach empfangen, eine große Ehre, und trotz der späten Stunde gleich Süßspeisen, Käse und Brot aus der Küche kommen lassen.

»Ja«, sagte Trissino und nahm einen Schluck von dem sizilianischen Roten, »Battista Maganza ist für manches gut. Doch sein Mundwerk ist scharf wie Meerrettich und ohne Eure ausgleichende Milde«, er legte Andrea seine Hand auf den Schenkel, »wird er mir manchmal regelrecht ungenießbar.«

Andrea lächelte höflich und saß erstarrt, während die langen Finger die Innenseite seines Schenkels drückten, viel zu nah an seinem Schritt, um ihn gänzlich kaltzulassen. Wenn er nun die Augen schlösse, wo läge der Unterschied zu einer Liebkosung von Allegras Hand, die fast ebenso groß und entschieden war?

»Wir werden uns lange nicht sehen«, sagte Trissino, die Stimme noch immer belegt.

Andrea wollte keine Antwort einfallen. Er schluckte gegen sein Unbehagen an, den Blick unter halbgesenkten Lidern auf die fleckigen Altmännerfinger gesenkt, die sich von dem schwarzen Wollstoff seiner Hose abhoben, sich trotz dieser Schutzschicht in sein Fleisch graben wollten, gierigen Würmern gleich. Er presste die Lippen zusammen, wand sich unwillkürlich und ergriff Trissinos Hand, löste sie von seinem Schenkel und führte sie zum Mund. Ein Kuss der Ehrerbietung, der eine Grenze ziehen sollte.

»Eure Weisheit wird mir fehlen, verehrter Giangiorgio.«

Brüsk entzog ihm Trissino die Hand. Er erhob sich hustend und querte mit schnellen Schritten den Raum bis zum Fenster. Dort verharrte er, den Rücken zum Raum gewandt. Geräuschlos schob Andrea seinen Stuhl zurück und stand auf, bereit, sich zu verabschieden, sollte sein Gönner ihn gnädig entlassen, bereit, sich seinem Ärger zu stellen im anderen Fall.

Doch Trissino ließ ihn warten.

Von einem Bein auf das andere tretend, eine Hand auf der hohen Lehne seines Stuhles abgestützt, übte Andrea sich in Geduld, die aufzubringen ihm gerade jetzt besonders schwerfiel. Schon bei Sonnenaufgang sollte er seine Reise antreten. Auf der Suche nach Ablenkung und Beruhigung musterte er den üppig dekorierten Raum. Die Jagdszenen auf dem persischen Teppich an der angrenzenden Wand schienen im Schein der Öllampen zum Leben zu erwachen. Ein Löwe sprang in eine aufgestellte Lanze, ein blutender Hirsch versuchte seinen berittenen Verfolgern zu entkommen.

Trissino verharrte immer noch unbewegt.

Auf einem Stehpult unweit des Fensters lag ein gewaltiges Buch aufgeschlagen, aus dem eine reichverzierte Initiale golden leuchtete. Offenbar eine jahrhundertealte Kostbarkeit. Derartiges zu besitzen, womöglich gar eine ganze Bibliothek anzulegen, gehörte für Andrea zu den Träumen, für deren Erfüllung es göttlicher Hilfe bedurft hätte.

Eine Motte flatterte von einem Wandbehang auf. Andrea fing sie in der Hand und wischte sie in seine Hose. Vermutlich, dachte er, genoss der Alte das Wissen um seine Ungeduld, ließ ihn absichtlich zappeln. Oder er war wirklich sprachlos vor Zorn. Hatte er womöglich gar vergessen, dass er Besuch hatte? Andrea leerte seinen halbvollen Pokal und stellte ihn geräuschvoll ab.

»Es ist mir zu Ohren gekommen«, sagte Trissino in offiziellem Ton und wandte sich endlich um, »dass Ihr eine rege Korrespondenz mit Alvise Cornaro unterhaltet, der sicher seine Meriten hat, doch ...«

Ein schmales Lächeln auf den Lippen, machte er eine Geste, die Andrea wohl aufforderte, den Satz für ihn zu vollenden. War das die Strafe? War kein weiterer Kontakt mit Alvise Cornaro erwünscht? Dem gelehrten Cornaro, den Trissino für seine Bemühungen, sich einen adligen Stammbaum anzudichten, gleichermaßen verachtete, wie er ihn für seine beharrliche Innovationskraft zähneknirschend bewunderte und für seine Ablehnung der Schriften Vitruvs wiederum schmähte.

Oder lag die eigentliche Botschaft in der Einleitung? *Es ist mir zu Ohren gekommen. Nichts bleibt mir verborgen. Du unterstehst meiner Kontrolle, kleiner Baumeister, und tätest gut daran, das niemals zu vergessen.* War es das?

Ein Bild trat Andrea vor Augen: Trissino in der Werkstatt des Malers Jacopo in Bassano del Grappa. Der erbitterte, wenn auch beinahe regungslos ausgetragene Kampf der beiden Männer. Doch er war nicht Jacopo, verfügte nicht über dessen archaische Kraft. Ihn schwindelte bei dem Gedanken, sich offen gegen seinen Mentor aufzulehnen, gegen den Mann, dem er so viel verdankte. Und doch konnte er ihm nicht länger willfähriges Schoßhündchen sein.

Andrea lockerte den Griff um die Stuhllehne, die er mit weißen Knöcheln umklammert gehalten hatte, und trat einige Schritte auf Trissino zu. Dabei hob er in einer fließenden Bewegung die Rechte, fing all das Nichtgesagte aus der Luft und grüßte gleichzeitig mit Würde, wie er hoffte. Die ganze Kraft seiner widerstreitenden Gefühle zwang er in diese Geste, so dass keine Energie mehr blieb für das Lächeln, mit dem er sie gern begleitet hätte.

»Euer Urteil, Conte Giangiorgio, wird mir immer willkommener Wegweiser sein, sollte ich im Dunkel meiner Zweifel die Orientierung verlieren.«

Er pausierte einige Herzschläge lang, doch Trissinos Miene zeigte keinerlei Regung.

»Erlaubt mir nun, mich zu entschuldigen. Es sind nur noch wenige Stunden bis zu meiner Abreise. Ich bete für Eure baldige Genesung und ein ebensolches Wiedersehen in inniger Freundschaft.«

Er bezwang den Drang davonzurennen und schritt, Trissinos Schweigen und seinen stechenden Blick im Rücken, gemessen zur Tür. Erst als er diese hinter sich geschlossen hatte, entkam ihm der Stoßseufzer, der die längste Zeit schon seine Brust blockiert hatte. Er stützte die Hände auf die Knie und atmete tief durch.

Zu spät bemerkte er die beiden Togaknaben. Sie saßen in einer Fensternische, aßen Nüsse aus einer silbernen Schale und beäugten ihn schamlos belustigt. Mit einem Mal verstand Andrea, auf welche Weise sich Trissino Einblick in seine Korrespondenz verschafft hatte. Das ging nun eindeutig zu weit.

VICENZA, FEBRUAR 1546

Dreiundvierzigstes Kapitel

Der Bräutigam hob den Schleier, und Mariangela hielt den Atem an. Ein ungeschickter Kuss landete halb neben dem Mund der schüchtern lächelnden Braut, deren Hand schützend auf ihrem schon deutlich gewölbten Bauch lag. Füße scharrten, Frauen seufzten, Tüchlein und Ärmel tupften Tränen, verhaltene Jubelrufe drangen nach vorn.

»Bei den Nasen ist es ein Wunder, dass die beiden ihre Münder überhaupt finden«, wisperte eine Mädchenstimme hinter Mariangela, gefolgt von verhaltenem Kichern.

Vor sich die Eltern des Bräutigams und seine Brüder, tat auch Mariangela in der zweiten Bankreihe, als müsse sie sich eine Träne aus dem Augenwinkel reiben.

Schließlich stand dort vorn Mattia, den sie kannte, seit er so alt gewesen war wie ihr Toni jetzt. Der immer noch pickelige Mattia, Sohn der alten Nachbarin Carla, die ihr und Allegra immer zur Seite gestanden hatte. Da gehörten sich schon ein paar Tränen. Sie hätte auch wirklich gern ein wenig geweint, am liebsten einer schönen Erinnerung zuliebe, an der es ihr jedoch leider fehlte. Alles, was sie empfand, waren Trauer und Neid, für dessen Tilgung sie einige Rosenkränze würde beten müssen.

Ihr hatte man damals kein Fest gegönnt, sie nur verstohlen in eine Seitenkapelle geschoben und hastig getraut. Anstatt sie zu küssen, hatte Sandro sie voller Abscheu angesehen, anstatt sie über die Schwelle zu tragen, hatte er sie ins Haus gestoßen, zusammengeschlagen und sich sein Recht genommen.

Gerade als nun doch noch eine Träne in ihrem Augenwinkel kribbelte, fühlte sie eine sanfte Berührung. Fabio, der ihr ganz beiläufig über die Hand strich, sie so warm anlächelte, dass die dunklen Erinnerungen, die eben noch ihr Gemüt verfinstert hatten, sich auflösten wie Schmutz im Waschwasser.

Das Brautpaar schritt den Mittelgang entlang zum Tor, gefolgt von gelöst plaudernden Angehörigen und Freunden. Allegra schob die Kinder zwischen den Bänken vor sich her, und nun stand auch Fabio auf.

»So eine Hochzeit gibt einem schon zu denken, nicht wahr?« Er seufzte und verdrehte in übertriebener Verzückung die Augen.

Ein richtiges Lächeln brachte Mariangela noch nicht zustande, biss sich stattdessen auf die Unterlippe und nickte. Sobald auch sie den Mittelgang erreicht hatten, bot Fabio ihr seinen Arm. Schön war das, ihn an ihrer Seite zu haben. Ein guter Freund, auf den sie sich verlassen konnte, ein Bruder sogar. Immerhin.

Er neigte seinen Kopf zu ihr hinunter, flüsterte: »Und? Würdest du nicht gern?«

»Was denn?«

»Na, wieder heiraten.«

Sie sah zu ihm auf. »Ich weiß nicht. Kommt wohl darauf an. Meine bisherigen Erfahrungen ...« Keinen Herzschlag würde sie zögern, wenn Andrea nur frei wäre.

»Wenn nun einer käme – groß und stark und schön und klug«, er sah an sich hinunter, tat erstaunt, »kurz, einer wie ich! Und so verliebt, dass er schon Sehnsucht nach dir hat, bevor du noch den Raum verlassen hast.«

Nun musste Mariangela lachen. Sie drückte ihren Kopf an Fabios Schulter. »Ja, wenn so einer käme ...« Sie versetzte ihm einen spielerischen Klaps auf den Arm. »Mach dich nicht lustig über mich!«

Er verdrehte die Augen, lächelte schief, öffnete den Mund, und Mariangela wartete neugierig, was ihm nun noch Spaßiges einfiele, wollte am liebsten schon loslachen, noch bevor er es gesagt hatte. Doch Fabio schien mit einem Mal völlig gefesselt vom Anblick des Brautpaares, das eben durch das Kirchenportal in den Februarnebel trat und sich nun an die Spitze des Festzuges setzen würde.

Allegra trat zu ihnen und hängte sich an Fabios freien Arm. Sie war blass.

»Bring mich heim, Bruder! Dieses Kind in mir muss Hufe haben, schmerzhaft, wie seine Tritte sind. Manchmal geht's mir bis ins Mark, und ich kann meine Beine kaum bewegen. Jeder Schritt ist eine Qual.«

»Du sollst das nicht sagen, Mamma! Nur der Teufel hat Hufe«, schaltete sich Zenobia ein, den Mund weinerlich verzogen.

Allegra zog sie an sich. »Egal, was es ist, ob Teufel,

Zicklein oder Menschenkind, ich muss mich hinlegen. Lange kann es ja zum Glück nicht mehr dauern, bis ich das Kleine in der Wiege ablegen kann und endlich nur noch mein eigenes Gewicht herumschleppen muss.«

»Und ich? Muss ich auch mit, oder kann ich mit den Kindern zum Fest gehen?«, fragte Mariangela.

»Geh nur. Fabio kann später nachkommen.«

»Ich begleite dich.« Orazio bot seiner Mutter den Arm.

Sie hängte sich bei ihm ein und dankte mit einem strahlenden Lächeln, das Mariangela vorkam wie das einer frisch Verliebten. Was war es, das die beiden so innig verband – die äußerliche Ähnlichkeit? Sicher war es für einen eitlen Menschen ein Geschenk, in sein jüngeres Spiegelbild zu blicken.

Toni und Leonida hatten sich mit einigen Freunden aus dem Viertel bereits weiter vorn in den Zug eingereiht. Mariangela umarmte Allegra und griff nach Zenobias Hand. Zwei Schritte war sie gegangen, als Fabio seine Hand auf ihre Schulter legte.

»Bevor es richtig losgeht, bin ich bei dir«, sagte er.

Bei dir, nicht: bei euch, dachte Mariangela, und das Wort flatterte verboten in ihrem Magen.

Der dichtgefügte Kreis der singenden und klatschenden Menschen pulsierte, während erschöpfte Tänzer sich darin einfügten, andere sich daraus lösten oder von außerhalb hereindrängten, um sich dem Wirbel in der Mitte anzuvertrauen. Tanzen! Allzu selten gab es dazu Gelegenheit.

Mariangela keuchte, ihre Kopfhaut unter dem dichten Haar war nass geschwitzt, und feuchte Flecken breiteten sich auf ihrem Mieder aus. Nur dieses eine Lied noch! Lachend ließ sie sich vom treibenden Rhythmus der klatschenden Hände und stampfenden Füße zu übermütigen Sprüngen antreiben und wirbelte im Kreis, Fabio an ihrer Seite. Das Tempo steigerte sich, trieb Sänger und Tänzer vor sich her, und tanzen bis zum Erschöpfungstod schien mit einem Mal vorstellbar, da Aufhören so unmöglich war. Immer schneller wurde das Klatschen, immer wilder der Sog, bis der allgemeine Übermut sich endlich in einem vielkehligen Jubelschrei und heftigem Applaus auflöste.

Aus dem Schwung der letzten Drehung heraus taumelte Mariangela gegen Fabio. Er fing sie auf, legte den Arm um ihre Schultern und schob sie durch den Kreis, der sich pulsierend neu formierte. Verschiedene Rhythmen wurden angeklatscht, bis sich einer durchsetzte und ein heiserer Sänger das nächste Lied anstimmte.

Die Hälfte des Versammlungsraumes der Krämerzunft, in dem die Hochzeitsfeier stattfand, wurde von einer langen Tafel eingenommen, auf die Mariangela nun zustrebte, um ihren Durst zu stillen. Fabio beugte sich vor und blies ihr seinen Atem kühlend ins Gesicht. Wein roch sie darin, Zimt und Nelken und einen Hauch von Knoblauch.

»Gut, dass Allegra dich nicht so sieht und wir die Kinder rechtzeitig heimgeschickt haben«, sagte er und fächelte ihr mit beiden Händen Luft zu.

»Ist mein Kopf schon wieder so rot? Manchmal befürchte ich, er könnte platzen, wenn ich mich anstrenge.«

Etwas beschämt drehte sie sich zur Seite, tupfte Stirn und Wangen mit dem Ärmel trocken. Fabio goss einen Becher halb voll Wein und halb voll Wasser und reichte ihn ihr. In einem Zug stürzte sie ihn hinunter.

»Etwas frische Luft?«

Sie nickte. Und fühlte wieder dieses Flattern in ihrem Magen. Aus dem Augenwinkel sah sie, wie Fabio nach ihrem Wolltuch griff, das sie zuvor auf der Bank abgelegt hatte.

Es war nicht das Portal, das auf die Straße führte, zu dem Fabio sie dirigierte, sondern der Hintereingang. Und sie waren nicht die Einzigen, die auf diesen Gedanken gekommen waren. Wenige Schritte weiter stand ein Paar schmusend an der Hauswand. Mariangela meinte, Carlas jüngsten Sohn zu erkennen. Auch der Holzverschlag, in dem sich der Abtritt befand, erzitterte unter regelmäßigen Stößen, die aus seinem Inneren oder von der Rückseite her drangen.

Mariangela hielt sich die Hand vor den Mund, um ihr Kichern zu verbergen. Fabio nahm ihren Arm und zog sie zielstrebig weiter in den Hof hinaus bis zu einem Stapel Feuerholz, hinter dem eine rohe Bank verborgen stand. Ein Zufall war das nicht. Mariangelas Herz raste, Hitze breitete sich in ihrem Unterleib aus. Sie musste zur Halle zurücklaufen, sofort, bevor etwas Schlimmes geschah. Doch wie zuvor beim Tanz war es ihr unmöglich, sich loszureißen. Unschlüssig blieb sie vor der Bank stehen.

Fabio schlang ihr das warme Tuch um die Schultern, griff ihr ins Haar und zog es darunter hervor und richtete das Tuch in ihrem Nacken, wo seine Finger verweilten, und noch ehe sie sich für seine Fürsorge bedanken konnte, lagen seine Lippen auf ihrem Mund. Sie wollte protestieren, einen Scherz daraus machen und öffnete die Lippen, obwohl sie genau wusste, was dann geschehen würde. Und geschah. Sie schmolz wie Butter in der Sonne, löste sich auf in diesem Kuss, und plötzlich war alles egal in diesem Schmerz des Verlangens, und sie wollte die Röcke heben und hier auf der Stelle nichts mehr denken, nur fühlen, und ihre Hände wanderten seinen Rücken abwärts und …

Sanft legte er die Hände um ihren Kopf, strich mit den Lippen über ihre Stirn und sah ihr in die Augen.

»Ich liebe dich, Mariangela, schon immer, und es lässt sich nichts dagegen ausrichten.«

Er hielt sie so sanft, kein Ausweichen möglich, nicht einmal ein Senken der Lider.

»Aber du bist mein Bruder, mein kleiner Bruder …«, keuchte sie.

Trotz der Dunkelheit konnte sie den Schmerz in seinen Augen sehen. Sie hatte ihm einen Dorn ins Herz getrieben, einfach so, denn was sie gesagt hatte, war, was sie dachte, nicht was sie fühlte.

Er packte sie an den Schultern. »Ich bin nicht dein Bruder! Und drei Jahre mehr oder weniger, was macht das schon. Ich bin ein Mann und du eine Frau!« Er schloss kurz die Augen. »Selbst, wenn du mich nicht so liebst wie ich dich – willst du mich nicht heiraten? Die Liebe kommt oft mit der Zeit, heißt es, und dass für eine glückliche Ehe der Mann die Frau lieben muss, sie aber nicht unbedingt ihn. Ich biete dir ein eigenes Leben, Mariangela! Ich werde gut für dich sorgen und deinen Sohn als den meinen ansehen, wie Anselm es mit mir getan hat. Bitte, denk darüber nach!«

Mariangela öffnete den Mund. Er legte ihr einen Finger an die Lippen, runzelte die Stirn.

»Warte, sag jetzt nichts. Noch nicht.«

Er drückte sie auf die Bank nieder, setzte sich neben sie, und sie ließ zu, dass er wieder den Arm um sie legte. Sie hob den Blick. Der Nebel hatte sich verzogen, und über ihnen spannte sich der Sternenhimmel, nur von wenigen Wolkenfetzen zerrissen. Sie dachte an Sandro und wie wenig er sie verstanden hatte.

»Wenn man so hinaufschaut«, sagte sie, »könnte man denken, der Himmel wäre eine fadenscheinige Decke, durch deren Löcher das Licht des Jenseits scheint.«

Er drückte ihre Schulter, fuhr sich mit der anderen Hand durch das Haar, schüttelte den Kopf, lächelte und küsste sie auf die Stirn. »Wie soll ich dich nicht lieben, wenn du solche Sachen sagst?«

Eine Antwort, wie sie sich besser nicht träumen ließ. Ob Andrea auch so etwas eingefallen wäre? Wenn er sie liebte. Sie fröstelte und drückte sich an Fabio, doch der Gedanke hatte die Möglichkeit des Glücks vertrieben, und auch er schien das zu spüren.

»Wir könnten doch«, sagte sie, ohne ihn anzusehen, »nicht heiraten und doch manchmal ... einfach nur so ...«

Er antwortete nicht. Aus dem Augenwinkel sah sie seine Kiefer mahlen. Sein Griff lockerte sich, sein Arm glitt von ihrer Schulter.

»Wir sollten gehen.«

Die Enttäuschung ließ seine Stimme dunkel klingen, und die mitschwingende Hoffnungslosigkeit zog alle Wärme aus der Welt. Mariangela zitterte. Sie begriff selbst nicht, warum sie ihm weh tun musste, wo sie ihn doch liebte, natürlich liebte, weil er Fabio war, ob nun Bruder oder nicht, vielleicht war das egal, ganz egal.

»Es ist nur ...«, sagte sie, »... ich liebe Andrea.«

Vierundvierzigstes Kapitel

Die Figur lag gut in ihrer Hand. Eine Madonna, ihre erste. Das Gesicht war rund und gütig, glattgeschmirgelt mit Sand und Bims in ungezählten Arbeitsgängen, die Kleidung mit den anmutigen Falten in etwas gröberer Oberfläche belassen, ein Sinnbild der schlichten Lebensumstände. Selten hatte sich Mariangela bisher an menschlichen Figuren versucht, nun, so schien das ausdrucksvolle Gesicht der Jungfrau ihr Mut zuzusprechen, war sie endlich reif dafür.

Ein Besuch in der Scheune vor zwei Tagen war der Auslöser gewesen. Sie hatte Andreas Arbeit an der steinernen Magdalena begutachtet. Weit war er noch nicht gekommen. Doch ein kleines Holzstück zu bearbeiten war ungleich einfacher, als einen mannshohen Stein zu behauen.

Der dringende Wunsch, sich endlich an die Aufgabe zu wagen, hatte ihr geholfen, die neue Schüchternheit zu bezwingen, die sie Fabio gegenüber erfasst hatte. Seit den Ereignissen bei der Hochzeit mied er sie, wechselte kaum noch ein Wort mit ihr. Dennoch hatte sie ihn gebeten, ihr einen armdicken Ast des Birnbaums abzuschneiden und nach ihren Angaben in Stücke zu sägen.

Eines blieb nun allerdings noch zu tun, um dem Abbild eine Seele zu verleihen. Dass nun gerade Toni neben ihr saß, war ein Problem.

Mit leichtem Unbehagen betrachtete Mariangela ihren Sohn, der sich abmühte, einen Fisch mit unzähligen Flossen aus einem kleinen Holzstück zu schälen. Sollten einige davon abbrechen, was ohne Zweifel geschehen würde, blieben immer noch mehr als genug. Der Junge war vollkommen in seine Arbeit versunken.

Mariangela drehte sich zum Fenster, wandte ihm den Rücken zu und schnitt sich mit dem Schnitzmesser in die Kuppe des kleinen Fingers. Vorsichtig drückte sie einige Blutstropfen auf die Brust der Madonna, rieb den hellroten Saft in das Holz des Kleides, das ihn bereitwillig aufsog, ja regelrecht zu trinken schien. Fertig. Mariangela steckte sich den Finger in den Mund, sog, bis kein Blut mehr kam, und umwickelte ihn mit einem Fetzen.

»Nein!«, hörte sie Zenobia kreischen. »Das ist meine Puppe. Gib sie mir zurück! Jetzt!«

Es geschah selten, dass die Mädchen sich stritten. Die Übermacht der älteren Jungen, von denen sie ebenso wie die Katzen abwechselnd mit herablassender Fürsorge oder boshaften Streichen bedacht wurden, schweißte sie zusammen. Schon am Morgen hatte Corinna, die zum Putzen in den Barbierladen ihres Mannes abkommandiert worden war, Cecilia vorbeigebracht. Mariangela hatte den Mädchen einige Stoff- und Bortenreste für die Puppen gegeben, die von der Umarbeitung eines Kleides übriggeblieben waren. Das Kleid war wieder einmal ein Geschenk von Gianna Maria, nur am Saum und an den Ärmeln etwas abgestoßen, und die waren Mariangela ohnehin zu lang gewesen. Feinste violette Wolle mit schwarzen Borten. Schon am Sonntag beim Kirchgang würde sie es zum ersten Mal tragen.

»Geh weg! Du kannst nicht mit uns spielen.« Cecilias tiefere Stimme.

»Aber ich will doch nur ... Schau her, es ist schöner, wenn man die Borte so ...«

Leonida? Mariangela war gar nicht aufgefallen, dass er ins Mädchenzimmer gegangen war. Sollte sie sich einmischen?

»Leo wird immer blöder«, murmelte Toni neben ihr.

»Was ist so blöd an ihm?«

»Er macht komische Sachen.« Ihr Sohn setzte das Messer ab, rang nach Worten, sah sie jedoch nicht an. »Ich will nicht mehr mit ihm in einem Bett schlafen.«

Muttergottes, war der Junge wirklich schon in diesem

Alter? Mariangela hatte andere Mütter über ihre Söhne und die Flecken in ihren Betten schimpfen hören.

»Sachen«, sie zögerte, »die du nicht machst?«

»Mamma!«

Seufzend stellte Mariangela die Madonna auf den Tisch und stand auf, um nebenan nach dem Rechten zu sehen. Leo saß etwas abseits von den Mädchen im Schneidersitz auf dem Boden und nähte eine Borte auf ein Röckchen.

»Tante, sag Leo, dass er weggehen soll.«

»Aber er stört euch doch nicht.«

»Er stört uns, weil er da ist.«

»Weil er kein Mädchen ist«, fügte Cecilia hinzu.

»Aber ich habe keine Puppe. Ich will auch eine, für die ich Kleider nähen kann«, brauste Leo auf.

Mit aufgerissenen Augen sahen die Mädchen einander an und prusteten los. Auch Mariangela musste lächeln. Ein Elfjähriger, der mit Puppen spielen wollte ...

»Lacht nicht so blöd! Ich will nur Kleider nähen. Das kann ich viel besser als ihr. Ich will Schneider werden!«

Mariangela ging in die Knie und besah sich den Rock, an dem es wenig auszusetzen gab. Schneider also.

»Aber dein Vater möchte, dass du im nächsten Jahr mit Toni in seiner bottega anfängst«, erwiderte Mariangela. »Steinmetzarbeit, Pläne zeichnen, dabei kannst du deine Geschicklichkeit ebenso gut gebrauchen.«

Der Junge blickte sie trotzig an, doch sie erkannte die Tränen, die dahinter lauerten.

»Wir reden noch darüber, ein anderes Mal. Und jetzt komm, mach bei uns in der Küche weiter.«

Sie zog Leo am Arm hoch und drückte ihn an sich, während die Mädchen immer noch verstohlen kicherten. An der Tür beugte sie sich hinunter, flüsterte ihm ins Ohr: »Ich mach dir eine Puppe.«

Sie meinte, das Haustor knarren zu hören, dann kamen auch schon Schritte die Stiege herauf, und Orazios Stimme erklang, heller als sonst. Orazio war aufgeregt? Eilig wischte Mariangela die Holzspäne vom Tisch in ihre Hand und warf sie in die Glut, die kurz knisternd aufloderte. Während sie mit dem Kochlöffel prüfte, ob die Kastanien schon weich genug waren, schob sich Allegra schwer atmend in die Küche, dahinter kamen Orazio und – Fabio, bei dessen Anblick ihr Herz jedes Mal bis in den Hals zu schlagen schien, so dass sie kaum ein Wort herausbrachte. Sie räusperte sich.

»Habt ihr Glück gehabt?«

»Ein Bär!«, stieß Orazio hervor. Seine Wangen glühten vor Aufregung.

»Scht!«, befahl Allegra und legte beide Arme um ihren Bauch, bevor sie sich auf der Bank niederließ. »Lauter Wahnsinnige in den Straßen.« Sie rieb sich das Kreuz. »Einen lumpigen Scudo hat er herausgerückt, der Pasqualin, wollte mir erst nur fünf Lire geben. Braucht angeblich den Rest, um die Werkstatt am Laufen zu halten.« Sie atmete schnaufend und stützte die Ellbogen hinter sich auf dem Tisch ab. »Tut so, als wäre er jetzt der Herr in Andreas bottega, und wenn Fabio nicht mitgekommen wäre, weiß ich nicht … In zwei Wochen sollen wir wiederkommen. Angeblich sind dann Zahlungen für die Villa in Finale und die Casa Civena fällig.«

»Das sind doch gute Aussichten! Öl, Salz, Mehl, Bohnen und Hirse sind noch da und fast noch ein ganzes Fass Wein. Ein Scudo ist nicht wenig. So viel bekommt Andrea für den Entwurf einer Villa, habe ich ihn sagen hören.«

»Ja, weil er es am liebsten umsonst tun würde«, giftete Allegra, »weil es ihm ein solches Vergnügen ist, zu entwerfen, dass er nicht um anständigen Lohn verhandelt.«

Fabio legte ihr die Hand auf den Arm. »Lass gut sein! Morgen gehe ich auf den Markt und kaufe uns einen Wildschweinbraten, und wenn mein letztes Geld dafür draufgeht.« Er ließ sich auf die gegenüberliegende Bank fallen. »Nichts gegen Bohnen und Hirse, aber wir Männer brauchen ab und zu Fleisch, stimmt's?«

Er langte über den Tisch, um Toni die Hand auf die Schulter zu legen, und der strahlte ihn mit grenzenloser Bewunderung an.

»Darf ich jetzt?«, fragte Orazio.

»Meinetwegen.« Allegra nickte.

»Ein wilder Bär läuft durch die Stadt! Ich habe ihn hinter einer Häuserecke verschwinden sehen!«

»Unsinn!«, unterbrach Allegra. »Nichts hast du gesehen.« Sie wandte sich Mariangela zu. »Wir haben den Ausrufer gehört. Der Bär ist einem Schausteller entkommen, der auf der Piazza seine Kunststücke aufführt. Jetzt streift das arme Vieh durch die Stadt, sicher halb verhungert. Alle Tore soll man versperren und nicht auf die Straße gehen, bis die Bewaffneten ihn erlegt oder eingefangen haben. Außerdem bittet das Waisenhaus um abgelegte Kleidung, und jetzt das Beste –« Sie strahlte mit einem Mal. Gefährlich, wie Mariangela vorkam. »Ich sag dir, die ganze Stadt ist irre geworden.«

»Das soll die Neuigkeit sein?«

»Matteo, dieses Stück Scheiße, das unseren Vater in den Ruin getrieben, ihm alle Gesellen abgeworben hat – er sitzt im Kerker! Hat seine Frau erschlagen.«

»Santa Maria!«, schrie Mariangela auf und bekreuzigte sich. Die Frau erschlagen! Wenn das ein Grund zur Freude sein sollte … Sie schickte ein stummes Stoßgebet für Allegras Seelenheil und das der ermordeten Ehefrau zur Heiligen Jungfrau, die, von allen anderen unbemerkt, milde lächelnd auf dem Tisch stand.

Zenobia und Cecilia kamen gelaufen, ihre Puppen im Arm.

»Sie haben eine Belohnung ausgesetzt!«, rief Orazio.

»Warum denn, wenn er doch schon im Gefängnis sitzt?«, fragte Mariangela.

»Nicht auf Maestro Matteo, auf den Bären! Drei Scudi für den, der ihn fängt oder tötet. Wo wir doch Geld brauchen!«

Toni sprang auf. »Wir machen ihn fertig! Ora, du bist der Beste von uns mit der Steinschleuder. Wir schießen auf ihn, bis er zusammenbricht und ...«

»Marcantonio!« Mariangela schlug ihrem Sohn auf den Hinterkopf, und er brüllte auf.

»Aber warum eigentlich nicht?«, fragte Orazio. »Nicht so, wie Toni sagt, aber wir könnten ihm Futter vors Haus stellen und dann vom Fenster aus Decken oder Säcke über ihn werfen, in denen er sich verfängt, dass die Männer ihn schnappen können. Sicher fällt dann ein Teil der Belohnung für uns ab.«

Fabio grinste. »Ich könnte ihm ein Schlaflied vorsingen, und wenn er dann schön träumt, binden wir ihm einfach Maul und Tatzen zusammen.«

»Fabio kann tun und lassen, was er will, aber wenn auch nur eines von euch Kindern ohne meine Erlaubnis das Haus verlässt, dann prügle ich euch mit dem Stock, dass ihr es nie wieder vergessen werdet, ist das klar?«, bellte Allegra.

»Auch wenn wir den Bären erwischen, Mamma?«, fragte Orazio.

Allegra drehte die Augen zur Decke. »Auch dann! Aber meinetwegen dürft ihr Fabio in den Hof begleiten. Seht nach, ob sich die Bestie im Schuppen versteckt hat und der Hintereingang verriegelt ist.«

Die Meute verzog sich mit Fabio, die Mädchen kehrten zurück zu ihrem Spiel. Mariangela räumte die Schnitzutensilien vom Tisch auf ein Regal, während Allegra von der Kastaniensuppe kostete.

»Ein bisschen fade. Gibt es noch Zimt?«

»Nein. Aber wir könnten etwas mehr Wein dazutun.«

»Er geht weg.«

»Wer? Fabio?«

Mariangela griff haltsuchend nach der Tischkante. Ihr schwindelte bei dem Gedanken, schon wieder einen Menschen zu verlieren, den sie liebte. Doch dieser Verlust war ihr nicht von Gott auferlegt, den hatte sie sich selbst zuzuschreiben.

»Er will nach Verona, Mailand, noch weiter vielleicht. Weil hier nichts mehr zu holen ist für ihn, sagt er. Das Geld geht ihm aus.«

»Kommt er zurück?«

Allegra zuckte mit den Schultern. »Er hat es versprochen. Aber du weißt, wie man sagt: Die Treue der Männer ist kürzer als ein Hasenschwanz.«

PIANURA PADANA, MÄRZ 1546

Fünfundvierzigstes Kapitel

Der Nebel lag so bleiern über der Ebene, dass Andrea alle paar Hufschläge nach Luft rang. Es kam ihm vor, als atme er Wasser, als müsse er an Land ertrinken. Und es gab keine Hoffnung aufzutauchen.

Bei seinem Aufbruch aus Bologna am frühen Morgen war er noch zuversichtlich gewesen, dass der Dunst sich lichten würde, sobald erst die Sonne ihre Kraft entfaltete. Doch seither war es nur schlimmer geworden. Kein Luftzug löste die Schwaden auf, und dass die Sonne irgendwo am Himmel scheinen musste, schien ihm im dauernden Dämmerlicht inzwischen reine Vermutung. Mit den Konturen der Landschaft hatte sich auch sein Zeitgefühl aufgelöst, und er vermochte nicht zu sagen, wie viele Stunden er nun schon unterwegs war, meist im Schritt, da die Straße im besten Fall zwei Pferdelängen weit zu erkennen war.

Vor zwei Wochen in Rom, da hatten die Mandelbäume in der Frühlingssonne geblüht, doch die Erinnerung wärmte ihn nicht. Offenbar ließ Gott ihn heute mit der Erfüllung seiner Alpträume für die zwei vorangegangenen Tage des Vergnügens bezahlen. Doch welche Schuld mussten dann die auf sich geladen haben, die dazu verdammt waren, dauerhaft in diesem Unterwasserlandstrich zu leben?

Einer der Kaufleute, mit denen er gereist war, hatte ihn in sein Haus in Bologna eingeladen. Ziellos war er in der zaghaften Frühlingssonne durch die Stadt gewandert, hatte die prächtigen Palazzi bewundert, das Treiben auf der Piazza Maggiore beobachtet und sich mit den reichhaltigen Speisen gestärkt, für die die Stadt berühmt war. Hätte er doch ein paar Skizzen angefertigt.

»Gehe hin zur Ameise, du Fauler«, hatte Trissino Maganza einmal mit einem Bibelzitat geneckt, »betrachte ihre Weise und lerne.«

Wenn er auf seinen Streifzügen wenigstens einen Gefährten für die Weiterreise gefunden hätte. Ein angeregtes Gespräch wäre vermutlich die einzige Möglichkeit, das Dahinschleichen erträglich zu machen.

Er fröstelte. Diese Enge in der Kehle, kam sie wirklich nur von dem Gefühl der Bedrängnis, oder war sie ein erstes Anzeichen von Halsschmerzen? Er räusperte sich mehrmals, nahm die Zügel in eine Hand und versuchte mit der anderen, den Schal enger zu wickeln. Dann schnalzte er mit der Zunge, trieb Alma in den Trab, um sich aufzuwärmen. Kräftig riss er an dem am Sattel befestigten Zügel des Packpferdes, das offenbar im Gehen eingeschlafen war und sich nur widerwillig zu schnellerer Gangart bewegen ließ. Sein Atem und der gedämpfte Hufschlag blieben die einzigen Laute im Universum.

Plötzlich tauchte schemenhaft etwas vor ihm auf. Ein Reittier, nein, ein Maultier war es, vor einen Karren gespannt. Andrea hatte das Fahrzeug passiert, bevor er sein Pferd zügeln konnte.

Er wendete und rief hinter dem Karren her: »Halt! Ich bitte Euch, haltet doch einen Moment an, ich muss Euch fragen ...«

Der Fuhrmann schien ihn nicht zu hören. Zwischen den Säcken, die sich auf der Ladefläche stapelten, richtete sich eine Gestalt auf, ein junger Mann, der ihn neugierig ansah und schließlich den Lenker am Ärmel zupfte. Andrea schloss auf.

»Gott sei's gedankt! Ich dachte schon, ich wäre der einzige Mensch auf Erden. Seid so gut und sagt mir, wo ich mich befinde.«

Der Lenker des Gefährts, ein rübengesichtiger Bauer, hielt nun an, fand es jedoch nicht nötig, die Hand zum Gruß an die Kappe zu legen, geschweige denn sie abzunehmen. Stattdessen hielt er die Rechte fest um die Peitsche geschlossen. Er warf dem flaumbärtigen Jungen auf der Ladefläche einen Blick zu, als trüge der die Schuld an der Misere, in der er sich offenbar zu befinden meinte. Wenn dieses Temperament typisch für den Landstrich sein sollte, war das ein weiterer Grund, möglichst schnell das Weite zu suchen. Andrea versuchte ein Lächeln.

»Versteht Ihr«, führte er aus, »ich bin heute kurz nach Sonnenaufgang von Bologna aufgebrochen und auf dem Weg in den Norden. Aber bei dem Nebel …«

»Etwa zehn, zwölf Meilen werden es sein bis Ferrara«, brummte der Bauer.

»So weit noch!« Andrea seufzte. »Kann ich es heute noch schaffen bis dorthin?«

Wieder wiegte der Bauer den Kopf, sah in die Richtung, in der er wohl die Sonne vermutete. »Bah!«

»Wie lange ist es wohl noch bis Sonnenuntergang?«

Der Junge kicherte, und der Bauer bedachte Andrea mit einem missmutigen Grinsen. »Ihr seid nicht von hier.«

»Nein, Mann, sonst wüsste ich ja, wo ich bin. Ich bin nicht geistesschwach, nur fremd! Aus Vicenza komme ich und will nun dorthin zurück, also seid doch bitte so gut …«

»Nein.«

»Nein?«

»Ihr könnt es heute kaum mehr schaffen. Zwei Stunden noch, drei vielleicht.«

War damit nun die verbleibende Wegstrecke gemeint oder die Zeit bis zum Sonnenuntergang?

»Wisst Ihr eine Herberge in der Nähe?«

»Ja«, antwortete der renitente Bauer.

»Ihr steht schon fast davor«, schaltete der Junge sich ein. »Die Laterne war gerade noch zu sehen.«

Der Bauer brummte irgendetwas Unverständliches.

Der Junge übersetzte: »Sie hat hier keinen besonders guten Ruf, die Herberge. Wir nennen sie die Malfamata, die Verrufene, weil, na ja, es gibt da so Frauen … Gerüchte auch, dass man die Gäste …«, er warf seinem Vater einen unsicheren Blick zu, »aber viele Händler steigen dort ab auf dem Weg nach Bologna oder Ferrara.«

Die Aussicht auf die Wärme einer Gaststube und einen trockenen Schlafplatz bezwang im Nu das Gefühl der Beklommenheit über den zweifelhaften Ruf der Herberge. Schon konnte Andrea regelrecht spüren, wie der heiße Würzwein seinen wunden Hals hinabrann. Er kramte in seiner Tasche und warf dem Jungen eine Münze zu, wollte ihm sagen, wie wohltuend es nach der Einsilbigkeit seines Vaters war, so viele und noch dazu willkommene Worte aus seinem Mund zu hören, ließ es dann aber bleiben, da der Karren schon wieder im Nebel verschwand.

Als Andrea kurz darauf, noch steifbeinig vom Ritt in der Kälte, durch den Matsch auf das Wirtshaus zustakste, hatte er seine Hoffnungen den Gegebenheiten angepasst. Ohne jede Scheu waren die Ratten durch den verdreckten Stall gehuscht, in dem es penetrant nach Schimmel roch. Mit Unbehagen dachte Andrea an das Gestammel des anscheinend schwachsinnigen Burschen, in dessen Obhut er die Pferde zurückgelassen hatte. Zwar hatte er ihm eingeschärft, das Gepäck nach dem Abladen nicht mehr anzurühren, doch ob der ihn verstanden hatte?

Auch das nur teilweise verputzte Haupthaus mit den fest verrammelten Fensterläden wirkte wenig einladend. Als sich nun noch die eisenbeschlagene Tür zur Gaststube gegen sein Eintreten sträubte, hätte er am liebsten wieder kehrtgemacht. Doch inzwischen hatte die Luft offenbar einen maximalen Grad der Wassersättigung erreicht und ein eisiger Sprühregen, durchmischt mit winzigen Schneeflocken, eingesetzt. Andreas entschlossener Tritt löste den Stein, der sich unter dem Türblatt verkeilt hatte.

Erleichtert atmete er auf. Ein hell loderndes Feuer tauchte den Raum in orangefarbenes Licht, das Andrea

Nebelkälte und Unbehagen umgehend aus den Knochen trieb. Er hatte den Eindruck, regelrecht zu dampfen. Er schloss die Tür.

Die Tische waren etwa zur Hälfte besetzt. Ein schlammbespritzter Botenreiter saß etwas abseits mit einem Mönch bei der Suppe. Sechs Söldner tranken lärmend an einem der beiden langen Tische, die dem gewaltigen Kamin am nächsten standen. Der andere war mit einer Gruppe von Kaufleuten belegt, die wie die Soldaten von mehreren nachlässig bekleideten Frauen betreut wurden. Das fast schmerzhafte Verlangen, das Andrea tief Luft holen ließ, galt jedoch nicht diesen ungepflegten Gesellschafterinnen, sondern dem knusprigen Spanferkel, das über dem Feuer am Spieß steckte, gedreht von einem jungen Mann, der seinem asymmetrisch geformten Gesicht nach der Bruder des Stallburschen sein musste. Der Duft des ins Feuer tropfenden Fetts erfüllte den ganzen Raum und trieb Andrea das Wasser in den Mund.

Kurz erwog er, sich an den Tisch der Kaufleute zu setzen, die vielleicht geeignete Gefährten für die Weiterreise abgeben konnten. Doch im Augenblick war ihm so gar nicht nach Frivolitäten und lärmender Unterhaltung. Er steuerte einen der kleineren Tische an, die seitwärts vor dem Kamin standen. Eine üppige Frau in seinem Alter löste sich aus dem Schatten neben dem Durchgang zur Küche und kam auf ihn zu, die Hände flach auf die wiegenden Hüften gelegt.

»Na, mein Schatz, was kann ich für Euch tun?«

»Ein Krug Wein, heiß wie die Hölle, Brot und eine ordentliche Portion von dem Schwein, sobald Ihr es vom Feuer nehmt, würden mich zu einem glücklichen Mann machen. Vorher vielleicht noch etwas Suppe, wenn Ihr so freundlich sein wollt.«

»Ein vernünftiges Mahl. Das macht Euch sicher kräftig genug, dass Ihr zum Nachtisch mir die Hölle heißmachen könnt.«

Sie grinste anzüglich und zwängte sich an Andrea vorbei, der sich eben setzen wollte, lehnte ihr monumentales Gesäß gegen die Tischkante und legte ihm die Hände um den Nacken. Aus unwillkommener Nähe musterte er ihre grobporige Haut, die Tränensäcke und die lückenhafte Zahnreihe und kämpfte gegen das Gefühl an, von dem Spalt zwischen ihren schweren Brüsten regelrecht angesaugt zu werden. Hungrig und erschöpft, wie er war, wollten ihm keine freundlichen Worte einfallen. Sanft löste er ihre Hände von seinem Hals und seufzte.

»Ein über die Maßen verlockendes Angebot. Allerdings würde ich doch lieber … Ich fühle mich ein wenig krank.« Er räusperte sich, hüstelte.

»Ich bringe Eure Säfte schon wieder in Schwung«, sagte sie mit ersterbendem Lächeln und kniff ihre Augen zusammen, dass diese in dem umgebenden Faltenrelief fast verschwanden. »Oder wollt Ihr was Jüngeres?« Sie wies in den Schatten, aus dem sie gekommen war, wo ein mageres Mädchen auf einer Bank saß. »Die ist erst zwölf, falls Euch das gefällt. Ist aber nichts dran an der.«

Andrea schüttelte den Kopf, bemüht, seinen Ekel nicht zu zeigen. »Nein, ich möchte wirklich nicht. Nur Essen, Wein und ein bescheidenes Zimmer, wenn Ihr Euch darum kümmern wollt.«

Die Frau lehnte sich vor, flüsterte: »Einen Knaben haben wir auch, den könnt' ich Euch aufs Zimmer schicken.«

Das nun wieder! Andrea verdrehte die Augen und schüttelte den Kopf. Die Wirtin, falls sie das war, richtete sich auf und zog die Mundwinkel herab. Eine Zornesfalte zog einen Graben in das Faltengebirge und verstärkte die Beklemmung, die Andrea in ihrer Nähe befallen hatte.

»Jeder, wie er mag. Aber Zimmer sind nur für Paare, gibt nicht genug. Wenn Ihr nicht vögeln wollt, müsst Ihr Euch hier in der Gaststube hinlegen. Und die Tische am Feuer gibt's auch nur in Damenbegleitung. Setzt Euch da hinten zu dem Mönch an den Tisch!«

»Das ist ein Scherz oder?«

Die Frau fixierte ihn herausfordernd, blockierte weiter den Tisch und stellte einen Fuß auf die Bank, die Andrea am nächsten stand. Andrea sah, wie einer der Söldner vom Nachbartisch grinsend auf ihn zeigte. Bloß nicht mit denen sich anlegen, dachte er. Dann doch lieber dem Mönch und dem Boten Gesellschaft leisten, die sicher interessante Geschichten wussten. Doch sich von der Schlampe wie ein Hund in die Ecke schicken zu lassen kam nicht in Frage. Er schloss kurz die Augen, versuchte, den stärker werdenden Halsschmerz wie den vor Hunger krampfenden Magen kurz zu vergessen, und fingerte in seiner Gürteltasche nach dem Geldbeutel.

Der metallbeschlagene Griff der Pistole, die ihm Marco zum Abschied geschenkt hatte, kam ihm als Erstes in die Finger. Wenn er die jetzt zöge, dann läge er vermutlich erschlagen auf dem Boden, bevor er noch ein Gebet sprechen konnte. Vorsichtig schob er sie auf die Seite und griff nach seinem Geldbeutel. Er drückte der Frau eine Münze in die Hand. Sie zögerte. Er legte eine zweite und dritte dazu.

»Nehmt das für die Ungelegenheiten, Verehrteste, aber bringt mir in Gottes Namen endlich, was ich bestellt habe! Ich bin sicher, es liegt in Eurem Ermessen, eine Ausnahme zu machen.«

Ob es das Geld oder die Anrufung des Allerhöchsten oder beides zusammen war, was ihren Sinn wandelte, die

Dicke entspannte sich und zuckte mit den Schultern. Sie nahm den Fuß von der Bank und bedeutete Andrea mit einem gnädigen Blick, sich zu setzen. Dann zog sie endlich in Richtung Küche ab.

Das Essen war ebenso gut wie reichlich, nur die Suppe ein wenig dünn. Zum Fleisch gab es Brot und Bohnen mit Salbei. Mit der gleichen Freude, die er schon als Kind dabei empfunden hatte, knackte Andrea die knusprigen Schwartenstücke. Nur diesem Vergnügen zuliebe bestellte er sogar noch eine weitere Portion Fleisch, mit deren Resten er den Kater fütterte, der sich würdevoll zu seinen Füßen postiert hatte. Ein fast ungenießbar scharfer Grappa tat, was noch fehlte, um ihn im Laufschritt hinaus ins Freie zu treiben.

Der Schneeregen hatte zum Glück aufgehört. Neben dem Stall fand Andrea die Latrine, eine einseitig offene Bretterhütte, in der sich ein breiter Balken über der Senkgrube von Wand zu Wand spannte. Einer der Kaufmänner saß, die Ellbogen auf die Knie gestützt, in der Mitte des Balkens. Wortlos rückte er zur Seite.

Nachdem Andrea sein Geschäft verrichtet und sich zur Reinigung bei dem zerrupften Strohballen und aus dem leicht überfrorenen Wassereimer bedient hatte, trat er mit klappernden Zähnen ins Freie. Wie dumm von ihm, den Mantel nicht überzuwerfen. Einen Vorteil immerhin bot die Kälte: Gefrorene Exkremente stanken nicht. Andernfalls wäre der Händler kaum wenige Schritte entfernt stehengeblieben. Mit besorgtem Gesichtsausdruck sah er in den sternenlosen Himmel. Er befeuchtete den Zeigefinger, hielt ihn in die Höhe und schnalzte mit der Zunge.

»Sieht nach Schnee aus. Der Nordwind …«

»Schnee? Um Himmels willen!«, krächzte Andrea. Er hatte inzwischen fast völlig die Stimme verloren, und jeder Atemzug schmerzte in der kalten Luft. »Reist Ihr auch in Richtung Norden weiter?«

»Gott sei Dank, nein. Wir sind unterwegs nach Florenz. Seid Ihr auf der Suche nach einer Reisegesellschaft?«

Andrea nickte.

»Mein Schwager bricht in den nächsten Tagen von Ferrara nach Venedig auf. Darf ich fragen, in welchen Geschäften Ihr unterwegs seid?«

Misstrauen, dachte Andrea, völlig verständlich. Wer reiste schon allein? Während sie zum Haus zurückgingen, gab er sich alle Mühe, den Händler von seiner Vertrauenswürdigkeit zu überzeugen. In der Gaststube lud er ihn an seinen Tisch. Nach einem halben Krug Wein und ein paar Honigkuchen war er im Besitz des Namens und der Adresse eines Schwagers sowie einer Ladung guter Ratschläge, die seine Erkältung, die Unterkunft in Ferrara und die dort dringend zu besorgenden Geschenke für seine Familie betrafen.

Inzwischen hatte sich zu der Enge im Hals ein dumpfer Kopfschmerz gesellt, und unablässig rann die Nase, so dass Andreas Ärmel vom dauernden Wischen ganz nass war. Zeit, sich schlafen zu legen, Lärm hin oder her. Zwar hatten sich zwei der fünf Kaufleute schon mit ihren Gespielinnen in die Zimmer zurückgezogen, und auch sein Bekannter gähnte bereits, doch die Söldner führten sich so ausgelassen auf, dass mit baldiger Ruhe nicht zu rechnen war. Nur der Botenreiter lag schon, in eine Decke gewickelt, auf zwei zusammengeschobenen Sitzbänken an der Wand und schlief augenscheinlich.

Unter Dankesworten verabschiedete sich Andrea von dem Händler und raffte sich auf, um die Decke aus seinem Gepäck zu holen. Ein übriggebliebenes Stück Kuchen und den halbvollen Weinkrug in der einen Hand, entzündete er mit der anderen eine Fackel.

Der Wind hatte aufgefrischt, trieb Andreas Atemwolken vor sich her. Schnee, fein wie Staub, fiel nicht, sondern wirbelte um ihn, ohne den Boden zu berühren. Der Matsch war zu einer zerklüfteten Landschaft gefroren. Grate brachen unter Andreas Stiefeln, und er musste achtgeben, nicht auf den Eisflächen auszurutschen, die sich in Karrenspuren und Hufstapfen gebildet hatten.

Beim Knarren der Stalltür fuhr der Knecht auf. Halb unter Stroh vergraben, den Kopf auf einen Sattel gebettet, hatte er offenbar schon geschlafen. Andrea grüßte mit einem Nicken und sah nach den Pferden. Da er sie gut versorgt fand, stellte er Kuchen und Wein vor dem Stallburschen ab und erkundigte sich nach seinem Gepäck, das er auf einem Haufen neben den Sätteln fand. Er entrollte die Decke, legte sie um die Schultern, warf dem Burschen eine Münze zu und bedankte sich.

So viel Freundlichkeit offenbar nicht gewohnt, stieß dieser bellende Laute aus und pendelte mit dem Oberkörper vor und zurück. Ein beängstigender Anblick, wäre das breite Grinsen nicht gewesen, das Andrea selbst zum Lächeln brachte. Er klopfte dem Burschen auf die Schulter und strubbelte ihm durch das Haar über dem seltsam verzogenen Gesicht.

Zurück in der Wirtsstube, fand er das Feuer fast heruntergebrannt. Nur zwei Soldaten zechten noch still, die Zungen zu schwer für große Reden. Der Mönch war, den Kopf in die Arme gebettet, auf dem Tisch eingeschlafen. Der Bote hatte sich nicht bewegt. Alle anderen mussten in den Zimmern untergekommen sein.

Andrea schob einen Tisch von der Wand weg und eine zweite Bank dahinter. Er zog sich die Decke um die Schultern und legte sich auf die improvisierte Pritsche, den gefalteten Mantel unter den Kopf geschoben, bis er auf der harten Unterlage eine erträgliche Position fand.

Ein Duft wie von Rosen und Jasmin durchzog den Tempel, dessen Säulen aus weißem Marmor den Himmel zu tragen schienen, aus dessen strahlendem Mittagsblau goldglänzende Sternbilder leuchteten. Wie war er an diesen Ort gekommen?

Andrea flanierte durch den Raum, der in pfirsichfarbenes Licht getaucht lag. Unter seinen Schritten schien der Tempel zu wachsen, mit jedem Atemzug rückten die Säulenreihen weiter in die Ferne. Plötzlich bemerkte er, dass er durch Straßen wandelte, kaum breiter als zwei Fuß und gepflastert mit fingernagelgroßen Marmorplatten. Schneeweiße Gebäude, eben kniehoch, säumten die Straßen, dazwischen smaragdfarbene Pflanzen und kleine Wasserflächen. Eine hüfthohe Kirche stach ihm ins Auge, eine Basilika, deren Giebelgestaltung ihn stutzen ließ. Die Struktur des dreischiffigen Raumes war auch auf der Fassade abgebildet.

Eben wollte er sich auf die Knie niederlassen, als er in der Ferne jemanden winken sah. Er erkannte seine Frau, hinter ihr Mariangela und die sieben Kinder. Sieben Kinder hatte er jetzt? Er konnte sich beim besten Willen nicht an sie erinnern, schon gar nicht an ihre Namen.

Er wollte ihnen gleich entgegengehen, nur vorher noch schnell diese Kirche vermessen. Doch Allegra trampelte ihm ohne Rücksicht entgegen, die Kinder einer Bugwelle gleich hinter sich herziehend. Häuser, Kirchen und Paläste zerbarsten lautlos unter ihren Füßen. Überhaupt, diese Lautlosigkeit ... Er wollte schreien, brachte jedoch keinen Ton heraus, der Hals wie zugestopft. Mit erhobenen Händen eilte er durch die schmalen Straßen, um die Zerstörung aufzuhalten, als sich ein Abgrund vor ihm auftat.

Ein Graben zog sich durch den Tempel, riss vielmehr eben erst vor ihm auf. Andrea blickte in die Tiefe, in deren Mitte er, Meilen entfernt, ein böses Glimmen zu sehen glaubte. Der Sturz ins Fegefeuer, nun war er da, die Strafe für den Mord an Sandro. Verzweifelt sah er sich nach einem Ausweg um.

Die Familie stand unbewegt auf der anderen Kante des Abgrundes und verblasste zusehends, wurde zu Stein, weiß wie alles hier. Auch seine Eltern standen nun dort, die Mutter auf den Stock gestützt, lächelnd.

Eine Brücke! Er musste eine Brücke finden, notfalls eine bauen. Doch von unsichtbarer Hand wurde eben jetzt um ihn alles weggeschoben, ein Geräusch wie von rückenden Möbeln, das Licht nicht mehr zart, sondern rauchig und rot. Eine Feuersbrunst, die gerade außerhalb seines Blickfeldes wütete? Und doch war es kalt.

Sie kam auf ihn zu: Anna, der einzige Mensch auf seiner Seite des Grabens. Wollte sie ihn in die Schwärze stoßen? Ihm war, als fiele er bereits. Dann war sie bei ihm, umschlang ihn sanft und strich über sein Bein, seinen Schritt, tastend …

Schlagartig kam er zu sich, wagte jedoch nicht, die Augen zu öffnen. Wenn es nun kein Traum gewesen war? Die Kälte war immer noch da, und auch die tastende Hand, die er im ersten Moment nicht gefühlt hatte, machte sich nun wieder an seinem Gürtel zu schaffen. Kurz wallte, trotz der Kälte und der Angst, die Lust in ihm auf, doch er regte sich nicht. Seine Hüfte schmerzte von der harten Bank, er lag auf der Seite, die Decke in seinem Rücken zusammengeschoben, übelriechender Atem blies auf ihn herab.

Ein kaum spürbarer Ruck jetzt an seinem Gürtel, und die Tasche glitt von seiner Hüfte. Andrea schrak hoch, griff nach der Tasche, riss die Pistole heraus, noch bevor er die Augen geöffnet hatte, sein Herz schlug in rasendem Galopp. Sein Knie stieß in etwas Weiches, das den Platz neben der Bank ausfüllte, ihn hinderte, die Füße auf den Boden zu bringen. Ein massiger Körper, eingeklemmt zwischen Bank und Tisch. Blind rammte er den Lauf der Pistole hinein. Ein Japsen. Er stieß die freie Hand gegen den Körper, der zurückwich, den Tisch mit sich schiebend. Er fühlte Fleisch in seiner Hand, eine fette Brust, in die er seine Finger grub. Den Lauf der Pistole immer noch in den Bauch darunter gebohrt, bekam er die Füße endlich auf den Boden.

Nun, da seine Augen sich an die Dunkelheit gewöhnten, erkannte er im Schein der schwachen Glut die Silhouette der Wirtin. Angeekelt löste er den Griff um ihre Brust und stieß sie mit der Waffe, damit sie keine falschen Schlüsse daraus zog. Sein Kopf drohte zu platzen, sein Herz raste noch immer, und er zitterte vor Panik und Kälte.

»Gieriges, fettes Weib!«, wollte er schreien, doch nur ein Fauchen brachte er zustande, gefolgt von einem trockenen Husten.

»W…«, hob die Wirtin an, und Andrea rührte mit dem Lauf in ihrem Fett.

»Schrei und du wirst es bereuen«, hauchte er.

»Ist ja schon gut«, zischte sie. »Vielleicht wollte ich dir nur an den Schwanz, du Mistkerl, und das ist nun der Dank!« Sie schnaubte verächtlich.

Das konnte nun glauben, wer wollte. Andrea holte Luft. Zum ersten Mal, seit er erwacht war, so kam es ihm jedenfalls vor. Klar denken müsste er jetzt, doch sein Kopf war wie vernebelt. Fieberhaft sah er sich um.

In der Gaststube rührte sich nichts. Nur der Mönch am Nebentisch hatte seinen Kopf erhoben und sah herüber, die Hände zum Gebet geschlossen. Ein Gegner also nur, und der war eine Frau. Offenbar hatte die Schlampe seine Reisekasse für sich allein haben wollen.

Das Hämmern in seiner Brust ließ ein wenig nach. Sollte er sie laufenlassen? Schließlich konnte er sie nicht gut erschießen, wollte das auch gar nicht. Ein wehrloses Opfer, das die Bilanz seiner Schuld ins Bodenlose reißen und ihm Jahrhunderte im Fegefeuer, wenn nicht gleich die Hölle sichern würde. Er lockerte den Druck der Waffe.

Die Frau begann zu schimpfen, leise immerhin. »Zu geizig, um ein Zimmer zu zahlen, und gewalttätig dazu, solche Gäste sind mir die liebsten! Der Nächste, der ein Zimmer verweigert, der schläft im Stall. Unerhört, dass eine ehrliche Frau um ihr Leben fürchten muss, nur weil …«

Speicheltropfen sprühten ihm ins Gesicht. Er stupste die Fette mit dem Lauf, um sie zum Schweigen zu bringen, lehnte sich dann an die Wand und zog die Waffe zurück, ohne sie zu senken.

»Verschwinde und komm ja nicht wieder«, krächzte er.

»Ebenfalls!«, erwiderte sie und wand sich aus dem Spalt zwischen Tisch und Bank, wobei sie ihn nicht aus den Augen ließ.

Er schnallte sich den Gürtel fest. Gerade weil sie sich jeder Drohung enthielt, befürchtete er, dass sie sich nicht still schlafen legen würde. Ihr Mann, ein hagerer Kerl, der den ganzen Abend nur ein Mal den Weg aus der Küche in die Stube gefunden hatte, würde ihr vermutlich bald mit dem Schürhaken zu Hilfe kommen. Womöglich auch der Knecht, der den Bratspieß gedreht hatte, und die anderen Huren. Gegen mehrere Gegner konnte ihm die Pistole nicht helfen. Und was, wenn sie die Soldaten weckte? Er sah die Rohlinge vor sich. Welches Vergnügen es ihnen bereiten würde, den Ärger über die Störung an ihm auszulassen.

Nein, er musste fort, auf der Stelle!

Im Aufstehen warf er sich den Mantel über, schloss die Schnallen, schwang die Decke über die Schulter. Er riss an der Eingangstür, die nicht nachgab, fand den Riegel in der Dunkelheit nicht gleich, kratzte sich einen Fingerknöchel an dem scharfen Eisenbeschlag blutig und war endlich im Freien.

Im ersten Moment fühlte er den Schnee mehr, als er ihn sah. Die Finsternis schien vollkommen bis auf ein fahles Leuchten zu seinen Füßen. Wie eisige Nadeln stach es ihm in Gesicht und Hände. Er musste zurück in die Gaststube, eine Fackel, eine Laterne holen. Doch vielleicht warteten sie drinnen schon. Er streifte die Kapuze über, beschirmte die Augen mit der Hand und versuchte die Umrisse der Stallungen auszumachen. Vergeblich. Er stolperte aufs Geratewohl los in die Richtung, in der er den Stall vermutete, hastete, schlitterte, bis sich hinter der Wand wirbelnder Flocken schemenhaft ein Block in der Schwärze abzeichnete. Einen Herzschlag lang schien ihm sogar, als dränge ein Lichtschein durch einen Spalt, der jedoch gleich wieder verschwunden war. Trotzdem stolperte er auf die Stelle zu. Eine heftige Bö zerrte an seinem Mantel und der Decke, und er senkte den Kopf gegen den Wind.

Unvermittelt prallte er gegen die Wand. Fast blind im Schneetreiben tastete er sich daran entlang. Doch wie sollte er in der Finsternis die Pferde satteln, das Gepäck aufladen? Die Ausweglosigkeit traf ihn wie ein Tritt in die Kniekehlen. Mit Tränen in den Augen rüttelte er endlich an der Stalltür und zwängte sich hindurch.

Erleichterung floss wie Liebe durch seine Adern, ließ ihn mit dem Rücken gegen die wieder geschlossene Tür sinken. Schwacher Lichtschein drang hinter einer brusthohen Bretterwand hervor. Dazu die dampfige Wärme der Tiere, das viele Stroh und ein sanftes Klingeln – der Stall zu Bethlehem war überall. Ob sich das in den Kirchenbau übertragen ließ? Dumm, nein, lebensgefährlich, sich hier und jetzt darüber Gedanken zu machen. Er öffnete die Stalltür einen Spalt, spähte hinaus, doch nichts war zu sehen. Sie würden ihn kaum ohne Laternen verfolgen.

Als er sich umdrehte, lugte ein Kopf in Kniehöhe neben der Bretterwand hervor. Der Knecht. Ungelenk richtete er sich auf und kam auf Andrea zu, eine Laterne in der Hand. Feuer in der Macht dieses Jungen, bei all dem Stroh rundum. Andrea schluckte, was wegen der verfluchten Halsschmerzen nicht recht gelingen wollte, und zwang sich ein Lächeln ab.

Wieder dieses Klingeln. Er blickte auf, sah, dass es nicht von himmlischen Heerscharen rührte, sondern von einer lose um einen Dachbalken geschlungenen Kette, deren Glieder im Luftzug aneinanderschlugen. Er straffte sich.

»Hilf mir bitte beim Satteln der Pferde!«

Der Bursche sah ihn verständnislos an. »Dunkel!«

Als ob ich das nicht wüsste, dachte Andrea. Er hustete lang und schmerzhaft. Vielleicht könnte er hier bis Sonnenaufgang warten. Doch dass man seine Verfolgung noch nicht aufgenommen hatte, hieß nicht, dass man ihn auch bei Tageslicht nicht behelligen würde.

Er ging auf die Stelle zu, wo er am Abend seine Sachen gesehen hatte, und griff sich den Packsattel. Der Junge zuckte mit den Schultern und ging ihm zur Hand.

Auf der Straße kämpfte er, tief über Almas Hals gebeugt, gegen den Nordwind und den von ihm aufgewirbelten Schnee an, hustend und trotz der Kälte fiebrig schwitzend. Seine einzige Orientierung stellten die Bäume zu beiden Seiten der Straße dar. Im Licht der ersten Dämmerung waren die Stämme nun immer deutlicher zu erkennen. Andrea achtete darauf, seine Pferde in stets gleichbleibendem Abstand von ihnen zu halten.

Er hatte den Eindruck, der Wind konzentriere sich einzig auf ihn, und es fiel ihm schwer, darin keine göttliche Absicht zu sehen. Dabei hatte er sich nichts zuschulden kommen lassen. Nicht einmal die Laterne hatte er dem Jungen abgenommen, da der solche Angst vor der Dunkelheit gezeigt hatte.

Im Nachhinein war er froh darüber. Er hätte keine Hand frei gehabt, benötigte aber beide, um die Tiere unter Kontrolle zu halten und sich festzuklammern, wenn wieder einmal ein besonders heftiger Windstoß ihn abzuwerfen drohte. Bereits mehrmals hatte das Packpferd Ausbruchsversuche unternommen, und auch Alma hatte dem Wind einmal gegen seinen Willen den Rücken gekehrt und sich erst beim Nachlassen der Bö wieder gen Norden wenden lassen. Wenn die Tiere in ihrer Unschuld nun den Willen Gottes spürten? Quälte der ihn noch immer wegen Sandro? Er musste endlich die Skulptur fertigstellen, seiner Reue sichtbare Form verleihen.

Als hätte der Gedanke den Herrn besänftigt, ließ der Wind nach. Andreas Herz krampfte sich zusammen bei diesem Beweis göttlicher Gnade. Vor kurzem noch war er überzeugt gewesen, dass Gott nicht jeden Einzelnen auf jedem Schritt begleiten konnte, und nun ... Doch er sollte dankbar sein.

Er setzte sich auf. Der Himmel war jetzt eisengrau zwischen den schwarzen Wolken zu erkennen, die, zerrissen und wieder zusammengetrieben, wie versprengte Truppen vom Sturm gejagt wurden. Andrea hätte den Anblick genießen können, wäre ihm nicht ganz so elend gewesen.

Er nahm einen Schluck aus dem Schlauch, in dem noch ein abgestandener Rest des gewässerten Weins war, den er in Bologna eingefüllt hatte. Eine Weile behielt er die Flüssigkeit im Mund, um sie aufzuwärmen. Die Enge in seinem Hals, der verdammte Kopf, der eine Schmiedewerkstatt zu beherbergen schien.

Die Gnadenfrist war beendet, und ein weiterer Windstoß warf ihn beinahe aus dem Sattel. Andrea nahm sich zusammen, presste der scheuenden Alma die Schenkel in die Flanken und krümmte sich gegen den Angriff zusammen. Dass ihm Tränen zwischen den fast geschlossenen Lidern hervorquollen, merkte er erst, als sie auf seinen Wimpern gefroren. Doch irgendwie musste er es bis Ferrara schaffen.

VICENZA, MÄRZ 1546

Sechsundvierzigstes Kapitel

Noch einmal schlug sie zu, fester diesmal. Es klatschte, und der kleine Körper schwang wie ein Glockenklöppel in der Hand der Hebamme, die ihn mit geübtem Griff an den Beinchen gepackt hielt. Doch kein Schrei drang aus dem leicht geöffneten Mund des Kindes. Wie gelähmt sah Mariangela der Hebamme zu, die den blau angelaufenen Kopf an ihr Ohr hielt.

»Nichts.«

Sie fuhr mit dem Zeigefinger in den Rachen des Jungen, förderte etwas Schleim zutage. Keine Regung. Oder doch? Mariangela war näher getreten, legte ihre zitternde Hand auf die Brust des Kleinen und meinte ein leichtes Flattern zu fühlen, zart wie der Flügelschlag eines winzigen Vogels.

»Wasser, schnell«, raunte die Hebamme. »Wir müssen ihn taufen, bevor seine Seele verloren ist.«

»Aber er wird doch nicht ...«

»Geh schon!«

Mariangela eilte zur Tür, schob Zenobia und Leo beiseite, die mit elenden Gesichtern davor warteten, lief in die Küche, goss frisches Wasser aus dem großen Krug in einen Becher, rannte zurück, stolperte, verschüttete die Hälfte.

»Tauf ihn jetzt, los doch! Ich muss mich um die Mutter kümmern.«

»Ich kann das nicht!«

Mit einem ärgerlichen Knurren drückte die Hebamme ihr das von klebriger Schmiere bedeckte Kind in den Arm, grob, als könnte es schon jetzt keinen Schmerz mehr fühlen. Sie nahm Mariangela den Becher aus der Hand.

»Dann bezeug es! Im Namen des Vaters und des Sohnes und des Heiligen Geistes taufe ich dich auf den Namen ...«, fragend blickte sie auf.

Hilfesuchend sah Mariangela zu Allegra, doch die war immer noch ohnmächtig oder gar ebenfalls tot, bleich jedenfalls wie der Marmorblock im Schuppen. Ein Name! Andrea. Doch nein, das wäre ein schlechtes Omen, wenn einer mit seinem Namen stürbe. Die Hebamme knurrte.

»Silla!«, schrie Mariangela, ohne zu wissen, wie sie darauf verfallen war.

»Im Namen des Vaters und des Sohnes und des Heiligen Geistes taufe ich dich auf den Namen Silla«, wiederholte die Hebamme und goss dem leblosen Kind den ganzen Inhalt des Bechers über den Kopf. Es ruckte, dann drang ein Fiepen aus dem Mund des Säuglings, und Mariangela schrie auf.

Die Hebamme rief: »Herr im Himmel! Ein starker Name muss das sein.« Ein fast zahnloses Grinsen überzog ihr Gesicht. »Schnell, ins warme Wasser mit ihm, sei ganz vorsichtig, massier ihm die Glieder und den Körper, aber pass auf den linken Arm auf, der könnte gebrochen sein.«

Während Mariangela das Kind halb in den vorbereiteten Zuber tauchte, sanft den käsigen Schleim von seiner bläulichen Haut spülte und flüsternd den neuen Namen sang wie eine Beschwörung, kniete die Hebamme neben Allegra nieder. Immer noch lag sie auf dem Boden, wo ihr kurz zuvor das Kind aus dem schon bewusstlosen Körper gezerrt worden war. Aufatmend sah Mariangela sie aus dem Augenwinkel die Lider öffnen, hörte sie leise stöhnen. Die Hebamme stemmte ihr die kräftigen Hände in den Bauch, versuchte die Nachgeburt zu lösen. Mariangela hörte Allegras Zähne knirschen, als die Wehe einsetzte. Die Hebamme zog an der Nabelschnur, massierte die Bauchdecke, und endlich rutschte die Plazenta heraus. Blut sickerte zwischen Allegras Beinen hervor. Die Hebamme fluchte leise.

Mariangela tupfte den Kleinen trocken, der jetzt röchelnd atmete. Wie ein alter Mann, der sich eine steile Stiege hinaufgekämpft hatte. Auf seinem verdrückten Gesichtchen lag Empörung über die neuen Lebensumstände. Sie wickelte ihn in ein Tuch, darum ein Lammfell, verschnürte das Bündel und legte es auf dem großen Bett ab, um bei Allegra zu helfen.

»Hat es Hufe?«, drang Zenobias jämmerliches Stimmchen durch den Türspalt.

Die Hebamme bedachte sie mit einem misstrauischen Blick, sah fragend Mariangela an und tippte sich an die Stirn.

»Nein, du Dummerchen, natürlich hat es keine Hufe, alles in Ordnung!«

Allegra stöhnte auf, als ihr die Hebamme ein festgerolltes Tuch zwischen die Beine schob.

»Hilft nichts, mein Täubchen, du bist innen gerissen, die Blutung muss aufhören. Und jetzt hoch mit dir, aufs Bett! Dein Sohn braucht Milch.«

Zitternd vor Müdigkeit saß Mariangela am Küchentisch. Die Dämmerung hatte eingesetzt. Allegra war eingeschlafen, das Kind an ihrer Brust. Eine ganze Nacht und einen Tag hatte die Geburt gedauert, und Mariangela war so erschöpft, als hätte sie selbst die Qualen ausgestanden, war kaum noch fähig, die Schale mit der Brühe zum Mund zu heben.

Das Knarren einer Stufe ließ sie aufschrecken. Sie war wohl eingenickt, den Kopf in die Hände gestützt.

Fabio. Er ließ sich am anderen Ende des Tisches ihr gegenüber nieder, so weit entfernt, wie es eben möglich war.

»Ich habe die Kinder ins Bett geschickt«, sagte er, ohne sie anzusehen.

Sie nickte. Seit sie von seiner bevorstehenden Abreise erfahren hatte, war ihre Sehnsucht nach ihm stetig gewachsen, hatte ihr die Tage versüßt und vergiftet. Die Erinnerung an einen Kuss, so hatte sie herausgefunden, brannte nicht weniger auf der Haut als ein Wundmal. Mitten in den alltäglichsten Verrichtungen meinte sie ihn zu schmecken, und überall hing sein Geruch wie von Kräutern und Hammelbraten und frischer Erde und allem, was gut war. Wenn sie doch nur nicht … Wie gut es jetzt wäre, sich in seine Arme schmiegen zu können, die vor ihm auf dem Tisch lagen, die Ärmel bis über die Ellbogen aufgerollt, die kräftigen Hände eher die eines Tischlers als eines Lautenspielers.

»Du solltest dich auch hinlegen.«

Sie nickte wieder. Und wenn sie jetzt fragte, ob er sich zu ihr legen wollte, nur für diese eine Nacht? Sie sah aus dem Fenster. Eine Fledermaus zuckte durchs Dunkelblau.

Mariangela stand auf, ging um den Tisch herum auf Fabio zu. Sie sah, wie seine Schultern sich hoben, wie er sich mehr verkrampfte mit jedem Schritt, den sie näher kam. Sie legte ihre Hand auf seine Schulter.

»Bitte«, flüsterte sie.

Seine Kiefer mahlten. Er atmete tief ein, stand auf und sah sie noch immer nicht an. Sie lehnte sich an ihn, wagte nicht, ihn zu umfassen. An ihrer Wange kratzte raue Wolle, die alle Tränen aufsog, bis er endlich seine Arme um sie legte, immer noch hölzern, doch wenigstens nicht kältestarr, und sie seinen Atem in ihrem Haar spürte.

Dann erklang ein Hämmern am Haustor, das den Boden beben ließ.

Siebenundvierzigstes Kapitel

Zwischen den verstreuten Häusern, die sich zur Stadtmauer hin verdichteten, trieb Andrea die müden Tiere auf die Porta di Padova zu. Eine Entschuldigung murmelnd, hieb er Alma die Fersen kräftig in die Flanken. Derart grobe Behandlung nicht gewöhnt, bockte sie halbherzig, bevor sie in lustlosen Galopp fiel. Schon nach wenigen Sprüngen knickte sie ein und trabte steifbeinig weiter.

Die verfluchten Wächter! Sie mussten ihn doch sehen, den Einzigen, der noch auf die Stadtmauer zustrebte neben all den Karren und Fußgängern, die nach Ende des Markttages auf ihre Gehöfte zurückkehrten. Sie mussten ihn sehen, so wie er sie sah, eben weil es noch nicht dunkel war. Wollten sie ihm nun wirklich schon in der Dämmerung das Tor vor der Nase zuschlagen? Unbarmherzig hatten sie den ersten Flügel entriegelt, und während einer der Männer ihn in den Angeln drehte, machte der andere sich am zweiten zu schaffen.

Schon in Ferrara war er fast abgewiesen worden, dort allerdings in den Morgenstunden und aufgrund seiner Krankheit. Hustend und niesend, so hatten sie ihn nicht in die Stadt lassen wollen, als wäre die Influenza bei dieser Witterung nicht in jedem zweiten Haus zu finden. Als könnte er bei Regen und Schneefall an der Pest erkrankt sein, wo doch jeder wusste, dass diese Gefahr nur bei warmer Witterung bestand. Zu heiser und erschöpft für Diskussionen nach diesem Alptraum einer Reise, hatte er ein saftiges Trinkgeld verteilt. Doch erst sein Versprechen, sich umgehend in das Hospital des Klosters Sant'Antonio zu begeben, hatte ihm endgültig den Weg frei gemacht.

Weniger als eine zwölftel Meile, so schätzte er, trennte ihn noch vom östlichen Stadttor. Er konnte es schaffen, zumal gerade jetzt ein Reiter an ihm vorbeisprengte, einer der Porto-Söhne, wie ihm schien, der sich eine Zurückweisung sicher nicht würde bieten lassen. Und wirklich hielt der Wachmann den zweiten Flügel nun in halboffener Stellung fest.

Wenige Augenblicke später drängte Andrea die Pferde durch den Torspalt und ließ sich, aufatmend, durch die von Hufschlag zu Hufschlag zunehmende Betriebsamkeit der Stadt bremsen. Seiner Stadt, die ihn willkommen hieß, ihn auffing in ihrem Netz von Gerüchen und Alltagslärm, der dem anderer Städte so ähnlich war und doch anders, vertrauter.

Er klopfte Alma den Hals und ließ die angespannten Schultern sinken, den Blick schweifen. Hier, zwischen den Häusern, schien die Dämmerung weiter fortgeschritten als draußen auf dem Feld. Mütter spähten suchend aus kerzenerleuchteten Fenstern, riefen die letzten spielenden Kinder zum Essen, Nachbarn plauderten auf den Schwellen, Öllampen und Fackeln wurden entzündet und Türen für die Nacht verriegelt.

Keine hundert Schritte entfernt hatten Allegra und Mariangela im Haus der Witwe Poiana gearbeitet. Während er im Halbdunkel dem sanften Schwung der Straße folgte, den von zwei Türmen flankierten Ponte dei Sant'Angeli nun schon in Sichtweite, musste er an das einfache Hochzeitsmahl im Garten der Witwe denken. Oder hatte es in der Küche stattgefunden? Nur ein Dutzend Jahre lag das zurück, und doch schwand die Erinnerung, speiste er nun in Palazzi und plauderte weit öfter mit der nobiltà als mit Knechten und Küchenhilfen. Wie stolz seine Mamma gewesen wäre, hätte sie das noch erlebt.

Anders als untertags herrschte kein Gedränge auf der Brücke. Andreas gemächliches Tempo war einzig der Entspannung geschuldet, die nach ihm auch die Pferde erfasst hatte. Der Bacchiglione, zu anderen Zeiten träge und übelriechend, floss dank der Schneeschmelze mit hohem Wasserstand unter ihm, bleischwarz bis auf die Reflexe der Fackeln und hellen Fenster.

Was für ein Segen Brücken waren, boten sie doch festen Boden, wo man sich sonst schwankenden Fähren anvertrauen müsste. Neugierig, ob Alma den richtigen Weg noch fände, ließ er nach der Brücke die Zügel lang. Schließlich war es auch ihre Stadt. Zufall oder nicht, sie wandte sich nach rechts, trottete ohne sein Zutun an der inneren Stadtmauer entlang auf den heimatlichen Stall zu. Ihr Zustand bereitete ihm Sorge. Das Fell hatte den Glanz verloren, sie war abgemagert und steif. Nicht nur er hatte auf dieser Reise viel Substanz verloren.

Leer wand sich die schmale Gasse in die Dunkelheit, als Andrea auf sein Haus zuritt. Der Mattigkeit zum Trotz tanzte sein Herz in der Brust. Er konnte kaum erwarten, Allegras Gesicht zu sehen, ihre Freude über seine Rückkehr zu genießen, ihre Wärme in seinem Bett. Nur liegen und sie halten wollte er und endlich sicher schlafen.

Im Näherkommen war er fast überrascht, wie klein das Haus war. Schäbiger als in seiner Erinnerung lag es im Licht, das aus einem gegenüberliegenden Fenster drang, das einzige, dessen Läden noch nicht geschlossen waren. Nicht der kleinste Schein hingegen kam aus den Fenstern seines Hauses. Vermutlich saßen alle in der hofseitigen Küche beim Essen. Oder waren die Kinder um diese Zeit schon im Bett?

Noch vom Pferderücken aus beugte er sich herunter, versuchte, das Tor zu öffnen. Es war verriegelt. Was hatte er erwartet? Er schlug den eisernen Türklopfer und saß ab.

Nichts regte sich. Ob alle schon schliefen? Zwar war es eben erst dunkel geworden, doch nach einem anstrengenden Waschtag vielleicht ... Er betätigte den Klopfer erneut und mit mehr Schwung, trommelte dann mit der Faust an die Tür. Hinter dem erleuchteten Fenster gegenüber erschien eine Frauengestalt, hob grüßend die Hand und schloss die Läden. Nun stand er gänzlich im Sternenlicht, der Mond war noch nicht aufgegangen. Schritte hallten hinter dem Tor, dann schabte der Riegel in den eisernen Halterungen, und ein Schlüssel drehte sich im Schloss. Er hatte ihnen doch eingeschärft, immer erst zu fragen, wer draußen stand. Doch gleich mit einem Tadel zu beginnen war wohl unklug.

Das Tor schwang auf, und Andrea fiel das Lächeln aus dem Gesicht. Ein junger Mann, groß und gutaussehend, stand ihm gegenüber. Er hielt eine Kerze. Ein ihm vollkommen unbekannter Mann trat ihm aus seinem Haus entgegen. Hatte man seine Familie hinausgeworfen, weil er sie im Stich gelassen hatte? Waren gar alle Opfer einer Seuche geworden in seiner Abwesenheit? Doch diesen zinnernen Kerzenhalter, den kannte er doch. Ihm war, als wären Würfel, die er längst zu seiner Zufriedenheit gefallen glaubte, erneut geworfen worden. Unendlich langsam fielen sie, und er konnte nur warten, was sie entschieden. Unter gesenkten Brauen musterte er den anderen.

Der lächelte. »Andrea?«

»Palladio, der bin ich.«

Andrea versuchte das Zittern zu unterdrücken, das ihn trotz der freundlichen Miene des Fremden erfasst hatte. Der wechselte die Kerze in die Linke und streckte ihm die Hand entgegen.

»Ich bin Fabio, der Bruder Eurer Frau.«

Als ließe das keine Fragen mehr offen.

»Bitte, kommt doch herein!«

Musste er sich wirklich von einem Unbekannten in sein eigenes Haus einladen lassen? Vergeblich mühte sich Andrea, den Ärger niederzukämpfen, der in ihm aufwallte und seine vor Erschöpfung ohnehin schwerfälligen Gedanken zusätzlich vernebelte. Der angebliche Bruder öffnete nun das Tor, nahm ihm ohne ein Wort die Zügel aus der Hand und führte die Pferde in die kleine Halle. Andrea folgte betäubt.

»Wo ist meine Frau?«

»Sie schläft. Liegt im Kindbett. Ihr habt heute einen Sohn bekommen.«

Andrea schwindelte. Haltsuchend stützte er die Hand an der Wand ab, während der neugewonnene Schwager das Tor verriegelte.

»Und Mariangela? Wo ist Mariangela?«

»Eben war sie noch in der Küche.«

Dieser abweisende Ton mit einem Mal. Was war denn noch alles geschehen in seiner Abwesenheit?

»Vielleicht wollt Ihr schon hinaufgehen, während ich mich um die Pferde und das Gepäck kümmere?«

Ein Nicken brachte Andrea gerade noch zustande, obwohl ihm die Rolle des Gastes im eigenen Haus keineswegs behagte. Er wandte sich der Stiege zu.

»Wo soll ich die Pferde …«

»Bindet sie hinter dem Schuppen an. Es wird Euch ja nicht entgangen sein, dass wir keinen Stall haben, da Ihr Euch hier offenbar so zu Hause fühlt. Ich bringe sie dann morgen in den Mietstall.«

Er stapfte hinauf. Wutentbrannt, ohne recht zu wissen, warum, betrat er die Küche. Mariangela lehnte am Tisch. Bei seinem Eintritt fuhr sie auf, ein Leuchten im Gesicht, das sich jedoch gleich darauf zu einem Ausdruck wandelte, als stünde sie dem Leibhaftigen gegenüber. Irritiert blieb Andrea auf der Schwelle stehen. Dann ging ein Ruck durch Mariangela, sie stieß einen erstickten Schrei aus, rannte, über ihren Rocksaum stolpernd, auf ihn zu und warf sich schluchzend in seine Arme.

Da war sie endlich, die Begrüßung, die er sich erwartet hatte, wenn auch nicht von ihr. Steif klopfte er ihr den Rücken, ließ sich einfangen von der Wärme ihres Körpers, fand auch ihre Brüste nicht unangenehm, fast wie die der Anna. Doch an die sollte er jetzt nicht mehr denken. Das hier war nur Mariangela, eine alte Freundin, eine Verwandte praktisch, die er wohl umarmen durfte nach so langer Trennung, sie an sich pressen, sein Gesicht in ihrem Haar vergraben, das ein wenig nach Suppe roch. Sie seufzte und drückte ihn auf Armeslänge von sich, um ihn anzuschauen. Um ihre Augen verzweigten sich feine Fältchen, die ihm zuvor nie aufgefallen waren.

»Du schaust aus, Andrea, so mager und struppig!«

»Wie ein halbtoter Straßenköter? So fühle ich mich nämlich.«

Sie strahlte ihn an. »Willst du Hühnersuppe? Ich habe sie für Allegra gekocht …« Sie schlug sich die Hand vor den Mund. »Um Himmels willen, du weißt es ja noch gar nicht: Du hast noch einen Sohn bekommen!«

»Das habe ich schon gehört von diesem …«

»Fabio.«

Auch ihr Ton plötzlich nüchtern. Die beiden hatten ein Problem miteinander. Doch das war es definitiv nicht, womit er sich jetzt beschäftigen wollte. Wenn er nicht bald etwas zwischen die Zähne bekam, würde er verhungern. Zuvor allerdings mussten Allegra und das Kind besucht werden.

Er öffnete die Tür zum Schlafraum, der in völliger Finsternis lag. Mariangela war auf Zehenspitzen hinter ihm hergeeilt und drückte ihm eine Kerze in die Hand.

»Sei leise. Es war eine schlimme Geburt.«

Bleich wie Mondlicht erschien ihm Allegra, das Haar verklebt von Schweiß. Neben ihr lag ein Bündel aus

Lammfell, aus dem ein Gesicht lugte, so klein und gequetscht, feines Haar auf seiner Stirn, eher ein Äffchen als ein Menschenkind. Andrea musste lächeln. Der kam wohl mehr nach ihm als nach Allegra. Er schlich hinaus und in die Küche, ließ sich auf der Bank nieder, die Unterarme auf den Tisch gestützt.

»Dann muss mir wohl schnell ein Name einfallen.«

Mariangela setzte Suppenschale und Brot vor ihm ab.

»Er hat schon einen. Wir mussten ihn nottaufen, die Geburt ... Es war ein einziger Alptraum. Er ist verkehrt herum zur Welt gekommen, erst kam ein Fuß, dann der zweite, dann der Körper und erst ganz am Schluss der Kopf. Die Nabelschnur war um den Hals gewickelt, hat ihn fast stranguliert. Ganz blau war er, hat nicht geatmet.«

»Und?«

»Silla.«

Er ließ den Löffel fallen, Suppe spritzte über den Tisch.

»Silla! Warum nennt sie meinen Sohn nach einem brutalen Diktator?«

Mariangela presste die Fäuste vor der Brust zusammen und verzog das Gesicht zu einer Grimasse, die ihn an die Seelen im Fegefeuer denken ließ. Wider Willen musste er lächeln.

»Ich bin schuld!«, rief Mariangela. »Gianna Maria hat mir von den römischen Herrschern erzählt, und ich habe sie durcheinandergebracht. Es klang gut ...«

»Gianna Maria?«

»Thiene, Marcos Frau.«

Andrea beschloss, sich an diesem Abend nicht mehr zu ärgern. Gierig schlang er Suppe und Brot hinunter.

»Ich will nichts als ruhen.« Er legte den Kopf in die Hände. »Ich werde im Arbeitszimmer schlafen.«

Mariangela legte ihm die Hand auf den Arm und sah schon wieder so drein, als verginge sie vor schlechtem Gewissen.

»Dort haben wir Fabio einquartiert. Vorübergehend.«

»Ist schon gut«, kam es von der Stiege.

Der Kerl musste schon länger dort herumgelungert haben, denn er lehnte an der Wand zur Treppe, die Arme vor der Brust verschränkt.

»Ich schlafe heute hier in der Küche. Und morgen reise ich ohnehin ab.«

Ist mir recht, hätte Andrea ihm gern an den Kopf geworfen, wir sind gut ohne dich zurechtgekommen. Doch nicht nur die Höflichkeit hinderte ihn, es auszusprechen. Er hatte keine Ahnung, was dieser Mann für seine Familie getan hatte, wie viel er ihm gar verdankte. Unwahrscheinlich, dass die Versorgung der Pferde und des Gepäcks der erste Dienst gewesen war, den er hier leistete. Und Mariangelas Gesicht zerfiel jetzt regelrecht, und das sprach wohl eher dafür, dass ...

Es ging nicht mehr, seine Gedanken verschwammen wie Ölschlieren im Wasser, zerrannen. Schlafen.

VICENZA, MAI 1546

Achtundvierzigstes Kapitel

Mit jedem Schritt, den Mariangela zwischen sich und das Haus legte, bröckelte der Panzer aus Sorgen und Mühen, der sie in den letzten Wochen eingezwängt hatte. Wie Klumpen trockener Lehm, stellte sie sich vor, fielen ihr die Stücke vor die Füße, und sie zertrat sie mit

Genuss. Allegras lange Bettlägerigkeit nach Sillas Geburt. Fabios Abreise. Die Verantwortung für die Kinder von früh bis spät. Dazu kochen, backen, waschen, putzen. Im Schmutz unter ihren Schuhen fand alles Platz.

Als sie die sauber gepflasterten Straßen des Stadtzentrums erreichte, fühlte sie sich beschwingt wie eines der Apfelblütenblätter, die in den letzten Tagen aus dem Nachbargarten zu ihnen herübergeweht waren. Als sie aus der verschatteten Straße in die Sonne auf der Piazza Maggiore tänzelte, unterdrückte sie einen freudigen Ausruf. Was für ein Wirbel! Die bunten Warenpyramiden, die sich auf den Marktständen türmten, der Duft sonnenbeschienener Gewürze, das lautstarke Gefeilsche, selbst die Ausdünstungen der verängstigten Ziegen und Schafe erschienen ihr heute wie ein Geschenk.

Seit Sillas Geburt hatte sie das Haus nur selten für hastige Marktgänge verlassen, bei denen sie aus Sorge und Zeitmangel kaum ein Auge für das bunte Treiben gehabt hatte. Links ragte die vom Markuslöwen gekrönte Säule aus dem Menschengewühl. Gegenüber die Basilika, der Palazzo della Ragione, die einsturzgefährdeten Teile seiner Laubengänge von hölzernen Gerüsten gestützt, die bereits bröckelnden Bögen mit Geländern abgeriegelt.

Bald würden sich hier, unerhört elegant, Andreas Loggien erheben. Lange hatte sie die Entwürfe betrachtet, war mit dem Zeigefinger sacht jeden einzelnen Bogen nachgefahren. Selbst in Venedig konnte es nichts Schöneres geben. Was wohl mit dem lebensgroßen Modell geschehen würde, das unter Andreas Anleitung derzeit aus Holz entstand? Ein ganzer Bogen für den Stadtrat, der offenbar nicht mit Mariangelas Vorstellungskraft gesegnet war und vorher prüfen wollte, wofür er später zahlen sollte. Dabei war es erst die vielfache Wiederholung des Motivs, die die Fassade zum Leben erwecken würde.

Mariangela versuchte sich die Wirkung vorzustellen, während sie, den Blick auf das Gebäude gerichtet, einen Zickzackkurs zwischen den Marktständen einschlug, der sie diagonal über den Platz führte, bis sie an der Ecke der Basilika angekommen war. Sie ging an der Schmalseite des Bauwerks entlang. Gerade als sie um die südliche Ecke biegen wollte, wurde sie von hinten am Handgelenk gepackt. In der Erwartung, eine Bekannte auf dem Heimweg vom Markt zu sehen, wandte sie sich lächelnd um.

»Was machst du hier?«, fragte Andrea scharf.

Es war sein finsterer Blick, der sie nach Luft schnappen ließ und ihren Herzschlag zum Stolpern brachte. Als hätte er sie bei etwas Unerlaubtem ertappt. Sie zwang das Lächeln zurück auf ihre Lippen.

»Ich bin auf dem Weg zur Madonna del Monte, um ihr für die Rettung von Allegra und Silla zu danken.«

Gelassen hätte es klingen sollen, doch das Beben ihrer Stimme musste auch er gehört haben. Wenn Andrea schlecht gelaunt war, dann war es besser, ihm zu verschweigen, dass sie den Segen der Madonna auch für die Holzfiguren erflehen wollte, die sie im Korb am Arm trug.

»Ich wollte schon am Palmsonntag gehen, um geweihte Ölzweige zu holen, aber da war Allegra noch zu schwach.«

»Und das ist sie auch jetzt noch! Wie kannst du sie mit fünf Kindern allein lassen? Ich will, dass du sofort zurückgehst!«

Erst jetzt bemerkte Mariangela im Halbdunkel der Bögen zwei Männer in eleganter Kleidung, die sie interessiert beobachteten. Ratsherren. Deshalb das Theater. Sie raffte das Tuch über ihrer Brust.

Mit gesenkter Stimme sagte sie: »Allegra geht es gut. Corinna bleibt bei ihr. Und die Buben spielen sowieso den ganzen Tag im Freien.« Sie suchte in seinen Augen nach Zustimmung, Verständnis zumindest.

»Gib mir keine Widerworte!«

Er hatte sich aufgerichtet und bedachte sie mit einem Blick, der so herablassend war wie der eines nobile. Beinahe hätte Mariangela den Kopf gebeugt, womöglich noch geknickst. Sie schluckte und zwang sich, ihm fest in die Augen zu sehen.

»Wenn du derartige Ausflüge planst, dann frag mich gefälligst am Vorabend um Erlaubnis. Und jetzt sieh zu, dass du zurück zu deinen Pflichten kommst!«

Sie wollte mit dem Fuß aufstampfen, erklären. Doch die im Hintergrund feixenden Ratsherren deuteten darauf hin, dass sie sich damit nur noch mehr öffentliche Demütigung einhandeln würde. Wortlos drehte sie sich um, die Lippen zusammengepresst, den Kopf jedoch erhoben. Ewig weit erschien ihr der Weg zurück am Gebäude entlang. Die ganze Zeit über meinte sie, die schadenfrohen Blicke der Männer in ihrem Rücken zu spüren, obwohl die sich in Wahrheit vermutlich längst ihren Geschäften zugewandt hatten. Was bedeutete es ihnen schon, einer Frau den Tag zu verderben, auf den sie seit Wochen hingefiebert hatte. Wütend bog sie um die Ecke der Basilika, nun sicher außer Sichtweite.

Und dann, anstatt den Platz zu überqueren, beschleunigte sie ihre Schritte, lief im Rücken der Marktstände an der Nordwestseite des Gebäudes entlang bis zum Turm und weiter, bog nach rechts auf die Piazza delle Biade, eilte auf den Palazzo mit der großen Loggia zu und daran vorbei auf den Ponte San Michele zu.

Wenn sie doch gleich diesen Weg genommen hätte, der ohnehin kürzer war. Was gingen sie Andreas Pläne und Bauwerke an? Wozu stolz auf ihn sein, wenn er sie doch offensichtlich verachtete? Nein, es gab keinen Grund für ein schlechtes Gewissen. Nur weil sie für seine Frau und seinen Sohn beten wollte, musste sie sich auf einem öffentlichen Platz erniedrigen lassen. Hatte sie nicht alles für seine Familie getan? Wenn er sie nun trotzdem behandeln wollte wie ein beliebiges Hausmädchen, dann blieb ihr wohl nichts übrig, als ihn genau wie ein solches zu hintergehen.

Mit gerafften Röcken war sie auf die Brücke gestürmt und prallte nun fast gegen ein Fuhrwerk, das unvermittelt stehenblieb. Steckenblieb, eigentlich, denn die Ursache der Verzögerung war ein entgegenkommender Eselskarren mit einer weit über die Bordwand ragenden Ladung Feuerholz. Das hatte sich in die verschnürte Last des anderen Fahrzeugs verkeilt. Eselsgeschrei, unflätiges Geschimpfe und gute Ratschläge der Passanten mischten sich mit dem Gekreisch der auffliegenden Möwen, und Mariangela sah sich um. Nicht, dass dieser Höllenlärm noch Andreas Aufmerksamkeit auf sich zog oder er gar mit ihr in der Menge aus Menschen, Lastfahrzeugen und Berittenen steckte, die langsam die Brücke füllte und bald schon bis auf die Straße reichte. Sie wurde von dem Karren zurückgeschoben, in die hinter ihr Stehenden gedrängt, fühlte eine fremde Hand an der Brust und trat kräftig nach hinten aus. Immer dasselbe, sobald es eng wurde.

An die Brüstung gepresst, stand sie jetzt da, sah hinunter ins müde Wasser des Ritrone. Gerade das vermied sie für gewöhnlich, wenn sie eine Brücke querte. Weil ihr auf jeder Brücke schien, als sähe sie ein kleines Stück weiter noch ihre eigenen Fußstapfen am unkrautbewachsenen Ufer, ihren Schatten, der vor vielen Jahren um ein Haar Teil der Fluten geworden war.

Allerdings nicht hier, kein Grund also für Rührseligkeiten.

Gut jedenfalls, dass der himmlische Herrscher sie damals gerettet hatte. Sie bekreuzigte sich und musste über sich selbst lachen. Wie dumm sie gewesen war. Die Madonna auf dem Berg sollte ihren Dank auch für diese Rettung noch einmal an den Vater ihres Sohnes übermitteln. Mit Gott die Elternschaft zu teilen war sicher nicht einfach, dachte Mariangela, jeder falsche Gedanke wurde durchschaut, kein Schummeln möglich. Kichernd schlug sie ein Kreuz.

Knarrend lösten sich endlich die Karren voneinander, und Mariangela wurde im Gewühl vorwärtsgeschoben. Wenig später durchquerte sie das offene Tor der inneren Stadtmauer. An der Chiesetta Santa Chiara vorbei eilte sie auf die Porta del Monte im äußeren Befestigungsring zu. Hier, zwischen den niedrigeren Häusern, die die Straße säumten, und den dahinterliegenden Feldern und Gärten, war die Luft frischer. Wind fuhr ihr unter die Röcke, Wind, der aus Nordwesten kam und sie regelrecht aus der Stadt wehen wollte.

Da war sie wieder, die Leichtigkeit. Wozu sich von einem Mann den Tag verderben lassen? Einem Mann, der nicht zu ihr gehörte. Den sie nun, möglicherweise, gar nicht mehr wollte. Sollte er sich doch ärgern. Hinauswerfen würde er sie nicht, schon wegen Allegra.

Vor ihr lag das offene Tor, und sie schritt so beschwingt hindurch, dass sie den Boden kaum zu berühren schien. Als hätten ihre Schuhe kleine Flügel wie die des Götterboten. Merkur? Nicht, dass sie wieder einen Römer mit einem anderen verwechselte. Silla, o Gott! Lachend schwebte sie an den Torwächtern vorbei und nutzte den Schwung für den steilen Hang, der sie zur Madonna del Monte führte.

Neunundvierzigstes Kapitel

Andrea sah Mariangela nach, die steif vor Empörung davonmarschierte. Es war unnötig gewesen, sie in aller Öffentlichkeit so streng zurechtzuweisen. Großtuerisches Verhalten gegenüber einer, die dem nichts entgegenzusetzen hatte. Ärgerlich schüttelte er den Kopf, biss die Zähne zusammen und trat zurück unter die Bögen.

»Macht Euch nichts draus, Palladio«, sagte Iseppo Porto und klopfte Andrea auf die Schulter. »Es ist immer dasselbe. Sobald man den Bediensteten den Rücken zuwendet, gehen sie ihren eigenen Geschäften nach. Man muss sich zwischen Gelassenheit und Schlägen entscheiden, hat mein Vater immer gesagt, und die Schläge sorgen nur dafür, dass sie uns dann ohne schlechtes Gewissen betrügen.«

Andrea schürzte die Lippen. »Sie ist nicht … Sie würde nie … Sie ist die Schwester meiner Frau, keine Bedienstete.«

»Oh! Dann kauft ihr eine neue Kappe oder ein paar schöne Knöpfe, wenn Ihr auf den Rat eines erfahrenen Mannes vertrauen wollt. Sonst riskiert Ihr …«

»Ach, sie ist doch nur ein Weib«, unterbrach Loschi missmutig. »Bis zum Abend wird sie alles vergessen haben. Euer wahres Problem liegt an anderer Stelle.«

Andrea rieb sich mit der Handfläche den Bart, den Luca etwas kurz getrimmt hatte. »So sieht es wohl aus. Und Ihr meint wirklich, es ist Conte Trissino, der versucht, mir den Auftrag für die Loggien zu verderben?«

Porto wiegte den Kopf. »Ihr kennt den alten Fuchs besser als wir, sagt selbst! Scheinbar in den höchsten Tönen hat er Euch gelobt, hat Euren Eifer herausgestrichen und Euer Geschick im Umgang mit hochgestellten Personen, das umso erstaunlicher sei, da Ihr – entschuldigt, es sind seine Worte – keinerlei Erziehung genossen hättet. Ohne Zweifel hättet Ihr jede Möglichkeit genutzt, Eure Bildung voranzutreiben, dabei nicht nur auf klassische Quellen vertraut, sondern nicht davor zurückscheut, Euch mit in manchen Kreisen verrufenen Experten auszutauschen. Im Großen und Ganzen jedoch wäret Ihr, auch unter seiner unmaßgeblichen Förderung, fraglos zu einem ernst zu nehmenden Architekten mit großer Zukunft gereift. Einer Zukunft allerdings, die nun vielleicht auf dem Spiel stünde, da das Misslingen eines derart wichtigen Großprojektes Eurem Ruf nur schaden könne. Nur zu Eurem Schutz wolle er zu bedenken geben, ob der Ehrgeiz, jedes Projekt anzunehmen, Euch hier nicht dazu verleitet habe, die Möglichkeiten Eurer kleinen bottega zu überschätzen.«

Mit zunehmender Geschwindigkeit hatte Porto den Bericht heruntergeleiert, hielt nun inne und sah Andrea eindringlich an.

»Seht Ihr, was ich meine? Wobei Trissino sich geschliffener ausgedrückt hat, als ich es zu wiederholen vermag.«

Andrea schürzte die Lippen und blickte zu Loschi. Der nickte.

»Letztendlich schienen auch mir alle Lobesworte nur Firnis für seine unterschwellige Kritik zu sein, exquisite Würze für leicht verdorbenes Fleisch, wenn Ihr mir den Vergleich verzeiht.« Loschi feixte. »Jenen, die Euch nicht persönlich kennen, skizzierte er das Bild eines Fleißigen, der vergeblich versucht, über seinen Stand hinauszuwachsen.«

Andrea rieb seine Handflächen aneinander und klatschte, zwang sich ein spöttisches Lächeln ab. Er versuchte, die Erstarrung zu vertreiben, die ihn erfassen wollte. Angst. Er hatte gewusst, wie gefährlich es war, Trissino zu trotzen. Vielleicht hatte er sein eigenes Wirkungsvermögen hier tatsächlich überschätzt. Nicht, was seinen Entwurf und seine Arbeit anging, da war er seiner Sache sicher. Doch Trissino hatte die Ränkespiele des päpstlichen Hofes nicht nur überstanden, sondern mitbestimmt. Was hatte ein kleiner Steinmetz dem entgegenzusetzen?

Konzentriert legte Andrea die Handflächen zu einem stillen Gebet zusammen, die Zeigefinger an den Mund gepresst. Dann klatschte er erneut in die Hände, lächelte.

»Der Conte hat nicht unrecht mit seiner Einschätzung. Immerhin kennt er mich wie kaum ein anderer. Ich bin nicht von hohem Stand, und ich arbeite hart, um das auszugleichen. Ich habe große Pläne. In einem Punkt aber irrt er: Ich habe die Kompetenz und die Möglichkeiten, diese Pläne auch umzusetzen, und mit Giovanni Pedemuro die größte bottega der Stadt hinter mir.«

Porto legte ihm die Hand auf die Schulter. »Das ist tatsächlich Euer größter Trumpf, Andrea. Ich habe Maestro Giovanni beobachtet. Keine Miene hat er verzogen während Trissinos Rede, und doch war ihm anzumerken, dass er ihm am liebsten an die Gurgel gegangen wäre. Er hat für Euch gesprochen. Und nicht nur er.«

»Ja«, schaltete sich Loschi ein, »stellt Euer Licht nicht unter den Scheffel, Iseppo.«

Porto zuckte mit den Schultern. Loschi fuhr fort.

»Ihr habt viele Freunde unter den alten Familien, Andrea. Und keine ausgesprochenen Feinde, würde ich sagen, noch nicht. Dennoch, ich rate Euch: Haltet Euch aus der Debatte heraus! Lasst andere für Euch sprechen. Die Umstände arbeiten für Euch. Die Stadt braucht diesen Bau. Der Verfall der Bögen wirft ein schlechtes Licht auf Vicenza, und Ihr habt Euch mit Eurem Entwurf bereits gegen wichtige Konkurrenten durchgesetzt.«

Wie von der Erwähnung des drohenden Verfalls über ihren Köpfen aufgeschreckt, setzten sich die drei Männer in Bewegung, verließen den Platz an der Mauer, ohne auf den Schutz der Bögen ganz verzichten zu wollen.

»Es wird Euch zum Vorteil gereichen, dass Trissino an Fronten zu kämpfen hat, die weit bedrohlicher für ihn aussehen«, sagte Porto mit gesenkter Stimme. »Sein Sohn Giulio ... Auch er ist kein Mann, den ich zum Feind haben möchte.«

Loschi neigte den Kopf zu Andrea. »Ich hatte immer den Eindruck, gerade Ihr wäret ihm näher als seine Söhne. Ihr müsst dem Conte kräftig auf den Fuß getreten sein.«

Fragend sah er Andrea an.

Der wog seine Antwort sorgfältig ab. Er konnte es sich nicht leisten, einen Verbündeten vor den Kopf zu stoßen, auch wenn dessen Fragen noch so indiskret waren. Zudem hatte Loschi bisher nie Interesse an ihm gezeigt. Auszuschließen war es nicht, dass er Trissino Bericht erstatten würde.

»Ich habe Conte Trissino das letzte Mal vor meiner Abreise aus Rom in seinen Privaträumen gesprochen. Mit einem Handkuss habe ich mich verabschiedet und ihm versichert, dass sein Rat mir immer wertvoll bleiben wird. Es schmerzt mich, dass er offenbar das Interesse an mir verloren hat, aber von mir werdet Ihr nie ein schlechtes Wort über ihn hören. Ohne ihn wäre ich nicht, was ich bin.«

Er trat hinaus auf das Pflaster. Die Wärme der Sonne vermochte sich gegen den Nordwind kaum durchzusetzen. Andrea wandte sich zu seinen Begleitern.

»Ich bin Euch zu Dank verpflichtet.«

Porto fasste ihn tröstend an die Schultern. »Lasst Euch nicht entmutigen! Wartet Eure Zeit ab. Wie heißt es in den Sprüchen Salomos? *Wer geduldig ist, der ist weise; wer aber ungeduldig ist, offenbart seine Torheit.*«

Fünfzigstes Kapitel

Ob es wohl möglich wäre, Schwingen zu nähen?, fragte sich Mariangela im Abwärtslaufen. Vielleicht flüsterte ihr die Madonna das ein, die sie hinter sich auf der Bergkuppe wusste. Mit ausgebreiteten Armen, die Enden des dreieckigen Schultertuchs zwischen ihren Händen aufgespannt, den Henkel des Korbes mit den Heiligenfiguren bis zum Oberarm geschoben, stemmte sie sich gegen den kühlen Wind, der ihr aus dem Tal entgegenwehte, der sie vielleicht auch ohne Schwingen jederzeit anheben würde.

Es war eine gute Entscheidung gewesen, nicht auf den Sonntag zu warten. Ganz in Ruhe hatte sie sich so mit der Madonna austauschen können, ihr Verständnis, ihren Zuspruch für sich allein gehabt. Es war ihr fast vorgekommen wie eine Plauderei mit der weisen Carla, so vertraut. Nur der Wein hatte gefehlt.

Allerdings konnte sie Carla nie alles sagen. Die Heilige Jungfrau hatte ihr heute bestätigt, was sie ohnehin wusste: dass es ein Fehler gewesen war, Fabio ihre Liebe zu Andrea zu gestehen. Aber hatte sich dieses unglückselige Gefühl für den Mann ihrer Freundin seit dem Geständnis nicht abgeschwächt? Vielleicht war es nur ein über die Jahre gerettetes Trugbild.

Zum Dank für ihren Schutz und ihre Hilfe, die sie

nun schon ihr Leben lang begleiteten, hatte Mariangela der Heiligen Jungfrau ihre erste Marienstatuette geschenkt. In dieser Figur, nach der sie mit größter Konzentration und Liebe im Holz gesucht hatte, war mit ihrem Blut auch ein Stück ihrer Seele eingeschlossen.

Noch immer flog sie geradezu talwärts, vorbei an blühenden Ginstersträuchern. Ein wenig kalt wurde es nun doch. Es war schon Mai und so ein frischer Wind. Mariangela setzte den Korb ab, kreuzte das flatternde Wolltuch vor der Brust und band es im Rücken zusammen. Vom Wegesrand zupfte sie ein hellgrünes Löwenzahnblatt und steckte es in den Mund. Herrlich, diese frische Bitternis. Sie bückte sich und sammelte einige Handvoll der Kräuter, stopfte sie in den Korb für das Abendessen.

Als sie wenig später das innere Stadttor durchschritt, wurde ihr doch unbehaglich. Sie hatte geplant, auf dem Heimweg den Händler zu besuchen, der ihre Tierfiguren in Kommission verkaufte. Inzwischen sollte eigentlich genug Geld zusammengekommen sein für ein Paar neue Schuhe. Rote wollte sie haben, so wie die von Gianna Maria, nur ohne die Silberschnallen natürlich. Aus Angst, Andrea erneut zu begegnen, verschob sie ihr Vorhaben. Sie eilte durch die Straßen, ständig bereit, sich bei seinem Anblick in einen Hauseingang oder eine Nebenstraße zu drücken, als ihr freudestrahlend ein schwangeres Mädchen von einer Bank entgegenrief. Die kleine Barbara, Carlas Schwiegertochter.

»Mariangela! Setz dich doch zu mir!«

»Ich bin leider in Eile.«

Mariangela biss sich auf die Unterlippe. Einfach vorbeizulaufen wäre unhöflich. Wenn Carla davon erführe. Sie trat also näher und musste lächeln. Dass man so froh aussehen konnte.

»Wie geht es dir?«

Barbara zog sie auf die Bank, umarmte sie.

»Ich bin die glücklichste Frau der Welt! Mattia ist so gut zu mir. Auch seine Familie. Und schau nur«, sie strich über ihren Bauch, »wie groß es schon ist. Ein Sohn, ganz sicher! Mutter Carla hat es in meiner Hand gelesen.«

»Carla liest immer nur Söhne!« Mariangela lachte. »Eine Tochter wäre aber auch gut. Von irgendwoher müssen doch die Mädchen kommen, die unsere vier Burschen heiraten werden.«

Barbara kicherte. Ein Schatten fiel auf die Bank. Noch ehe Mariangela aufblickte, erkannte sie Andreas Schnallenschuhe, die er in Rom gekauft hatte. Ihr Herz stolperte. Hastig schlug sie ein Kreuz.

»Ich bin nicht der Leibhaftige, Mariangela, es wird nicht helfen, dass du dich bekreuzigst. Noch auf dem Heimweg?«

Kurz blickte sie ihm ins Gesicht, senkte die Augen jedoch gleich wieder. Sinnlos, etwas abzustreiten. Sie hatte den gleichen Korb bei sich wie am Vormittag, ihre Schuhe und ihr Rocksaum waren schmutzbedeckt. Ihr schlechtes Gewissen spiegelte sich in Barbaras verschreckten Augen.

»Wolltest du dich gerade von deiner Freundin verabschieden? Wir könnten gemeinsam nach Hause gehen.«

Lag ein leichtes Beben in seiner Stimme? Ärger sicherlich, auch wenn es wie unterdrücktes Lachen klang. Er reichte ihr den Arm. Ohne aufzublicken, küsste sie Barbara auf die Wangen und erhob sich, griff jedoch nicht nach Andreas Arm.

»Das ist übrigens Barbara«, murmelte sie, »die Schwiegertochter von Carla. Als sie Mattia geheiratet hat, warst du ja leider in Rom.«

Selbst in ihren eigenen Ohren klang das trotzig. Ob Andrea sie schlagen würde, daheim? Fast wünschte sie es sich. Dann könnte sie ihn auch verachten. Doch er hatte noch nie die Hand gegen sie erhoben. Nicht einmal den Kindern verabreichte er je mehr als einen Klaps.

»Es war mir ein ebenso kurzes wie großes Vergnügen«, sagte Andrea, zu Barbara gewandt. »Wir werden uns sicher bald wiedersehen, und bis dahin alles Gute für dich und dein Kind. Grüße an die Familie!«

Das klang nun wieder normal, höflich wie immer. Er griff nach Mariangelas Hand, schob sie unter seinen Arm. Sie gingen eine Weile schweigend. Mariangela konzentrierte sich auf ihre Füße, sammelte auf dem Weg ihre Sorgen wieder aus dem Straßenstaub.

»Woran liegt es, Mariangela, dass ich dir nicht einmal böse sein kann, wenn du meine Anweisungen offen missachtest?«, fragte Andrea. »Dass du mich stattdessen zum Lächeln bringst? Diese Blätter in deinem Korb – weißt du noch, damals, als wir uns begegnet sind, nachdem du trockene Kräuter in den Ritzen der Stadtmauern gesucht hattest?« Er schnaubte.

Was war das nun wieder? War er verwirrt? Mariangela wagte noch immer nicht aufzublicken. Doch sie spürte jetzt den sanften Druck seines Armes und drehte leicht den Kopf. Er roch gut.

»Du hast recht, ich war nicht da«, fuhr er fort. »Bei dieser Hochzeit ebenso wenig wie bei der Geburt meines Sohnes. Silla!« Er schnaubte wieder. »Ihr habt euer Leben ohne mich organisiert, und es ist euch gelungen, obwohl«, er seufzte, »ihr meinetwegen in finanzielle Schwierigkeiten gekommen seid, wie Allegra nicht müde wird, mir vorzuwerfen. Und nun bin ich wieder da und rede euch rein, so ist es doch?«

Mariangela riskierte einen kurzen Blick. Andrea sah

geradeaus, als spräche er gar nicht zu ihr, sondern zu sich selbst.

»Manchmal scheint mir, ich wäre gar nicht mehr Teil dieser Familie. Ich schlafe im Studierzimmer, die Kinder kennen mich kaum.« Er blieb stehen, griff nach ihrem zweiten Arm, so dass sie gezwungen war, ihn anzusehen. »Das ist die Last, die ein Mann zu tragen hat. Und sie wiegt nicht leichter als die Last der Frauen.«

»Aber deine Last ist selbst gewählt«, murmelte Mariangela fast lautlos.

»Was hast du gesagt?«

»Nichts.«

Er ließ sie los, und sie bogen um die Ecke der heimatlichen Gasse.

»Ich bitte dich nur um das, worum ich auch Allegra vor langer Zeit gebeten habe: Achtet auf meinen Ruf und den der Familie. Streift nicht unbegleitet in der Stadt herum und schon gar nicht außerhalb der Stadtmauern. Ihr schadet damit meinem Ansehen bei den wichtigen Familien. Besorgungen müssen sein, doch darüber hinaus ... Wir müssen uns an die Regeln halten.«

Sie waren am Haustor angekommen, das um diese Zeit nicht verschlossen war, und betraten die Eingangshalle. Andrea blieb stehen, sah in den Garten, wo Allegra mit Corinna in der Nachmittagssonne plauderte, Spinnrocken in der Hand, während Zenobia und Cecilia die ersten Erdbeeren ernteten. Auch Leonida war da. Er saß ein wenig abseits im Schneidersitz auf einer Decke, beugte sich wohl über eine Handarbeit, dachte Mariangela. Vielleicht war jetzt der Moment.

»Hat Allegra schon mit dir über die Jungen gesprochen?«, fragte sie leise, noch immer ohne Andrea anzusehen.

»Dass ihr aus Orazio gern einen Kirchenfürsten machen wollt, hat sie mir gesagt. Aber sonst …? Nun sieh mich endlich an!«

Durch gesenkte Wimpern riskierte Mariangela einen Blick nach oben, warf dann den Kopf zurück. Zum Teufel, wenn sie ihn so ansah, meinte sie doch wieder, ihn zu lieben! Doch darum ging es nicht. Sie räusperte sich.

»Es ist nur, weil Leonida und Marcantonio doch bald in der Werkstatt anfangen sollen. Leo würde lieber Schneider werden. Es zieht ihn zu den schönen Stoffen, den Borten, der feinen Arbeit.«

Andrea verzog säuerlich die Lippen. »Das habe ich befürchtet. Aber ich denke nicht, dass das gut für ihn wäre. Er beschäftigt sich viel zu viel mit Weiberkram, hält seine Kleidung sauberer als Zenobia. Ich will nicht, dass … Du weißt, was ich meine. Er soll nicht einer von denen werden. Ich habe schon mit Maestro Giovanni gesprochen. Er nimmt Leonida und deinen Sohn ab September.«

»Aber du durftest doch auch selbst entscheiden.«

Andrea griff sich ans Kinn, überlegte, kratzte sich den Bart, schüttelte dann den Kopf. »Es ist entschieden. Die Arbeit als Steinmetz wird ihn zum Mann machen, ihn abhärten für das Leben.«

Und schon war die Liebe wieder verschwunden. Es war zum Aus-der-Haut-Fahren.

Einundfünfzigstes Kapitel

Andrea ging in den Garten. Ein paar Schritte nur über ausgetretenes Gras und Unkraut bis zu der Bank, auf der Allegra und Corinna saßen. Man sollte vielleicht einen Weg aus Steinplatten legen, auch die Beete begradigen und mit steinernen Umfassungen dekorativer anordnen, dachte er. Es musste doch nicht ganz so schäbig aussehen. Gerade auf begrenztem Raum hieß es, bei der Gestaltung Sorgfalt walten zu lassen. Vielleicht konnten die Kinder …

»Mein lieber Mann, was für ein unerwarteter Anblick bei Tageslicht!«

Allegra lachte oder fletschte die Zähne, so genau ließ sich das nicht sagen. Noch immer war sie schön wie eine Marienstatue, gerade jetzt, mit dem Säugling an ihrer Brust. Nur dieser unzufriedene Blick passte nicht zum Bild der Madonna lactans, die doch Hingabe und Versunkenheit ausstrahlen sollte.

Andrea vollführte eine schwungvolle Verbeugung. »Ich grüße Euch, meine Königin, und auch Euch, Corinna, edle Fürstin der nachbarlichen Ländereien.«

Corinna kicherte. Zenobia und Cecilia, die bei seinen Worten herbeigelaufen waren, knicksten tief.

»Bin ich auch eine Fürstin, Papa?«

»Eine Prinzessin, edle Zenobia, meine Prinzessin!«

Er strich ihr über die Locken und sah zu Leonida hinab, der sich seit seiner Ankunft nicht gerührt hatte. Als spürte er den Blick des Vaters, versuchte er nun zu verstecken, was da in seinem Schoß lag. Eine Näharbeit. Eine Art bunter Festrock wohl für einen Puppenmann, falls es so etwas geben sollte.

»Dich grüße ich auch, mein Sohn!«

Aus seiner zusammengesunkenen Haltung drehte der Junge den Kopf seitlich, um ihn anzusehen, was einen erbärmlichen Eindruck machte. Ängstlich, als erwarte er, geschlagen zu werden. Was für ein verstocktes Kind. War er nicht übermütig und ständig fröhlich gewesen noch vor wenigen Monaten? Kleiner allerdings auch.

»Wo sind deine Brüder? Warum spielst du nicht mit ihnen?«

»Er hatte Streit mit Toni«, schaltete sich Allegra ein. »Aber setz dich doch zu uns! Zenobia, hol deinem Vater einen Becher Würzwein! Gewässert?«

Sie sah Andrea fragend an. Er nickte. Zwar zog es ihn in den Schuppen zu seiner steinernen Magdalena, doch einen Schluck Wein konnte er kaum ablehnen, da er schon einmal hier war. Allegra legte Silla über ihre Schulter, klopfte ihm den Rücken und tupfte sich mit dem Ärmel die Brust ab, bevor sie sie routiniert erst im fadenscheinigen Unterkleid, dann im Mieder verstaute.

Andrea setzte sich. Schon lief Zenobia auf ihn zu, hoppelte geradezu, dass der Wein über den Becherrand schwappte. Schon bald würde sie lernen müssen, sich gemessener zu bewegen. Wie lange noch, bis er sich um einen guten Mann für sie umsehen musste? Er griff nach dem Zinnbecher, nahm seine Tochter in den Arm und trank. Sie entwand sich und lief zu ihrer Freundin, die halb hinter ihrer Mutter versteckt stand.

»Eigenartig, der Wein schmeckt aus Glaspokalen ganz anders.«

Die beiden Frauen tauschten einen kurzen Blick und pressten die Lippen zusammen. Schön, dass sie sich wenigstens beherrschen konnten, nicht laut herauszulachen. Was war so lächerlich an seiner Bemerkung? Mariangela hätte nicht gelacht. Sie hätte es probieren wollen.

»Ich werde welche besorgen in den nächsten Tagen«, sagte er.

Allegra nickte übertrieben heftig. »Unbedingt! Die Geschäfte gehen also gut?«

Andrea blies die Wangen auf und entließ die Luft stoßweise. »Wenn man davon absieht, dass die Stadt den

Auftrag für die Loggien möglicherweise zurückzieht, verzögert zumindest …«

Allegra hob die Augenbrauen, mehr nicht. Konnte die Neuigkeit schon die Runde gemacht haben? Andrea warf Corinna einen misstrauischen Blick zu und fuhr fort.

»Dann noch die vermutlich vergebliche Planungsarbeit für die Villa Pagliaro … Es ist leider unwahrscheinlich, dass die Familie sich nach seinem unerwarteten Tod noch entschließt, den Bau in Angriff zu nehmen.«

»Unerwarteter Tod ist gut.« Corinna prustete. »Für den Chorherrn Capra war sein Tod sicher nicht unerwartet. Er soll den Mord ja sorgfältig geplant haben.«

»Was soll man machen«, erwiderte Andrea, die Handflächen hebend. »Solche Dinge passieren. Davon, wie gesagt, abgesehen: Villa Thiene und Villa Saraceno befinden sich vor der Fertigstellung, Poiana und Caldogno in Planung. Beten wir darum, dass Gott und der Rat bald entscheiden, mir doch den endgültigen Auftrag für die Loggien zu erteilen. Das brächte uns zusätzlich ein fixes monatliches Einkommen. Ach ja, Iseppo Porto denkt darüber nach, mich mit dem Bau eines neuen Palazzo zu beauftragen.«

Er steckte sich eine Erdbeere in den Mund, die ihm Zenobia gebracht hatte, genoss die saftige Süße.

»Großartig!«, sagte Allegra. »Wenn nun also das Geld fließt, dann hätte ich auch eine Bitte.«

»Sag, womit kann ich dir eine Freude machen?«

»Corinna hat mich auf die Idee gebracht. Du siehst ja, wie es hier aussieht.« Sie wies auf den Garten, musste seinen Blick vorhin wohl richtig gedeutet haben. »Dazu Feuerholz schlagen, Öl- und Weinfässer verstauen – allein schaffen wir das nicht, jetzt, wo Fabio fort ist. Und du hast natürlich Wichtigeres zu tun, bist ja auch selten da.«

Sie sah ihn an, wartete offenbar auf ein Zeichen der Zustimmung. Zögernd nickte er.

»Ein Knecht wäre eine große Hilfe. Nichts Teures, er müsste ja weder schön noch jung sein, nur einigermaßen stark. Ein ehemaliger Sklave aus dem Osten vielleicht, der uns bei den groben Arbeiten zur Hand geht.«

Andrea runzelte die Stirn. Der Wunsch war nicht unberechtigt. Dennoch – Maria kam ihm in den Sinn, die Haushälterin seines Padrino. Die flötenspielenden Sklavenjungen in Rom. Er schnalzte irritiert mit der Zunge.

»Es muss ja nicht unbedingt ein Mann sein«, missdeutete Allegra seine Reaktion. »Eine Frau, wenn sie nur kräftig genug ist ...«

»Es geht nicht darum, Allegra. Aber schon Petrarca hat die Sklaven als Hausfeinde bezeichnet, und was sind sie schon anderes als Sklaven, diese Leute aus dem Osten, selbst wenn wir sie nur auf einige Jahre verpflichten und ihnen am Ende einen Lohn auszahlen.«

»Ja, wenn der große Dichter dagegen ist, dann müssen wir wohl weiterhin ohne Hilfe auskommen.«

Finster sah Allegra ihn an. Dass es ihm gerade bei seiner Frau so schwerfallen musste, die richtigen Worte zu finden.

»Du verstehst mich falsch. Ich stimme dir zu, ja, ich hätte selbst daran denken sollen, vielleicht sogar vor meiner Reise.«

Allegra hob die Brauen.

Er fuhr fort: »Mir wäre es angenehmer, jemanden einzustellen, den ich kenne. Ich denke da zum Beispiel an Barbo, den alten Maurer, dem das Ziegelschleppen zu mühsam geworden ist. Ihm könnte ich vertrauen. Wenn er dreimal die Woche für einen halben Tag käme, um euch zur Hand zu gehen, wäre das ausreichend?«

Allegra legte den schlafenden Silla in den mit Decken gepolsterten Korb zu ihren Füßen. Sein Gesicht war rund geworden, und die Grübchen in seinen Wangen riefen Andrea unvermutet das Bild seines Vaters in Erinnerung. Er schloss kurz die Augen, leerte den letzten Schluck und klopfte sich auf die Schenkel.

»Wenn ihr mich nun entschuldigt. Ich muss an meiner Magdalena arbeiten. Ruf mich zum Abendessen.«

Im Schuppen roch es muffig, doch Andrea hatte das Bedürfnis, die Tür hinter sich zu schließen. Seit seiner Rückkehr hatte er noch keine Zeit gefunden, sich der Skulptur zu widmen. Gerade im Hinblick auf die Loggien schien es nun aber angezeigt, den Herrn gnädig zu stimmen. Wie sollte nur dieses armselige Marmorbild all die Erwartungen einlösen? Andrea seufzte, verschränkte die Arme vor der Brust und umkreiste sein Werk.

Eine flaumige Staubschicht bedeckte die Magdalena, die leider als solche noch immer nicht recht zu erkennen war. Er schüttelte einen Lappen aus und wischte über den Steinblock. Staub wirbelte auf, leuchtete im Sonnenlicht, ließ Konturen und Farben weich werden wie ein verwaschenes Traumbild. Andrea nieste und wartete, bis jedes Körnchen wieder einen Platz gefunden hatte, bevor er Hinterkopf und Schultern der Skulptur polierte, die einzige Partie, die schon halbwegs ausgearbeitet war. Es war eine unkluge Entscheidung gewesen, sich Mariangelas wilde Haarpracht zum Vorbild zu nehmen. Er griff nach Hammer und Schlageisen und umrundete sein Werk, setzte mehrmals an, ohne zuzuhauen. Schließlich klopfte er die Sitzfläche des dreibeinigen Hockers ab und ließ sich nieder, die Ellbogen auf die gespreizten Knie gestützt.

Er musste die Lustlosigkeit überwinden, die ihn jedes Mal bei dieser Aufgabe befiel. Gestern noch hatte er zum Ausgleich für die viele Zeichenarbeit zwischendurch an einem Kapitell gearbeitet, voller Freude den Stein bis zur Perfektion poliert. Vielleicht war nicht die Aufgabe, sondern der Ort die Ursache seiner Unlust. Nach jeder Reise war ihm fremder geworden, was eigentlich sein Zuhause sein sollte. Nicht nur der Schuppen, nein, das ganze Haus, die Familie in ihren abgetragenen Kleidern, die Kinder, die sich zu Fremden entwickelten, die ganze schäbige Handwerkerexistenz.

Natürlich war es seine Schuld, dass er ihnen nichts Besseres bieten konnte, dass er nicht mehr zur Verfeinerung ihrer Lebensart beitrug. Er müsste die Zeit aufbringen, mit Allegra auszugehen, ihr einen Grund geben, sich eleganter herzurichten. Blinzelnd versuchte er, das Bild der Kurtisane Anna zu verscheuchen, die sich im seidenen Kleid auf kostbaren Teppichen rekelte und ihm Dante und Petrarca vorlas.

Ein größeres Haus in edlerer Nachbarschaft, neue Kleidung, Glaskelche, das war vielleicht schon alles, was nötig war, um sich wieder wohl zu fühlen. Seine Herkunft zu verachten wäre hochmütig und beschränkt. Seine Mutter hätte ihm ein paar hinter die Ohren gegeben. Er lächelte und schickte eine Kusshand durch das verschmutzte Dachfenster.

Mit Marco sollte er reden, dessen Familie eine ganze Reihe von Häusern besaß. Doch der war nur kurz in der Stadt geblieben und dann weitergereist nach Verona zur Familie seiner Frau. Vielleicht sollte er im September doch noch einmal mit ihm nach Rom fahren, ein letztes Mal. Sofern der Auftrag für die Loggien bis dahin noch nicht entschieden war. Kein Wein, keine Frauen, nur Arbeit bis zur Erschöpfung, um die Studien endlich abzuschließen. Sein Herz schlug schneller beim Gedanken an die großartigste aller Städte und … Nein, es zählte nur die Architektur.

Er stand auf, griff sich an den Schritt. Seit Monaten hatten ihm einzig die Hände der Mägde im Badehaus gelangweilte Erleichterung verschafft. Heute würde er bei Allegra liegen. Inzwischen musste sie sich ausreichend erholt haben. Bei den anderen Kindern hatte es nie länger als sechs Wochen gedauert. Wenn er erst ihren Körper spürte, dann würde er sich ihr auch wieder näher fühlen. Und morgen konnte er mit ihr auf die Piazza spazieren und Glaspokale aussuchen und vielleicht eine bestickte Kappe oder einen Ring, was immer sie sich wünschte.

Er stand auf, setzte das Schlageisen an und bearbeitete mit raschen Schlägen die Rückenpartie. Die groben Umrisse bis September fertigzustellen, das kam ihm realistisch vor.

Da war es nun endlich, das richtige Gefühl.

VICENZA, AUGUST 1546

Zweiundfünfzigstes Kapitel

»Nun wird es aber Zeit!«, sagte Andrea nicht zum ersten Mal. »Wir sind keine Fürsten, die es sich erlauben können, zu spät zum Essen zu erscheinen.«

»Nur noch einen Augenblick. Wenn er nicht satt ist, dann wacht er doch gleich wieder auf«, sagte Allegra. »Wie steht es, Mariangela, bist du fertig?«

Mit dem Gesicht zum Fenster saß Allegra im Lehnstuhl und stillte Silla, seit Stunden, wie es Andrea schien. Hinter ihr stand Mariangela, hielt mit einer Hand den Kopf der Freundin am Haaransatz fest und zupfte ihr mit der Pinzette in der anderen unerwünschte Haare aus der Stirn. Wenigstens die Flechtfrisur war schon fertig.

»Nur noch die Brauen.« Mariangela bog Allegras Kopf zurück.

Andrea nahm seinen ungeduldigen Marsch durch den Raum wieder auf. Vier Schritte zum Bett, Wendung, vier Schritte zurück zur Tür, dann drei Schritte zum Fenster, um den Fortgang der Verrichtungen zu begutachten.

Allegra trug das meergrüne Kleid, das erst gestern vom Schneider geholt worden war. Das Oberteil hing noch um ihre Taille, der weite Ausschnitt des feinleinenen Unterkleids unter die Brust gezogen. Das würde auch noch dauern, alles an seinem Platz zu befestigen. Gut, Elio Belli war sein Freund, eine kleine Verzögerung würde er schon verzeihen.

»Hast du den Conte getroffen?«

»Den Conte?«, fragte Andrea, obwohl er genau wusste, von wem Allegra sprach. Vermutlich hatte sich doch etwas herumgesprochen von den Unstimmigkeiten. Allegra selbst davon zu erzählen, hatte er bisher nicht übers Herz gebracht, schon weil er ihr Geschimpfe über seinen ehemaligen Mentor nicht hören wollte.

»Trissino natürlich. Seit mindestens zehn Tagen ist er schon in der Stadt, sagt Corinna, und du erzählst gar nichts von ihm. Früher ...«

»Ich habe ihn nicht gesehen. Vorgesprochen schon, gleich am zweiten Tag nach seiner Ankunft. Aber man hat mich nicht zu ihm gelassen. Er sei krank, hieß es. Das kommt wohl vor in seinem Alter.«

Als hätte ihn das vor einem halben Jahr abgehalten, mich zu begrüßen, dachte Andrea. Entweder stand es schlimmer um den Alten, als er vermutete, oder sein Gönner nahm ihm das Verhalten bei ihrem Abschied in Rom so nachhaltig übel, dass er nicht mehr bereit war, auch nur ein Wort an ihn zu verschwenden. Stieß den undankbaren Vogel aus dem Nest. Hatte ein lohnenderes Objekt seiner Wertschätzung gefunden, ein willigeres. Dabei vermisste Andrea ihn mehr, als er erwartet hatte, seine klugen Kommentare und, ja, auch die bissigen Bemerkungen. Nun sah es tatsächlich so aus, als hätte Trissino seine schützende Hand nicht nur zurückgezogen, sondern damit zum vernichtenden Schlag ausgeholt. Auch Andrea holte aus, um gegen die Betttruhe zu treten, hielt jedoch rechtzeitig inne. Wut würde nichts ändern.

»Seid ihr endlich so weit?«

Allegra stand auf, pflückte das schlummernde Kind von ihrer Brust und drückte es Mariangela in den Arm. Sie nahm ein Fläschchen von einem Regal, schüttete etwas von seinem Inhalt auf ein Tuch und betupfte sich den rotgefleckten Haaransatz und die malträtierte Haut um die Brauen. Sie zog sich das Unterkleid zurecht, schlüpfte in die Ärmel der Robe und wartete, bis Mariangela den Kleinen in die Wiege gelegt hatte und ihr bei der Schnürung des Mieders half.

Das hatte Andrea bei der Bestellung des Kleides nicht bedacht. Die rückwärtige Schnürung verlangte geradezu nach einer Kammerzofe. So gesehen war ein derartiges Kleid nicht weniger als ein Prädikat gehobener Gesellschaftsstellung. Er schmunzelte.

Allegra schlüpfte in ihre Schuhe, verstaute den Fächer und ein Tüchlein in der Tasche, die verborgen in die Falten des Rocks eingearbeitet war, und lockerte diesen mit den Händen. Mit ausgebreiteten Armen drehte sie sich vor ihm im Kreis.

»Was sagst du?«

»Deine Schönheit wird unsere Gastgeber für die Wartezeit entschädigen, meine Liebe.«

Er reichte ihr den Arm, winkte Mariangela zum Abschied, und nun endlich verließen sie das Haus. Beim Betreten der Straße zog Allegra den Fächer wieder hervor.

»Es verwundert mich jedes Mal, um wie viel heißer als im Garten oder im Haus es hier ist.«

»Im Haus bleibt es kühler, weil die Mauern Hitze und Kälte verzögert abgeben und Dach und Fensterläden die Sonne davon abhalten, das Innere aufzuheizen. Das ist auch der Grund, warum man im Winter die Läden bei Sonnenschein immer geöffnet halten sollte. Aber im Garten? Es müssen wohl die Pflanzen sein, doch warum …«

Er brach ab, da er bemerkte, dass Allegra offensichtlich auf etwas anderes hinauswollte.

»Wir müssen uns eine Lösung für die Unterbringung der Kinder überlegen«, platzte sie heraus, ohne auf seine Erläuterung einzugehen. »Ich wollte nicht vor Mariangela darüber sprechen, weil es auch sie betrifft.«

»Was stimmt denn nicht, so wie es ist?«

»Die drei Jungen können nicht auf Dauer in der engen Dachkammer bleiben. Ständig gibt es Streit zwischen Leo und Toni, die schlagen sich noch die Schädel ein.«

»Und welche Lösung hast du im Sinn?«

Welche ihm selbst sofort einfiel, darüber schwieg er lieber. Es war ja auch lächerlich und kam ohnehin nicht in Frage. Leo nämlich zu Zenobia unten in die Kammer zu legen. Die beiden verstanden sich gut in letzter Zeit. Nähten gemeinsam mit Cecilia, zogen ihre Puppen an und aus, geradezu schwesterlich. Jedes Mal, wenn Andrea seinen Sohn ertappte, schämte er sich bis ins Mark für ihn, dachte sogar ernsthaft darüber nach, ihn ordentlich durchzuprügeln. Vielleicht hätte er das früher tun sollen. Doch im Herbst würde das weibische Getue ohnehin ein Ende haben. In einer Steinmetzwerkstatt gab es keinen Platz für Mädchen.

»... im Haushalt seines Maestros schlafen«, sagte Allegra und sah ihn erwartungsvoll an.

»Du willst Leonida bei Maestro Giovanni schlafen lassen? Hm, gar keine so schlechte ...«

»Nicht Leo! Herrgott, warum hörst du mir nicht zu? Toni könnte dort schlafen. Schließlich ist er nicht unser Sohn.«

Manchmal legte sie eine Härte an den Tag, die ihm geradezu unheimlich war. Andererseits war gerade diese Unberechenbarkeit, die heimliche Drohung, auch noch im intimsten Moment einen Hieb zu kassieren, der Grund, weshalb er sie noch immer begehrte.

»Andrea?«

»Herrgott, könnt ihr das nicht unter euch ausmachen? Denkst du, ich hätte nichts Wichtigeres zu tun, als mir zu überlegen, wer mit wem in welchem Bett schläft?«

»Wie du willst! Dann kommt Toni vorerst in Mariangelas Zimmer und basta!«

»Ein Elfjähriger im Bett der Mutter? Ich denke nicht ...«

»Oder sie räumt die Kammer für ihren Sohn und schlägt ein Bett in der Küche auf. Besser noch in deinem Studierzimmer.«

»Nicht das Studierzimmer! Und wir können Mariangela auch nicht wie eine famula behandeln und in der Küche schlafen lassen. Sie gehört zur Familie ebenso wie ihr Sohn.« Die letzten Worte hatte er viel zu laut gesprochen, das verriet das Feixen des Mannes, den sie eben passiert hatten. Andrea biss die Zähne zusammen. Unglaublich, dass Allegra ihn nötigte, sich nun doch mit der Angelegenheit zu befassen. »Müssen wir das wirklich hier auf der Straße diskutieren?«

»Wann sonst? Nenn mir doch bitte einen Termin, an dem ich dich mit meinen Problemen behelligen darf«, ätzte Allegra.

Andrea seufzte. Bloß jetzt keinen Streit, der die Stimmung verdarb, bevor er bei Elio auf einen potentiellen Auftraggeber traf. Er musste die Unstimmigkeit aus der Welt schaffen, wie überdrüssig er des familiären Gezänks auch war.

»Eigentlich wollte ich noch nicht davon sprechen, bevor es sicher ist. Ich denke, wir werden nach meiner Rückkehr in ein größeres Haus umziehen. Bis dahin müsst ihr euch irgendwie behelfen. Solange ich weg bin, könnte Zenobia mit dir im Bett schlafen und Leo in ihr Zimmer ziehen.«

Er hatte erwartet, dass die Freude, wenn nicht sogar Dankbarkeit über den bevorstehenden Umzug alles andere überlagern würde, stattdessen dieser entgeisterte Blick, die scharfe Falte zwischen den frisch gezupften Brauen, das vorgeschobene Kinn.

»Nach deiner Rückkehr von wo?« Allegras Stimme zitterte, und sie klammerte sich an seinen Arm, als hielte es sie kaum auf den Beinen.

»Aus Rom natürlich.« Hatte er noch nicht mit ihr darüber gesprochen? »Da der Rat letzte Woche den bedauerlichen Beschluss gefasst hat, die Entscheidung über die Loggien um ein Jahr zu verschieben, ist meine Anwesenheit nicht dringend erforderlich, und ich kann endlich meine Studien der antiken Stätten abschließen.«

Sie schwieg.

»Du musst dir keine Gedanken machen. Ich sorge dafür, dass euch ein monatlicher Betrag ausgezahlt wird.

Maestro Giovanni hat mir zugesagt, sich persönlich darum zu kümmern. Er wird auch ein Auge auf meine bottega und die Baustellen haben.«

Allegra, steif wie ein Pfosten, rückte von ihm ab. Was jetzt schon wieder war. Hatte er nicht in den letzten Wochen sein Bestes gegeben, um wieder Teil der Familie zu werden, sich um seine Frau bemüht, fast als müsse er ein weiteres Mal um sie werben? Er war mit ihr ausgegangen, hatte Geschenke gemacht. Sie konnte nicht erwarten, dass er sein ganzes Leben auf die Bedürfnisse der Familie abstellte. Was waren Haushalt und Kinderkram gegen die ewige Schönheit und Wahrheit der Kunst und das kühle Licht sonnenbeschienenen Marmors?

Sie erreichten Elio Bellis Haustor zugleich mit den Furlans, ohne ein weiteres Wort gewechselt zu haben. Federico Furlan half seiner Frau aus der Sänfte, die er kürzlich erst angeschafft hatte. Ein etwas überzogener Aufwand für eine Reise von zwei Querstraßen. Immerhin war Andrea damit der Sorge enthoben, als Letzter einzutreffen. Er breitete die Arme aus – ein kurzer Anflug von Reue, als ihm auffiel, dass er Allegras Hand in der Bewegung regelrecht abgeworfen hatte – und trat auf Federico und seine unscheinbare Frau zu, Komplimente wie Angelhaken auswerfend.

VICENZA, NOVEMBER 1546

Dreiundfünfzigstes Kapitel

Mariangela stellte den letzten gespülten Teller in das hölzerne Abtropfgestell auf dem Regal und wischte ihre Hände an der Schürze trocken. Mit einer Kanne schöpfte sie etwas Abwaschwasser aus der Schüssel und goss es in die Kräutertöpfe auf der Fensterbank. Wie jeden Herbst nahmen die Pflanzen ihre Übersiedlung aus dem Garten übel. Sie zupfte die welken Blätter ab, warf sie in die Glut. Nun blieb nichts mehr zu tun.

Allegra hatte sich bereits vor einiger Zeit ins Bett zurückgezogen, wo sich der kleine Silla an ihrer Brust in den Schlaf trank. Ob sie mit ihm eingeschlafen war?

Schon seit über einer Woche war Fabio wieder da und noch nicht eine Gelegenheit, ihn allein zu sprechen. Er mied sie, sah kaum je in ihre Richtung. Vermutlich bildete sie sich nur ein, das Echo ihres beschleunigten Herzschlages in seiner Brust zu hören, wann immer sie sich im selben Raum aufhielten.

Ihretwegen war er jedenfalls nicht gekommen. Allegra hatte ihm geschrieben, kaum dass Andrea seinen Entschluss verkündet hatte, erneut nach Rom zu reisen. Nur zweieinhalb Monate nachdem sie den Brief nach Antwerpen abgeschickt hatte, war Fabio zur Mittagszeit durch das Tor spaziert und wurde seitdem dauernd umlagert von einer Traube neugieriger Kinder.

In Süddeutschland war er in die Truppenaufmärsche und Scharmützel zwischen den kaiserlichen Truppen und der ketzerischen Armee der Schmalkalden geraten. Das hatte ihm zwar gute Einkünfte an abendlichen Lagerfeuern beschert, ebenso jedoch unruhige Nächte und vor Angstschweiß stinkende Kleider.

Die Kinder lachten, lauschten atemlos. Für sie war er ein Kriegsheld, gerade weil er sich bemühte, den Schrecken und die Sinnlosigkeit der Kampfhandlungen und die angespannte Langeweile in den Heereslagern zum Leben zu erwecken. Zu lebendig waren sie, Mariangelas Ansicht nach, seine Schilderungen trunkener Schlägereien und trauriger Augen verblühter Marketenderinnen.

Je schlechter das Wetter, desto mehr Kinder und Freunde aus der Nachbarschaft kamen ins Haus, um seinen Geschichten und Liedern zu lauschen. In den ersten Tagen hatte er das Haus kaum zur Arbeit verlassen, so sehr nahm man ihn in Beschlag. Wenn das nicht bald nachließ, würde allein die Bewirtung der Gäste früher oder später ihre Mittel aufzehren.

Das Haustor schlug zu. Mariangela massierte mit den Zähnen etwas Röte in ihre Lippen, strich sich über Gesicht und Locken, klopfte Farbe in die Wangen, während sie lauschte, wie unten der Riegel vorgelegt wurde. Was sollte sie sagen?

Sie hörte ihn die Stiege hinaufgehen, dann nichts mehr. Wenn er nun gar nicht um die Ecke blickte, einfach weiterstieg ins Dachgeschoss? Dort wohnte er mit Toni in ihrem Zimmer, da Andrea das Studierzimmer zur verbotenen Zone erklärt hatte. Allegra hatte die Anordnungen getroffen, ohne Mariangela zu fragen, die nun, ganz wie damals im Dienst der Witwe Poiana, neben ihr im Ehebett schlief.

Fabio trat einen Schritt in die Küche. »Ciao Mariangela, du bist noch wach?«

Jetzt nur nicht »Wie du siehst« sagen auf die sinnlose Frage, das führte zu nichts. Lieber allen Mut zusammennehmen.

»Ich bin noch nicht müde. Trinkst du einen Schluck Wein mit mir?«

Er zögerte, blieb stehen, knetete seine Hände. »Ich habe Toni versprochen, ihm vor dem Einschlafen noch von meiner Reise zu erzählen. Und bei Allegra will ich auch noch reinschauen.«

Er verlagerte sein Gewicht von links nach rechts und

wieder zurück, ein Mann auf der Flucht. Mariangela ließ die angespannten Schultern sinken und blies sich seufzend eine Locke aus dem Gesicht.

Und dann schenkte er ihr plötzlich dieses kleine Lächeln, sein Blick wurde aufmerksam, und er blähte die Nasenflügel, als wittere er einen guten Braten. Nun musste auch sie lächeln.

»Hunger?«

Er wiegte langsam den gesenkten Kopf, sah sie unter halbgeschlossenen Lidern an, die Lippen geschürzt.

»Ja. Nein. Das heißt – ein Stück Brot vielleicht. Ist der Wein noch warm?«

Sie schluckte, log: »Ja«. So viel Wärme in ihrer Mitte, Hitze eigentlich schon, da durfte der Wein ruhig kalt sein, wenn es nach ihr ging. Trotzdem begab sie sich zum Herd, die Hüften nur ein wenig schwingend, bloß nicht zu aufreizend tun. Sie blies in die Glut und legte einen Span auf.

»Ich komme gleich«, sagte Fabio.

Mit zitternden Händen füllte Mariangela den Krug und platzierte ihn über der Glut, während Fabio die Tür zu Allegras Zimmer öffnete und drinnen verschwand. Mariangela trug Brot und in Öl eingelegte Zwiebeln auf und erwartete dann, mitten im Raum stehend, seine Rückkehr. Wenn er sich zuerst setzte, konnte sie den Abstand bestimmen.

Er ließ sich Zeit. Gerade als Mariangela zu überlegen begann, ob er es irgendwie geschafft haben könnte, hinter ihrem Rücken nach oben zu Toni und Orazio zu fliehen, trat Fabio aus dem Schlafzimmer. Er schlug einen Bogen, umrundete Mariangela, die ihm den direkten Weg zum Tisch abschnitt, und ließ sich auf die hintere Bank fallen, ganz am Rand. Neben ihn setzen konnte sie sich nun nicht.

Sie ging den Krug holen, schenkte ein, so dicht an seiner Seite, wie es eben ging, ohne auf seinen Schoß zu fallen. Ihr Blick war auf seine Hände gerichtet, die verschränkt neben dem Becher lagen. In Gedanken sah sie ihn ihre Taille umfassen. Die Stirn vor Anstrengung gerunzelt, konzentrierte sie sich darauf, ihn zu einer Berührung zu zwingen, gleich wo, ganz gleich, nur ein Anfang musste gemacht werden. Der Becher war schon voll bis zum Rand. Sie schenkte auch sich ein, ohne die Position zu wechseln, und setzte sich schließlich ihm gegenüber.

Fabio hatte die Hände um das Trinkgefäß gelegt, die Augen geschlossen, sog er den duftenden Dampf ein.

»Du riechst es nicht, oder?«

»Was meinst du?« Mariangela lachte unsicher. »Rosmarin rieche ich, vergorene Trauben, Spätsommersonne, die der Wein uns in den Winter rettet.«

»Für mich riecht jeder rote Wein seit Wochen schon nach Blut.« Fabio setzte den Becher an die Lippen, nippte, nahm dann doch einen großen Schluck. »Fünfzehn Jahre war er alt, ausgerissen vor seinem prügelnden Vater in Brügge und eben erst zufällig als Söldner bei den Truppen des Kaisers gelandet. Ebenso gut hätte er auf der anderen Seite stehen können, war nur auf der Suche nach regelmäßigen Mahlzeiten und danach, dazuzugehören, gleich wo.«

Wieder schnupperte Fabio am Wein, schüttelte angeekelt den Kopf, trank trotzdem. Er riss ein Stück Brot ab, kaute und sprach mit vollem Mund weiter, bevor Mariangela fragen konnte, warum er dann überhaupt Wein trank, wenn ihn so davor grauste.

»In einem Moment lachte er, dass der Erbseneintopf ihm zur Nase wieder heraussprühte, im nächsten stak ihm ein Messer im Bauch. Der Wein floss aus dem

Trinkschlauch über seinen Bauch, während er fiel, vermischte sich mit dem Blut, alles rot. Nein, nicht rot, das ist nur, was man zu sehen glaubt. Schwarz waren die Flecken im Schein des Lagerfeuers. Klebrig und schwarz wie der Tod. Hast du schon jemanden verbluten sehen?«

Mariangela schüttelte den Kopf. Ihre Augen brannten. Fünfzehn Jahre. Nur vier Jahre älter als Toni, der täglich mit dem Holzschwert gegen die Nachbarsjungen ins Feld zog.

»Aber warum? Wie sind die Ketzer so plötzlich ins Lager eingedrungen?«

Fabio schnaubte. »Keine Ketzer. Es war der Kamerad, über den er sich vor Lachen ausgeschüttet hat, weil ein anderer behauptete, dessen Schwanz hätte die Gestalt eines mittelgroßen Engerlings. Ein dummer Scherz, tausendmal gehört, zum Gähnen eigentlich. Doch in dem Fall war vielleicht etwas Wahres dran, oder der Soldat war einfach schlecht gelaunt, zu betrunken, zermürbt von Langeweile, was weiß ich. Der den Scherz gemacht hatte, war stärker, ein narbiger alter Soldat mit dem Gesicht eines Wolfs. Keiner hätte gewagt, ihn anzugreifen. Und so musste eben ein anderer für seine Schmähungen büßen. Einer, der gelacht hatte, der Jüngste und Schwächste.«

Fabio leerte den Becher, schenkte sich nach und brütete vor sich hin. Was gab es zu sagen? Mariangela fühlte ein Krampfen in ihrem Bauch, als wäre sie es, die den Dolchstoß erhalten hätte. Sie bekreuzigte sich, und dann, ohne dass sie darüber nachgedacht hätte, lag ihre rechte Hand auf Fabios linker, und er ergriff sie, führte sie an die Lippen und bedeckte sie mit Küssen, legte ihre Handfläche an seine Wange und sah sie mit feuchten Augen an.

»Sollten wir uns nicht lieben, Mariangela?«

Ja, dachte sie, natürlich, nur wo?

»Sollten sich nicht alle Menschen lieben«, fuhr Fabio fort, »anstatt ihre Kameraden niederzustechen?«

Er schlug die Faust auf den Tisch, ließ ihre Hand dabei los, die nun ungehalten an seiner Wange klebte, raue Stoppeln am Handballen, eine Träne am Daumen. Hitze flutete in ihr Becken und aufwärts bis zum Hals und in die Wangen, knallrot war ihr Gesicht sicherlich schon, als sie endlich die Hand zurückzog, nach dem Wein griff, trank.

»Ja«, flüsterte sie, *»ertragt einer den anderen in Liebe.«*

»So steht es geschrieben, und doch schlagen sie sich im Namen des Herrn gegenseitig die Schädel ein.« Fabio seufzte. »Hör zu, Mariangela, es tut mir leid, dass ich dich zuletzt gemieden habe. Wir wenigstens sollten doch zusammenhalten, Familie, Freunde gegen die Grausamkeit in der Welt. Ich bereue aufrichtig, dass ich es dir übelgenommen habe ...« Er sah sie hilfesuchend an, doch sie presste die Lippen zusammen, weil sie gar nicht wollte, dass es ihm leidtat. »Ich werde dir ein Freund sein, ein Bruder, wenn du es so möchtest. Für immer.«

»Aber ...« Ich will dich doch, dachte sie unglücklich. Was hielt sie nur davon ab, die Worte auszusprechen? Sie hustete.

Noch einmal griff Fabio nach ihrer Hand, streichelte einzeln ihre Fingerkuppen, die mit dünnen Fäden an ihrem Herz befestigt sein mussten, weil es dort jetzt unerträglich zerrte und kitzelte, und ließ sie wieder los.

»Ich werde für dich da sein, wenn du mich brauchst«, fuhr er fort, »und es würde mich glücklich machen, wenn es umgekehrt ebenso wäre.«

Die traurigen Augen unter den schwarzen Locken, die Kerbe in seinem Kinn, die gerade Nase mit dem kleinen Muttermal an der Seite. Er war so schön wie seine Schwester.

»Sicher«, sagte Mariangela, »alles, was du willst.«

Sie streckte die Hand aus, wollte wieder seine Wange berühren, ihm mit den Fingern signalisieren, was »alles« bedeutete, doch er erhob sich bereits.

»Ich geh jetzt schlafen. Oder dieselbe Geschichte ein zweites Mal erzählen, damit dein Sohn wieder vom Leben als Steinmetz träumt, anstatt ...« Er war schon auf halbem Weg zur Treppe, drehte sich noch einmal um. »Weißt du, manchmal träume ich auch von so einem Leben – ohne Reisen, jeder Tag fließt ruhig dahin. Doch dann denke ich an das Glück, das mich doppelt so groß werden lässt, wenn auf einem Markt die Menschen sich um mich scharen und ich sie mitnehmen kann in weit entfernte Welten.« Er zuckte die Schultern. »Man kann nicht alles haben.« Ein schiefes Lächeln.

Nicht alles, dachte Mariangela, alles nicht. Sie ließ die Becher auf dem Tisch stehen und schlich ins Schlafzimmer.

Im Finsteren zog sie sich aus, stülpte die Schlafhaube über und schlüpfte neben Allegra unter die Decke, die schon warm war und viel dicker und weicher als ihre eigene. Auch die Matratze war bequemer, fest und ohne die Knubbel und durchgelegenen Stellen ihrer eigenen. So gesehen hatte sie keinen schlechten Tausch gemacht, auch wenn sie ihr Zimmer hatte aufgeben müssen.

Müde war sie allerdings nicht. Das Bild des sterbenden Jungen auf die Innenseite ihrer Lider gemalt, war es nicht ratsam, die Augen zu schließen. Ihre Hand prickelte von Fabios Liebkosungen. Mariangela rollte sich auf die Seite, klemmte die Hand zwischen die Beine.

»Wo warst du so lange?« Allegras Stimme, traumschwer.

»In der Küche.«

»Mit Fabio?«

»Mhm.«

»Du solltest besser nicht mit ihm allein sein. Er hat so eine Art mit Frauen ...« Von Wort zu Wort klärte sich ihre Stimme. Sie legte den Arm um Mariangela, strich ihr über Rücken, Haar und Wange, ihre Hand beinahe so groß wie die Fabios. »Ich habe ihm natürlich gesagt, dass er die Finger von dir lassen soll.«

»Oh.«

»Er ist halt auch nur ein Mann, könnte auf die Idee kommen, deine Lage auszunutzen, seit Jahren einsam und ausgehungert, wie du bist.«

Einsam und ausgehungert also. Und warum gönnte sie ihr dann nicht den Spaß?

»Es würde nur Schwierigkeiten geben in der Familie«, antwortete Allegra, als lese sie ihre Gedanken. »Ich will meinen Bruder nicht wegen einer Dummheit wieder verlieren.«

Sie streichelte jetzt Mariangelas Arm entlang, folgte seiner Kurve abwärts. »Aha!«, rief sie und zwängte ihre Hand über Mariangelas zwischen deren Schenkel. »Du brauchst es also doch ab und zu.«

Allegra bewegte die Finger. Mariangela wollte protestieren, sich zurückziehen und doch nicht verzichten auf die pulsierende Hitze, die sich ausbreitete, die keinen Unterschied zu machen schien. Wenn sie sich nun vorstellte ... Sie schloss die Augen und sah Fabio, seine geöffneten Lippen, spürte Allegras kleine Küsse, öffnete die Beine fast gegen ihren Willen.

»So ist es gut«, wisperte Allegra, »lass mich dir helfen. Und hilf mir.«

»Sei still, sei einfach nur still.«

ROM, APRIL 1547

Vierundfünfzigstes Kapitel

Barbarei. Anders konnte man diesen Umgang mit dem größten Bauwerk der römischen Antike nicht nennen, dachte Andrea erbittert. Er hätte sich den erneuten Besuch des Kolosseums ebenso sparen sollen wie die Diskussion mit dem Steinmetzen, der mit seinen Gesellen eine ganze Wagenladung Steine aus dem Monument gebrochen und abtransportiert hatte. Man mache das schon immer so, und nun sei es wohl zu spät, diesen Brauch zu beklagen, hatte der ihm beschieden. Kaputt sei kaputt, daran ließe sich nun nichts mehr ändern.

Andrea hatte die Hand an einen Pfeiler gelegt und den Hohlkopf aufgefordert, es ihm gleich zu tun und die Klage des verwundeten Riesen zu hören. Ein pathetischer Appell, der ihm nichts als Kopfschütteln und Gelächter eingebracht hatte.

Wenn er nur Trissino bitten könnte, seine Beziehungen spielen zu lassen, damit diese Schändung endgültig verboten wurde. Vielleicht ließe sich der Alte durch diesen selbstlosen Einsatz für die Kunst sogar wieder auf seine Seite ziehen, überlegte Andrea, während er sich durch das frühabendliche Gedränge in Richtung seiner Wohnstatt kämpfte.

Das Stocken des Verkehrs war, das sah er erst jetzt, auf eine Kutsche zurückzuführen, die in Begleitung einiger Berittener durch das weitgeöffnete Tor in den Palazzo der Familie Thiene drängte. Andrea grüßte den Torwächter und schob sich durch das Gewimmel in den Innenhof. Zwischen zwei verschwitzten Pferdeleibern hindurch erhaschte er einen Blick auf das Gefährt. Er hatte also richtig gesehen. Marcos Kutsche war das, erst im letzten Sommer nach neuester Technik vom Stellmacher gefertigt und zum Gebrauch durch seine Frau und seine Mutter gedacht. Die eigentlich in Vicenza weilen sollten.

Noch bevor er den Wagen erreichte, hatte ein Diener den Schlag geöffnet, und Andrea kam gerade rechtzeitig, um der aussteigenden Dame seinen Arm zu reichen. Tatsächlich, Giovanna Maria Malaspina, Marcos Frau.

»Was für eine Freude, Euch zu sehen«, rief er und wollte ihre Hand küssen, doch sie ergriff die seine, ihre Fingerspitzen kühl wie Perlen auf seinen Handflächen, und hauchte ihm Küsse auf beide Wangen.

»Mein lieber Andrea, wie schön, gleich bei der Ankunft ein bekanntes Gesicht zu sehen! Wisst Ihr, ob mein Mann daheim ist?«

»Wie Ihr seht, bin ich selbst eben erst von meinen Studien zurückgekehrt.« Er wies auf die Mappe, die unter seinem linken Arm klemmte. »Doch da heute ein Abendessen mit einigen lieben Freunden angesetzt ist, können wir wohl mit seiner Anwesenheit rechnen. Wenn Ihr gestattet, werde ich ihn sofort suchen und von Eurer Ankunft unterrichten.«

Eine Aufgabe, die keinerlei Verzögerung erlaubte. Denn lange konnte es nicht mehr dauern, bis die Kurtisanen aus Donna Albertas Etablissement erschienen – was unter den geänderten Umständen wohl nicht mehr angebracht war. Ein Jammer. Besonders der Bruder des Kardinals von Carpi würde enttäuscht sein. Man musste die Frauen benachrichtigen, im schlimmsten Fall vor dem Tor abfangen. Doch nun fasste Gianna Maria seine Hand, ein erschöpftes Lächeln auf den Lippen.

»Lasst mich Euch begleiten! Seit meiner Abreise in Vicenza hält mich nur die Aussicht aufrecht, Marcos

Gesicht zu sehen, wenn ich überraschend hier vor ihm stehe.«

Er sah die Vorfreude in ihren Augen, den Reisestaub, der ihr Haar und ihre Kleider bedeckte, sich schwarz in den zarten Falten um Mund und Augen abgesetzt hatte und von den Beschwernissen der Fahrt kündete. Unmöglich, die Bitte abzulehnen. Er konnte nur hoffen, dass einer der Bediensteten geistesgegenwärtig genug war, vorauszueilen.

»Es ist mir ein Vergnügen, meine Liebe!«, antwortete er also und suchte Augenkontakt mit dem weißhaarigen Mario, der als erfahrener Diener doch wissen musste … Doch vielleicht hatte der seinen Spaß an der verfänglichen Situation. Jedenfalls verstand er es, Andrea hartnäckig den Rücken zuzuwenden, während er das Gepäck begutachtete.

Dann also auf schnellstem Weg in Marcos Studierzimmer, wo der sich aller Wahrscheinlichkeit nach aufhielt. An der Tür des Büros angekommen, machte Gianna Maria seine letzte Hoffnung zunichte, Marco doch noch warnen zu können, indem sie ihn beiseiteschob und vor ihm eintrat. Über ihre Schulter hinweg sah er den Freund am Schreibtisch sitzen.

»Ich habe doch gesagt, keine Störung bis …«, knurrte Marco, ohne aufzusehen.

»Entschuldigt, verehrter Conte, dass ich um eine Ausnahme bitten muss!«, sagte Gianna Maria.

Marco sprang auf. Ob das nun der Gesichtsausdruck war, auf den sie hingefiebert hatte, bezweifelte Andrea. Entsetzen, Verwirrung, dann ein seltsam verzerrtes Lächeln, und endlich eilte Marco mit geöffneten Armen auf seine Frau zu.

»Was, um Himmels willen … Wie kommst du … Warum hast du mir nicht …?«

Gianna Maria lachte und fiel ihm um den Hals.

»Die Überraschung ist wohl gelungen«, jubilierte sie, während ihre langen Finger in den Locken an seinen Schläfen spielten. »Sebastiano hat mich in seinem Tross mitgenommen, und ich wollte doch endlich die Kutsche auf einer weiten Fahrt erproben. Und dich wiedersehen. Freust du dich nicht?«

»Gewiss doch, du siehst mich ganz überwältigt vor Freude.«

Während Marco sie an sich drückte, bedachte er Andrea mit einem Blick aus aufgerissenen Augen und erteilte ihm mittels übertriebener Mundbewegungen stumme Anweisungen. Andrea hob die Hände in einer Geste der Hilflosigkeit, wobei seine Mappe zu Boden fiel. Er hob sie auf und stellte sie an der Wand ab. Es blieb ihm wohl nichts übrig, als selbst die Abweisung des drohenden Mädchenbesuchs zu übernehmen. Gerade heute, da er sich gefreut hatte auf ein wenig Entspannung mit Anna, sie auch seit über einer Woche nicht gesehen hatte. Doch es ließ sich nicht ändern.

Im Gehen hörte er Gianna Maria flüstern: »Ich konnte deine Mutter keinen Tag länger ertragen, Marco. Nichts, was ich tue, ist ihr recht und …«

Andrea packte den ersten Burschen, der ihm über den Weg lief, und wies ihn an, zu Donna Alberta zu laufen und alle Bestellungen bis auf Weiteres abzusagen. »Und spar dir das Grinsen, sonst wirst du in diesem Haus nicht alt«, herrschte er ihn an.

Pferde und Reiter waren verschwunden. Die Kutsche stand im Hof an der Wand der Stallungen. Einen Moment lang beobachtete Andrea Gianna Marias Zofe, die einem gutgebauten Bediensteten Anweisungen erteilte, wie mit dem restlichen Gepäck zu verfahren sei. Der junge Mann neckte sie, gab vor, unter dem Gewicht einer Truhe zusammenzubrechen. Die Zofe kicherte. Andrea wandte sich an den Torwächter, der mit einer langstieligen Schaufel einen Pferdeapfel zu entfernen suchte, ohne sich zu bücken.

»Wenn die Mädchen von Donna Alberta noch eintreffen sollten, dann teilt ihnen bitte mit, dass der heutige Termin entfällt und sie eine angemessene Entschädigung erhalten.«

Der Mann sah ihn missmutig an. »Eine Entschädigung, jawohl.«

Andrea seufzte, zog eine kleine Münze aus der Gürteltasche und flüsterte: »Lasst sie ja nicht herein!«

Die Münze verschwand in der Pratze des Wächters, der jedoch keine Anstalten machte, sich zum Tor zu bewegen. Andrea wartete, bis der Mann den Pferdeapfel endlich auf die Schaufel und vor das Tor befördert und seinen Platz an der Pforte wieder eingenommen hatte. Dann wischte er sich den Schweiß von der Stirn und ging, um seine Skizzenblätter vor dem Abendmahl in seinem Zimmer zu verstauen.

VICENZA, MAI 1547

Fünfundfünfzigstes Kapitel

Mariangela hörte im Garten das Knarren des Haustors und zögerte kurz, bevor sie sich, die Linke in den Rücken gepresst, vorsichtig aus ihrer gebückten Haltung aufrichtete. Seit den alten Barbo sein Kreuz plagte, blieb ihnen nichts anderes übrig, als die Gartenarbeit wieder selbst zu erledigen, bis eine neue Hilfe gefunden war. Mit dem Unterarm wischte sie sich den Schweiß von der Stirn und folgte Allegra, die bereits auf dem Weg zum Haus war.

»Jemand da?«

Ein livrierter junger Mann betrat den Garten. Allegra stellte sich ihm in den Weg. Unter spöttisch gehobenen Brauen musterte er ihr verschwitztes Haar und das erdbefleckte Arbeitskleid.

»Was ist?«, fuhr sie ihn an. »Trägt man bei dir daheim Samt und Seide zur Gartenarbeit?«

»Bah!« Der Junge verzog die Oberlippe und hob scherzhaft einen Arm, wie um einen drohenden Schlag abzuwenden. »Ich bringe eine Botschaft aus dem Hause Thiene für Allegradonna Palladio. Wo finde ich deine Herrin?«

Eine Botschaft von Marco? Kalt lief es Mariangela den Rücken hinunter. Wenn Andrea nur nichts geschehen war! Sie musterte das Papier. Es sah nicht aus, als wäre es lange unterwegs gewesen, der Siegellack noch glänzend, die Kanten nicht abgestoßen. Ganz anders als der verdrückte Brief aus Gent, der Fabio vor zwei Monaten die Nachricht von Anselms Siechtum überbracht hatte.

Noch immer stand Allegra wortlos da. Die Hände in die Hüften gestemmt, das Kinn vorgeschoben, sah sie den Boten unverwandt an.

»Seid Ihr etwa selbst ...?«, setzte der mit ungläubiger Miene an.

»Ja, ich bin! Aber du kommst doch nicht aus Rom, so abgeschleckt, wie du aussiehst.«

»Aus Rom?« Der Bote schüttelte den Kopf und trat einen Schritt zurück, als bekäme er es jetzt wirklich mit der Angst zu tun. »Ich sagte doch, Francesco Thiene schickt mich.«

»Marcos Onkel«, flüsterte Mariangela.

»Schön«, Allegra riss ihm das Papier aus der Hand. »Dann dank ihm herzlichst für die Nachricht. Ist noch etwas?«

Über Allegras Schulter hinweg lächelte Mariangela dem Burschen zu, obwohl ihn das kaum für das entgangene Trinkgeld entschädigen konnte. Allegras schroffe Worte waren ihr unangenehm. Doch der Bote schlenderte betont lässig davon.

»Nun mach schon auf!«, rief Mariangela.

Allegra steckte den Brief in die Rocktasche, ging zum Kübel, der neben dem Brunnen stand, wusch sich die Hände, rieb sie an ihrem Kleid trocken und setzte sich auf die steinerne Wäschebank. Erst dann brach sie das Siegel.

»*Verehrte* ... blablabla ... *bittet mein Neffe, Conte Marcantonio, mich, Euch mitzuteilen, dass Palladio sich nicht eher auf den Weg nach Vicenza machen konnte, da er mit abschließenden Studienausflügen nach Tivoli, Palestrina, Porto und Albano beschäftigt ist. Er beabsichtigt jedoch, sich gewiss in der kommenden Woche mit Maganza auf die Reise zu begeben, so dass Ihr mit seiner Rückkehr in der zweiten Junihälfte rechnen könnt.* Blablabla und Grüße und so weiter.«

Allegra warf den Brief neben sich auf die Bank. »Ausflüge!«, spuckte sie aus. »Was meinst du, wäre es nicht an der Zeit, dass auch wir uns einen Ausflug gönnen, wenn das so unerhört bildend ist? Es muss ja nicht einer dieser Orte sein, von denen ich noch niemals gehört habe. Aber Venedig beispielsweise. Noch nie war ich in Venedig, das doch unsere Schutzmacht ist und sicher einen Ausflug wert. Lass uns gleich morgen aufbrechen!«

»Venedig, das wäre wundervoll! Du weißt, dort bin ich geboren und kann mich doch an nichts mehr erinnern, weil ich so klein war, als wir fortgegangen sind. Aber ist so eine Reise nicht zu teuer?«

»Nicht doch! Unsere goldene Sänfte soll doch nicht umsonst herumstehen und das goldene Boot, das am Fluss bereitliegt. Du Huhn! Das war ein Scherz.«

»Dann lachst du also neuerdings mit herabgezogenen Mundwinkeln?« Mariangela setzte sich neben die Freundin und legte ihren Kopf an deren Schulter. »Es wäre so schön, einmal zu verreisen! Stell dir nur vor, Andrea käme zurück und wir wären nicht da, weil wir uns auf einer unaufschiebbaren Bildungsreise in meine Geburtsstadt befänden.« Sie kicherte. »Zu blöd, dass wir nicht gleichzeitig hier sein könnten, um sein Gesicht zu sehen.«

Allegra nahm eine Strähne von Mariangelas Haar und flocht sie in ihr eigenes. »Wie schade, dass Fabio abreisen musste, nur wegen dieses elenden Hurensohns Anselm. Etwas wohler fühle ich mich schon mit männlichem Schutz im Haus. Auf meinen Mann ist ja offenbar nicht mehr zu zählen.«

»Kannst du Anselm noch immer nicht verzeihen? Selbst jetzt, da er vielleicht im Sterben liegt? Ich jedenfalls hoffe, dass Fabio noch rechtzeitig bei ihm eingetroffen ist.«

Allegra ignorierte die Bemerkung und zog an dem schwarz-blonden Zopf. »Jetzt sind wir noch Wochen ganz ohne Mann im Haus, mein Eichhörnchen. Was machen wir da nur?« Sie drückte Mariangela einen deftigen Kuss auf die Wange. »Wenn die Katze aus dem Haus ist, tanzen die Mäuse.«

»Meinst du«, sagte Mariangela und befreite ihre Haarsträhne aus der dunklen Umarmung, »dass Andrea noch andere Gründe haben könnte für seinen verlängerten Aufenthalt in Rom? Dass ein Zusammenhang zu den ›unliebsamen Neuigkeiten‹ besteht, von denen Gianna Maria in ihrem Brief geschrieben hat?«

»Eine Frau?«

Mariangela zuckte mit den Schultern.

»Nun, ich kann mir nicht vorstellen, dass irgendeine Frau ihm wichtiger sein könnte als die Steinhaufen, derentwegen er losgezogen ist.« Allegra erhob sich und griff zwischen ihren Beinen hindurch, um die Rückseite des Rockes nach vorn zu ziehen und in den Bund zu stecken, damit er sie bei der Arbeit nicht behinderte. »Es sei denn«, sie schürzte die Lippen, »die Frau wäre aus Marmor oder sonst einem mineralischen Material.«

Mariangela folgte Allegra, steckte ebenfalls ihren Rock fest und bückte sich, um wieder dem Unkraut zu Leibe zu rücken. »Dennoch. Unliebsame Neuigkeiten ...«

»Die müssen sich ja nicht auf Andrea beziehen. Vielleicht geht es dabei um die maghrebinischen Piraten, von denen Gianna geschrieben hat, die Marco solch großen Verlust beschert haben.«

Mariangela schnalzte mit der Zunge. »Unglaublich, nicht wahr? Dass diese heidnischen Schweine nun nicht nur Schiffe, sondern sogar schon Küstendörfer im Süden überfallen. Nehmen unsere Leute gefangen und verkaufen sie als Sklaven. Kannst du dir das vorstellen?«

»Als Sklavin in einem muslimischen Harem zu landen? Glaub mir, ich würde das keinen Tag lang überleben.«

»Weil ...?«

»... ich dem ersten dieser Bastarde, der mich berühren wollte, seinen verfluchten Schwanz abbeißen würde!«

Mariangela lachte. »Hab ich mir doch gedacht, dass es nicht der Kummer wäre, der dich dahinrafft.«

»Schluss mit dem Gerede. Wir sollten das Beet fertig haben, bevor die Kinder vom Unterricht kommen.«

VICENZA, JUNI 1547

Sechsundfünfzigstes Kapitel

»Ich bin nur froh, dass er mich nicht früher zurückgeschickt hat«, sagte Gianna Maria und kraulte das Äffchen, das sie aus Rom mitgebracht hatte. »Zwei Monate ohne ...«, sie schielte zu Mariangela und imitierte den streng zusammengezogenen Mund ihrer Schwiegermutter. »Ich kann dir gar nicht sagen, wie erholsam das war! Auch wenn ich die Kinder vermisst habe. Und dich.«

Sie lächelte Mariangela an, die im Augenblick jedoch außerstande war, angemessen auf die Freundlichkeit zu reagieren. Mit geschlossenen Augen drückte sie die Zunge an den Gaumen, die Linke zur Faust geballt, mit der Rechten den Löffel umklammernd.

»Ist dir nicht gut?«, fragte Gianna Maria.

Mariangela öffnete die Augen. »Was ist das? Noch nie in meinem Leben habe ich etwas gegessen, das mich dermaßen ...« Sie schüttelte sich wohlig.

»... erregt hat?« Gianna öffnete leicht die Lippen, leckte sich langsam mit der Zungenspitze darüber und stöhnte leise. »Nichts anderes als Nektar und Ambrosia ist es, die Speise der Götter.«

Mariangela runzelte die Stirn. Davon musste sie doch schon gehört haben.

»Das war ein Scherz. Nektar und Ambrosia sollen die griechischen Götter als einzige Nahrung genossen haben. Aber keiner weiß recht, was das sein soll. Das hier ist jedenfalls Weinschaumcreme. Man schlägt, glaube ich, Eigelb und Zucker schaumig und gibt dann Wein im warmen Wasserbad dazu. Etwas Zimt noch – wenn du es genau wissen willst, dann lasse ich die Köchin rufen.«

»Zucker, der muss es sein! Die Süße ist so anders als Honig, so einfach und doch …«

Das silbergraue Äffchen zupfte an ihrem Kleid und kletterte auf ihren Schoß.

»Ich werde dir etwas Zucker einpacken lassen«, sagte Gianna.

Mariangela hob abwehrend die Hände. »Kommt gar nicht Frage. Ich würde nicht wagen, ihn zu verwenden. Es ist gut, wie es ist: dass ich von Zeit zu Zeit mit dir einen Ausflug in eine andere Welt unternehmen und mich für den Augenblick als Prinzessin fühlen kann.«

Das Tier nestelte jetzt an ihrem Ausschnitt. Die Berührung der dünnen Finger, der leere Blick aus schwarzglänzenden Augen ließen sie schaudern.

»Hat es einen Namen?«

»Romeo hab ich ihn genannt.«

Gianna Maria griff über den Tisch, packte den Kleinen am Nackenfell und setzte ihn zu ihren Füßen ab. Erleichtert schob sich Mariangela einen weiteren von einer hellgelben Schaumwolke gekrönten Löffel in den Mund und schloss wieder die Augen.

»Ich liebe dich, Mariangela! Du siehst aus wie eine zufriedene Katze.« Gianna Maria kicherte. »Stört es Euch sehr, Prinzessin, wenn ich weiter von meiner Reise erzähle, oder wollt Ihr Euch einzig auf die Süßspeise konzentrieren?«

Mariangela verdrehte die Augen, nahm die Hand der Freundin und küsste sie flüchtig. »Ich brenne auf jedes Wort! Aber du solltest auch noch etwas essen.« Sie hielt ihren kleinen Finger in die Höhe. »So mager bist du geworden auf der Reise.«

Sie saßen an einem Klapptisch in der geräumigen Loggia in einem der Flügel des Palazzo Thiene, die noch im ursprünglichen gotischen Stil erhalten waren. Mit heimlichem Vergnügen sah Mariangela zu den Spitzbögen hinauf. Bevor sie sich an den Tisch gesetzt hatte, war sie an die Brüstung getreten, hatte kurz das Treiben auf der Straße betrachtet und gehofft, dass irgendein Mädchen heraufsehen würde, wie sie selbst es früher getan hatte. Dass sie ihm winken und zulächeln könnte, gleich einem Versprechen, dass alles möglich sei.

Nur gelegentlich war Baulärm aus den beiden Flügeln zu hören, die sich seit Jahren im Umbau befanden. Zu einer Zeit, als Andrea wohl noch mehr Steinmetz als Architekt gewesen war, hatte er die Pläne nach Anweisung irgendeines berühmten Architekten gezeichnet. Damals war er ganz aufgeregt gewesen wegen der Ehre, mit diesem Romano zu arbeiten. Inzwischen, so hatte er Mariangela einmal erklärt, während sie sein Studierzimmer geputzt hatte, nur um ihm nahe zu sein, war ihm die neue Fassade selbst fremd geworden. Zu römisch, zu wenig Palladio, wenn auch zweifellos harmonisch und ein Zeugnis höchster Entwurfskunst. Nur eben nicht wirklich seiner eigenen.

Unerwartet gehorsam hatte Gianna Maria inzwischen Mariangelas Aufforderung Folge geleistet und löffelte ihre Creme. »Du hast recht, ich kann mein Mieder schon fast nicht mehr eng genug schnüren. Die Reise war anstrengend. Wie durchgewalkt fühlt man sich, wenn man nach vielen Stunden aus der Kutsche steigt. Ich kann dir nicht sagen, wie oft ich es bereut habe, nicht in der Sänfte gereist zu sein.«

»Und wie ist es so, wochenlang unter lauter Männern zu sein?«

Gianna rümpfte die Nase. »Übelriechend. Und doch war ich froh, wenn sich gelegentlich einer zu uns in die Kutsche gesetzt hat. Denn wenn ich nicht Martina mitgehabt hätte, meine Zofe, wäre ich vor Langeweile zugrunde gegangen. Den ganzen Tag in der Kutsche eingeschlossen, während die Männer frei umherreiten. Und abends trinken sie nach Herzenslust in den Gaststuben der Herbergen und was weiß ich noch alles, indessen wir sittsam auf unserem Zimmer zu bleiben haben. Sag, warst du schon einmal in einem Gasthaus?«

»Was hältst du von mir?«

Gianna Maria senkte den Blick und kratzte ihre Schale leer.

»Bitte spann mich nicht länger auf die Folter, Giannina! Wovon hast du in deinem Brief gesprochen? Was für unliebsame Neuigkeiten?«

Warum sah Gianna sie jetzt nicht an, zupfte stattdessen an ihren Fingern, ordnete die Falten des spitzenbesetzten Ärmels? War die Frage zu früh gekommen? Hatte sie irgendwelche Höflichkeitsregeln verletzt?

»Bitte, Mariangela, ich würde lieber nicht davon sprechen. Es war ein Fehler, es zu erwähnen.«

»Ein Fehler von mir? Oder ein Irrtum von dir? Was meinst du?«

Gianna Maria schlug die Hände vor den Mund, riss flehend die Augen auf und murmelte in ihre Finger: »Nein. Eine Indiskretion. Von mir.« Sie ließ die Hände in den Schoß fallen. »Es ist wirklich nichts Besonderes, und ich sollte nicht urteilen. Ich war nur so verärgert über Marco, über alle Männer ...« Sie hob das Äffchen auf den Schoß, streichelte mechanisch das seidige Fell.

»Gnädige Mutter Gottes, ich sterbe vor Neugier«, rief Mariangela. »Weißt du, was das bedeutet?«

»Was?«

»Dass du deinen Weinschaum nie wieder mit mir teilen kannst!«

»Das würde ich kaum überleben.« Gianna Maria lachte. »Na gut.« Sie seufzte. »Man denkt es sich ja ohnehin, dass die Männer nicht monatelang in Keuschheit leben. Kaum sind sie der Familie entflohen, da feiern sie und, na ja, laden sich Frauen ein. Käufliche Frauen.«

»Das hat Marco dir erzählt?«

Gianna Maria schnalzte mit der Zunge. »Wo denkst du hin! Ich habe es von Martina gehört. Du weißt doch, die Dienerschaft tratscht. Nichts lässt sich vor denen geheim halten.«

»Ich erinnere mich dunkel.« Mariangela dachte an die Klatschgeschichten, die auch sie als junges Mädchen von Haus zu Haus getragen hatte, an das prickelnde Gefühl, geheime Macht über die Angelegenheiten der Herrschaft zu besitzen.

»Und es scheint«, fuhr Gianna Maria fort, »als hätte euer Palladio Gefallen an einem bestimmten Mädchen gefunden. Einer Kurtisane, die – versteh das jetzt bitte nicht falsch, ich will dir nichts unterstellen – eine gewisse Ähnlichkeit mit dir aufweist. Nur mit dieser will er angeblich ... Du weißt schon.«

Mariangela riss die Augen auf und wollte schon losschimpfen, fand jedoch anstelle der Empörung, die sie hätte fühlen sollen, nur ein kleines Zittern in ihrem Bauch. All die Jahre hatte Andrea sich vielleicht nur um des häuslichen Friedens willen von ihr ferngehalten und nun diese Gelegenheit ersatzweise genutzt. Das war besser als Zucker.

»Einer der Hausdiener hat meiner Martina den Hof gemacht und ihr von einem Gespräch erzählt, das er belauscht hat. Zwischen Andrea und diesem Mädchen. Sie will, dass er sie mitnimmt, hierher nach Vicenza.«

»Was will sie denn hier, um Himmels willen?«

»Was wohl, Dummerchen. Eine Wohnung, ein kleines Geschäft vielleicht, ein Leben als seine Geliebte? Weißt du nicht, wie viele unserer Männer sich solche Nebenfrauen halten?«

»Aber was das kostet! Andrea bringt ja für uns kaum ausreichend Geld nach Hause.«

Als wäre das nun ihre größte Sorge und nicht Allegras Wut. Sie würde Andrea erschlagen, wenn sie ihn mit dieser Frau sähe, würde dafür im Kerker landen. Dann bliebe sie, Mariangela, mit fünf Kindern mittellos zurück. Das ließ sie nun doch nach Atem ringen, immerhin.

»Er hat es abgelehnt. Hat ihr Geld gegeben, sagt dieser Bedienstete, sagt Martina.«

»Gott sei Dank!«

Wie Gianna Maria sie nun ansah mit gerunzelter Stirn und eingesogenen Wangen, glich sie fast ein wenig dem beunruhigend menschenähnlichen Vieh, das auf der Lehne ihres Stuhles turnte. Oder Pater Fredo. Mariangela verbiss sich ein Lächeln.

»Manchmal vergesse ich, dass er nicht dein Mann ist. Die Vorstellung, dass Marco sich mit diesen Huren vergnügt, macht mich wahnsinnig vor Eifersucht. Es ist eben nicht dasselbe, etwas zu ahnen oder es zu wissen. Wie können uns diese Schweine ihrer Liebe versichern und dennoch herumhuren, erklär mir das! Ich würde ihn nie …!«

»Aber du selbst hast mir doch erklärt, dass Männer wie Feuer sind und Frauen …«

»… wie Feuerstein, ja, ja. Wir tragen das Feuer in uns, ohne es selbst entfachen zu können. Aber ich schwöre dir, manchmal entflamme ich von allein und könnte es ihm durchaus mit gleicher Münze heimzahlen.«

»Dann denk daran, dass ein Mann durch unehrenhaftes Verhalten die Ehre der Frau nicht beschädigen kann, umgekehrt die Frau jedoch schon.«

Gianna Maria verdrehte die Augen. »Herrgott, ja! Der Beweis für die größere Autorität der Frauen. Musst du denn alles, was ich dir beibringe, aufsaugen wie ein Schwamm, den du bei der erstbesten Gelegenheit über meinem Kopf ausdrückst?«

»Du hast recht, das steht mir nicht zu«, sagte Mariangela beherrscht und senkte die Lider. Sie durfte nicht vergessen, dass auch ihre Freundschaft zu Gianna Maria den Gesetzen der Gesellschaft unterlag, dass es der Marchesa Giovanna Maria Malaspina da Verona zwar freistand, zu ihr herabzusteigen, sie selbst die unsichtbare Barriere jedoch nicht straflos niederreißen durfte.

Sie sah wieder auf. Dass ihr das Äffchenartige an der Freundin nicht früher aufgefallen war. Bisher hatte sie immer die Maus in ihrem Gesicht gesehen, doch die Zeit und die Entbehrungen der Reise hatten ihre Züge verändert. Ein Äffchen wollte sie schnitzen, gleich wenn sie nach Hause kam. Sie lächelte. Gianna lächelte zurück und blies die Luft aus.

»Ach, lass uns nicht streiten. Gerade noch wollte ich sagen, dass du mich nicht verstehen kannst, weil du keinem Mann auf Gedeih und Verderb ausgeliefert bist. Als wäre deine Lage einfacher als meine.« Sie krauste die Nase und nippte an ihrem Pokal. »Die Stadt der Frauen, wenn es sie gäbe, wäre jedenfalls kein Ausweg, weil ich doch nicht ohne Marco leben wollte. Weißt du, was mir das Liebste an ihm ist? Diese widerspenstigen Locken an seinen Schläfen, die schon grau werden und sich doch immer noch gegen jede Bändigung auflehnen. Wann immer ich ihn sehe, muss ich sie berühren.«

»Kommt er bald zurück?«

»Er kann noch nicht mit Palladio und Maganza reisen. Die Piraten. Er steht in Verhandlungen mit anderen Betroffenen aus verschiedenen Städten. Sie wollen Galeeren ausrüsten und auf die Jagd nach diesen marokkanischen Raubtieren schicken.«

»Er wird doch nicht selbst an Bord gehen?«

»Gott behüte!«

Gianna schlug ein Kreuz, und Mariangela tat es ihr gleich. Mit einer nachlässigen Handbewegung orderte die Marchesa die Dienerin herbei, die neben der Tür zur *sala* stand. Lauerte, dachte Mariangela, um jedes aufgeschnappte Wort später in der Küche wiederzugeben.

»Bring uns noch Wein! Und Kuchen! Und hol mir den Majordomus mit dem Kassenbuch!«

Die Bedienstete knickste und eilte davon. Gianna Maria beugte sich vor und legte ihre Hand auf Mariangelas.

»Ich wollte dich bitten, mir bei der Prüfung des Buches zu helfen. Ich hasse diese Zahlenkolonnen, und seit mir die Schwiegermutter aus reiner Bosheit diese Aufgabe übertragen hat, lebe ich in der Angst, dass sie mich heimlich kontrolliert und bei der geringsten Nachlässigkeit tagelang mit Vorwürfen überhäuft.«

Rechnen also. Mariangela war erleichtert. Da wenigstens stand sie auf festem Grund.

Siebenundfünfzigstes Kapitel

Mariangela stieß das Haustor zu und hastete in den Garten, Allegra nach. Keine Stunde zuvor war die aus dem Haus gerannt, wortlos vor Wut, Orazio hinter sich herzerrend. Nun kehrten die beiden zurück und trugen mit Hilfe eines Stocks, dessen Enden sie umfasst hielten, einen Holzkäfig, in dem sich, gequält gackernd, eine unbestimmbare Anzahl von Hühnern drängten. Federn flogen. Eine Daune klebte Orazio im schweißnassen Nacken.

»Geh endlich weiter, öffne die Schuppentür!«, blaffte Allegra ihren Sohn an. Doch der rührte sich nicht von der Stelle, stand mit rotem Gesicht in der Nachmittagssonne und starrte wie gebannt auf den Käfig, aus dem sich ihm ein weitaufgesperrter Schnabel entgegenreckte. Anklagend, wie Mariangela schien.

»Sie haben Angst. Wir könnten sie hier im Garten freilassen.«

Orazios Stimme war sanft und bestimmt wie immer, nur das Flattern seiner Lider und die Spannung der Oberlippe verrieten Mariangela, dass er den Tränen nah war. Für einen Moment wirkte Allegra, als wolle sie auf ihn eindreschen, das Gesicht wutverzerrt, die freie Hand erhoben. Dann senkte sie wortlos ihre Seite des Käfigs. Während Orazio die Hühner aus der Haft befreite, stapfte sie auf Mariangela zu, die sich inzwischen vor der Tür des Schuppens postiert hatte und abwehrend die Hände hob.

»Sie fühlen sich doch im Garten viel wohler, Allegra!«

»Ich will sie aber drinnen haben!«

»Sie werden alles durcheinanderbringen, werden die Skulptur beschmutzen ...«

»Eben! Sollen sie ihn zuscheißen, den unnötigen Steinblock! Mir reicht es! Alles hier dreht sich um ihn, und er ...«

Leo und Toni, die eben noch Raupen aus dem Gemüse geklaubt hatten, scheuchten lachend die Hühner umher, die, mit den gestutzten Flügeln schlagend, panisch zu entkommen suchten. Mariangela gab ihren Posten auf, packte Leo am Kragen und Toni am Arm und stieß sie zurück zum Gemüsebeet. Vor Ärger schwer atmend, stemmte sie die Hände in die Hüften und marschierte wieder auf Allegra zu.

»Was zum Teufel denkst du dir dabei? Wir können sie nicht in den Schuppen sperren, und wenn wir sie nachts draußen lassen, wird der Marder sie holen.«

Allegra sah sie unter gesenkten Brauen böse an. »Du wolltest doch immer Hühner haben! Der Schuppen war von Anfang an für sie gedacht. Noch lieber hätte ich ein Schwein genommen, das Andrea in seiner Abwesenheit ersetzt.« Sie fletschte die Zähne. »Leider war keines zu bekommen so schnell.« Leiser setzte sie hinzu: »Und zu teuer ist es auch.«

»Was soll das überhaupt für eine dumme Rache sein?«

»Was würdest du an meiner Stelle tun? Demütig abwarten, bis der große Palladio seinen Schwanz mal wieder im eigenen Haushalt einsetzt?«

»Nichts – solange er die Schlampe in Rom lässt. Merkst du nicht, wie lächerlich du uns machst?« Mariangela schlug sich die Hand an die Brust. »Hätte ich dir bloß nichts erzählt! Er ist halt auch nur ein Mann.«

»Wenn er ein Mann wäre, dann würde er hier für seine Familie sorgen, anstatt sein Geld in der Ferne mit einer Hure zu verprassen.«

»Soweit ich es verstanden habe, ist es Marco, der für die Kosten in Rom aufkommt.«

»Was soll das? Auf welcher Seite stehst du? Wenn er keine Rücksicht auf uns nimmt, nehme ich keine auf ihn. Dann werden wir ja sehen.«

»Wer stärker ist?« Mariangela hob die Hände. »Die Hühner oder der Stein? Klingt nach einer Fabel.« Sie ließ die Hände sinken, wandte sich um. »Die ganze Stadt wird über uns lachen.«

»Warum sollte jemand lachen? Was ist ungewöhnlich

an ein paar Hühnern? Wer weiß schon von diesem angenagten Steinblock, der seit Jahren den Schuppen blockiert?«

»Corinna weiß es und damit auch der Rest der Stadt«, zischte Mariangela. »Und spätestens morgen wird sie die Hühner sehen und wird fragen ... Aber was rede ich noch, du lässt dir sowieso nichts sagen.«

Sie kehrte Allegra den Rücken, wollte zum Gemüsebeet und stolperte beinahe über Orazio, der neben einem der Hühner im Schatten des Birnbaumes kauerte. Glucksende Laute ausstoßend, strich er dem Tier sanft über den Rücken, fasste es schließlich vorsichtig mit beiden Händen, hob es hoch und gackerte weiterhin ernsthaft auf es ein. Die rotbraune Henne fixierte ihn aus lidlosen Augen und antwortete in derselben Sprache, was offenbar die Aufmerksamkeit ihrer Gefährtinnen erregte, die nun ebenfalls zögernd auf Orazio zustaksten.

Mariangela schloss kurz die Augen und rieb sich den Schweiß von Stirn und Nacken. Der plötzliche Hitzeeinbruch drohte offenbar nicht nur die Pflanzen zu verdorren, sondern auch den Verstand. Blieb nur zu hoffen, dass diese Wirkung auf die Heißblütigen beschränkt blieb. In ihrem Rücken hörte sie Allegra im Schuppen fluchend mit Andreas Utensilien rumoren.

Ein Schluck Wasser konnte jetzt nicht schaden. Gerade als sie den Brunnen erreichte, sah sie Toni im Beet aufspringen. Augen und Mund weit aufgesperrt, deutete er zum Hauseingang, riss Leo mit sich und rannte an ihr vorbei, Unverständliches rufend.

Mariangela wollte sich nicht umdrehen, nicht wissen, wer eingetreten war. Andrea womöglich. Sicher sogar. Kindergeschnatter hinter ihr. Wer sonst sollte die Jungen in solche Aufregung versetzen?

Es kam ihr vor, als schnippe der himmlische Herrscher seine Schäfchen gelegentlich mit dem Finger vorwärts, um zu seiner Unterhaltung ein wenig Unheil zu produzieren. Wie ein Kind, das Wettrennen und Kämpfe mit Käfern veranstaltet. Ein eigenes Leben, dachte sie, ein Leben ohne diese hitzköpfige Irre und ihren Anhang. Wenn doch Fabio ... Ach was, vorbei. Besser an ein kleines Geschäft denken, in dem sie ihre Figuren feilbieten und zwischendurch lesen könnte. Ein bisschen Frieden. Vielleicht sogar in einem Kloster. Sie sollte mit Pater Fredo darüber reden.

Große Hände schlossen sich um ihre Schultern. Sie gehörten nicht Andrea, trotzdem bekam sie weiche Knie. Ohne sich umzudrehen, lehnte sie sich an und neigte den Kopf, überließ Fabio ihre Wange zum Kuss.

»Onkel, wie war die Reise?«, fragte Toni, sichtlich um mannhafte Ruhe bemüht, obwohl seine Augen vor Aufregung funkelten. »Hast du gute Geschäfte gemacht?« Er trat von einem Bein auf das andere. »Gibt es neue Geschichten?«

Mariangela lächelte.

»Später. Ich muss erst mit deiner Mutter reden.«

»Mit meiner Mutter? Nicht mit Tante Allegra? Die ist im Schuppen.«

»Mit deiner Mutter.«

Ganz natürlich fühlt sich das an, dachte Mariangela auf dem Weg ins Haus, sein Arm um meine Schulter. Kein großartiger Funkenschlag, nur eine Wärme, die allen Ärger löste.

Sie streifte ihn mit einem Aufwärtsblick. Abgekämpft sah er aus. Die Muskeln an seinem Kinn traten hervor, als hätte er monatelang die Zähne zusammengebissen.

»Ist er ... gestorben?«, fragte sie, schon im Haus.

»Ja. Wo sind wir ungestört?«

Mariangela drehte den Schlüssel an der Tür des Studierzimmers und zog Fabio an der Hand hinein. Für einen Augenblick fühlte es sich falsch an, ihn hierherzuführen, fast wie Betrug. Stickig war es, und Andrea schien ihr gegenwärtig in all den Papieren, Zeichnungen und Gerätschaften. Sie schloss die Tür von innen ab und sah Fabio zum ersten Mal richtig an. Nun schlug ihr doch das Herz bis zum Hals, ein heftiges Pochen, das sie vorwärtstreiben wollte, in seine Arme, und ihre Stimme flattern ließ.

»Warum wolltest du mich allein sprechen?«

Er wandte sich ab, ging ein paar Schritte auf die geschlossenen Läden zu, als wäre es wichtig, Abstand zu halten.

»Anselm ist tot.«

Mariangela bekreuzigte sich. »Es tut mir so …«

Fabio hob die Hand »… leid. Ich weiß, und ich danke dir dafür. Aber ich möchte über etwas anderes mit dir sprechen.« Er blickte zu Boden, fuhr sich mit der Hand durch das Haar. »Jetzt, da ich auch meinen zweiten Vater verloren habe, ist Antwerpen mir keine Heimat mehr, soweit man von Heimat in meinem Geschäft überhaupt sprechen kann. Ich würde gern zurückkommen nach Vicenza, mir von dem Erbe ein kleines Haus kaufen.« Er schluckte. »Eine Familie gründen.«

»Oh!« Mariangela blickte zu Boden. Er hatte also jemanden kennengelernt. Sie bohrte die Fußspitze in eine Teppichfalte, versuchte vergeblich, sie zu glätten. Freuen sollte sie sich. Sie blickte auf. Im Halbdämmer würde er kaum erkennen, dass ihr Lächeln die Augen unberührt ließ. »Es wird schön sein, dich in der Nähe zu haben«, sagte sie etwas lahm. »Und danke, dass du mir zuerst davon erzählst.«

Er knurrte und trat auf sie zu, packte sie an den

Schultern. »Mariangela, mach mich nicht wahnsinnig! Ich muss dir zuerst davon erzählen, weil du es bist, mit der ich eine Familie gründen will! Obwohl du mich ja bereits unmissverständlich abgewiesen hast, werde ich das Gefühl nicht los, dass es einfach so sein muss.«

Anstatt sich nun in seine Arme zu werfen, schlug sie die Hand vor den Mund, stolperte rückwärts über die Teppichfalte und fing sich mit knapper Not. Kopfschüttelnd sah sie Fabio in die Augen, konnte ihr Glück nicht fassen und erglühte gleichzeitig vor Scham über ihr Ungeschick.

»Nein!«, rief sie und musste zusehen, wie ihn ihre Reaktion traf und er die Hände langsam sinken ließ.

»Also weißt du, du tust ja, als ob … Es gibt Frauen, die glücklich wären …«

»Nein! Du verstehst mich nicht.« Sie stolperte wieder vorwärts, nun vollends unfähig, ihre zitternden Beine zu kontrollieren, fiel gegen seine Brust und konnte nur noch flüstern: »Ich will ja. Wirklich!«

Es war schon einmal passiert, dass Fabios Arme wie gebrochene Flügel an seinen Seiten gehangen hatten, anstatt sie zu umarmen. Die Stirn an seine Schulter gelehnt, stand Mariangela da und wartete auf eine Liebkosung. Wenn er sich nun anders entschlossen hatte, nur wegen eines Missverständnisses? Der Ärger über sein Zögern vertrieb ihre Scham und trotzig blickte sie auf.

Sein Lächeln unter zusammengezogenen Brauen sah aus, als schmerzte es. Er nahm ihr Gesicht in beide Hände und küsste sie auf die Stirn.

»Mariangela, ich liebe dich und bitte dich, mich zu heiraten. Pst! Ich bin noch nicht fertig. Ich möchte nicht, ach was, ich verbiete dir, mir jetzt zu antworten. Denk in Ruhe darüber nach, sprich mit Allegra, was auch immer du brauchst, um dich zu entscheiden.«

»Aber …«

Er legte ihr einen Finger auf die Lippen. »Bitte, lass mir mein letztes bisschen Stolz, und tu dieses eine Mal, was ich dir sage! Ich kann nur eine Nacht bei euch verbringen, denn ich habe Anselm versprochen, unverzüglich nach Genua zu reisen und eine Schuld für ihn zu begleichen, die ihn lange Zeit gedrückt hat. In etwa drei Wochen werde ich wieder hier sein. Es wäre schön, wenn ich dir dann die Antwort an den Augen ablesen könnte.«

Er sah sie ernst an, und sie mühte sich schon jetzt, ewige Hingabe und Liebe in ihren Blick zu legen. Fabio lachte und küsste ihre Nasenspitze.

»Du hast ja noch Zeit, zu üben, und zur Not reicht ein einfaches Nein. Oder ein Ja.«

Er streifte ihre Lippen mit den seinen, sog an ihrer Oberlippe, und sie biss ihm sanft in die Unterlippe.

»Ich verspreche, ich denke darüber nach«, flüsterte sie in seinen Mund.

»Gut!« Er richtete sich auf. »Das war auch schon, was ich mit dir besprechen wollte. Lass uns hinuntergehen.« Er legte ihr den Arm wieder um die Schulter, schob sie zur Tür. »Seit wann habt ihr Hühner?«

Achtundfünfzigstes Kapitel

Andrea versuchte seinem Herzen das unmäßige Pochen zu untersagen. Um Entschlossenheit bemüht, eilte er die wenigen Stufen der Freitreppe hinauf und durchschritt den mittleren Bogen, der in die ausgedehnte Loggia der Villa Trissino führte, deren Umbau nach römischem Vorbild er zehn Jahre zuvor selbst beaufsichtigt hatte. Ein livrierter Diener trat ihm in den Weg.

»Architetto Palladio, zu Conte Trissino, bitte!«

»Ihr werdet erwartet?«

»Möglich.«

»Es tut mir leid, aber der Conte befindet sich nicht wohl. Er wünscht keinen unangemeldeten Besuch, Messer Palladio.«

»Lass ihn das selbst entscheiden, sei so gut! Sag ihm, ich käme direkt aus Rom und mein erster Weg in Vicenza führe mich zu ihm, nicht etwa zu meiner Familie.«

Der Diener musterte Andreas staubige Kleidung, nickte zögernd und begab sich ins Haus.

Den Blick auf den sonnenbeschienenen Garten gerichtet, streckte Andrea seine von der Reise steifen Glieder. Vor allem in den Schultern neigte er zu Verspannungen. Schon jetzt vermisste er Annas Massagen, obwohl deren Fürsorglichkeit ihn in letzter Zeit zunehmend bedrückt hatte. Unmöglich, sie in diesem Leben zu vergelten.

Hinter ihm quietschte leise die Tür in den Angeln. Der Diener näherte sich, ein Handtuch über den Arm gelegt, ein Barbierbecken in Händen.

»Der Conte ist in wenigen Augenblicken bereit. Wenn Ihr Euch unterdessen ein wenig erfrischen wollt …«

Er stellte das mit zitronenduftendem Wasser gefüllte Becken auf dem Tisch ab, der zur linken Seite stand. Andrea nahm das Handtuch entgegen und setzte sich, den Blick gefesselt von der lieblichen Landschaft, die in der Spätnachmittagssonne glänzte, wie ein Gemälde gerahmt durch den Bogen der Loggia. Schließlich riss er sich von dem Anblick los und wandte sich dem Diener zu.

»Ich danke dir. Wie ist dein Name?«

»Angelo, Herr.«

»Ich danke dir, Angelo. Vielleicht könntest du veranlassen, dass man die Tür schmiert. Ein paar Tropfen Öl nur, und schon hat das Gequietsche ein Ende.« Er lächelte.

Angelo verbeugte sich stumm und verschwand erneut im Inneren der Villa.

Die Hände in das kühle Wasser tauchend, verharrte Andrea einen Moment, bevor er sich den Schmutz abrieb und dann kurzerhand auch sein Gesicht in das Becken tauchte. Zitronenwasser drang in seine Augen, brannte, doch die Erfrischung überwog.

Eine Magd erschien mit einem Tablett, lud Wein, Oliven, Öl und Brot auf den Tisch, deckte Teller und Pokale auf. Mit geübtem Schwung entleerte sie das Wasserbecken in den Garten, warf das schmutzige Handtuch hinein und trug alles davon.

Trissino bat ihn also nicht ins Haus, war aber bereit, das Brot mit ihm zu brechen.

»Wie ich sehe, habt Ihr es Euch bereits bequem gemacht, Architetto.«

Die leicht näselnde Stimme des Patriarchen ließ Andrea auffahren und gegen den Tisch stoßen, so dass der Wein über den Rand des Kruges schwappte. Auf einen silberbeschlagenen Stock gestützt, kam Trissino auf ihn zu, langsam, als schmerze ihn jeder Schritt. Andrea eilte ihm entgegen.

»Verzeiht meine Unhöflichkeit, verehrter Conte!«

Tief beugte er sich über die kaum gehobene Hand seines ehemaligen Gönners und küsste sie. Dann richtete er sich auf, sah Trissino in die Augen, unter denen schwarzviolette Ringe von schlaflosen Nächten kündeten. Das lange Gesicht mit den schweren Wangen, die scharfgeschnittene Adlernase, die inzwischen ergrauten

Bartfasern – unvermutet traf ihn der Anblick ins Herz. Er schluckte.

»Ich danke Euch aus tiefster Seele für die Gnade, mich zu empfangen! Sagt mir, ist es möglich, Eure Freundschaft zurückzugewinnen?«

Der Satz war ihm entschlüpft, und nun hätte er sich am liebsten die Zunge abgebissen. Was für eine Taktlosigkeit, ja Vermessenheit. Freundschaft einzufordern von einem, der so hoch über ihm stand. Trissino senkte die Oberlippe, was immerhin seine Mundwinkel ein wenig anhob.

»Mein geschätzter Palladio, mir scheint, dass die Kunst der Diplomatie, von der ich lange Zeit meinte, sie sei Euch in die Wiege gelegt, nur ein eher zufälliger Ausdruck Eurer unverdorbenen Seelenstärke ist und von dieser gelegentlich korrumpiert wird.«

Andrea legte den Zeigefinger an die Lippen, versuchte, den Satz zu entschlüsseln, meinte, neben milder Herablassung einen Anflug von Respekt darin zu erkennen, und lächelte.

»Ein Mangel, der mich nie so sehr schmerzt wie in Eurer erhabenen Gegenwart, Conte.«

Trissino spitzte die Lippen und nickte fast unmerklich.

»Seid trotz Eurer Mängel so gut, Euch nun mit mir zu Tisch zu begeben, da langes Stehen mich über Gebühr ermüdet. Ihr werdet mir bei einem leichten Abendmahl Gesellschaft leisten.«

Während Andrea dem Patriarchen den Stuhl zurechtrückte, warf er einen prüfenden Blick auf die Sonne, die sich über den Feldern unaufhaltsam dem Horizont näherte. Den Preis für die überraschende Gnade des Alten würde er wohl mit einer Nacht in einer der Herbergen vor dem Stadttor bezahlen müssen.

»Ihr werdet heute in meinem Haus nächtigen«, ordnete Trissino an. »Und nun erzählt: Wie seid Ihr mit Euren Studien vorangekommen, mein Freund?«

Diese Anrede war es allerdings wert, auch noch zwei oder drei Nächte fern der Familie zu verbringen. Andrea atmete auf, ließ die Schultern sinken und lehnte sich zurück, während der Diener Angelo die geschliffenen Glaspokale füllte.

»Abgeschlossen sind sie«, sagte er und schloss damit endlich auch vor sich selbst eine weitere Rückkehr nach Rom aus, auch das eine Erleichterung. »Da es in einem Menschenleben niemals möglich sein kann, alle Schätze der römischen Meister zu erfassen, habe ich beschlossen, mich zu beschränken. Ohnehin wird es Jahre brauchen, bis ich das Material aufbereitet habe und an eine Publikation meiner Erkenntnisse denken kann. Ich bin Euch unendlich dankbar, dass Ihr mir die Augen für diese Welt geöffnet habt! Ohne Eure und Marcantonio Thienes Unterstützung wäre meine Arbeit nicht möglich gewesen.«

Trissino tauchte ein Stück Brot in eine Schale mit Olivenöl.

»Seid vorsichtig«, sagte er und steckte sich das Brot in den Mund.

Was damit nun wieder gemeint war? Andrea überlegte, ob Trissino die Erwähnung von Marcos Unterstützung als Herabsetzung seiner eigenen Verdienste ansehen konnte. Er musste wohl jedes Wort auf die Waagschale legen.

»Vorsichtig?«

Trissino wartete mit der Antwort, bis Fisch und Gemüse aufgetragen waren und der Diener sich zurückgezogen hatte.

»Einigen Angehörigen der Familie Thiene wird Konspiration mit den Lutheranern nachgesagt. Man verdächtigt sie geheimer Zusammenkünfte, das kann Euch nicht entgangen sein. Mindestens Adriano, wenn nicht auch Francesco erwartet früher oder später eine Anklage der Heiligen Römischen Inquisition. Wie übrigens auch Iseppo Porto. Häresie ist ein Makel, mit dem in Verbindung gebracht zu werden Ihr Euch und mir ersparen solltet.«

Als wären die ewigen Konflikte zwischen den Kaisertreuen und den Anhängern der venezianischen Republik, die schon in so vielen Fehden Tote gefordert hatten, nicht genug, dachte Andrea. Mussten nun wirklich auch noch Glaubenskämpfe unter seinen Bauherren und Freunden Opfer fordern?

»Aber alle beten sie zum gleichen Gott. Ist das denn nicht genug?«

Trissino spuckte eine Gräte aus und wischte sich den Mund. »Da seht Ihr, was ich meine! Die Interpretation von Gottes Willen obliegt ausschließlich der Heiligen Römischen Kirche! Soll sich denn jeder Dahergelaufene seinen eigenen Gott zimmern dürfen? Allein dieser Gedanke ist Häresie.« Streng fixierte er Andrea und zielte mit dem ausgestreckten Zeigefinger auf seine Brust. »Ihr wisst nicht, wovon Ihr sprecht! Dieses eine Mal will ich Euch noch Euren Mangel an Bildung zugutehalten. Der nobiltà kann weder ich noch die Inquisition diesen Gefallen erweisen. Sie muss in vollem Maß zur Verantwortung gezogen werden.«

Andrea wollte etwas erwidern, doch Trissino hob die Hand.

»Ich rate Euch, verärgert mich nicht, indem Ihr mir widersprecht. Ich habe lange genug in der römischen Kurie gedient, um mir wenigstens auf diesem Feld Euer blindes Vertrauen zu verdienen. Hütet Euch! Und nun kein Wort mehr dazu.«

»Die Seezunge ist von betörender Zartheit.«

Trissino nickte beifällig.

»Warum leistet uns die Contessa Bianca nicht beim Mahl Gesellschaft?«

»Sie ist mit Ciro in Venedig. Nur ich muss wohl bis in alle Ewigkeit hier ausharren und mich der Unverschämtheiten meines sogenannten Sohnes aus erster Ehe erwehren. Ein Gerichtsverfahren hat er gegen mich angestrengt, den eigenen Vater! Macht mir den Palazzo streitig und was weiß ich noch alles.«

Die Überheblichkeit war von Trissinos Gesicht verschwunden und einer Verbitterung gewichen, die ihn um Jahre altern ließ.

»Ein Schicksal, das Ihr wahrlich nicht verdient«, sagte Andrea, ohne sich dessen sicher zu sein.

»Ein Schicksal, das kein Vater verdient«, stimmte Trissino zu. »Doch der verderbte Charakter dieser Kreatur zeigt sich nicht nur in mangelndem Familiensinn. Erzpriester von Vicenza ist er und doch ein glühender Anhänger dieser angeblichen Reformation. Ein Ketzer von meinem Blut!«

Er steckte sich ein Stück Brot in den Mund, würgte es fast unzerkaut hinunter und musste husten. »Doch nun lasst uns von Erfreulicherem reden. Immerhin hat der Kaiser endlich den Schmalkaldischen Krieg für sich entschieden. Jetzt geht es ihnen an den Kragen, den gotteslästerlichen Schismatikern. Darauf lasst uns trinken!«

Unter dem Tisch kreuzte Andrea den Mittelfinger über den Zeigefinger. Auch wenn er kein Verlangen hegte, sich öffentlich zur einen oder anderen Richtung zu bekennen, wollte ihm nicht in den Kopf, warum Trissino sich so hartnäckig gegen den neuen Glauben sperrte. Wenn Gott billigte, dass in die Kirchen Klarheit und Licht der neuen Architektur einzogen, dann musste er sich doch ebendiesen Geist auch für einen zeitgemäßen Glauben wünschen. Doch Andrea würde den Teufel tun und Trissino einen Grund liefern, ihm ein weiteres Mal seine Gunst zu entziehen. Lächelnd hob er den Kelch.

Neunundfünfzigstes Kapitel

Es war anders als sonst, dachte Andrea, ganz anders. Selbst wenn er nach einem gewöhnlichen Arbeitstag nach Hause gekommen war, hatte mindestens eines der Kinder ihn jubelnd oder klagend begrüßt und sich mit kleinen Bitten oder Sorgen an ihn gewandt. Nun hingegen, da er nach einem Dreivierteljahr zum ersten Mal wieder in dieser Küche saß, schienen sie auf größtmöglichen Abstand bedacht. Und nicht nur die Kinder, nein, auch Allegra und sogar Mariangela gaben sich reserviert. Dabei waren alle Augen auf ihn gerichtet, folgten jeder seiner Bewegungen. Nicht einmal wie ein Gast im eigenen Haus fühlte er sich, denn einen Gast hätte man freundlich umsorgt, mit höflichen Fragen zum Reden gebracht. Hier jedoch herrschte Schweigen.

Vielleicht wäre es einfacher, überlegte er, wenn nicht gleich die ganze Familie um den Tisch versammelt wäre. Ein Grund mehr, warum er bis nach dem Mittagsmahl hätte warten sollen mit seinem Aufbruch aus Trissinos Villa.

Bohnensuppe – als gäbe es nichts anderes. Mit Pasta und Hammelfleisch immerhin, doch mussten es wirklich jedes Mal Bohnen oder Linsen sein, wenn er sich in diesem Haus zu Tisch setzte? Wie ein Stein lag ihm der Eintopf schon im Magen, obwohl er erst knapp die Hälfte der Schüssel gelöffelt hatte.

Er fing einen Blick von Leonida auf, der ihn unter den langen Wimpern regelrecht belauerte, den Kopf gesenkt. Allegra hingegen starrte scheinbar ohne jedes Interesse in ihre Suppe. Mariangela neben ihm vermied jeden Blickkontakt, indem sie vorgab, vollständig mit dem Kleinkind auf ihrem Schoß beschäftigt zu sein. Silla, sein Sohn, mit dem ihn außer dieser Tatsache nichts zu verbinden schien. Andrea drehte sich nach links, tippte dem Kleinen auf die winzige Nase, kraulte ihn mit dem Zeigefinger unter dem Kinn. Verwundert sah ihn das Kind an und erwiderte schließlich sein Lächeln. Sechs Zähnchen zählte Andrea, vier unten, zwei oben.

Irgendetwas musste nun gesagt werden. Er sah aus dem offenen Fenster, wo einige Hühner im Garten pickten. Er konnte sich nicht erinnern, die Tiere schon im letzten Jahr gesehen zu haben, aber falls er sich irrte – lieber nicht fragen. Er kratzte die Schüssel aus und spülte den letzten Löffel mit einem Schluck Wein hinunter. Vom Herd roch es nach Rauch, und die Glut verbreitete eine Hitze, dass er sich fragte, warum man nicht im Garten im Schatten des Birnbaums essen konnte. Ewig war es her, dass er in einer Küche gesessen hatte.

»Es ist übrigens abgemacht«, sagte er, an Allegra gewandt. »Schon im nächsten Monat ziehen wir um in eines der Häuser der Familie Thiene.« Immerhin sah sie auf, wenn auch mit rätselhaft kühlem Blick. »Im Viertel Porsampiero liegt es und soll in einigen Jahren umgebaut werden. Bis dahin können wir es für eine rein symbolische Miete nutzen. Fünf Zimmer in zwei Stockwerken, dazu eine kleine sala, eine Küche natürlich, zwei Kammern unterm Dach und ein kleines Arbeitszimmer neben der Eingangshalle mit Zugang zum Garten, hinter dem ein Stall …«

»Eine rein symbolische Miete, wie schön«, sagte Allegra.

Was war los mit ihr? Warum freute sie sich nicht?

»Werde ich ein eigenes Zimmer haben?«, fragte Leonida mit kratziger Stimme.

»Aber sicher! Immerhin bist du der Älteste und arbeitest inzwischen auch fleißig. Wie gefällt dir denn nun das Steinmetzhandwerk?« Andrea hörte selbst, dass sein Ton übertrieben fröhlich klang, und Leonida hob überrascht den Kopf. Doch diese Fremdheit war einfach nicht auszuhalten. Was blieb ihm also übrig, als allen zu geben, was sie sich wünschten?

Leonida wand sich unter seinem Blick. »Es geht. Wenn ich nicht Schneider werden darf …«

»Er ist sehr geschickt!«, sagte Toni, gutmütig wie immer. »Und ich liebe die Arbeit auch, schau!«

Er streckte Andrea die kräftigen Hände entgegen, die das Kindliche in diesen Monaten fast verloren hatten, so rau und hornig waren die Handflächen geworden. Dass gerade er nicht sein leiblicher Sohn sein sollte … Andrea beugte sich über den Tisch und klopfte ihm auf die Schulter und nach kurzem Zögern auch Leonida.

»Es gibt auch eine Loggia, Mariangela.« Jetzt bloß das Gespräch nicht abreißen lassen. »Leider nicht auf die Straße hinaus, sondern in den Hof. Da könnt ihr Kleider und Teppiche auslüften, falls ihr so etwas dann noch selbst erledigt, weil wir eine Magd aufnehmen könnten, wenn es euch recht ist.«

»Das ist wundervoll!« Mariangela lächelte ihn warmherzig an, ganz wie er es erhofft hatte. Auf sie war Verlass.

»Außerdem«, setzte er nach, »rückt der Umbau der

Basilika endlich in greifbare Nähe. Trissino steht wieder an meiner Seite, endlich! Damit ist die Partei meiner Unterstützer um eine gewichtige Stimme stärker geworden.«

»Gott sei Dank!«, sagte Mariangela. »Aber wann hast du dich mit dem Conte ausgesprochen? War er nicht in den letzten Monaten hier in Vicenza?«

»Ich habe die letzte Nacht in seiner Villa verbracht, weil ich nicht rechtzeitig vor Sonnenuntergang beim Stadttor eingetroffen bin. Trissino hat mich aufgenommen, und wir haben uns endlich ausgesprochen.«

»Liegt seine Villa nicht vor der Porta San Bortolo?«, fragte Allegra zwischen zusammengebissenen Zähnen. »Vielleicht wärst du rechtzeitig dran gewesen, wenn du direkt durch die Porta Padova geritten wärst?«

Was sollte er darauf sagen?

»Aber so eine Nacht mit Trissino ist sicher etwas Besonderes«, fuhr Allegra fort. »Viel angenehmer zweifellos, als nach neun Monaten die Familie wiederzusehen.« Ihre Stimme bebte.

Orazio und Toni sahen sie mit offenen Mündern an. Zenobia hielt die Augen gesenkt, knetete ihren Rock, und Leonida erstarrte. Nur der kleine Silla gluckste und zog sich Mariangelas Haare vor das Gesicht.

»Wo wir schon bei angenehmen Nächten sind«, fügte Allegra hinzu. »Ist in dem neuen Haus auch ein Zimmer für deine römische Hure vorgesehen, oder soll die in einer Kammer unter dem Dach schlafen? Vielleicht hast du sogar an sie gedacht, als du von einer Magd gesprochen hast?«

Wie ein Faustschlag in den Magen nahm ihm der Angriff den Atem. Woher ...? Er räusperte sich, dann verstand er – von Gianna Maria natürlich und über das Geklatsche der Dienstboten. Deshalb also der unterkühlte Empfang.

Ja, er hatte ewige Treue versprochen, doch welche Frau nahm an, ein solches Versprechen könne über Monate der Trennung hinweg gehalten werden? Welche Frau außer dieser, die nun aufgestanden war, sich vorbeugte, als wollte sie einer Furie gleich auf ihn niederfahren. Er konnte nicht anders, als sie anzusehen, sie kopfschüttelnd zu bewundern in ihrem Zorn. Nur jetzt nicht lächeln, ihr nicht sagen, wie aufregend sie ihm in diesem Moment erschien. Doch was sonst?

»Allegra«, er zog den Namen in die Länge, noch immer unentschlossen, wie er fortfahren sollte, »mein Herz hat immer dir gehört. Aber ich bin ein Mann und habe gewisse Bedürfnisse ... Mach doch deshalb um Himmels willen nicht so einen Aufstand!«

Kurz schien Allegra aus dem Gleichgewicht zu geraten, blinzelte einige Male, als hätte sie vergessen, was zu sagen war, dann fand sie zu ihrem Zorn zurück. Ihre Nasenflügel blähten sich.

»Ach so, Bedürfnisse hattest du also! Und was ist mit meinen Bedürfnissen? Mit den Bedürfnissen der Familie?«

Leonida, Toni und Orazio schlichen sich aus der Küche. Zenobia und Mariangela, zu beiden Seiten neben Andrea hinter dem Tisch eingeklemmt, rückten an die Enden der Bank, fluchtbereit, sobald Allegra den Weg frei geben würde.

»Habe ich nicht immer alles Nötige getan, um für euch zu sorgen?«

»Und habe ich nicht ebenfalls immer alles getan, um deine Bedürfnisse zu befriedigen?«

»Ja«, erwiderte Andrea, und fast erschien es ihm möglich, den Streit in Gelächter aufzulösen. »Natürlich hast du das, meine Göttin. Wenn ich dich nun bitte, mir diesen albernen Fehltritt zu verzeihen? Ist es das, was du willst? Ich schwöre, dass ich Anna niemals Hoffnungen gemacht habe, es war eine rein geschäftliche Beziehung.«

Erst als Mariangela an seiner Seite aufstöhnte, erkannte er seinen Fehler. Anstatt seine Frau zu befrieden, hatte er ihr neue Munition geliefert. Ihr kurzes Auflachen klang wie ein Kampfschrei.

»Dann wäre es ja sicher kein Problem für dich, wenn auch ich in deiner Abwesenheit geschäftliche Beziehungen geknüpft hätte – mit Männern aus der Nachbarschaft! Und ich gehe bei solchen Geschäften sogar wesentlich geschickter vor als du. Ich muss nämlich nicht für diese Gefälligkeiten zahlen, sondern erhalte im Gegenteil Geschenke!«

Er hörte Mariangela mit der Zunge schnalzen, aber es war ohnehin klar, dass Allegras Behauptungen absurd waren. Derartiges Verhalten wäre ihm auch in Rom nicht verborgen geblieben. Nein, nun war es genug. Er legte die Handflächen auf den Tisch und stemmte sich hoch. Mariangela erhob sich rasch, gab ihm den Weg frei, Silla wie ein Kätzchen über den Unterarm gehängt.

»Die Angelegenheit ist, denke ich, erschöpfend behandelt«, sagte Andrea. »Du hast deinen Standpunkt deutlich gemacht, und ich werde dir jetzt Gelegenheit geben, den meinen zu verstehen, indem ich den Rest des Tages in der bottega verbringe. Allerdings«, es konnte nicht schaden, Allegra wissen zu lassen, dass er sich mit Höherem zu beschäftigen hatte als diesen häuslichen Zänkereien, »werde ich zuvor noch einen Blick in den Schuppen werfen und meiner Maria Magdalena einen Besuch abstatten.«

Mariangela japste wie ein Fisch auf dem Trockenen und lief neben ihm her aus der Küche.

»Es wäre vielleicht besser, wenn du erst nachher in

den Schuppen … Ich könnte dort noch etwas sauber machen.«

Er meinte, Verzweiflung in ihren Augen zu erkennen, was für ein gutmütiges Schaf sie doch war. Er lächelte.

»Mach dir keine Sorgen, Mariangela. Ich erwarte nicht, dass ihr täglich auf meine Rückkehr vorbereitet seid und jeden Winkel staubfrei haltet. Hauptsache, im Haus ist es ordentlich.«

Er trat in den Garten. Ein schwarz-weiß geschecktes Huhn flatterte auf, rannte flügelschlagend und gackernd davon. Andrea musste lachen und fühlte, wie er endlich ankam in dieser Welt, die nach all dem hochgezüchteten Gewese seiner Freunde doch auch die seine war. Er strubbelte Silla durch das dichte dunkle Haar und imitierte für ihn das aufgeregte Gegacker. Quietschend lachte sein Sohn auf.

Mariangela hingegen schnaufte und verzog das Gesicht, doch es schien nicht so komisch gemeint, wie es aussah.

»Du verstehst nicht«, sagte sie, und er folgte ihrem Blick zur Schuppentür.

Die stand halb offen. Ein rotbraunes Huhn schlüpfte heraus. Andrea war, als wiche alles Blut aus seinen Gliedern und sammle sich in seinem Magen. Das konnten sie nicht gewagt haben! Er schloss die Augen, öffnete sie wieder. Die Schuppentür war immer noch offen. Und nun schritt er darauf zu, sah nur aus dem Augenwinkel, wie Mariangela Orazio zu sich winkte, ihm den Kleinen in die Arme drückte. Dann drängte sie sich schon hinter ihm durch die Tür, umklammerte seinen Arm.

»Andrea, bitte! Ich bring das in Ordnung bis heute Abend.«

Er schüttelte sie ab und schlug beide Hände vor den Mund, um nicht laut aufzuschreien. Stroh bedeckte den

Boden, überall lagen Federn und Hühnermist. Hühnermist auf der Schulter der Magdalena, Hühnermist auf ihrem Kopf. Er bekam keine Luft mehr, rannte hinaus durch den Garten und ins Haus und dann auf die Straße, Mariangela immer neben ihm, aufgeregt flatternd, als wäre sie selbst ein Huhn. Ein Anblick wie bei einer Straßentheateraufführung musste das sein. Er jedenfalls würde lachen, wenn er sich sähe. Die ganze Stadt würde über ihn lachen.

Weg von der Straße, so schnell wie möglich. Er blieb stehen, sah sich um. Es war Mittagszeit und nicht viel los. Noch schenkte ihnen niemand Beachtung. Er holte tief Luft.

»Geh heim, Mariangela.«

»Nur wenn du mitkommst.«

Er schüttelte den Kopf, marschierte weiter, bog um die nächste Ecke und wieder die nächste, Mariangela blieb neben ihm. Er zwängte sich durch einen schmalen Durchgang, sie blieb ihm auf den Fersen. Längst waren sie im Nachbarviertel angelangt, wo ihnen nun wenigstens nicht auf Schritt und Tritt Bekannte zu begegnen drohten. Endlich fiel Andrea nichts mehr ein, um seine Verfolgerin abzuschütteln, als eine Taverne zu betreten. Ein Becher Wein, ach was, ein Krug wäre nun sicher nicht das Schlechteste, um wieder zur Besinnung zu kommen.

Und Mariangela schon wieder neben ihm. Kannte sie gar keine Scham?

Er stürzte den ersten Becher Wein hinunter, füllte nach.

»Wie weit willst du mir noch folgen, verdammt? Verschwinde endlich!«

Störrisch blieb sie stehen.

Sechzigstes Kapitel

Mariangela prallte gegen Andrea, der abrupt stehengeblieben war und nun auf die Taverne zustürzte. Doch so leicht würde er sie nicht los, diesmal nicht. Sie warf sich gegen die Tür, noch bevor diese, von Andrea zugestoßen, ins Schloss fallen konnte, und folgte ihm in den Schankraum. Die Blicke der Männer meidend, die an dem einzigen langen Tisch die Köpfe über ihren Krügen hoben, schritt sie durch den Raum und pflanzte sich neben Andrea vor die Theke.

Der Wirt musterte sie mit erhobenen Augenbrauen, eine stille Frage, was sie hier zu suchen habe, während er Krug und Becher vor Andrea abstellte. Als sie nicht reagierte, zuckte er mit den Schultern und stellte wortlos ein zweites Trinkgefäß auf den Tresen.

Andrea goss sich den Inhalt seines Bechers in die Kehle, als hätte er nicht gerade am Mittagstisch seinen Durst gestillt. Grob forderte er sie auf zu verschwinden, doch sie blieb störrisch stehen. Die Begegnung bei der Basilika vor einigen Monaten stand ihr allzu deutlich vor Augen. Noch einmal würde sie sich nicht davonjagen lassen. Er durfte die Familie nicht verlassen, gerade jetzt, da sie dasselbe im Sinn hatte. Anschreien wollte sie Andrea, ihm sagen, dass er sich aufführte wie ein verwöhntes Kind und nicht immer nur an sich denken sollte. Dass er seinen Stolz zu überwinden und sofort nach Hause zurückzukehren hatte, weil er verantwortlich war, nicht sie.

Die Angst vor dem Gelächter der Gäste, das sie damit nicht nur auf sich, nein, auch auf Andrea zöge, hinderte sie, und so schwieg sie, blieb einfach stehen, bemüht, sich nicht vor Unbehagen zu winden.

Andrea schenkte sich bereits den zweiten Becher ein und füllt nun auch den ihren.

»Salute!«, trank er ihr zu. »Viva la famiglia! Es lebe die Familie!«

Sie rührte sich nicht.

»Was ist, Mariangela? Willst du nicht auf die Familie trinken, der du doch dein Leben opferst?« Er bedachte sie mit einem spöttischen Lächeln.

Wut kochte in ihr hoch. Wie satt sie es hatte, das alles hinzunehmen: die herablassenden Bemerkungen, die unerschütterliche Sanftmut, die stets von ihr erwartet wurde. Wie jeder davon ausging, dass ihr kein anderer Weg offenstand. Als dürfte sie niemals müde werden, für andere da zu sein, Opfer für die Familie zu bringen. Sollten sie ihre kindischen Kämpfe allein ausfechten, was ging es sie an. Sich einfach umdrehen und gehen konnte sie nun allerdings trotzdem nicht, weil er das als Gehorsam auffassen würde.

Du weißt nicht, dass ich dich, euch alle verlassen werde, dachte sie. Der Gedanke gab ihr Kraft. Sie hob den Becher, leerte ihn in einem Zug, als gäbe es nichts Selbstverständlicheres. Andrea kniff die Augen zusammen. Sollte er doch denken, was er wollte.

»Sehnt sich eine Frau niemals nach Freiheit? Sehnst du dich nie danach?«

Sie öffnete den Mund, wollte ihren Entschluss verkünden, sich eben diese Freiheit endlich zu nehmen, doch er ließ sie nicht zu Wort kommen.

»Manchmal, ach was, oft denke ich, es wäre besser gewesen, allein zu bleiben, mich ganz auf meine Arbeit zu konzentrieren, nur für die Kunst zu leben. All diese häuslichen Streitereien um nichts und wieder nichts, die mich lähmen, mich das Große, das Eigentliche aus den Augen verlieren lassen.«

Aus seinen Worten sprach schon der Wein, dazu lag ein wehleidiger Ausdruck auf seinem Gesicht. Nur ein Mal zuschlagen, dachte Mariangela, das selbstgefällige Gejammer mit einer Ohrfeige beenden können.

»Du hast deine Wahl getroffen«, sagte sie leise, »eine Wahl, die mir nie offenstand.«

»Was für eine Wahl?« Er sah sie mit neuer Aufmerksamkeit an. »Die Wahl zwischen Freiheit und Familie meinst du? Oder die zwischen dir und Allegra?«

Er musste wirklich betrunken sein. Sie schluckte, spürte, wie ihr die Röte ins Gesicht stieg. Sie hob die Hand zum Becher, ließ sie wieder sinken. Kein Versteckspiel mehr. Unverwandt sah sie ihm in die Augen.

»Du hast deine Wahl getroffen«, wiederholte sie ruhig.

»Warte hier«, sagte Andrea, »einen Moment nur. Ich muss ...« Er wies auf den Hinterausgang, winkte dem Wirt, ihm zu folgen.

Als wäre nichts Wichtiges gesagt worden, wollte er jetzt einfach pissen gehen? Und den Wirt mitnehmen, als brauchte er Hilfe beim Wasserlassen oder einfach ein männliches Ohr, in das es sich leichter klagen ließ, von dem keine Widerrede zu erwarten war? Er ließ sie einfach allein stehen. An diesem Ort.

Die Zähne zusammengebissen, wappnete sich Mariangela gegen die anzüglichen Bemerkungen, die ihr ohne Zweifel gleich um die Ohren fliegen würden. Das war nun auch egal. Sie richtete sich auf, drehte sich langsam um und sah die fremden Männer an. So konzentriert war sie auf ihren Stolz, dass die Gesichter vor ihr zu hellen Flecken verschwammen, die sich nun unter ihrem Blick senkten.

»Komm«, sagte Andrea.

Er legte seinen Arm um ihre Schulter. Sie sträubte

sich. Er drückte fester, zog sie mit sich, es war fast ein Gerangel, nur ging es gar nicht zum Ausgang, sondern zur Hintertür, eine steile Stiege aufwärts. Sein Körper schob sie vorwärts, presste sich von hinten an sie und versperrte ihr den Ausweg. Seine Hände an ihrem Leib schlugen Funken, ließen sie auflodern. Nicht Feuerstein, dachte sie, Zunder bin ich, der seit Jahrzehnten auf den Funken wartet. Noch eine Tür, eine Kammer, in die sie sich umschlingend taumelten, seine Augen offen, so ernst, und dann endlich sein Mund auf ihren Lippen.

Vielleicht war es der Bart, der sie störte. Und seine Zunge zu schnell, die Lippen zu nass. Sie schob ihn von sich, atemlos, schüttelte den Kopf, sah das Feuer langsam verglimmen und Scham aufziehen.

»Danke«, sagte sie.

Er zog den Kopf zurück. »Wofür?«

»Dafür, dass du mich angesehen hast, dass du mich gemeint hast.«

Er trat zurück, so dass ihre Hände von seinen Schultern glitten, und ging zum Bett, setzte sich, die Unterarme auf die Schenkel gestützt, den Kopf gesenkt.

»Es tut mir leid«, murmelte er.

»Was?« Sie hatte keine Angst vor seiner Antwort.

»Dass ich dich für meine Rache an Allegra benutzen wollte. Es war falsch, dich da hineinzuziehen, wo ihr euch doch so nahesteht.«

Es sah ihm ähnlich, dass er nicht verstand. Wie konnte er sie hineinziehen, wo sie doch immer schon dazwischengestanden hatte? Sie setzte sich neben ihn. Wie fortgeblasen schien das Begehren, das sie so lange für unstillbar gehalten hatte.

»Ach, Mariangela!« Er wandte sich ihr zu, zeichnete mit den Fingerspitzen die Konturen ihres Gesichts nach, fuhr den krummen Nasenrücken entlang, verweilte kurz auf dem Höcker, der Bruchstelle, und sie sah an dem Schatten in seinen Augen, dass auch er daran denken musste, was er für sie getan hatte. An Sandros Tod durch seine Hand, die sich nun sanft an ihre Wange schmiegte.

Doch diese Hand, so schlank und viel kleiner als die Fabios, schien falsch an ihrer Wange. Sie zog den Kopf zurück, um sich von ihr zu lösen. Es wurde ihr unbehaglich, Schenkel an Schenkel, Arm an Arm mit ihm, jetzt, da sie endlich wusste, dass er immer nur ein Freund bleiben würde. Sie rückte ein wenig zur Seite.

»Fühlst du dich so schuldig, ihr gegenüber?«, fragte Andrea.

»Warum sollte ich?«

»Na, der Kuss, die Umarmung ... Warum sonst stößt du mich weg?«

Verletzt sah er sie an, als wäre es er allein, der zurückweisen durfte. Mariangela stützte die Arme hinter sich auf der Matratze ab.

»Nein, keine Schuld. Eine offene Rechnung ist beglichen, das vielleicht.«

Er sah sie fragend an.

»Hättest du mich genommen, wenn du ihr nicht begegnet wärst?«

»Vielleicht.«

»Eben.«

»Das Gleichgewicht wiederhergestellt«, sagte er, »ich verstehe.« Er streckte die Hand aus, ließ sie auf ihrem Knie ruhen. »Ich könnte dir zeigen, dass ich bereue, das Gleichgewicht nicht schon früher ...«

Sie ergriff seine Hand, die schon ihren Schenkel aufwärtswanderte, pflückte sie von ihrem Kleid und drückte sie kurz an die Lippen. »Danke«, flüsterte sie noch einmal. »Aber es ist genug. Wir sollten jetzt heimgehen.«

»Und wenn wir«, noch immer schaute er sie mit leuchtenden Augen an, »die Fassade aufrechterhielten und alles, was dahinter passiert …?«

Mariangela lachte auf. Wie gut sie ihn kannte. Es ging gar nicht mehr um sein Begehren, er wollte sie nur noch überreden aus reinem Vergnügen an der eigenen Überzeugungskraft.

»Eine falsche Fassade also. Du meinst wie damals, als du für den Einzug des Bischofs an allen Straßen entlang seines Weges weißbemalte Kulissen vorblenden ließest? Wie lange ist das jetzt her – sechs Jahre?«

Er verzog den Mund. »Wenn du es so sagst, dann hört es sich nicht sehr glorreich an. Aber es war doch ein erhebender Anblick!«

Mariangela lachte. »Wie ein Kleid aus Goldbrokat an einem ungewaschenen Kind. Mich hat es daran erinnert, wie Allegra und ich damals im Haus der Poiana die Kleider der Herrschaft anprobiert haben, wenn sie aus dem Haus war. Schönheit nur als Fassade – das reicht mir nicht.« Sie setzte eine Unschuldsmiene auf und flatterte mit den Wimpern. »Ich habe dir immer andächtig zugehört. Struktur und Erscheinung sollen im Einklang stehen, ist es nicht so? Wir beide waren immer Freunde, konnten aufeinander zählen. Jetzt, endlich, wünsche ich mir nichts anderes mehr von dir. Da wirst du doch nicht plötzlich deine Liebe zu mir entdecken.«

Andrea schüttelte lächelnd den Kopf. »Freunde, ja? Wenn du immer mit mir über Architektur streiten musst.« Er erhob sich. »Diesmal kann ich dir allerdings nicht widersprechen. Es stimmt, ich wünsche mir die Fassade als ein Abbild der inneren Struktur – Wahrhaftigkeit. Ein Anspruch, der nicht immer leicht in Einklang zu bringen ist mit den Regeln der Proportionslehre«, er reichte ihr die Hand, zog sie hoch, »und des

Lebens. Manchmal ist ein gewisses Maß an Täuschung unerlässlich, wie ich fürchte. Ein paar Halbsäulen, die nicht tragen, sondern lediglich den Blick lenken …«

»Was meinst du?«

»Muss wirklich jeder Teil der Konstruktion seinen Weg an die Fassade finden?«

»Herrgott, Andrea, was …?«

Er stöhnte und verdrehte die Augen zur Decke. »Muss Allegra notwendigerweise jedes Detail der zwischen uns ausgebrochenen Wahrhaftigkeit erfahren? Wirst du es ihr beichten?«

Mariangela wandte sich ab, ging zum Fenster und sah durch die schmutzigen Scheiben auf die Gasse hinunter.

»Nein. Es wird sein, wie es immer hätte sein sollen zwischen uns. Wir werden uns beistehen, uns stützen wie zwei benachbarte Bauwerke es tun, aber ich werde nicht mehr Teil eures Hauses sein. Den Grundstein für die Architektur meines Glücks hat Fabio vor zehn Tagen gelegt. Ich werde ihn heiraten, Andrea. Die Konstruktion wird sich ändern, und diesmal werde ich meine eigene Fassade haben.«

NACHBEMERKUNG

Wie wahr ist diese Geschichte? Ein historischer Roman, zumal einer, in dem es um eine reale Persönlichkeit geht, sollte sich um ein Gerüst gesicherter Fakten und umfassender Recherchen zu Alltag, geschichtlichen Rahmenbedingungen und Handlungsorten ranken. So ist es auch hier.

Andrea Palladio gilt als Ikone der Baukunst und als der am häufigsten imitierte Architekt der Geschichte, sein Werk ist bestens dokumentiert. Über den Menschen Andrea Palladio hingegen ist wenig bekannt. Erhellendes über seinen naturbezogenen Zugang zur Architektur, seinen Wunsch, diese sowohl den Mitwirkenden am Bau als auch einer breiteren Öffentlichkeit verständlich zu machen, und damit indirekt auch über seinen Charakter findet sich in seinem eigenen literarischen Werk *I Quattro Libri dell'Architettura* (*Die vier Bücher zur Architektur*). Die wenigen bekannten Fakten über sein privates Umfeld hat Guido Beltramini, Direktor des *Centro Internazionale di studi di architettura Andrea Palladio,* in dem schmalen Band *Palladio privato* (deutsch: *Palladio – Lebensspuren,* Berlin 2009) zusammengetragen, der eine entscheidende Grundlage meines Romans darstellt.

Im Fall eines Mannes wie Palladio, der seiner Person offenbar wenig Bedeutung beimaß und keine privaten Aufzeichnungen hinterließ, gleicht die Arbeit des Historikers derjenigen eines Detektivs. Aus marginalen Hinweisen, etwa Briefen befreundeter Adliger, wird eine Persönlichkeit abgeleitet, deren Charme und soziales Gespür für die beispiellose Karriere vom einfachen Handwerkersohn zum gefeierten Architekten sicher ebenso bedeutsam waren wie sein Fleiß und seine herausragenden planerischen Fähigkeiten.

Spottverse, die damals auf jede Persönlichkeit des öffentlichen Lebens gedichtet wurden, dienen als Hinweis auf Palladios mangelndes finanzielles Geschick oder sein eingeschränktes Interesse an Frauen. So heißt es sinngemäß, seine Besuche bei venezianischen Kurtisanen hätten nur Planungszwecken gegolten. Ein Umstand, der zu Spekulationen über seine sexuelle Orientierung geführt hat und die Ursache doch ebenso gut in seinem geradezu besessen wirkenden Arbeitseifer gehabt haben könnte. Auch Funde wie etwa die im Roman erwähnte Mitgiftliste inklusive der Auflage, bei Kinderlosigkeit die Hälfte zurückzuerstatten, sind Nebensächlichkeiten, die das magere Faktenkonstrukt mit Fleisch versehen.

Zieht man in Betracht, dass nach so langer Zeit selbst mit gesicherten historischen Fakten aufgrund deren Lückenhaftigkeit niemals eine exakte Dokumentation stattfindet, so kann ein historischer Roman im besten Fall darauf abzielen, ein impressionistisches Gemälde zu schaffen. Dessen Kraft hängt meiner Ansicht nach vor allem von einer überzeugenden Darstellung des Alltagslebens ab. Unter den vielen Schriften, die ich zu Rate gezogen habe, möchte ich neben dem umfassenden Werk *Geschichte des privaten Lebens 2 – Vom Feudalzeitalter zur Renaissance* vor allem zwei zeitgenössische Quellen hervorheben:

Das Verdienst der Frauen – Warum Frauen würdiger und vollkommener sind als Männer von Moderata Fonte gehört dem damals beliebten Genre der Querelle des Femmes an, in denen Frauen die gesellschaftliche Gleichberechtigung einforderten. Daniela Hacke hat es nach der italienischen Originalausgabe von 1600 erstmals 2001 vollständig ins Deutsche übersetzt und kommentiert herausgegeben. Neben den Anliegen der Frauen war mir dieses Buch eine Fundgrube bedeutsamer Nebensächlichkeiten, angefangen von Gebräuchen in Venezien über Essensgewohnheiten, medizinische Hausmittel, Sprichwörter bis zur Kindererziehung. Das im Roman erwähnte Märchen, erst Jahrhunderte später von den Brüdern Grimm als *Der Wolf und die sieben Geißlein* in ihre Sammlung von Volksmärchen aufgenommen, findet sich bei Moderata Fonte ebenso wie die Rezepte gegen unglückliche Liebe, die Mariangela vergeblich anwendet.

In dem Buch *Im Namen Gottes und des Geschäfts – Lebensbild eines toskanischen Kaufmanns der Frührenaissance* rekonstruiert Iris Origo aus der umfangreichen Korrespondenz des Kaufmanns Datini aus Prato und seiner Familie Geschäfte, Reisen und Eheleben. Unzählige der Berichte über Alltag, Haushaltsorganisation, Familie, Netzwerke unter Freunden und das Verhältnis zwischen den unterschiedlichen Ständen sind in meine Schilderungen eingeflossen.

In wenigen Fällen habe ich dem Fluss der Geschichte den Vorzug vor der historischen Genauigkeit gegeben. So hatte die reale Giovanna Maria Malaspina, Frau Marcantonio Thienes, möglicherweise wenig gemeinsam mit meiner Gianna Maria, die ich bereits im Kindesalter von Verona nach Vicenza übersiedeln lasse, um ihr Gelegenheit zu geben, Freundschaft mit Mariangela zu schließen.

Was aber ist mit Mariangela selbst, hat sie wirklich gelebt? Dokumentiert ist sie nicht, doch es könnte sie gegeben haben. Erweiterte Familienverbände waren so alltäglich wie der Verlust von Familienangehörigen durch Krankheit oder gewaltsamen Tod. Und als ich zum ersten Mal mit dem Gedanken spielte, eine Geschichte über Andrea Palladio zu schreiben, stand sie plötzlich vor mir, den Kopf leicht schief gelegt, die rotblonden Locken im Nacken zusammengefasst, ein kleines Lächeln auf den Lippen. »Eigentlich«, sagte sie und verschränkte die Arme vor der Brust, »ist das meine Geschichte!«

Eine Weile versuchte ich sie zu ignorieren, doch sie ließ sich nicht mehr von der Geschichte trennen, und so habe ich Kaffee gemacht, den sie noch nie getrunken hatte und widerlich bitter fand. Wir setzten uns in den Garten, und sie erzählte mir ihre Version der Geschehnisse, die sich nahtlos mit der Andreas verflechten ließ.

Wenig sprach dagegen, dass eines der fünf Kinder, die im Hause Palladio aufgezogen wurden, von ihr stammte. In den Quellen ist sowohl von einem Sohn als auch von einem Neffen namens Marcantonio die Rede, der später in Palladios Werkstatt gearbeitet haben soll. In Anbetracht der damals oft unklaren Familienverhältnisse ist es durchaus denkbar, dass es sich dabei um ein und dieselbe Person gehandelt hat: den Sohn der (Zieh-)Schwester seiner Frau Allegradonna.

Während der gesamten Entstehung des Romans war Mariangela in meiner Nähe, eine gute Freundin über die Kluft der Jahrhunderte hinweg. Eine Frau wie ich, wie wir alle, die wir um unser Glück kämpfen, ganz gleich unter welchen Umständen, ohne dabei in die Annalen der Historiker einzugehen. Sie hat mir geholfen, die Ikone Andrea Palladio zum Menschen zu machen, und so ist es nun wirklich auch ihre Geschichte geworden.

Es ist wirklich etwas Göttliches in seinen Anlagen, völlig wie die Force des großen Dichters, der aus Wahrheit und Lüge ein Drittes bildet.

Mit diesen und vielen weiteren Worten zollt Johann Wolfgang von Goethe 1786 während eines Besuches in Vicenza Palladio posthum seinen Tribut. Neben dem Architekten Inigo Jones, der Palladios Formensprache im England des 17. Jahrhunderts etablierte, war es auch Goethes begeisterter Bericht, der wesentlich dazu beitrug, Palladios Ruhm in die Welt zu tragen.

Heute ist Palladios Architektur jedem Besucher Oberitaliens mehr oder weniger vertraut. Auf die beeindruckenden Kirchen San Giorgio Maggiore und Il Redentore in Venedig fällt unweigerlich der Blick jedes Touristen, der von San Marco aus übers Wasser schaut, und die zahlreichen Villen und Stadtpaläste des Veneto gehören zum Standardprogramm der Kulturinteressierten. Die Villa Capra, bekannt als La Rotonda, wurde zum Prototyp der Villa an sich und hat zahllose Gebäude vor allem im angloamerikanischen Raum inspiriert. Doch was macht Palladio zu einer so herausragenden Gestalt der Architekturgeschichte? In meinen Augen ist es nicht die Etablierung bestimmter Gestaltungselemente, die ihn von seinen Zeitgenossen abhebt, sondern zwei andere Faktoren:

Zum Ersten die Entwicklung einer dreidimensionalen Entwurfsmethode, basierend auf zeitgenössischen mathematischen Theorien. Vor Palladio wurden Grundriss und Fassade überwiegend getrennt gedacht. Er jedoch unterwarf jeden Teil eines Gebäudes den Ordnungsprinzipien der Proportionslehre, die er als Ausdruck der Natur ansah, und steuerte so deren Beziehung zueinander und zum Ganzen. Die Fassade wurde zum Abbild der Struktur eines Gebäudes.

Zum Zweiten gebührt Palladio der Ruhm, neben dem antiken Vitruv jahrhundertelang der wichtigste Vermittler von Architektur gewesen zu sein. Seine *Vier Bücher zur Architektur* sind ein umfangreiches und praxisnahes Lehrwerk, das von der Baustofftechnik über Konstruktionsprinzipien bis zu Proportionslehre und Gebäudetypologie alle Bereiche klassischer Baumeisterkunst umfasst und auch über 435 Jahre nach seinem Tod noch in vielen Sprachen erhältlich ist.

ICH DANKE

meiner Familie, vor allen anderen meinem Mann Stephan für die unbeirrbare Unterstützung und unseren Töchtern Veronika und Anita dafür, dass sie mein Leben bereichern.

Einen wichtigen Beitrag zu diesem Buch haben meine Testleser mit ihrem Feedback und ihrer Expertise geleistet: Elis Fischer, Autorin, Kunsthistorikerin, Freundin und wechselseitige Telefonseelsorgerin; Ella Theiss, Autorin, Journalistin, mörderische Schwester und präzise Leserin; Kirsten Döbler, Autorenkollegin aus dem fernen Braunschweig; Marion Weber, schreibschulisch hochgebildete Freundin; Matthias Meyn, Historiker, Autor und engagierter Mensch, der leider viel zu früh gestorben ist; Rainer Neumüller, Architekt, Lebenskünstler und Freund, und, nur alphabetisch zuletzt, Thomas Mayer, literaturaffiner Architekt und langjähriger Freund.

Dank gebührt natürlich auch Hanne Reinhardt von der Literaturagentur Simon, die für jedes Problem die richtigen Worte findet, und meiner Lektorin Stefanie Werk für die spannende und konstruktive Zusammenarbeit.

Und eine dicke Umarmung oder einen herzlichen Gruß, ganz nach Bedürfnis, all jenen, die an mich geglaubt und mich durch ihr Interesse und ihren Zuspruch ermutigt haben.